Un garde du corps pour Noël

Retour à San Francisco

PAULA GRAVES

Un garde du corps pour Noël

Traduction française de
ISABEL ROVAREY

BLACK ROSE

HARLEQUIN

Collection : BLACK ROSE

Titre original :
KENTUCKY CONFIDENTIAL

HARPERCOLLINS FRANCE
83-85, boulevard Vincent-Auriol, 75646 PARIS CEDEX 13
Service Lectrices — Tél. : 01 45 82 47 47

www.harlequin.fr

ISBN 978-2-2803-6814-8 — ISSN 1950-2753

1

— Elle est morte, murmura Connor McGinnis, ne parvenant pas à en croire ses yeux.

Dans la rue, au-dessous de sa fenêtre, la femme qu'il observait referma les pans de son manteau défraîchi sur son ventre rond, attendant de pouvoir traverser la chaussée. Une petite brise faisait tourbillonner les flocons de neige, menaçant d'arracher le voile qui recouvrait sa tête. Comme il glissait en arrière, révélant le brun scintillant de sa chevelure ondulée, elle le rabattit prestement autour de son visage, mais il avait eu le temps d'apercevoir ses traits.

Ses traits tellement familiers.

Elle avait l'air fatiguée et soucieuse mais ne montrait aucun signe d'atteinte physique. Cela étant, l'accident d'avion s'était produit des mois plus tôt. Elle avait pu avoir le temps de se remettre — même d'une blessure sérieuse.

Quant à savoir comment elle avait survécu à l'explosion, là, en revanche…

Il réprima un maelström d'émotions contradictoires. Pas maintenant. Lorsqu'on était au cœur de l'action, sur le champ de bataille, les émotions étaient toujours à bannir, sous peine de vous être fatales. Et si Risa était toujours en vie, il était bel et bien en guerre. Une guerre dont encore quelques jours plus tôt il ne soupçonnait même pas l'existence.

Si Risa était en vie. Parce que l'évidence avait beau être là, sous ses yeux, il n'arrivait pas encore vraiment à le croire. Il avait vu des dizaines de reportages montrant des débris de l'appareil éparpillés dans l'océan Pacifique, au large des côtes du Japon. Même si une personne avait par miracle survécu à l'explosion de la bombe qui avait précipité l'avion dans l'océan, elle n'aurait pu s'être tirée indemne du crash. Et le nom de Risa figurait sur la liste des passagers, ce qui signifiait qu'elle était bel et bien à bord.

Il ne voyait donc pas comment cette femme pouvait être Risa — même si elle lui ressemblait trait pour trait.

À ceci près qu'il existait des moyens de truquer une liste de passagers — de tromper la sécurité des services aéroportuaires. C'était justement le cauchemar auquel étaient aujourd'hui confrontés tous les organes de sécurité nationale de par le monde.

La circulation se fluidifia momentanément, et la femme s'engagea sur la chaussée, regardant à droite et à gauche, derrière elle, tandis qu'elle traversait.

Hyper vigilante, songea-t-il.

Ce qui était compréhensible de la part d'une réfugiée du Kaziristan, pays déchiré par la guerre.

Ou… d'une femme qui fuyait son passé.

Stop. Ce n'est pas Risa. C'est impossible.

Il se raccrochait à un espoir qui n'avait pas lieu d'être. Il laissait ce qu'il souhaitait prendre le pas sur ce qui était.

C'était le meilleur moyen de devenir fou. Il devait absolument faire abstraction de l'émotion. S'en tenir aux faits, à la logique.

Dans l'hypothèse où Risa aurait survécu au crash, elle se serait arrangée pour le lui faire savoir… Non ?

Il perdit la femme de vue — cette femme qui ne pouvait donc pas être la sienne — comme elle disparaissait sous les auvents des magasins, au-dessous du petit appartement miteux qu'il avait loué le matin même. Il résista à l'envie de dévaler les marches jusqu'au rez-de-chaussée pour la suivre. Ce n'était pas le moment.

Pas encore.

Si dix ans de combat avaient appris une chose à Connor McGinnis, c'était la patience.

***

Elle était surveillée.

Une fois chez elle, la femme connue sous le nom de Yasmin Hamani verrouilla la porte derrière elle puis s'immobilisa dans l'entrée, tendant l'oreille. L'immeuble était ancien, avec des plâtres et des huisseries qui avaient tendance à craquer et à grincer, mais elle ne perçut pas de présence humaine dans la cage d'escalier. Elle n'en sortit pas moins son arme du tiroir de la table de chevet — un Glock 23, compact.

Désormais, pour assurer sa sécurité, il était plus facile de compter sur son travestissement que sur le port d'une arme. Avec son ventre, les holsters d'épaule lui étaient devenus inconfortables. Quant aux étuis de ceinture, ce n'était même pas la peine d'y penser.

Elle fit le tour du petit logement, le Glock au poing, puis se détendit enfin et posa l'arme sur une table basse, à portée de main. Elle retira le foulard qui dissimulait ses cheveux, soulagée d'en être provisoirement débarrassée. Elle n'était pas musulmane mais la majorité des réfugiés kaziris qui vivaient dans le quartier d'Over-the-Rhine l'était. Elle avait donc opté pour le voile, tant par mesure de protection que pour se cacher.

Il y avait peu de risques qu'elle croise quelqu'un qu'elle ait rencontré lors des années qu'elle avait passées au Kaziristan, mais une défunte n'était jamais trop prudente. Pas question de se faire remarquer.

Le bébé était agité cet après-midi ; il ne cessait de tourner et de se retourner, impatient, peut-être, de venir au monde. Yasmin passa la main sur son abdomen, un léger sourire aux lèvres, tandis que les coups de pied se poursuivaient, preuve de la vigueur du petit être qui était en elle.

Cet enfant était la raison pour laquelle elle faisait tout cela.

Elle s'assit devant son bureau, habituée, désormais, à la sourde douleur lombaire que lui valait le poids croissant de son bébé. Elle tapa le mot de passe complexe d'accès à son ordinateur portable et consulta ses messages, espérant en trouver un de son officier traitant.

Rien.

Elle soupira, se renfonçant contre le dossier de son siège. Si quelqu'un l'avait démasquée, apparemment Martin Dalrymple n'était pas au courant.

Que devait-elle conclure ? Qu'elle se faisait des idées ?

Travailler sous couverture finissait par vous rendre un peu paranoïaque. Mais les agents de terrain y étaient habitués. On s'attendait toujours au pire, on voyait des menaces partout, on était sur ses gardes en permanence. Et c'était très bien ainsi, car c'était précisément cette vigilance qui vous permettait de rester en vie. Elle avait entamé un temps une nouvelle vie — une vie exempte de boîtes aux lettres mortes, d'identités secrètes. Une vie faite de stabilité et de confiance. D'amour.

Mais elle aurait dû se douter que cela ne durerait pas.

Le bébé lui assena un nouveau coup de pied, lui rappelant qu'elle n'avait pas tout perdu. La grossesse lui avait causé un choc ; c'était une complication, une prise de risque que son esprit analytique avait jugée inacceptable.

Mais son cœur s'était inscrit en faux ; il avait enveloppé la petite vie qui germait en elle comme une armure, déterminé à protéger le bébé du danger.

Quoi qu'il advienne, elle offrirait au bébé qu'elle portait la vie qu'il ou elle méritait. D'une façon ou d'une autre, elle y parviendrait.

Mais elle ne pensait pas que ce pourrait être ici, à Cincinnati.

Elle envoya un e-mail codé à Dalrymple, s'efforçant de s'exprimer de manière aussi indirecte que possible de façon que, même si quelqu'un perçait le cryptage, le message ne puisse être compris de celui qui l'aurait intercepté. Seul Dalrymple la connaissait suffisamment pour pouvoir en interpréter le sens. Enfin… Il y avait bien eu quelqu'un d'autre…

Mais c'était avant.

Le bébé remua de nouveau. Elle n'était plus qu'à quatre

semaines du terme prévu, même si son obstétricien semblait penser qu'elle accoucherait peut-être un peu plus tard. Il n'était pas rare que les premiers-nés prennent leur temps.

Une main toujours sur le ventre, elle ferma sa session et éteignit l'ordinateur, espérant que Dalrymple lui répondrait bientôt. Elle n'avait pas besoin de ce genre de stress supplémentaire en fin de grossesse.

Allez, Dal. Dis-moi que je me fais des idées.

Elle s'installa dans le fauteuil à bascule qu'elle avait acheté dans un magasin d'articles d'occasion, comme, d'ailleurs, la plupart de son mobilier et de ses vêtements.

Oh ! Elle n'avait jamais roulé sur l'or et avait même connu plusieurs périodes de vaches maigres, tant enfant qu'adulte, mais la vie d'une femme kazirie enceinte était encore une autre paire de manches. Et il ne fallait pas espérer retrouver un jour la vie qu'elle avait eue.

Du fond du couloir, les accords d'une vieille mélopée traditionnelle kazirie vinrent ajouter un contrepoint discordant à l'air que chantait Bing Crosby à la radio, dans l'appartement voisin. De nombreux appartements de l'immeuble avaient été repris par des réfugiés, mais il restait quelques natifs de Cincinnati qui avaient toujours vécu dans le quartier d'Over-the-Rhine. Certains d'entre eux considéraient les nouveaux venus avec suspicion, voire avec crainte, soulignant parfois leur défiance par des démonstrations de patriotisme exacerbé histoire de rappeler aux réfugiés où ils vivaient désormais.

Yasmin se sentit étrangement tiraillée entre les deux, elle qui connaissait par cœur les paroles des deux chansons. Sa mère lui avait chanté la berceuse *Nazanin* dès sa plus tendre enfance. Quant au *White Christmas* de Bing Crosby, ça avait toujours été l'un des chants de Noël favoris de son père.

Les choses auraient été plus simples si Dal l'avait placée à Raleigh, en Caroline du Nord, où un autre groupe d'immigrants kaziris s'était établi. Ces Kaziris-là étaient issus de la petite communauté chrétienne dont les mœurs et les coutumes étaient plus occidentalisées. Elle s'y serait intégrée sans difficulté compte tenu des origines de sa mère.

Mais voilà… Ce n'était pas en Caroline du Nord qu'elle allait trouver ce que recherchait Dalrymple. Donc, pas de décorations de Noël pour elle, cette année. Pas de couronne de houx sur sa porte, ni de sapin.

Cependant, tandis qu'elle se balançait dans son fauteuil, s'obligeant à attendre encore un peu avant d'aller voir si Dal avait répondu, elle se surprit à chantonner avec Bing, un peu mélancolique.

Dans deux semaines, ce serait Noël et, cette année, elle le passerait seule.

— Alors ? Est-ce que c'est elle ? demanda la voix familière de Maddox Heller dans le combiné, de son accent traînant.

Connor s'éloigna de la fenêtre.

— On le dirait bien, je dois le reconnaître.

— Mais tu n'en es pas sûr.

La voix de Maddox était teintée de compassion. Ancien marine, comme Connor, il avait pris contact avec lui après l'accident d'avion et la mort de Risa, dans un premier temps pour lui présenter ses condoléances et, ensuite, pour lui proposer le travail qui l'avait conduit à Cincinnati.

— Non, je n'en suis pas sûr.

Connor avait fini par admettre qu'il *voulait* croire que la femme qu'il avait vue était Risa. Mais se bercer d'illusions pendant une mission était le plus sûr moyen de se faire tuer — ou capturer.

— La femme en question est enceinte.

— De combien de mois ?

— Comment veux-tu que je le sache ?

Il entendit la note d'amertume que véhiculait sa voix et il la refoula fermement. S'en tenir aux faits, rien qu'aux faits.

— À voir son ventre, elle doit être en fin de grossesse.

— Si c'est Risa, déclara posément Heller. Alors, ça veut dire que…

Que le bébé pouvait être le sien.

— Je sais, le coupa-t-il.

— Quinn s'efforce de tâter le terrain par le biais de certains de ses anciens contacts à l'Agence mais, si elle est en opération, ils ne lui diront rien.

— Tu crois que…

Connor s'interrompit, avala sa salive et recommença :

— Tu crois qu'elle aurait pu avoir planifié tout ça ?

— Quoi ? Sa mort ?

— Oui.

— Je n'en sais rien. Les gens de la CIA ont parfois l'esprit un peu tortueux, mais…

Mais elle m'aimait, acheva à part soi Connor. *Elle m'aimait, et on n'avait pas de secrets l'un pour l'autre.*

Ne pas se bercer d'illusions, se mit-il de nouveau en garde. *Toujours dangereux.*

— Je pense qu'elle doit vivre dans le coin. La communauté de réfugiés kaziris semble s'être regroupée autour de la nouvelle mosquée, sur Dublin Street, déclara-t-il.

La mosquée avait autrefois été une église méthodiste, d'après ce que lui avaient dit des habitants du quartier auxquels il avait parlé ce matin. Avec l'arrivée des réfugiés et l'exode des anciens habitants, les choses avaient beaucoup changé dans le secteur. D'anciens restaurants étaient devenus des établissements halal. Une boutique de vêtements, au bout de la rue où se trouvait la mosquée, vendait maintenant des hijabs et d'autres accessoires à destination des femmes musulmanes.

— C'est ce que notre source nous a dit, confirma Heller.

Par « source », Heller entendait sans doute un agent sous couverture, peut-être même plusieurs. Connor était nouveau à Campbell Cove Security et au centre de formation qui y était intégré. Il avait l'impression qu'il lui restait encore beaucoup de choses à découvrir sur la société. Et, peut-être aussi, d'autres encore dont il ne saurait jamais rien, à moins d'une absolue nécessité.

Heller rompit le silence qui s'était établi.

— Quel est ton sentiment personnel ?

Comment diable était-il censé répondre à ça ? Il venait de passer les trois jours qui s'étaient écoulés depuis qu'il avait localisé la femme des photos de surveillance à s'efforcer de ne rien ressentir du tout, justement. S'il commençait à écouter son instinct, ce serait forcément au détriment de la raison et de la logique.

— Je ne sais pas, répondit-il. Je ne peux pas me laisser guider par mon intuition sur ce sujet.

— Bon. Qu'est-ce que tu vas faire maintenant que tu l'as repérée ? s'enquit Heller.

Connor consulta sa montre. Presque 14 h 30.

— D'après nos informations, elle sert le soir au Joyau de Tablis, c'est ça ?

— Pas tous les soirs mais, oui, c'est ça.

— Donc, je pense que je vais attendre l'heure du dîner et aller m'offrir un petit repas halal.

L'heure venue de partir prendre son service au restaurant, Yasmin n'avait toujours reçu aucune nouvelle de Dalrymple. Douze heures, désormais, s'étaient écoulées depuis leur dernier contact. Dal avait toujours été du genre à s'organiser à sa guise, mais jamais il n'avait mis autant de temps à répondre à un de ses messages.

Sauf en cas de problème.

Nouant son tablier autour de son ventre rond tout en parcourant la salle du regard, elle se rappela le sentiment désagréable qu'elle avait éprouvé en rentrant chez elle, après sa visite chez le médecin. Cette étrange sensation dans la nuque qui signifiait : « On t'observe. »

Ce qui n'aurait pas été autrement surprenant, pensa-t-elle.

Dans une culture comme celle du Kaziristan, une femme seule et enceinte attirait forcément les regards. Elle avait vécu là-bas avec sa mère pendant trois ans alors que son père était en service, sur un théâtre d'opérations, à l'étranger. Du moins était-ce ce que lui avait dit sa mère, mais elle se demandait parfois si les années au Kaziristan n'avaient pas coïncidé avec une crise conjugale, pour ses parents.

Elles avaient séjourné chez le frère de sa mère, et l'expérience avait été instructive — pas toujours dans le bon sens du terme. Mais ces trois années lui avaient permis d'en apprendre beaucoup sur le mode de vie d'une femme kazirie. Si une large part du Kaziristan était cosmopolite et culturellement avancée, certaines zones rurales, dont celle où vivait le frère de sa mère, demeuraient profondément tribales. Dans ces régions-là, régnait en maître un patriarcat que les Occidentaux ne pouvaient pas vraiment comprendre.

Mais même dans ces parties reculées du Kaziristan, les femmes réussissaient à accomplir certaines choses malgré le voile. Cette leçon, elle ne l'avait pas oubliée, et elle tablait dessus pour survivre pendant les prochains mois.

— Yasmin ?

La voix sèche du patron du restaurant, Farid Rahimi, la rappela brutalement à la réalité. Elle se tourna pour le regarder, dissimulant de son mieux l'antipathie qu'il lui inspirait.

Il était mince, pas très grand, mais elle savait, pour l'avoir observé, qu'il était fort et rapide. Il était également mauvais comme la gale et tenait ses employés sous sa coupe en usant de la menace et de la raillerie. Et, pour couronner le tout, il était citoyen américain, ce qui le plaçait en bien meilleure posture que la majorité des réfugiés de la communauté, ses employés y compris. La plupart d'entre eux, comme elle, n'avaient qu'un statut provisoire de réfugié ou des visas temporaires, et il se faisait fort de bien souligner la condition périlleuse qui était la leur aux États-Unis.

— Nous avons deux clients spéciaux ce soir. Ils veulent

la plus jolie des serveuses et ils veulent qu'elle les serve, eux, exclusivement.

Il lui décocha un large sourire avant d'ajouter :

— Donc, ce sera Darya. Il faudra que tu t'occupes de ses tables.

— Oui, monsieur, répondit-elle en kaziri, s'efforçant d'ignorer la cruauté qui transparaissait dans son sourire.

Le plus dur lorsqu'on campait, comme elle, une réfugiée kazirie était de se comporter comme une femme consciente d'être à la merci des autres — des hommes, particulièrement — et résignée à son sort.

Dans une autre vie, elle l'aurait haché menu en paroles. Et il aurait pu s'estimer heureux qu'elle en reste là.

— Parle en anglais, la reprit Farid d'un ton cassant.

Il montra sa tête de sa main osseuse.

— Et couvre-toi.

Elle leva le bras et ajusta son foulard pour qu'il masque totalement sa chevelure. *Ça fait partie de la mission*, se répéta-t-elle en attrapant son bloc-notes, serrant les dents de frustration.

Les bribes de conversation qu'elle saisit en travaillant ne présentaient aucun intérêt particulier. En dépit de l'emplacement du restaurant, en plein cœur de la communauté kazirie, le Joyau de Tablis commençait à attirer une clientèle venue d'autres quartiers de Cincinnati. En fait, la plupart des réfugiés kaziris que connaissait Yasmin étaient trop pauvres pour s'offrir le luxe de manger à l'extérieur, même s'ils venaient faire leurs courses dans la supérette halal qui jouxtait l'établissement. Jusque-là, ce soir, tous les clients qu'elle servait étaient des Américains qui parlaient anglais. Aucun d'entre eux ne semblait susceptible de dire quoi que ce soit qui aurait pu piquer l'intérêt de Dalrymple.

Elle commençait à se demander pourquoi il avait voulu l'installer à Cincinnati plutôt de l'envoyer quelque part, dans l'Ouest, où elle aurait pu vivre dans un coin perdu, ce qui lui aurait permis de voir venir le danger à des kilomètres à la ronde.

— Darya !

La voix de Farid retentit, dominant le brouhaha des conversations, attirant le regard de Yasmin vers la porte, près de laquelle il se tenait. Deux hommes à la peau basanée, vêtus de luxueux *payraan tumbaan*, la tenue traditionnelle composée d'un pantalon et d'une longue chemise, typique de l'Afghanistan et du Pakistan, et que la classe aisée kazirie avait désormais adoptée. Les gilets de soie savamment brodés qu'ils portaient par-dessus leurs chemises étaient, eux, caractéristiques du Kaziristan, avec leurs faucons au plumage chamarré propres au folklore kaziri.

Elle ne connaissait ni l'un ni l'autre de ces hommes, mais le plus grand des deux, sur la droite, lui évoquait vaguement quelque chose. Curieux, car elle était sûre de ne l'avoir jamais rencontré. Peut-être avait-elle croisé un membre de sa famille, frère ou cousin, pendant le temps où elle avait été en mission à Tablis, la capitale kazirie.

Elle avait fait profil bas durant cette affectation, s'efforçant, comme ici, de se fondre dans la masse afin de pouvoir suivre au plus près l'évolution de la situation dans la période de grande instabilité qui entraînait le pays droit vers une nouvelle guerre civile. Fait étrange — et alarmant —, elle s'était sentie davantage respectée et avait eu une plus grande liberté de manœuvre en tant que femme au Kaziristan que ce n'était le cas ici, au sein de la communauté de Cincinnati.

Le bon côté des choses, c'était qu'elle était enceinte et s'abstenait de tout maquillage ; cela jouait en sa faveur. Le regard d'emblée attiré par son ventre rond, les hommes kaziris ne se souciaient pas du reste, préférant lorgner du côté de beautés nubiles plus exotiques comme Darya et sa ribambelle de jeunes amies en âge d'être mariées. Les hommes américains aussi, nota-t-elle avec un secret amusement, voyant les clients mâles qu'elle servait jeter des coups d'œil intrigués du côté de Darya tandis qu'elle se dirigeait avec une grâce toute féminine vers la table des deux VIP pour prendre leurs commandes.

Du coin de l'œil, elle vit un autre client entrer dans le restaurant, seul, et s'asseoir à une table, près de la devanture. Elle alla transmettre sa dernière commande en cuisine puis, revenant en salle, attrapa un menu et remplit un verre d'eau avant de se diriger vers le nouvel arrivant.

Un éclat de rire en provenance de la table VIP lui fit tourner les yeux dans cette direction. L'un des hommes flirtait outrageusement avec Darya, qui recevait ses attentions avec l'assurance d'une femme consciente de ses attraits.

Réprimant un soupir, Yasmin reporta son attention sur le nouveau client. Il leva les yeux vers elle, l'épinglant du regard.

Elle se sentit chavirer.

Le verre glissa de sa main mais, rapide comme l'éclair, l'homme tendit le bras et le rattrapa à temps, avec pour seuls dégâts quelques éclaboussures sur le dos de sa main.

Il posa le verre sur la table, sans la quitter des yeux.

— Bonsoir, Risa, dit Connor McGinnis.

2

Connor contemplait fixement les traits pâles de Risa, s'efforçant de déceler une trace, si infime fût-elle, de l'émotion qui avait brièvement transparu dans son expression. En une seconde, ses jolis traits s'étaient mués en un masque impassible.

— Yasmin, rectifia-t-elle calmement en essuyant avec un chiffon qu'elle avait pris dans la poche de son tablier les gouttelettes qui avaient aspergé la table.

Cette voix…, songea Connor. Elle lui était presque aussi familière que la sienne, mais elle s'exprimait avec un accent kaziri prononcé, tout à fait convaincant.

— Je m'appelle Yasmin, et c'est moi qui vais vous servir. Voulez-vous goûter le thé à la menthe ?

Donc, ce n'était pas de l'amnésie. Une part de lui avait presque espéré qu'elle souffrait d'une perte de mémoire consécutive au crash et que c'était cela qui l'avait tenue éloignée de lui, mais cet espoir s'était envolé à l'instant où il avait croisé son regard. Les yeux de Risa s'étaient fugitivement écarquillés, puis elle s'était empressée de baisser les paupières pour dissimuler son trouble sous la frange de ses cils.

Mais il savait ce que cachaient ces roulements de *r* exotiques : l'accent traînant du sud de la Géorgie, aussi chaud et nonchalant qu'une nuit d'été à Savannah, où Risa était née et où ses parents vivaient toujours.

Eux aussi avaient pleuré sa perte, songea-t-il.

Comment avait-elle pu leur faire ça ? Disparaître comme elle l'avait fait, en laissant tous ses proches croire qu'elle était morte ?

Il lutta pour refouler la colère qui grondait en lui, veillant à ne rien laisser filtrer dans son expression.

À ce petit jeu-là, lui aussi était doué.

— À quelle heure termines-tu ton service ? demanda-t-il posément.

Elle fit mine de ne pas avoir entendu.

— Le plat du jour, ce soir, c'est un kebab d'agneau avec du riz.

— Il faut que nous parlions… *Yasmin*, déclara-t-il en insistant sur sa fausse identité.

— Non.

Ses yeux noisette croisèrent son regard, puis elle ajouta :

— Monsieur.

— Tu ne crois pas que j'ai droit à une explication ?

L'espace d'une seconde, son masque s'effrita, laissant voir une vive émotion. Mais elle détourna aussitôt les yeux.

— Prenez votre temps pour consulter le menu. Je reviendrai dans quelques minutes. Voulez-vous quelque chose à boire en attendant ?

— Un thé à la menthe, dit-il finalement.

Sur un bref hochement de tête, elle s'éloigna. Sa démarche était un peu différente, son dos arqué par le poids du bébé qu'elle portait. Il s'avisa non sans une certaine surprise qu'il ne s'était jamais demandé comment elle serait, enceinte.

Comment était-ce possible ? Pourquoi n'avaient-ils jamais songé à avoir des enfants ? À fonder une famille ?

Quelques tables plus loin, une mince jeune femme vêtue d'une robe simple mais qui mettait sa silhouette en valeur, la tête couverte d'un hijab bleu roi, prenait les commandes de deux hommes d'âge moyen. L'homme qui faisait face à Connor avait la tête levée vers la jolie serveuse. Son visage lui était inconnu. Son compagnon, vêtu d'un *payraan tumbaan* aux broderies raffinées, lui tournait le dos…

Mais il y avait quelque chose dans sa façon de se tenir, dans la forme de sa tête et ces cheveux ondulés striés d'argent…

D'où pouvait-il le connaître ? Cela remontait-il aux années qu'il avait passées au Kaziristan ? Ou était-ce plus récent ?

Il sentit plutôt qu'il ne vit Risa revenir vers lui et il tourna la tête, la regardant approcher. Elle portait un petit plateau avec un verre de thé à la menthe glacé. Elle posa le verre devant lui et s'apprêta à s'éloigner.

— Je n'avais pas précisé que je le voulais glacé, murmura-t-il.

Mais, évidemment, elle ne lui avait pas posé la question puisqu'elle *savait* que c'était ainsi qu'il l'aimait.

Elle se figea une seconde avant de se retourner, les yeux baissés.

— Je suis désolée. Je vais vous l'échanger contre un thé chaud.

Il referma la main sur la sienne comme elle tendait le bras pour prendre le verre.

— Washington Park, chuchota-t-il. Demain matin, 10 heures. Je t'y attendrai sur le banc, près du kiosque, au bord du plan d'eau. Si tu veux me parler…

Il relâcha sa main.

— Laisse. Je vais boire ce thé… Mais je ne dînerai pas.

Elle releva les yeux et croisa son regard.

— La salle ne va pas tarder à se remplir. Il faudra libérer la table pour les clients qui viennent manger.

— Bien sûr, répondit-il en trempant les lèvres dans la boisson parfumée, remarquant qu'elle y avait ajouté la juste dose d'édulcorant qu'il prenait toujours à la place du sucre. Merci pour le thé. Il est très bon.

Elle évita son regard mais ne s'en alla pas tout de suite. Connor crut voir luire une trace d'humidité dans ses yeux au moment où elle se détourna finalement pour repartir vers la cuisine.

Il sirota une nouvelle gorgée de thé et jeta un coup d'œil du côté de la table des deux élégants Kaziris, qui continuaient à flirter avec la jeune serveuse. Juste à cet instant, l'homme qui avait le dos à lui tourna la tête, révélant son profil.

Une sensation de malaise indéfinissable envahit Connor. Il ne reconnaissait pas son visage, et pourtant quelque chose déclenchait une sonnette d'alarme dans sa tête… Comme s'il aurait dû le reconnaître. Mais pourquoi ?

Son regard tomba sur son téléphone, posé devant lui. D'un geste naturel, sans se presser, il le prit et fit glisser son doigt sur l'écran pour le déverrouiller. Il ouvrit l'application appareil photo et orienta discrètement l'appareil vers les deux hommes.

Faisant mine d'écrire un message, il prit un cliché de celui qui lui faisait face puis attendit que son compagnon lui montre de nouveau son profil. Mais ce dernier était trop occupé à boire les paroles de l'aguichante serveuse qui leur parlait à toute vitesse en kaziri.

Un tintement de métal sur le sol carrelé lui fit tourner la tête dans la direction du bruit, et il vit qu'un enfant, attablé avec ses parents près de la porte, avait lâché sa fourchette. Comme la mère jetait un regard d'excuse à la serveuse qui approchait, Connor reporta son regard vers les Kaziris. Le deuxième avait orienté sa chaise de façon à toiser la jeune mère et son fils d'un air vivement réprobateur.

C'était le moment qu'il avait attendu.

Connor appuya deux fois sur le déclencheur avant que l'homme reprenne sa position initiale. Tant qu'il y était, il en profita pour faire d'autres clichés, un de l'homme brun qui semblait être le patron du restaurant, un de la jeune et jolie serveuse, toujours accaparée par les deux Kaziris et, enfin, un de Risa dont le hijab avait glissé en arrière, révélant ses cheveux sombres et son profil délicat, tandis qu'elle servait les clients d'une table voisine.

Après une dernière photo, il rangea le téléphone dans sa poche et sortit son porte-monnaie. Il déposa un billet de vingt sur la table, à côté du verre vide, se leva et sortit, prenant soin de dissimuler son visage aux deux Kaziris.

Dehors, le froid s'était fait plus mordant avec la nuit tombée, quelques flocons de neige voletant encore dans le ciel hivernal. Relevant son col pour se protéger du vent glacé, il remonta rapidement le trottoir et traversa la rue en direction d'un café qui se trouvait un peu plus haut, de l'autre côté de la chaussée.

Une bouffée d'air chaud l'accueillit lorsqu'il poussa la porte. Une serveuse blonde au visage parsemé de taches de rousseur et aux lèvres rouge vif le salua depuis le comptoir.

— Bonsoir. Installez-vous, monsieur. J'arrive.

Connor s'assit à une table près de la fenêtre, pas tout à fait satisfait de l'angle de vue qu'offrait la baie vitrée, dans laquelle se réfléchissait la salle brillamment illuminée. Il parvenait tout juste à distinguer les lumières colorées du Joyau de Tablis dans le reflet.

Sortant son téléphone, il étudia les photos qu'il avait prises. Celle du plus jeune des deux hommes, celui qui lui faisait face, était très nette. Il rédigea un bref message à l'adresse de Maddox Heller et joignit la photo. Puis il choisit le meilleur des clichés de son compagnon et répéta l'opération, écrivant :

Cet homme t'est-il familier ?

Comme la serveuse arrivait avec un pichet de café et un menu, son téléphone bourdonna. Il prit le menu et consulta ses messages.

« Je n'en suis pas sûr », disait Heller. « L'image est un peu floue. Tu peux le filer ? Et m'en envoyer une autre ? »

« Je vais essayer », répondit-il avant de poser son téléphone et de regarder la porte du restaurant à travers le reflet de son visage sur la vitre.

La panique lui étreignait la poitrine, l'oppressait. Elle se força à respirer lentement, à fond, plusieurs fois. En raison de sa grossesse, sa tension artérielle était plus élevée qu'à l'accoutumée, il fallait donc qu'elle se surveille, pour le bien du bébé et pour elle-même.

Ne pense pas à Connor. Ne pense à rien d'autre qu'au travail.

— Ça va ? Tu ne te sens pas bien ? s'enquit dans son dos Darya, la faisant sursauter.

La jeune femme était née à Cincinnati si bien qu'elle parlait le kaziri avec l'accent américain.

— Je suis un peu fatiguée, répondit Yasmin de son kaziri impeccable, aussi authentique que si elle était née au Kaziristan, grâce à sa mère et aux années passées là-bas, chez son oncle, puis, plus tard, en tant qu'agent infiltré de la CIA.

Ses yeux dérivèrent vers la table VIP. Peut-être était-ce à l'occasion de l'un de ces séjours qu'elle avait vu cet homme.

Darya suivit son regard et baissa le ton.

— Ce sont des porcs, proféra-t-elle avec tant de hargne que Yasmin en fut saisie.

Darya avait été élevée dans le droit fil de la tradition par des parents rigoristes mais peut-être avait-elle un côté rebelle. Toujours est-il que, si elle avait donné l'impression d'être flattée par les cajoleries mielleuses des deux hommes, son regard dur et ses lèvres pincées indiquaient maintenant clairement qu'elle avait trouvé son rôle humiliant.

Et que, peut-être, le pourboire qu'ils laisseraient en partant ne compenserait pas la vexation subie.

— Je crois que tu as tapé dans l'œil du séduisant client que tu as servi tout à l'heure, reprit avec malice Darya, parlant de nouveau normalement. Celui qui avait la veste en cuir. Très viril.

— Je suis enceinte, je ressemble à une baleine, répliqua-t-elle, essayant de ne pas penser à l'expression dans le regard de Connor.

Une pulsation sourde commença à battre dans son front. Elle porta une main à sa tête.

— Tu as raison. Je ne me sens pas très bien.

Il fallait qu'elle parte d'ici. Qu'elle réfléchisse. Qu'elle essaye une nouvelle fois de joindre Dal.

— Vas-y. Ton service est presque terminé. Je dirai à Farid que tu étais malade et que tu as dû partir.

Yasmin jeta un coup d'œil à sa montre. Il était 20 h 50. Le restaurant fermait à 21 heures.

— Je vais aller le lui dire moi-même, déclara-t-elle en se dirigeant vers la cuisine.

Farid en profiterait sûrement pour ne pas lui payer sa dernière heure de travail mais, pour l'instant, l'argent était le cadet de ses soucis.

Comment Connor l'avait-il trouvée ? Quel jeu jouait-il ?

Elle trouva Farid dans son bureau encombré, derrière la cuisine, et lui annonça qu'elle se sentait mal.

— Je te décompterai une heure sur ton salaire, la prévint-il. À moins que tu ne la récupères dans la semaine.

— Oui… Oui, c'est ce que je ferai, assura-t-elle alors qu'elle n'était même pas sûre de remettre les pieds au restaurant.

Au lieu de sortir par la porte de service qui donnait sur l'arrière-cour sombre, elle opta pour la relative sécurité de l'entrée principale du restaurant. Avant de sortir, elle jeta un dernier coup d'œil aux deux hommes attablés. Ils étaient penchés l'un vers l'autre, par-dessus la table, en pleine conversation. Le plus âgé semblait en colère ; le plus jeune, tendu et inquiet. De là où elle se trouvait, elle ne voyait pas le visage du plus âgé mais, de nouveau, elle nota quelque chose de vaguement familier dans son port très droit, dans la forme de son crâne et son gabarit à la fois svelte et très viril. Puis elle se rendit compte qu'elle voyait son visage se refléter dans la vitre. Et, cette fois, elle en fut certaine : elle l'avait déjà vu. Mais pas en chair et en os…

Où, alors ?

Peut-être sur l'une des photos de surveillance accrochées dans le bureau de Dalrymple, à Washington, s'avisa-t-elle un instant plus tard. Elle l'avait interrogé une fois à leur propos. Il avait répondu, laconique mais avec une amère satisfaction : « Je l'appelle le mur des trophées. C'est mon tableau de chasse. » Elle en avait conclu qu'il s'agissait de criminels que la CIA avait tués ou capturés.

Mais ces hommes figurant sur le tableau de Dalrymple étaient morts ou emprisonnés quelque part.

Comment alors l'un d'eux pouvait-il être assis à la table 6 du Joyau de Tablis ?

Et était-ce pure coïncidence que Connor soit venu au restaurant le même soir que ce mystérieux client ? Peut-être n'était-ce pas du tout parce qu'il la cherchait qu'il se trouvait à Cincinnati.

Peut-être était-il là à cause de cet homme.

Elle poussa la porte, et le choc de l'air glacé lui coupa la respiration. Resserrant les pans de son manteau, elle se mit à marcher en direction de l'arrêt de bus, au coin de la rue. Le restaurant était suffisamment proche de son appartement pour qu'elle puisse faire le trajet à pied, mais elle avait froid, était fatiguée et se sentait traquée. Après la soirée qu'elle avait eue, elle pouvait bien s'offrir un ticket de bus.

Les lumières des vitrines éclairaient le trottoir, entre les cercles pâles que dessinaient à intervalles réguliers les réverbères. C'était mercredi soir, et il y avait moins de piétons que pendant le week-end, mais suffisamment cependant pour qu'elle se sente en sécurité. Certains d'entre eux lui adressaient des coups d'œil curieux, leur regard s'arrêtant soit sur son foulard, soit sur son ventre. Deux femmes lui décochèrent un bref sourire en la croisant. L'une des personnes qui attendaient le bus se leva pour lui laisser la place.

Elle l'accepta avec gratitude et se mit à observer les passants. Le bus apparut enfin au milieu des voitures, et elle ouvrit son sac pour préparer sa monnaie. Tandis qu'elle rassemblait, tête baissée, les pièces au creux de sa paume, une voix profonde s'éleva, non loin, parlant en kaziri.

— La serveuse était vraiment belle, non ?

Levant les yeux, Yasmin avisa les deux VIP du restaurant, marchant côte à côte. Elle tourna la tête comme ils approchaient, dissimulant sa surprise afin qu'aucune des personnes qui l'entouraient ne puisse s'en souvenir, le cas échéant. Puis, comme les hommes dépassaient l'arrêt, le bus arriva, et les gens qui l'attendaient s'approchèrent du bord du trottoir.

Mais Yasmin ne se joignit pas à eux. Elle se leva seulement lorsque tout le monde fut attroupé, dos à elle, et se mit à suivre les deux hommes.

Elle était assez loin pour qu'ils ne l'entendent pas marcher, derrière eux. Quant à eux, ils avançaient sans se soucier d'être remarqués, le plus âgé des deux marchant avec assurance, les pans de son *payraan tumbaan* volant derrière lui à chacun de ses pas.

Ils longèrent deux pâtés de maisons avant de tourner dans une rue transversale. Les réverbères, désormais, étaient plus espacés. Il y avait encore des piétons dans la rue principale, mais lorsqu'elle s'engagea elle aussi dans la ruelle elle se retrouva seule. Son sentiment de vulnérabilité s'accrut.

En d'autres temps, la perspective de suivre deux hommes dans une rue sombre ne l'aurait nullement dérangée. Mais en d'autres temps, elle n'était pas enceinte de huit mois et désarmée.

Elle ralentit l'allure, les laissa prendre un peu d'avance tout en veillant à ne pas se faire trop distancer. Elle était vêtue de couleurs foncées et, avec son foulard serré autour de sa tête, elle ne serait pas visible tant qu'elle resterait dans l'ombre.

Elle ne connaissait pas encore très bien Cincinnati, mais elle avait pris soin d'étudier le plan de la ville afin de se familiariser avec le secteur justement en prévision d'une situation telle que celle-ci. Lorsqu'elle était arrivée en ville, sept mois plus tôt, peu après avoir tiré un trait sur son ancienne vie, elle ne savait pas qu'elle était enceinte. Elle avait cru pouvoir être plus utile à Dal qu'elle ne l'avait été en réalité.

Quoi qu'il en soit, le travail était le travail, et l'un des deux hommes kaziris avait piqué sa curiosité. Peut-être se trompait-elle en croyant l'avoir déjà vu. Peut-être la raison pour laquelle il se trouvait à Cincinnati était-elle parfaitement innocente…

Mais peut-être lui et son compagnon projetaient-ils d'amener le terrorisme d'Al-Adar sur le sol des États-Unis en se cachant parmi les pauvres immigrants qui avaient fui le Kaziristan pour échapper aux troubles et aux persécutions qui avaient cours dans leur pays. Parvenus à une nouvelle intersection, les deux hommes, devant elle, ralentirent le pas et entrèrent par une porte latérale dans un petit immeuble de quatre étages. Lorsque la porte s'ouvrit, un rai de lumière éclaira une façade de brique rouge lézardée. Puis la porte se referma, plongeant de nouveau la rue dans l'obscurité.

Yasmin leva les yeux pour contempler le réverbère éteint au-dessus de sa tête. Était-il hors service par suite d'une usure normale ou avait-on délibérément brisé l'ampoule ? Et si oui, était-ce pour dissimuler ce qui se tramait à l'intérieur de ce bâtiment dans lequel les deux Kaziris avaient disparu ?

Plus elle s'attardait ici, à découvert, plus elle se mettait en danger, s'avisa-t-elle. En quittant l'artère principale, elle s'était écartée de toute circulation piétonne, se rendant d'autant plus vulnérable. Courir ce risque aurait pu en valoir la peine… si elle avait été seule.

Mais les petits coups de pied du bébé venaient lui rappeler que ce n'était plus le cas désormais.

Rebroussant chemin, elle s'éloigna d'un pas aussi vif que le lui permettait sa grossesse avancée, gardant l'œil rivé sur les lumières de la rue principale devant elle. Elles n'étaient pas très loin, heureusement.

— Hé ! Toi ! lança soudain une voix âpre avec un fort accent, derrière elle.

Elle jeta un coup d'œil par-dessus son épaule.

La porte, à l'extrémité du pâté de maisons, était ouverte. Trois hommes se tenaient sur le seuil, les yeux braqués dans sa direction.

Sans hésitation, elle se mit à courir.

Le son d'une voix masculine apostrophant quelqu'un, suivi d'un bruit de pas précipités, attira l'attention de Connor dans la traverse par laquelle il avait coupé, espérant rattraper sa cible. Il s'arrêta, tendant l'oreille.

Les pas semblaient se rapprocher. Il s'élança, ses semelles de caoutchouc totalement silencieuses sur l'asphalte irrégulier du passage. Comme il approchait de l'endroit où la traverse débouchait sur la rue, il entendit le son d'une respiration laborieuse. Celle d'une femme, songea-t-il, chargée de peur et de désespoir.

C'était elle, il le sentait au plus profond de lui.

Son corps réagit à l'instinct ; il projeta les bras en avant et la saisit au moment où elle passait devant l'étroite ouverture de l'allée. Vivement, il l'attira dans le renfoncement sombre, resserrant ses bras autour d'elle comme elle se débattait pour lui échapper.

— C'est moi, murmura-t-il à son oreille.

Elle cessa de lutter, mais il sentait le battement frénétique de son cœur là où le dos de Risa était pressé contre son torse. Tout à coup, sous le bras qu'il avait enroulé autour de son abdomen proéminent, quelque chose ondula avant d'assener un coup au niveau de son poignet. Il retint une exclamation de surprise.

Il l'entraîna dans les profondeurs du passage, hors de vue de ses poursuivants. Une grande benne à ordures était rangée contre le mur. Il en émanait une écœurante odeur de pourriture mais tant pis. Elle leur offrirait un abri inespéré, le temps qu'il soit certain que les hommes qui la poursuivaient aient renoncé.

Elle se serra contre lui, comme si elle cherchait à se réchauffer, alors qu'il sentait la chaleur qui se dégageait d'elle contre sa poitrine. Elle chuchota dans un murmure, essoufflée :

— Qu'est-ce que tu fais ici ?

— Je te protège, répondit-il sur le même ton.

3

Son nom n'était pas Yasmin Hamani même si tous ses papiers d'identité la désignaient comme telle. Elle n'était pas une immigrante du Kaziristan et elle n'était pas veuve même si, au fil de ces derniers mois, elle était presque parvenue à se convaincre qu'elle l'était.

Mais maintenant qu'elle se retrouvait blottie dans les bras solides de Connor McGinnis, qu'elle sentait son odeur familière et entendait battre son cœur sous son oreille, elle pouvait bien s'autoriser à reconnaître la vérité.

Elle était Parisa DeVille McGinnis — Risa pour les intimes. Sa mère, d'origine kazirie, avait épousé le fringant jeune marine qui l'avait sauvée de la mort lors d'une attaque terroriste dans son pays natal, dévasté par la guerre. Risa, elle aussi, avait épousé un marine — un homme courageux, intelligent et loyal qu'elle avait rencontré dans les montagnes du Kaziristan bien des années plus tard. Comme ses parents, ils avaient commencé à écrire leur propre histoire, à tracer leur voie vers une vie de bonheur sans mélange…

Jusqu'à ce que Risa McGinnis trouve la mort dans un attentat à la bombe commis contre le long-courrier qui la ramenait du Kaziristan vers les États-Unis, sept mois auparavant. L'avion avait disparu des écrans radars au-dessus du Pacifique, et seuls quelques débris de carlingue avaient été retrouvés, flottant dans l'océan, près de l'endroit où l'appareil avait émis un signal pour la dernière fois.

Pas de survivants.

Du moins, parmi les passagers qui avaient effectivement voyagé sur ce vol.

— Il faut qu'on sorte d'ici, murmura Connor à son oreille. Enlève ce voile.

Elle retira le foulard de sa tête et le fourra dans sa poche. Puis elle s'autorisa un bref regard dans sa direction bien que le seul fait de voir son visage si près du sien, si douloureusement familier, la laissât sans voix, comme étourdie.

— Tu habites loin d'ici ? demanda-t-il posément.

— Tu ne peux pas venir chez moi. Je vis seule.

Les mots étaient sortis tout seuls, comme si elle était réellement la femme dont elle menait la vie depuis des mois.

— Risa, je suis ton mari.

Quelque chose fondit en elle, la réchauffant de l'intérieur.

— Mais ils croient que je suis veuve.

— J'espère que je suis mort en héros, proféra-t-il avec un humour à froid qui aurait dû lui tirer un sourire.

Mais elle avait le cœur trop serré pour cela.

— Où es-tu descendu ? demanda-t-elle. On pourrait aller chez toi.

— Pas loin d'ici.

Il passa un bras autour de ses épaules et l'attira contre lui.

— Souviens-toi, tu n'es plus Yasmin désormais. Tu es Parisa. La belle, la sexy, l'implacable Parisa. Et tu es avec moi.

Elle le regarda, le cœur étreint par l'émotion.

— Je suis désolée.

— Les excuses, ce sera pour plus tard.

Il désigna du menton le fond de l'allée jonchée de détritus.

— Tu es prête ?

D'un hochement de tête, Risa acquiesça, faisant taire la douleur qui lui brûlait les jambes et le dos.

Pelotonnés l'un contre l'autre, ils remontèrent jusqu'au bout du passage et rejoignirent enfin la rue principale, où les réverbères illuminaient d'un éclat jaune la scène de vie nocturne qui s'offrait à leurs yeux. Il était 22 h 30 maintenant mais, même si c'était un soir de semaine, la circulation ne décroîtrait pas avant minuit passé.

À quelques pâtés de maisons à l'est de Vine Street, Connor la guida jusqu'à un petit bâtiment d'aspect miteux, sans ascenseur. Risa commençait à ressentir des crampes dans le dos et les jambes. Ce fut avec soulagement qu'elle le vit s'arrêter après la première volée de marches, devant la porte 201. Il la déverrouilla et s'effaça pour la laisser entrer.

Comparé à l'endroit où logeait Connor, son appartement était un nid douillet. Son séjour était meublé en tout et pour tout de deux chaises dépareillées situées de part et d'autre d'une table, et d'une troisième placée devant la fenêtre. Un ordinateur portable était posé sur la table, à côté d'une boîte de nourriture provenant d'un restaurant rapide.

— Tu as mangé ? demanda-t-il en posant ses clés sur la table.

Elle le considéra avec circonspection. Son attitude détachée, professionnelle, n'était pas ce à quoi elle s'était attendue de la part du mari venant de découvrir qu'elle n'était pas morte, ainsi qu'il l'avait cru.

À sa place, elle aurait été folle de rage.

Mais non. Il avait juste l'air… distant.

— Tu veux manger quelque chose ? répéta-t-il. Je n'ai pas grand-chose, mais je peux faire un saut jusqu'à un restaurant ouvert la nuit.

— Non, je n'ai pas faim, répondit-elle en ôtant son manteau tout en considérant l'appartement presque vide. Mais je prendrais bien une douche.

Le regard de Connor s'arrêta sur son ventre arrondi.

— Bien sûr.

Il la précéda dans un petit couloir jusqu'à une salle de bains jouxtant le séjour.

— C'est là, indiqua-t-il en montrant une porte sur la droite.

Par la porte de gauche, entrouverte, elle aperçut une chambre plongée dans l'obscurité. Grâce à la lumière d'ambiance du séjour, elle entrevit le contour d'un petit lit, à peine assez grand pour un homme de la taille de Connor.

Mais il était en mission, se dit-elle en refermant la porte de la salle de bains derrière elle. Connor n'était pas là pour célébrer les retrouvailles avec sa femme disparue ; il était un soldat en service. Voilà pourquoi il montrait une telle réserve.

Frissonnant à la fois de froid et de peur à retardement, elle contempla le reflet de ses grands yeux noisette dans le miroir de l'armoire de toilette. Jamais de toute sa vie elle ne s'était sentie aussi seule.

Surtout, mettre l'émotion de côté. Il n'y a rien de plus volatile, de plus incontrôlable que l'émotion.

Connor s'approcha de la fenêtre et contempla la rue en contrebas. Il s'était remis à neiger à petits flocons. Encore une chance qu'ils aient pu se mettre à l'abri à temps.

— Je reste dormir ici ?

Au doux alto de la voix de Risa, un frisson lui parcourut l'échine. Il se retourna et la vit dans l'embrasure de la porte, une épaule calée contre le montant. La docile réfugiée kazirie avait disparu, supplantée par l'agent de la CIA au regard pénétrant dont il était tombé amoureux trois ans plus tôt.

— Je ne crois pas qu'il soit judicieux de rentrer chez toi.

— Je n'ai pas de quoi me changer.

— Je peux te prêter une chemise.

À peine les mots avaient-ils franchi ses lèvres qu'il les regretta, car ils lui rappelèrent instantanément leurs longues et douces nuits d'amour, suivies de matinées passées à paresser, Risa se promenant dans leur appartement, seulement vêtue d'une de ses chemises.

Elle promena une main sur le renflement de son abdomen.

— Une grande chemise, alors.

Il ne poserait pas de questions. Si elle avait quelque chose à lui dire à propos du bébé, qu'elle le fasse d'elle-même.

La Risa qu'il avait connue aurait joué franc jeu avec lui.

Oui, mais la Risa qu'il avait connue ne l'aurait jamais laissé croire qu'elle était morte alors que ce n'était pas le cas.

— Tu dois te poser tellement de questions, murmura-t-elle en s'avançant lentement vers lui.

Elle essayait de se donner l'air désinvolte et détaché de l'espionne sexy qui maîtrisait la situation, mais le bébé semblait singulièrement lui compliquer la tâche. Pas facile de jouer les femmes fatales avec un bébé de huit mois dans le ventre, apparemment. Oh ! Elle était toujours sexy, mais à la manière d'une « mère originelle », d'une déesse de la fécondité.

Il ne put réprimer un sourire.

— Laisse tomber ton petit numéro, Risa. Ça ne marche pas, avec le ballon de basket que tu camoufles sous ta robe.

Elle s'arrêta net, l'air mal à l'aise.

— Comment se fait-il que tu ne me demandes rien ?

Il opta pour feindre la naïveté.

— À quel propos ?

— Tu le sais très bien. Pourquoi ne me demandes-tu pas : « Comment as-tu pu survivre à cet accident d'avion, Risa ? »

— Comment as-tu pu survivre à cet accident d'avion, Risa ?

— Je n'étais pas à bord de cet avion.

Elle fit un autre pas.

— « Pourquoi ne m'as-tu pas appelé, Risa ? »

Cette fois, il garda le silence, luttant contre la colère et la douleur qui bouillonnaient en lui.

— Dalrymple m'a empêchée à la dernière minute de prendre ce vol, disant que ma tête était mise à prix, qu'il fallait que je disparaisse. Et puis, on a appris le crash de l'appareil.

Il l'observa, les yeux plissés, se demandant s'il devait croire son histoire. Cela semblait tellement… gros. Tellement évident. Bon sang, peut-être qu'elle-même y croyait… Peut-être Martin Dalrymple l'avait-il effectivement retenue en lui racontant qu'on voulait la tuer. L'accident d'avion survenant juste après la mise en garde rendait l'histoire d'autant plus convaincante.

Un peu trop convaincante, peut-être.

— Tu crois que je ne me suis pas fait la même réflexion, moi aussi ? demanda-t-elle doucement, semblant lire dans ses pensées.

Elle se rapprocha encore. S'il avait tendu la main, il aurait pu la toucher. L'attirer contre lui comme il l'avait fait dans cette ruelle balayée par les courants d'air. Sentir encore son cœur battre contre sa poitrine, chose qu'il avait crue à jamais perdue…

— Qu'est-ce que tu crois ? Moi aussi, je me suis demandé si Dal ne me menait pas en bateau.

Il réussit à faire en sorte que ses bras restent là où ils étaient.

— Dalrymple n'est pas réputé pour sa transparence dans sa façon de travailler.

— Je sais, répondit-elle en posant la main sur son ventre. Mais s'il ne mentait pas… Je ne pouvais pas courir ce risque. Il y avait trop en jeu.

Le regard de Connor s'abaissa jusqu'à sa main, malgré sa ferme résolution de ne pas se laisser attendrir.

— Tu veux dire… le bébé ? demanda-t-il de son ton le plus neutre.

— Je ne savais pas que j'étais enceinte quand j'ai accepté de me faire passer pour morte, avoua-t-elle doucement, un accent de sincérité dans la voix. Je l'ai découvert un mois plus tard. Mais le service commémoratif que tu avais organisé avait déjà eu lieu. Tu avais déjà quitté le corps des marines.

— Et alors ? Tu as décidé que ce que je ne savais pas ne pouvait pas me faire souffrir ?

— Non, bien sûr que non…

— Parce que *j'ai* souffert, figure-toi.

Cette fois, plus moyen de refouler son émotion. La colère, décuplée par le souvenir ravivé de sa peine, l'emporta comme une lame de fond, lui serrant la gorge, altérant sa voix.

— J'ai eu du chagrin, beaucoup de chagrin. J'en ai encore. À chaque minute.

Le visage de Risa se chiffonna.

— Je suis désolée.

— Désolée de quoi ? De m'avoir fait croire que tu étais morte ?

Il combla la distance qui les séparait d'un pas rageur.

— Ou désolée que j'aie découvert le pot aux roses ?

Elle posa une main sur sa poitrine. Il aurait dû reculer, mais le contact si doux, si familier de sa paume tiède sur son torse lui avait tellement manqué qu'il faillit perdre les pédales.

Il referma la main sur la sienne, la tint serrée contre sa poitrine.

— Est-ce que tu as la moindre idée de ce que j'ai pu ressentir quand j'ai appris que tu avais trouvé la mort dans cet accident d'avion ?

— Je suis navrée.

Les larmes roulaient librement sur ses joues, maintenant.

— Je voulais te prévenir, mais Dal disait que tu étais en danger…

— Dal a dit… Dal disait, cracha-t-il avec mépris, sa colère trouvant en la personne de Dalrymple un exutoire plus facile. Je me fiche de ce que Dal a bien pu dire. Ce que, *toi*, tu m'avais dit, c'était que tu quittais l'agence, Risa. On était d'accord. On en avait terminé avec tout ça. C'était pour ça que tu rentrais du Kaziristan.

— Je sais, mais…

— On avait tout prévu, Risa ! On devait s'installer, toi et moi, dans un endroit bien à nous au lieu de vivre perpétuellement la valise à la main, d'un aéroport à l'autre, d'une mission à l'autre, tu t'en souviens ?

Elle s'essuya les yeux.

— Oui, je m'en souviens.

Il se passa la main dans les cheveux, s'efforçant de ne pas se laisser déborder par l'émotion.

Concentration, marine.

— Qui étaient ces hommes que tu suivais tout à l'heure ?

— Je ne sais pas, répondit-elle.

Elle avait l'air de dire vrai, mais il se rappela juste à temps qu'il ne pouvait pas la croire sur parole. Plus maintenant.

— Alors, pourquoi les suivais-tu ? enchaîna-t-il sans aménité.

Elle se tourna vers la fenêtre, veillant à ne pas s'en approcher de peur d'être vue de la rue.

— Je n'aurais pas dû venir ici. Les gens vont remarquer que je ne suis pas rentrée à la maison. Vivre dans une communauté d'immigrants, c'est un peu comme vivre dans un petit village : on ne peut pas faire un pas sans que tout le monde soit au courant.

Il nota qu'elle promenait machinalement la main sur son ventre en parlant, comme pour apaiser l'enfant qui était à l'intérieur. Il n'avait pas envie de poser la question qui lui brûlait les lèvres, mais il ne put s'en empêcher.

— Est-ce que je suis le père de cet enfant, Risa ?

Elle s'était attendue à cette question-là. Elle l'avait redoutée à cause de toutes ses implications futures. Mais elle n'avait pas imaginé à quel point la défiance de Connor la blesserait, même si elle comprenait qu'elle était bien légitime.

— Oui, c'est toi, le père, répondit-elle simplement parce que toute justification supplémentaire n'aurait fait qu'exacerber ses doutes.

— Et tu ne m'aurais jamais dit que j'avais un enfant ?

— Honnêtement, Connor, je ne m'étais pas projetée aussi loin.

Elle se tourna de nouveau vers la fenêtre.

— J'aurais dû me trouver dans cet avion. Mais Dal a eu vent d'une rumeur selon laquelle Al-Adar m'avait dans son viseur. Nous savions qu'ils avaient des hommes dans les aéroports et dans les autres moyens de transport.

— Alors, il t'a empêchée de monter dans cet avion et a sciemment envoyé deux cent douze passagers à une mort certaine pour faire croire à la tienne ?

— Seigneur, non ! répondit-elle en pivotant sur elle-même pour lui faire face, l'air horrifiée. Jamais je n'aurais donné mon accord pour une chose pareille, tu le sais.

— C'est pourtant ce qui est arrivé, non ? riposta-t-il, cinglant.

Il avait l'air tellement hors de lui, songea-t-elle, bourrelée de remords. La colère était-elle le seul sentiment qu'elle lui inspirât encore ?

— Il a été tout aussi effaré que moi quand on a appris, pour la bombe. Connor, il avait envoyé un autre agent à ma place dans cet avion pour que le tour de passe-passe soit parfait et qu'Al-Adar pense que j'allais bien atterrir à San Diego comme prévu.

De nouveau, la douleur altéra les traits de Connor.

— J'ai attendu pendant des heures à l'aéroport. Ils n'ont pas dit tout de suite que quelque chose était arrivé. C'est par Jason Ridgeway que j'ai appris la nouvelle… Il avait entendu au journal télévisé qu'un avion de ligne russe avait disparu quelque part au-dessus du Pacifique.

— Je suis désolée. Ce n'était pas censé se passer comme ça.

Il inspira à fond puis libéra lentement l'air de ses poumons en fourrageant d'une main dans ses cheveux, déjà en bataille.

— OK. Tu ne savais pas que ce crash allait se produire. Mais ensuite ? Pourquoi ne m'as-tu rien dit ?

— Dal a dit que…

— Je me fiche de ce qu'a dit Dal ! explosa-t-il d'une voix rauque, chargée de ressentiment.

Il lui tourna le dos, s'efforçant manifestement de se ressaisir. Elle attendit en silence.

Finalement, il lui fit face de nouveau.

— Désolé. Qu'a dit Dal ?

— Peu importe. J'aurais dû t'avertir quand même. Mais j'étais tellement sous le choc. Qu'on cherche à me tuer, c'était une chose, mais qu'on n'hésite pas à envoyer à la mort deux cents innocents juste pour m'éliminer, moi…

— Sacrément perturbant, hein ?

Pour la première fois, il laissait affleurer une certaine compassion.

— Sacrément perturbant, oui.

Elle appliqua la paume sur la courbe de son ventre, cherchant du réconfort dans les mouvements du bébé, sous sa peau. Il

— ou elle — devait percevoir sa tension. Ce n'était pas la première fois qu'elle se demandait si c'était un garçon ou une fille. Sa gynécologue lui avait demandé si elle voulait connaître le sexe du bébé, mais elle avait préféré attendre de le découvrir à la naissance.

Jusque-là, elle n'avait pas su ce qui avait motivé ce choix mais, maintenant qu'elle voyait Connor suivre sa main du regard, elle s'avisa qu'elle avait espéré, envers et contre tout, vivre la venue au monde de son bébé avec son mari.

Peut-être ne lui pardonnerait-il jamais ce qu'elle avait fait, mais il était une chose dont elle ne doutait pas : il aimait déjà cet enfant.

— Pourquoi es-tu sous couverture, ici, à Cincinnati ?

Elle soupira.

— Parfois, je me pose moi-même la question.

Les yeux de Connor se rétrécirent, rivés sur elle.

— Tu as l'air fatiguée.

— J'ai dû marcher pour me rendre à mon rendez-vous chez la gynécologue, ce matin. Ensuite, j'ai passé des heures debout, au restaurant…

— Et, pour finir, tu as suivi deux hommes jusqu'au fin fond d'un coupe-gorge.

— Oui, ce ne sera pas à classer parmi mes hauts faits.

Il tira une des chaises, devant la table.

— Au moins, assieds-toi.

Elle ne se fit pas prier et poussa un soupir de soulagement. Baissant les yeux, elle constata que ses chevilles étaient enflées.

— Pff, celui qui a dit que la grossesse rendait les femmes resplendissantes ne devait pas avoir toute sa tête. J'ai l'impression d'avoir gonflé de partout, comme une baudruche.

Les lèvres de Connor s'étirèrent, lui laissant voir pour la première fois les fossettes qui creusaient ses joues lorsqu'il souriait. Son cœur tressauta dans sa poitrine, comme la première fois qu'il lui avait adressé un sourire.

— Tu es belle. Tu l'es toujours, de toute façon.

La douceur de sa voix et la sincérité du compliment lui firent monter les larmes aux yeux.

— Je ne devrais pas me réjouir que tu sois là, déclara-t-elle. Parce que ça signifie sûrement que tu t'es mis aussi en danger. Mais je suis heureuse quand même. Tellement heureuse.

Il commença à tendre la main dans sa direction mais, à mi-course, il se ravisa et la laissa retomber.

— Vraiment ?

Elle cacha sa déception de son mieux.

— Oui, bien sûr. Mais comment m'as-tu retrouvée ?

Il se pencha pour attrassper une petite mallette. Il la posa sur la table, déverrouilla les fermetures métalliques et en sortit une tablette. Il activa l'écran de l'index puis enchaîna une série d'actions du bout du doigt avant de la lui tendre.

Elle vit une photo d'une manifestation pour la libération du Kaziristan à laquelle plusieurs personnes de la communauté avaient participé deux semaines auparavant. Ne voulant pas attirer l'attention sur elle, elle s'était gardée de s'y rendre, mais le rassemblement s'était tenu dans la rue du restaurant. Elle avait dû se frayer un chemin dans la foule pour atteindre son lieu de travail.

Elle paraissait complètement vidée, sans vie, sur cette image. Était-ce vraiment le reflet de la réalité ?

— J'ai essayé de me persuader que ce n'était pas toi. Que tu ne te serais jamais fait passer pour morte. Pas auprès de moi. Mais c'était pourtant toi que je voyais sur cette photo.

La voix grave et feutrée de Connor résonnait comme un roulement de tonnerre dans le lointain.

— Écoute, Connor…

Elle s'arrêta net comme on frappait trois petits coups secs à la porte. Elle le regarda, un frisson d'alarme courant le long de son échine.

— Va dans la chambre, murmura-t-il, déjà sur ses pieds.

Il sortit un gros pistolet Ruger de son sac et le mit dans la ceinture de son pantalon, sous sa veste.

Risa tira sans bruit la porte de la chambre derrière elle, le cœur palpitant d'appréhension. Si un membre de la communauté l'avait vue pénétrer dans cet appartement avec Connor, tout le patient travail qu'elle avait accompli depuis des mois serait réduit à néant.

Et Connor et elle courraient peut-être bien le plus grave danger de toute leur vie.

Connor colla l'œil au judas et vit un visage familier qui le regardait, sur le palier. Il tira le verrou, ôta la chaînette de sécurité et ouvrit le battant, s'effaçant pour laisser entrer un homme barbu, vêtu d'un col roulé et d'un pantalon kaki. Son regard noisette balaya rapidement la pièce.

— Où est-elle ? demanda-t-il.

— Content de te voir, moi aussi, Quinn.

Alexander Quinn se dirigea droit vers les fenêtres qui donnaient sur la rue et ferma les persiennes.

— Heller dit que c'est elle. Je suis passé à son appartement, mais il n'y avait personne. Alors, j'ai essayé le restaurant, mais elle n'y était pas non plus.

— Je t'ai dit que je gérerais ça à ma façon, lui rappela Connor d'une voix où perçait une irritation qu'il ne cherchait pas à dissimuler. Pourquoi es-tu venu ici ?

— Parce que Martin Dalrymple a été assassiné, figure-toi.

4

Alexander Quinn avait beau ne pas parler fort, l'appartement était assez exigu pour que sa voix ait porté jusqu'à la chambre. En entendant la nouvelle, Risa quitta sa cachette.

— Dal est mort ?

Connor et Quinn se retournèrent d'un même mouvement pour la regarder.

— Tu as l'air en forme, nota Quinn.

Elle lui jeta un regard suspicieux.

— Oui, enfin, comme c'est toi qui le dis, je me méfie étant donné que tu es un menteur patenté, rétorqua-t-elle, espérant qu'il ne disait pas non plus la vérité s'agissant de Dal. Qu'est-ce que c'est que cette histoire ? J'ai parlé à Dal il n'y a pas longtemps.

À ceci près que ce n'était pas si récemment que cela… Il n'avait pas répondu à son dernier message, ce qui était inhabituel. Était-il déjà mort à ce moment-là ? se demanda-t-elle, essayant de se souvenir de la dernière fois qu'elle avait reçu des nouvelles de son supérieur. C'était tôt, ce matin. Elle se remémora l'enchaînement des événements : il lui avait envoyé un e-mail, réclamant un point actualisé sur le déroulement de sa mission. Elle n'avait pas eu le temps de répondre avant son rendez-vous chez le médecin. Ensuite, elle avait eu cette impression désagréable d'être observée, dans la rue.

Était-ce le regard de Connor qu'elle avait senti peser sur elle ? Ou autre chose ?

— Le corps de Dalrymple a été trouvé cet après-midi à Rock Creek Park.

Elle secoua la tête.

— Il n'était pas à Washington. Il m'a dit qu'il avait quitté la ville il y a deux semaines pour se mettre au vert, dans un endroit plus isolé.

— Tout ce que je peux te dire, c'est ce que je sais. Et je sais que c'est bien Dalrymple. Et qu'il est mort.

— Tu es sûr que c'est un assassinat ? demanda Connor.

— Il a reçu deux balles en pleine tête, ça laisse peu de place au doute. Un tir doublé parfait.

— Une exécution, murmura Risa.

— Compte tenu de la nature de son job, c'est très probable.

Elle pressa les doigts sur ses tempes qui l'élançaient.

— Je lui ai envoyé un e-mail dans la journée. Il n'a pas répondu. Je comprends pourquoi maintenant.

— Il était codé ? demanda Quinn.

— Évidemment. Codage de la CIA plus cryptage électronique.

Sentant ses jambes flageoler, elle se dirigea vers une chaise et s'assit, penchée en avant, s'efforçant de respirer à fond, lentement.

En un éclair, Connor fut à son côté.

— Ça va ?

— Oui, ne t'inquiète pas, dit-elle, posant une main sur la sienne. C'est simplement que la journée a été longue et difficile. Et maintenant, Dal…

— Si celui ou ceux qui ont tué Dalrymple ont réussi à mettre la main sur ses communications, Risa pourrait être en grave danger, les mit en garde Quinn, debout, près de la porte. Vous devriez tous les deux venir avec moi à Campbell Cove.

Risa leva les yeux pour regarder Quinn.

— Où se trouve Campbell Cove ?

— Dans l'est du Kentucky, dit calmement Connor. Je travaille pour Campbell Cove Security Services désormais.

— Ton mari est entré dans mon service peu après l'accident d'avion, ajouta Quinn.

— Je croyais que tu dirigeais une société du nom de The Gates, dans le Tennessee.

— C'était le cas, expliqua Quinn. Elle m'appartient toujours. Mais j'ai formé des gens à faire fonctionner la société sans mon intervention quotidienne. Disons que mon pays a de nouveau eu besoin de mes bons et loyaux services.

— Alors, Campbell Cove Security… est une agence gouvernementale ? demanda Risa en regardant Connor. Je croyais que tu ne voulais plus de ce genre de travail ?

— Techniquement, c'est un partenaire qui travaille sous contrat pour le gouvernement.

— Ce qui, à peu de chose près, revient au même, dit-elle. Donc, tu as changé d'avis.

— Ce sont les circonstances qui m'ont fait changer d'avis, rectifia-t-il en la regardant avec insistance. Tu peux comprendre ça, n'est-ce pas ?

Elle serra sa main plus fort, se demandant comment elle avait pu se comporter comme elle l'avait fait, fût-ce dans l'intérêt de Connor. Elle avait été malheureuse sans lui. Même la joie de porter son enfant ne l'avait pas aidée à compenser le manque, terrible…

Elle avait essayé de le chasser de ses pensées, de se dire qu'elle avait vécu la majeure partie de sa vie sans lui et qu'elle pourrait donc certainement continuer sa route de la même façon.

Mais ça ne s'était pas passé ainsi. Pas vraiment. Et maintenant qu'il était de nouveau auprès d'elle, qu'il la touchait, la contemplait de ces yeux bleus perçants qui lui donnaient toujours la délicieuse impression qu'il la déshabillait du regard, il n'était plus question de retourner en arrière. Elle ne pourrait plus le quitter — même s'il y allait de sa sécurité.

Évidemment, la possibilité qu'il ne veuille plus d'elle dans sa vie n'était pas à exclure après la façon dont elle l'avait trahi.

Il se releva, dégageant sa main.

— Alors, qu'est-ce qu'on fait maintenant ? demanda-t-il à Quinn.

Quinn regarda Risa.

— Y a-t-il quelque chose dont tu aies absolument besoin chez toi ?

— Mon arme et mon ordinateur. Quelques vêtements de rechange, aussi. Le reste est dans mon sac à main.

— Je vais aller chercher ses affaires, se proposa Connor.

— Non. Tu attirerais trop l'attention. Je vais y aller moi-même.

Elle se remit sur ses pieds, s'efforçant de ne pas faire la grimace en sentant les tiraillements que cela lui causait dans le dos et les cuisses.

— Mais tu as été debout toute la journée, tenta de protester Connor.

— Laisse-la faire. Elle a raison. Elle vit là depuis des mois. C'est son territoire. Nous, nous sommes des étrangers.

— Pas question qu'elle y aille seule.

— Tu m'attendras dans l'allée, derrière mon immeuble, suggéra Risa, attrapant son sac.

Elle en tira un calepin et un stylo, et se mit à griffonner quelque chose sur une page, qu'elle déchira et lui tendit.

— C'est mon adresse. Il y a un escalier de secours juste devant ma fenêtre. Si quelque chose tourne mal, je descendrai par là, OK ?

Le regard de Connor alla de Risa à Quinn, puis revint se poser sur elle.

— OK. Laisse-moi au moins t'appeler un taxi.

— Surtout pas, objecta-t-elle en prenant son manteau et en l'enfilant. Les gens du voisinage savent que je ne gagne pas suffisamment d'argent pour me permettre de me déplacer en taxi. Un bus va passer dans dix minutes. Je vais le prendre. Toi aussi… Mais tu feras semblant de ne pas me connaître.

Connor fronça les sourcils, pinçant les lèvres, mais il acquiesça d'un signe de tête.

— Moi, je vous attendrai ici, déclara Quinn en s'asseyant sur le siège, devant la fenêtre. Se balançant sur les pieds arrière de la chaise, il tapota le cadran de sa montre.

— Il ne reste plus que neuf minutes maintenant. Vous devriez vous mettre en route.

— Je pars la première, annonça Risa. Laisse passer deux ou trois minutes avant de sortir à ton tour. Je serai à l'arrêt de bus. Tu descendras le premier, à l'arrêt situé avant ma rue, à Vine Street, près de Washington Park. De là, tu rejoindras sans peine ma rue, je pense. C'est tout près.

— Pas de problème.

Elle se glissa au-dehors, le cœur battant déjà plus vite. À priori, elle n'avait pas de raison de se sentir plus en danger parce que Dal était mort. Après tout, il avait mené plusieurs opérations de front… Il pouvait très bien avoir été abattu à cause de l'une des autres affaires.

N'empêche qu'elle avait l'impression d'avoir une grosse cible lumineuse accrochée dans le dos, songea-t-elle en se dirigeant vers l'arrêt de bus. Ces Kaziris l'avaient vue surveiller le bâtiment où ils étaient entrés. De loin et de nuit, certes… Mais peut-être suffisamment bien pour la reconnaître s'ils venaient à se recroiser.

Et s'ils étaient déjà en train d'interroger le voisinage, d'essayer de savoir qui était cette femme enceinte à la tête couverte d'un voile sombre ?

Stop, s'admonesta-t-elle. *Ils n'ont certainement pas vu ton visage. Et, si ça se trouve, avec ton grand manteau, ils n'ont peut-être même pas remarqué ton ventre, à cette distance.*

Elle allait rentrer chez elle comme si de rien n'était. D'ailleurs, si elle avait terminé son service et était restée pour aider au nettoyage de la salle comme il lui arrivait parfois de le faire, elle ne serait guère arrivée plus tôt.

Tout allait bien se passer.

— Tu dois avoir l'impression de vivre un rêve éveillé, commenta Quinn d'un ton dégagé dont Connor savait pertinemment qu'il était tout sauf cela.

— Tu n'as quand même pas l'intention de me psychanalyser maintenant ? répliqua-t-il, remontant la fermeture Éclair de sa veste, avant de se retourner vers son patron. Parce que tu te doutes sûrement que c'est la dernière chose dont j'ai envie.

— Tu viens de découvrir que ta femme décédée est en vie et enceinte. Ce n'est pas le genre de chose à quoi on est préparé.

— J'ai cinq minutes pour rejoindre l'arrêt de bus. Hors de question qu'on parle de ça maintenant. Ni plus tard, du reste.

Quinn éleva les mains devant lui en signe d'apaisement.

— Fais vite, McGinnis. Le temps ne joue pas en votre faveur.

Réprimant l'envie de lui jeter le premier objet qui lui tombait sous la main à la figure, Connor ouvrit la porte.

— On sera bientôt de retour. Ne touche pas à mes affaires. Si tu le fais, je le saurai.

La température avait encore chuté, et il regretta de ne pas avoir ajouté une couche de vêtements supplémentaire sous sa veste. Trop tard. Il avisa Risa, assise sur le banc de ciment de l'arrêt de bus, au coin de la rue, les bras frileusement refermés autour de son corps. Son manteau, à l'étoffe presque usée jusqu'à la corde par endroits, avait l'air de provenir d'une bourse aux vêtements et ne semblait pas suffisamment chaud pour faire barrage au vent glacé. Elle avait remis le voile sur sa tête, nota-t-il. Elle jouait de nouveau la veuve kazirie.

Il garda prudemment ses distances, ainsi qu'ils en étaient convenus, allant jusqu'à ne pas lui accorder un seul coup d'œil. Mais la séparation forcée ne fit que lui donner une conscience plus aiguisée encore de sa présence.

Et, à la conscience, s'ajouta le douloureux sentiment qu'il lui suffirait de la perdre de vue ne serait-ce qu'une seconde pour qu'elle se volatilise de nouveau, pour toujours cette fois.

Ce fut avec soulagement qu'il vit apparaître l'autobus blanc et bleu, au bout de la rue. Dans un grincement de freins, le bus ralentit à la hauteur de l'arrêt. Risa monta à bord, s'acquitta du montant dans la boîte de perception, à côté du chauffeur, et alla s'asseoir au milieu du bus, près de la porte centrale.

Connor paya à son tour et prit place de l'autre côté de l'allée, quelques sièges derrière elle. Ils n'étaient que quelques passagers, dont la majorité était des jeunes. La jeune Afro-Américaine qui était assise à sa hauteur, de l'autre côté de l'allée, semblait être étudiante. Elle avait un sac à dos posé à ses pieds et un volumineux manuel d'histoire ouvert sur les genoux.

Deux jeunes gens d'une vingtaine d'années à la peau basanée étaient assis côte à côte, quelques rangées devant Risa. Celui qui était près de l'allée se retourna pour lui jeter un regard méprisant. Au bout d'un moment, il demanda à voix basse, en kaziri, l'air mauvais :

— Tu es une putain ?

Risa se raidit, mais ne répondit pas.

Le compagnon du jeune homme se tourna à son tour. Il fronça les sourcils, mais apparemment plus par pitié que par dédain.

— Ton père t'autorise-t-il à voyager seule de nuit ? s'enquit-il en anglais.

— Je suis seule ici, répondit Risa en anglais, avec un fort accent. Je n'ai pas de père pour me protéger. S'il vous plaît, laissez-moi tranquille.

— Ton enfant n'a pas de père ? insista le premier avec hostilité.

— Elle vous a dit de la laisser tranquille, intervint l'étudiante en se levant et en fusillant les deux hommes du regard. Vous n'avez pas à lui poser ces questions.

Le jeune homme qui avait semblé prendre Risa en pitié parut embarrassé et s'empressa de se retourner, mais l'autre dévisagea l'étudiante avec animosité pendant plusieurs secondes avant de se retourner, lui aussi, grommelant quelque chose à voix basse à l'adresse de son compagnon.

Risa se tourna vers la jeune Afro-Américaine.

— Merci, dit-elle doucement.

L'étudiante déplaça son sac sur le côté et tapota le siège à côté d'elle.

— Venez vous asseoir ici, si vous voulez.

Risa jeta un coup d'œil à Connor et rejoignit l'étudiante de l'autre côté de l'allée.

— Je m'appelle Kyla, dit la jeune fille avec un sourire engageant.

— Yasmin.

— Enchantée de faire votre connaissance.

L'air de rien, Connor tendit l'oreille pour les écouter bavarder tout en gardant les deux jeunes kaziris à l'œil, à l'avant du bus. Heureusement, ils sortirent à l'arrêt suivant, et il put se détendre un peu avant son propre arrêt, regrettant tout de même d'avoir accepté de quitter le bus avant elle. Mais il ne pouvait pas changer leur plan maintenant et il descendit donc comme prévu. Ayant entré l'adresse dans son téléphone avant de partir, il suivit les instructions sur son appareil. Comme il tournait au coin de la rue où elle habitait, il vit le bus repartir de son arrêt, un peu plus loin, et Risa s'avancer dans sa direction, la tête rentrée dans les épaules pour se protéger du vent. Elle ralentit devant l'entrée d'un petit bâtiment de grès rouge à deux étages passablement délabré. Comme elle poussait la porte, elle jeta un coup d'œil dans sa direction. Elle ne manifesta strictement rien, mais se hâta de s'engouffrer à l'intérieur.

Elle lui avait dit de l'attendre dans l'allée qui longeait son immeuble. Il trouva l'étroit passage qui séparait le bâtiment de l'immeuble voisin et s'y engagea. Au-dessus de lui, les escaliers de secours des deux bâtiments formaient une sorte de canopée métallique qui contribuerait à dissimuler sa présence, dans l'obscurité.

Son appartement était situé au premier étage, dans l'angle, face à l'allée. S'adossant au mur de brique froid de l'immeuble d'en face, il garda le regard rivé vers sa fenêtre noire, attendant de voir la lumière s'allumer. Dix secondes. Vingt. Trente.

Ah ! La fenêtre venait de s'éclairer.

Il s'autorisa à respirer de nouveau.

*
* *

En entrant chez elle, Risa se demanda où elle allait bien pouvoir dormir dans le minuscule appartement vide de Connor, mais cela lui était égal, en réalité. Elle était tellement fatiguée qu'elle aurait pu dormir, roulée en boule, dans un coin, pendant trois jours d'affilée.

Mais, d'abord, elle devait récupérer tout ce qui pouvait suggérer qu'elle était autre chose que la veuve enceinte qu'elle avait prétendu être pendant sept mois. Sa disparition soudaine allait déjà suffisamment éveiller la curiosité comme ça.

Dal lui avait procuré un sac à dos dans lequel cacher son ordinateur portable et les autres équipements de communication qu'il lui avait fournis. L'extérieur du sac était dûment usé et déchiré afin de détourner l'attention du matériel coûteux qu'elle y rangerait. Elle fourra quelques vêtements de rechange et ses affaires de toilette dans un sac de sport acheté dans une solderie, laissant tout ce dont elle ne pensait pas avoir besoin ainsi que, bien en vue sur la table, le montant qu'elle avait mis de côté pour régler le loyer du mois suivant.

Allant de pièce en pièce, elle regarda derrière les portes et sous les meubles pour s'assurer qu'elle n'avait rien oublié qui puisse fournir un quelconque indice quant à sa véritable identité. L'appartement était petit, mais elle se rendit compte qu'en sept mois elle avait réussi à le transformer en un endroit plutôt accueillant.

Mais sa vie ici n'avait jamais été qu'une façade. Yasmin Hamani n'était qu'un masque qu'elle avait utilisé pour les protéger, son enfant et elle.

Et pour protéger Connor également… Même s'il n'aurait certainement pas vu la chose du même œil. Pas encore.

Et peut-être bien jamais.

Satisfaite, elle glissa une des bandoulières du sac à dos à son épaule, empoigna le sac de sport et ouvrit la porte d'entrée.

Après un dernier coup d'œil circulaire, elle éteignit la lumière et tira le battant derrière elle.

Elle n'avait pas descendu trois marches qu'elle entendit une voix masculine parler en kaziri.

— Tu es sûr que c'est bien ici qu'elle vit ?

Elle s'immobilisa et risqua un coup d'œil par-dessus la rampe. À l'étage du dessous, elle entrevit un bout de gilet richement brodé. Elle recula vivement.

C'était l'un des hommes du restaurant. Que faisait-il ici ?

Une autre voix, plus familière encore, répondit à sa question en même temps qu'à son interlocuteur kaziri.

— C'est l'adresse qu'elle m'a donnée quand je l'ai engagée au restaurant, dit Farid Rahimi d'un ton étonnamment réticent. Pourquoi veux-tu la voir ? Elle n'est personne. Juste une pauvre veuve.

Bon sang. C'était d'elle qu'ils parlaient !

Il y avait un second escalier à l'autre bout du couloir, mais elle n'aurait jamais le temps de l'atteindre. Faisant demi-tour, elle rentra précipitamment dans l'appartement et verrouilla la porte sans bruit.

Elle n'alluma pas la lumière dans l'espoir qu'ils renonceraient en la pensant absente. Mais la personne qui frappa à la porte quelques instants plus tard n'était ni Farid ni le Kaziri.

— Madame Hamani ? Vous êtes là ?

C'était Joe Trammel, son propriétaire.

Et lui avait la clé !

Refrénant une soudaine décharge d'adrénaline, elle recula sur la pointe des pieds et se réfugia dans la chambre. Que faire ? Se cacher dans le placard ? Sous le lit ? Pas de panique. Ils n'allaient sûrement pas fouiller l'appartement de fond en comble sous les yeux de M. Trammel.

Au bruit d'une clé qu'on insérait dans la serrure, elle s'agenouilla et essaya de se glisser sous le lit… En vain. Son ventre proéminent ne passait pas.

Nom d'un chien ! Se relevant aussi vite qu'elle le pouvait, elle se dirigea vers le placard. Mais la voix un peu impatientée de Joe Trammel, de l'autre côté de la porte d'entrée, l'arrêta :

— Elle a peut-être simplement oublié qu'elle était censée travailler ce soir. Ça ne vous a pas effleuré l'esprit ?

Farid avait dû mentir au propriétaire et prétendre qu'elle était attendue au restaurant. Bon sang !

— C'est l'une de mes meilleures serveuses. Jamais elle n'aurait oublié. Peut-être que quelque chose ne va pas ! Peut-être que c'est le bébé…

Trammel parut un peu effrayé.

— Vous croyez ?

— Mieux vaut nous en assurer, non ? dit cette fois la voix du client kaziri qui avait paru familier à Risa.

Il s'exprimait avec un parfait accent britannique, comme s'il avait fait ses études en Grande-Bretagne. Chose qui n'était pas inhabituelle dans le milieu du terrorisme actuel.

— Oui mais… Vous comprenez, j'étais justement en train de partir pour aller chercher ma femme, déclara Trammel. Je ne veux pas la faire attendre dehors par ce froid…

— Bien sûr, allez chercher votre femme, suggéra Farid du ton lénifiant du patron de restaurant estimant que « le client a toujours raison ». J'attendrai votre retour. Peut-être Yasmin sera-t-elle rentrée, en pleine forme, d'ici là. Mais si ce n'est pas le cas et si je trouve quelque chose d'inquiétant, nous déciderons s'il convient d'appeler la police quand vous serez revenu. C'est une bonne idée, qu'en pensez-vous ?

— D'accord, finit par dire Trammel d'une intonation où perçait une certaine contrariété.

Mais il surmonta apparemment sans plus de scrupule le trouble que lui causait la présence des deux hommes, car elle entendit juste après son pas lourd dans l'escalier.

Le cœur de Risa sauta un battement. Pas question qu'elle se retrouve seule avec Farid et l'homme kaziri. Trop dangereux.

Il fallait qu'elle prenne le large. Et vite.

Sa décision prise, elle se dirigea vers la fenêtre à guillotine et fit doucement coulisser la partie basse du châssis. L'une des premières choses qu'elle avait faites en arrivant dans l'appartement était de s'assurer que l'ouvrant de la fenêtre se soulevait sans effort — et sans bruit — précisément dans l'éventualité d'une telle situation, mais en espérant qu'elle n'aurait pas à prendre la fuite en catastrophe.

Espoir désormais déçu.

L'air froid lui fouetta le visage comme elle faisait passer un sac après l'autre par-dessus le rebord de la fenêtre et les déposait sur l'escalier métallique. Elle se hâta d'enjamber à son tour le rebord comme elle entendait les voix des deux hommes parlant en kaziri se rapprocher de la chambre. Elle saisit les mots « étrangère » et « surveillance » puis le client kaziri qu'elle avait suivi dit :

— Pourrait-elle être une espionne ?

— Yasmin ? Non. C'est une petite souris docile, répondit Farid.

— Les souris peuvent causer de gros dégâts, assena l'autre homme d'une voix sinistre.

Sans attendre son reste, Risa s'éloigna de la fenêtre, le cœur battant la chamade.

5

En voyant la lumière s'éteindre dans l'appartement, Connor avait poussé un soupir de soulagement, s'attendant à voir Risa le rejoindre à tout instant dans l'allée. Mais la lumière s'était rallumée quelques minutes plus tard.

Avait-elle oublié quelque chose ?

À moins qu'elle n'ait depuis le début prévu de lui fausser compagnie…

Saisi par cette idée, il se redressa d'un coup d'épaule, quittant son appui contre le mur, mais un grincement métallique le fit se figer. Ne bougeant que les yeux, il porta le regard vers la fenêtre de Risa et aperçut brièvement une silhouette se découpant contre le rectangle éclairé de la fenêtre. L'instant suivant, dans un crissement de métal, l'ombre s'engageait sur l'escalier.

C'était Risa.

Connor courut se poster au pied de l'échelle, retenant son souffle, la regardant descendre, sa progression rendue malaisée par les deux sacs qu'elle transportait.

Elle jeta un coup d'œil vers lui.

— Attrape les sacs, chuchota-t-elle, les laissant tomber l'un après l'autre dans ses bras ouverts.

Il les réceptionna et les posa par terre pour l'aider à rejoindre le sol. Malgré le poids du bébé, elle se mouvait avec légèreté, comme si la peur lui avait donné des ailes.

— Mon patron et l'un des clients kaziris du restaurant ont réussi à convaincre mon propriétaire de les laisser entrer dans mon appartement, expliqua-t-elle dans un murmure, haletante. Vite… Partons avant qu'ils nous repèrent.

Poussant Risa devant, il ramassa prestement les sacs tout en se demandant de nouveau ce que le sac à dos pouvait bien contenir de tellement lourd. Des équipements électroniques ?

Quel type d'opération avaient-ils mené, Dal et elle ?

Parvenu à la jonction de l'allée et de la rue, Connor jeta un coup d'œil derrière lui. Avisant un homme qui se penchait à la fenêtre, il se hâta de tourner au coin de la rue, espérant qu'ils n'avaient pas été vus.

— L'arrêt de bus est par là, déclara Risa, devant lui.

— Tu crois qu'il y aura encore des bus à cette heure ?

Elle lui décocha un sourire par-dessus son épaule.

— J'ai vérifié les horaires avant d'emballer mon ordinateur — pour le cas où on devrait mettre les voiles en vitesse.

Toujours aussi pleine de ressource, songea Connor. *Typique de Risa.*

Une sensation familière lui noua le bas-ventre — un mélange d'attirance, d'admiration et de respect… Tout cela condensé en une seule petite femme, brillante. Puis, avec la puissance d'un long roulement de tonnerre, la réalité qu'il avait plus ou moins occultée jusque-là sous un masque impassible le frappa de plein fouet.

Elle est vivante.

L'émotion qu'il avait gardée enfouie au fond de lui pendant si longtemps le secoua, et il se laissa tomber sur le banc de l'arrêt de bus avant que ses jambes se dérobent.

Il s'obligea à respirer à fond, plusieurs fois, le cœur cognant dans la poitrine comme s'il avait couru des kilomètres. Risa s'assit à son côté, son corps serré contre le sien, et elle posa une main sur son avant-bras.

— Qu'est-ce qui ne va pas ?

Comment aurait-il pu expliquer ce qu'il ressentait alors qu'il n'était plus sûr de ses émotions ? Oui, il était fou de joie qu'elle soit en vie. Il avait souffert, avait abondamment pleuré sa perte lorsqu'elle n'était plus là, mais c'était comme si ces sentiments appartenaient à quelqu'un d'autre.

Quelqu'un qui n'aurait jamais imaginé que sa femme puisse lui laisser penser qu'elle était morte alors qu'elle était vivante.

Et portait son enfant.

Il se força à museler ces dangereux sentiments, à les enfouir profondément en lui sous le couvert de la maîtrise de soi.

— Rien, répondit-il, sentant déjà qu'il reprenait le contrôle.

Risa l'étudia, les yeux plissés, comme si elle n'était pas dupe, mais elle n'insista pas. Tournant la tête, elle annonça :

— Voilà le bus.

Cette fois, ils ne prirent pas la peine de s'installer séparément dans l'autobus presque vide. Continuer à jouer la comédie n'aurait pas eu de sens. Risa avait clos le chapitre de la veuve kazirie, Yasmin Hamani. Ils s'assirent côte à côte une rangée derrière la porte centrale afin de pouvoir surveiller qui montait ou descendait.

Tandis qu'ils rejoignaient l'appartement de Connor, après avoir quitté le bus, Risa murmura :

— Il va falloir que tu me dises où je vais dormir.

Maintenant qu'elle avait cessé de simuler l'accent kaziri, les inflexions languissantes de la Géorgie reprenaient le dessus, chaudes et sensuelles.

Une pointe de désir le tarauda mais il l'ignora.

— J'ai un sac de couchage. Je l'utiliserai en attendant que nous ayons trouvé une solution.

Elle coula un regard dans sa direction mais ne répondit pas.

Risa poussa un léger soupir comme ils atteignaient la montée d'escalier de son immeuble, mais elle gravit les marches sans se plaindre, Connor sur les talons.

Quinn n'avait apparemment pas bougé lorsqu'ils entrèrent dans l'appartement ; il était toujours assis près de la fenêtre, sa chaise orientée face à la porte.

— Vous voilà. J'en déduis que l'opération s'est bien passée, commenta-t-il, une note d'amusement dans la voix.

— Pas vraiment, répondit Risa en s'asseyant sur une chaise et en étendant les jambes.

Elle pencha la tête à droite, puis à gauche, roula les épaules comme pour chasser la fatigue.

Machinalement, Connor s'avança vers elle avant de se rappeler les douloureux mois qui s'étaient écoulés depuis la dernière fois qu'il lui avait massé les pieds. Il se ravisa. Ils n'étaient plus les mêmes.

Et il ne savait pas s'ils redeviendraient un jour le couple qu'ils avaient été.

Changeant de trajectoire, il marcha jusqu'à la fenêtre.

— Le patron du restaurant où travaillait Risa et un des hommes qu'elle a suivis dans la soirée ont convaincu son propriétaire de leur ouvrir la porte de son appartement.

Quinn se leva d'un bond.

— Quoi ? Pendant qu'elle était là ? Est-ce qu'il l'a vue ?

— Non. Elle a réussi à filer par l'escalier de secours. Il a regardé par la fenêtre pendant qu'on s'enfuyait, mais je ne crois pas qu'il nous ait vus. Il faisait sombre. Dans le pire des cas, il m'a peut-être aperçu, moi, au moment où je tournais au coin de la rue… Et encore, je n'en suis pas sûr.

Le regard de Quinn alla de Risa à Connor.

— Il faut que vous quittiez Cincinnati au plus vite.

— Mais la mission…

— Pourra être poursuivie par un autre agent, le coupa-t-il. Il faut que tu emmènes Risa et que tu la conduises dans une de nos caches, dans les collines.

Par « collines », Connor savait ce qu'entendait Quinn. Les montagnes de l'est du Kentucky, où était basée la société. La région était truffée de vallées et de recoins où quelqu'un pouvait aisément disparaître à jamais, que ce soit par accident ou par volonté délibérée.

— Je ne crois pas que quiconque ici ait découvert qui je suis, déclara Risa.

Même l'indolence de son accent du Sud ne parvenait pas à cacher sa lassitude.

— Si vous croyez que j'ai l'intention d'aller où que ce soit ce soir après la journée que je viens de passer…

— Ce n'est qu'à quatre heures de route, et j'ai un Chevrolet Tahoe très confortable, équipé de sièges chauffants inclinables et d'une radio par satellite…

Quinn tira un trousseau de clés de sa poche.

— Moi, je vais rester ici cette nuit, pour le cas où quelqu'un viendrait. Laisse-moi tes clés, McGinnis.

Risa interrogea Connor du regard.

— Je pense qu'il est plus raisonnable de partir dès ce soir, confirma-t-il. Ces types te suspectent ; ils vont sûrement chercher à savoir qui tu es. Et s'ils s'aperçoivent que tu es toujours en vie…

— Dal s'efforçait de découvrir qui m'avait désignée comme cible.

Une expression douloureuse passa sur ses traits las.

— Maintenant, il est mort. Et je ne sais pas ce qu'il a trouvé.

— Nous menons l'enquête, déclara Quinn. Je te tiendrai au courant.

— Cette cache… Est-ce qu'il y aura des gardes armés ?

— Non. On vous fournira simplement des armes supplémentaires.

Une lueur amusée scintilla dans les yeux de Quinn.

— Vous êtes tous les deux en capacité de vous protéger. Inutile de mobiliser une armée. Plus nous serons discrets, mieux ce sera.

— Donc, il n'y aura que nous deux, conclut Risa en croisant le regard de Connor.

Le bas-ventre de ce dernier se contracta.

— Vous auriez bien été seuls, tous les deux, ici, de toute façon, fit observer Quinn. Au moins, là-bas, vous aurez de vrais meubles.

S'il avait noté la soudaine tension dans la pièce, il n'en montra rien. Il échangea son trousseau contre celui de Connor, ajoutant :

— Nous vous appellerons régulièrement pour nous assurer que tout va bien. Ne vous en faites pas. Contentez-vous de vous rendre là-bas dès ce soir et de vous installer. Quelqu'un prendra contact avec vous.

Risa s'éveilla au son répétitif d'essuie-glaces balayant le pare-brise. Ce bruit mis à part, l'habitacle du Tahoe était silencieux. Comme elle relevait le dossier de son siège, Connor lui jeta un regard en biais.

— Il s'est mis à neiger il y a environ une heure. Ce qui va rallonger un peu la durée du trajet.

Elle se frotta les yeux et regarda au-dehors la neige qui tombait à flocons serrés et commençait à blanchir la route.

— Combien de temps de trajet nous reste-t-il ?

— Environ une heure.

La pendule lumineuse du tableau de bord indiquait 4 h 30. Ils avaient déjà dépassé les quatre heures de route promises.

— Tu es sûr qu'on pourra emprunter une route de montagne par ce temps ?

— C'est un 4×4. D'après Quinn, nous ne devrions pas avoir de problème.

Le patron de Connor n'avait jamais fait partie de son unité à l'époque où elle et lui travaillaient pour la CIA, mais elle était au moins sûre d'une chose : la réputation de sagesse et de discernement dont il jouissait au sein de l'Agence n'était pas totalement usurpée.

Seulement, elle connaissait également assez bien les usages de la CIA pour savoir par ailleurs qu'il n'aurait pas hésité à assener des vérités dont il n'était pas absolument certain s'il pensait que cela lui permettrait d'obtenir gain de cause.

— Tu n'aimes pas beaucoup Quinn, commenta Connor comme s'il lisait dans ses pensées.

Il avait toujours été étonnamment doué à ce petit jeu-là, se souvint-elle. Tellement même que c'en était parfois déstabilisant pour ne pas dire franchement troublant — même si c'était rassurant, d'un autre côté. Que quelqu'un vous connaisse aussi bien, vous comprenne instinctivement…

Comment diable avait-elle pu laisser Dal la persuader d'oublier Connor après le crash ? Courait-il réellement moins de risques tant qu'on la croyait morte ? Connor avait été marine. Il avait côtoyé la mort quotidiennement sur le terrain. Et même s'il avait quitté le corps, son nouveau travail ne semblait pas exempt de danger lui non plus.

Elle ne lui avait rien épargné. Et elle n'avait pas de mal à imaginer le chagrin qu'elle lui avait infligé en le trompant sur la réalité de sa mort.

Si elle l'avait cru mort, *lui*, elle aurait été complètement dévastée.

— Je suis désolée, Connor.

Il lui jeta un bref coup d'œil avant de se concentrer de nouveau sur la route, où les conditions de circulation se détérioraient de plus en plus.

— De quoi ?

— D'avoir pris une aussi mauvaise décision. Je m'en rends compte maintenant.

— Oh ! Avec le recul, nota-t-il d'une voix dénuée de toute émotion.

— Tu ne me pardonneras jamais, n'est-ce pas ?

— Risa, on est fatigués. On est obligés de rouler sous la neige, en pleine nuit, pour aller se planquer dans un endroit perdu parce que des gens que nous ne connaissons pas sont à nos trousses. J'ai besoin de toute ma concentration pour garder ce mastodonte de Chevrolet sur la chaussée. Alors, s'il te plaît, contentons-nous de rejoindre la cache et d'aller nous coucher. On lavera le linge sale demain, d'accord ?

— D'accord.

Elle ravala la colère qu'avait fait naître en elle son intonation désabusée, se remémorant que c'était elle qui avait commis l'impardonnable, pas lui. Elle pouvait bien lui accorder un tant soit peu de patience et de compréhension, non ? Même si l'impassibilité qu'il montrait face à cette situation insensée l'incitait à se demander s'il l'avait jamais réellement aimée.

La cache se révéla être une petite ferme en galets de rivière et bardeaux de bois, nichée dans les montagnes, au nord-est de Cumberland, Kentucky. L'étroite route sinueuse qui y menait était recouverte de neige mais, aux crissements produits par les pneus du massif Tahoe, on devinait que la couche de poudreuse dissimulait une chaussée gravillonnée.

La maison en elle-même était dissimulée à la vue presque jusqu'à la dernière minute, apparaissant tout à coup au détour d'un virage qui épousait la courbe de la rivière, en contrebas. Un étroit pont en métal enjambait le cours d'eau, servant d'allée à la maison, qui s'élevait non loin derrière.

— Quinn m'a dit que la clé était cachée entre deux pierres, à côté du perron arrière, déclara Connor en contournant la bâtisse pour garer le SUV à l'abri des regards, derrière la maison.

Risa considéra les centaines de galets qui formaient le soubassement de la construction.

— Ça va beaucoup nous aider.

— Reste au chaud dans la voiture. Je vais aller la chercher.

Connor mit pied à terre, laissant le moteur tourner pour que le chauffage continue de fonctionner. En temps normal, Risa se serait jointe à lui quand même, deux paires d'yeux valant mieux qu'une, mais elle était épuisée et avait mal au dos.

Enfin, il se retourna, brandissant triomphalement la clé. Elle crut même le voir sourire avant qu'il gravisse les trois marches du perron et ouvre la porte arrière, mais peut-être se faisait-elle des idées, car lorsqu'il revint vers la voiture le masque de marbre était de nouveau en place.

— Quinn a dû prévenir quelqu'un de notre arrivée, annonça-t-il en l'aidant à descendre. L'électricité et le chauffage ont été mis en marche, et il y a un tas de bûches dans la cheminée qui n'attendent plus qu'une allumette.

— Je rêve d'une salle de bains et de boire un litre d'eau… dans cet ordre, s'exclama-t-elle en avançant vers la maison tandis qu'il sortait ses bagages du coffre.

— Attention, ça glisse par ici, lança-t-il en s'empressant de la rejoindre.

Il l'aida à gravir les marches, puis redescendit chercher les sacs.

La porte de derrière ouvrait sur une petite cuisine propre et bien rangée. Connor avait allumé la lumière qui faisait scintiller le mélaminé du plan de travail et l'acier brossé de l'électroménager. Cette partie de la maison, au moins, était accueillante.

— Je me demande s'il y a quelque chose dans le réfrigérateur, dit-elle à haute voix pendant que Connor posait les bagages.

Il arrêta son regard sur son ventre rond.

— Vous avez faim, toi et le bout de chou, hein ?

— Oui, mais je pense surtout au petit déjeuner, demain matin.

— Eh bien, voyons ça tout de suite…

Il ouvrit le réfrigérateur qui avait effectivement été pourvu en victuailles. Il contenait deux boîtes d'œufs, deux bouteilles de lait, du beurre, quelques fruits et légumes et, dans la partie congélateur, plusieurs plats surgelés, des filets de poisson, de la glace au chocolat.

Ce fut la vue de cette dernière qui fit gargouiller l'estomac de Risa. Aussitôt après, le bébé se mit à taper contre les parois de son abdomen.

Prise d'une impulsion, elle referma la porte du réfrigérateur et attrapa la main de Connor qu'elle appliqua contre son ventre.

— Tu le sens bouger ?

Sa main se raidit sous la sienne, et il fronça les sourcils. Puis le bébé donna un nouveau coup de pied, et Connor leva vivement les yeux vers elle.

— C'est le bébé ?

Elle sourit devant son expression ébahie.

— Oui, c'est lui. Ou elle.

— À combien de mois en es-tu ? demanda-t-il en promenant la main sur son ventre comme pour inciter le bébé à se manifester de nouveau.

— À un peu plus de huit mois. Environ trente-sept semaines. Il n'y en a plus pour très longtemps.

Connor retira sa main et jeta un coup d'œil à la ronde, l'air soucieux.

— Et tu es coincée ici, au milieu de nulle part.

— On a un véhicule. Et puis nous ne sommes pas si loin de la civilisation, n'est-ce pas ?

Il secoua la tête, mais ne parut pas plus détendu pour autant.

— À une dizaine de minutes au nord-est de Cumberland.

— Eh bien, nous regarderons sur Internet demain matin où se trouve le gynécologue obstétricien le plus proche.

— À supposer que nous réussissions à nous connecter, grommela-t-il.

— On a des téléphones portables, le rassura-t-elle en posant une main sur son avant-bras. Écoute, Connor, les femmes ont des bébés depuis la nuit des temps et parfois en l'absence d'assistance médicale. Et puis, il me reste encore quatre semaines et, comme c'est un premier enfant, il se pourrait même que je dépasse le terme prévu d'une semaine. Alors, inutile de se faire du souci ce soir, d'accord ?

Il contempla la main sur son bras.

— Et tu as vécu ça seule pendant ces sept derniers mois…

— J'avais Dal à qui parler.

Elle laissa retomber sa main, ne voulant pas qu'il la plaigne. C'était elle qui avait pris cette décision radicale pour écarter le danger.

C'était son choix. Elle en avait assumé les conséquences, point.

Lorsque Risa sortit de la salle de bains, ses cheveux étaient humides. Elle avait troqué ses vêtements contre un pyjama en coton doux, d'une coupe spécialement adaptée à la morphologie d'une femme enceinte.

Connor la contempla, fasciné, comme elle entrait dans le salon où il avait allumé le feu. Dehors, la neige s'était mise à tomber dru, et une couche blanche de plusieurs centimètres s'était déjà accumulée. Il avait essayé de consulter le bulletin météorologique sur son téléphone, mais c'était à peine s'il parvenait à obtenir du réseau, donc il avait renoncé, se disant qu'il n'arriverait jamais à avoir une connexion Internet stable.

Un rapide tour du reste de la maison lui avait permis de constater qu'ils avaient la télévision par le câble, ce qui signifiait que la maison devait être équipée d'une connexion Internet par câble ou par ADSL. Mais il s'en inquiéterait plus tard. Risa et lui avaient besoin de dormir pour l'instant.

— Tu te sens mieux ? s'enquit-il comme elle approchait de l'endroit où il était assis, devant l'âtre où rougeoyait le feu.

— Plus propre, en tout cas.

Elle tendit les mains vers les flammes, remuant les doigts.

— Comme c'est agréable de se chauffer devant un feu de bois.

La grossesse lui allait bien, songea-t-il. Elle adoucissait l'angulosité de ses traits, illuminait son visage, lui conférant un éclat que même la fatigue ne parvenait pas tout à fait à éteindre.

Dire qu'il en avait manqué la plus grande partie… Nom d'un chien !

— J'aurais tellement aimé savoir…

Il avait parlé tout haut sans le vouloir, mais il n'eut pas besoin de préciser sa pensée. Risa suivit son regard, braqué sur son abdomen, et le contempla avec un air désolé.

— J'aurais dû t'avertir. Je n'aurais pas dû laisser Dal me convaincre de gérer ça toute seule. C'est seulement que j'ai l'…

— L'habitude, acheva-t-il à sa place, le visage fermé. Tu as toujours tout fait toute seule. Je sais. Je m'en souviens.

Elle s'assit, doigts entremêlés sur les genoux, dans le peu d'espace que lui laissait son abdomen volumineux.

— Ça n'avait rien à voir avec nous. Ni toi ni mes sentiments pour toi n'étaient en cause. Je tiens à ce que tu le comprennes.

— Je comprends…

Il savait qu'elle l'aimait. L'amour n'avait jamais été remis en question entre eux.

— Mais tu es si farouchement jalouse de ton indépendance que tu ne lâches jamais de lest — en rien.

— J'ai été habituée à me débrouiller seule pendant si longtemps que laisser quelqu'un d'autre s'occuper de moi, prendre des risques pour moi ne m'est pas…

— Naturel ?

Elle renversa la tête contre le dossier du fauteuil.

— Je sais que je t'ai déçu.

— Ah non ! s'il te plaît, pas ça !

Ses yeux, qui s'étaient fermés, se rouvrirent d'un coup.

— Quoi ?

— Ne retourne pas la situation. N'essaye pas de me culpabiliser. C'est *toi* qui es partie. *Toi* qui as menti.

Comme la colère et la douleur refoulées bouillonnaient, dangereusement près d'affleurer à la surface, il se leva brusquement, éprouvant le besoin de s'éloigner pour dompter ses émotions.

— Oh ! Tu ressens quelque chose ? rétorqua-t-elle. Ça, c'est nouveau. Je croyais que tu bannissais tout sentiment quand tu étais en mission.

Sa riposte toucha d'un peu trop près la corde sensible.

— Ah ? parce que c'est une *mission* ? Et toi, qu'est-ce que tu es ? La cliente à protéger ? Si c'est ainsi que tu vois les choses, pas de problème, Risa… J'ai été formé à ça.

Elle ferma de nouveau les paupières, se tassant un peu plus dans son fauteuil.

— Je n'ai pas envie d'engager une discussion sur le gâchis que j'ai fait de notre mariage maintenant. D'accord ? Tout ce que je veux, c'est dormir. Demain matin, on pourra achever de mettre en pièces ce qu'il en reste, si tu veux. Mais pas ce soir.

Se levant, elle se dirigea vers le petit hall, titubante de fatigue, poussa la porte d'une des deux chambres et disparut à l'intérieur.

Connor continua à considérer fixement la porte bien après qu'elle se fut refermée, brûlant d'émotions contenues — l'amour, la colère, le regret, la douleur, les unes se combinant aux autres pour former un nœud douloureux qui lui tordait l'estomac.

— Si gâchis il y a, tu n'en es pas seule responsable, chérie, murmura-t-il.

6

Risa ouvrit les yeux, éveillée par l'arôme des œufs et des toasts grillés, mais il faisait si froid dans la chambre qu'elle marqua une pause avant de se décider à se lever, enroulée dans une couverture. Rapidement, elle enfila un jean de grossesse, d'épaisses chaussettes, un T-shirt et un pull en laine, et se dirigea vers la cuisine pour rejoindre Connor.

— Ah ! tu es réveillée ! Parfait, dit-il, debout devant le plan de travail, occupé à beurrer des tartines grillées.

D'un signe de tête, il l'invita à s'asseoir sur un tabouret haut, de l'autre côté du comptoir.

— Tu veux un café ?

— Non, j'y ai renoncé pour le moment, dit-elle, une note de regret dans la voix. Le médecin m'a dit que je pouvais m'autoriser une tasse par jour, mais tu me connais... Quand je bois du café, je m'en tiens rarement à une seule tasse.

Il lui adressa un clin d'œil empli de compassion.

— Sevrage forcé, hein ?

— Oui.

Elle le regarda faire glisser des œufs au plat dans deux assiettes et ajouter une tranche de pain grillé dans chacune. Compte tenu de la tension qui s'était installée entre eux la veille, Connor semblait d'humeur étonnamment joyeuse.

— Tu as pu dormir ? demanda-t-elle.

— Quelques heures. Je ne voulais pas dormir trop longtemps. Il y a beaucoup à faire aujourd'hui.

Elle piqua sa fourchette dans les œufs.

— Oh ? Quel est le programme ?

— Des tas de choses, du moins en ce qui me concerne. Tu pourras m'aider. Mais je peux me débrouiller seul, au moins dans un premier temps. Si tu veux te reposer encore un peu…

Elle consulta sa montre. Il n'était que 9 h 30. Elle avait dormi quatre heures. Elle s'en contenterait, pour aujourd'hui.

— Non, ça va. Qu'est-ce qu'on va faire ?

— Une petite analyse de mission, en quelque sorte. Il me semble que, toi et moi, nous avons travaillé sur la même enquête, mais sous des angles différents. Et puis, il y a la mort de Dal, maintenant, et le crash de cet avion, il y a plusieurs mois.

Elle mordit dans son toast et réfléchit à ce qu'il venait de dire avant de parler.

— Pour toi, tout a commencé par cette photo de surveillance, c'est ça ? Tu as vu cette réfugiée kazirie enceinte et tu t'es rendu compte qu'elle ressemblait à ta femme, morte.

— C'est ça.

L'entrain qu'il avait affiché se ternit quelque peu.

Imaginant ce qu'il avait dû ressentir, elle dut se retenir de lui toucher la main.

— Ça a dû être un choc terrible.

Il ignora son commentaire.

— Nous pensons qu'Al-Adar ou une autre organisation terroriste — peut-être Al-Qaida, peut-être Daesh — prépare une attaque de grande envergure, un attentat susceptible de faire un très grand nombre de victimes, peut-être pendant les vacances de Noël. Mais nous ne savons pas si Cincinnati est spécifiquement visé ou si c'est seulement leur base opérationnelle.

— La ville ne me semble peut-être pas à la mesure de leurs ambitions, observa-t-elle. Ils doivent vouloir marquer les esprits, non ?

— Oui. Mais peut-être aussi qu'ils veulent semer la terreur dans tout le pays en frappant hors des grandes métropoles, dans des villes moyennes.

Il n'avait pas tort, en effet. Au cours des dernières années, différents attentats avaient été perpétrés contre des endroits tels qu'une base de l'armée située au Texas, une usine de transformation en Oklahoma et un centre de formation de réservistes de la Navy, au Tennessee. Et il y avait eu cette fusillade lors d'une fête de Noël en Californie…

Connor alla déposer son assiette vide dans l'évier.

— Ces deux hommes, au restaurant… Pourquoi les as-tu suivis ?

— Pour plusieurs raisons, répondit-elle au bout de quelques instants de réflexion. Leur flamboyance, d'une part. Dans la communauté kazirie, les gens se montrent plutôt discrets, par habitude. Ils sont venus ici pour échapper aux violences et aux persécutions d'Al-Adar et d'autres groupes djihadistes dans leur pays, donc ils évitent de se mettre en avant. Et ces deux types sont arrivés, arborant des tenues d'apparat kaziries, affichant leur influence, se faisant remarquer — c'était inhabituel.

— Tu as évoqué « plusieurs raisons », souligna Connor.

— Oui. En fait, l'un d'eux me rappelait quelque chose. J'ai fini par comprendre pourquoi… Dal avait un mur couvert de photos dans son bureau. Il l'appelait son « mur des trophées ». Des terroristes qui avaient été abattus ou faits prisonniers.

— Et son portrait figurait parmi eux ?

— Je crois que c'est là que je l'ai vu. Mais c'était il y a des mois. Et je ne sais pas son nom.

— Si tu as raison, en tout cas, ça prouve qu'il n'a pas été tué. Et qu'il s'est évadé s'il avait été capturé. Tu as entendu parler d'un terroriste qui se serait échappé ?

— Non.

— Moi non plus, dit-il en se calant contre le dossier de son siège. S'il appartient à une cellule dormante, il n'est pas très discret.

Exact, là encore, songea Risa.

— Peut-être qu'ils sont censés faire diversion, suggéra-t-elle.

— Pendant que la vraie cellule dormante s'apprête à s'activer ?

— Peut-être. Ils n'ont pas apprécié que je les suive, ça, c'est sûr.

— Non. Ça les a suffisamment contrariés pour qu'ils demandent à ton patron de les aider à s'introduire chez toi.

Elle se frotta le menton.

— Peut-être qu'on n'aurait pas dû quitter Cincinnati, en fin de compte. Ça donne l'impression que j'ai quelque chose à cacher.

— C'est le cas.

— Mais, maintenant, je ne suis plus en position d'enquêter sur la cellule dormante, ni de vérifier si notre hypothèse est fondée.

— Je ne pense pas que tu l'aies été, de toute façon, souligna Connor en désignant son assiette du menton. Tu as fini ?

— Oui, dit-elle en la lui tendant. À ton avis, le fait d'être une femme me ferme forcément trop de portes pour que je puisse découvrir ce qui se trame en coulisse ? C'est ce que tu voulais dire, n'est-ce pas ?

— C'est surtout le fait que tu étais une femme enceinte, sans mari, sans famille, sans argent et sans statut au sein de la communauté. Je me demande bien pourquoi Dal t'a placée dans cette situation.

— L'idée, je pense, c'était qu'en tant que femme, justement, je serais quasiment invisible. Et donc, en mesure de me déplacer sans qu'on se soucie de moi.

— Si tu avais été mariée, peut-être. Ou si tu avais fait partie d'une famille influente. Mais, compte tenu des circonstances, personne n'aurait parlé librement devant toi.

À son corps défendant, elle dut admettre qu'il avait raison.

Qu'avait espéré obtenir Martin Dalrymple en la parachutant dans la communauté kazirie du sud de l'Ohio ? Avait-il eu d'autres motivations que sa mort prématurée l'avait empêché de révéler ?

— À quoi penses-tu ? s'enquit Connor, debout devant l'évier, en se retournant à demi.

— Je pensais à Dal. Ce que tu dis est juste. Je n'étais pas le meilleur choix pour infiltrer la communauté s'il recherchait des informations sur des djihadistes. Sauf si…

— Si quoi ?

Elle pivota sur sa chaise pour lui faire face.

— S'il avait eu des raisons de penser que la menace pouvait émaner *de femmes* de la communauté kazirie. On sait que de plus en plus de femmes s'engagent dans le terrorisme.

— En général, pour seconder les hommes.

— Si nous avons raison et que les deux odieux Kaziris du restaurant sont bien des leurres servant à camoufler l'existence d'une cellule dormante, quel meilleur endroit pour cacher leur complot que parmi les femmes qu'ils méprisent ouvertement ?

Elle se leva et étira son dos. Elle avait pris l'habitude de faire une longue marche le matin depuis qu'elle avait appris qu'elle était enceinte, mais il y avait au moins douze centimètres de neige au-dehors, et elle n'avait pas de chaussures adaptées.

— Je ne pense pas que ta société ait installé une salle de gym quelque part dans cette cache.

— Tu portes déjà Junior, ça ne te suffit pas comme exercice ?

La note affectueuse qui sous-tendait sa réponse n'échappa pas à Risa.

— Il faut que j'entretienne mes muscles en prévision de la naissance du bébé.

Il s'approcha d'elle, se gardant cependant de la toucher.

— Tu as suivi des séances de préparation à l'accouchement ?

— Pas vraiment, répondit-elle en réprimant un sourire. Tu sais, ce genre de chose n'a pas tellement cours chez les Kaziris. Mais j'allais voir une sage-femme de la communauté en plus de mes visites chez le médecin. Et puis j'ai lu et je me suis entraînée seule.

— Seule, répéta-t-il à voix basse en se détournant pour contempler l'étendue blanche du jardin, par la fenêtre.

— Je ne savais pas que j'étais enceinte quand tout ceci s'est enclenché. Quand je l'ai découvert, il était trop tard pour faire machine arrière.

Il inspira une grande goulée d'air, qu'il exhala lentement.

— Comment en sommes-nous arrivés là ?

Elle n'eut pas besoin de lui demander à quoi il faisait référence.

Il se tourna vers elle.

— Je croyais que nous étions heureux.

— Nous l'étions.

— Alors, comment as-tu pu du jour au lendemain tourner la page ?

— Dal m'avait convaincue que je te ferais courir un grave danger si les gens qui en avaient après moi devinaient que j'étais encore en vie. Ça semblait être la seule solution.

— Dal, gronda-t-il d'un ton dédaigneux. Et maintenant, Dal est mort, et tu ne sais même pas s'il t'a dit la vérité.

— Peut-être, admit-elle. Mais c'était plausible. Compte tenu des opérations auxquelles j'ai participé au Kaziristan, il y avait de forts risques pour que je sois devenue une cible de choix d'Al-Adar.

— Une cible que tu es apparemment toujours. Si Dal disait vrai.

— Oui.

La chaleur de son corps si près du sien était à la fois source de réconfort et d'intense frustration. Elle mourait d'envie de passer les bras autour de son cou, d'enfouir le visage au creux de son épaule et de le laisser refermer ses bras solides autour d'elle, lui démontrer qu'elle n'était plus seule contre l'adversité — qu'ils étaient deux désormais.

Mais les vibrations qu'il dégageait n'allaient pas dans ce sens. Elle voyait bien qu'il évitait de la toucher… Elle garda donc ses distances, ce qui lui rappela que, fondamentalement, elle était bel et bien toujours seule.

Ils s'étaient rencontrés lors d'une des journées les plus froides de l'année au Kaziristan, grelottant dans le vent glacial qui balayait la vallée encaissée où ils cheminaient et traversait leurs vêtements avec la facilité d'une lame de couteau chaude s'enfonçant dans une motte de beurre. La première heure, Connor l'avait prise pour une informatrice kazirie venue guider son unité dans le périlleux passage du col qu'ils devaient franchir pour rejoindre le lieu d'une entrevue capitale et ultra-secrète entre les marines et l'un des principaux chefs tribaux du pays, Gulan Mohar.

Les efforts des Américains pour réprimer le soulèvement qui, une fois de plus, risquait de conduire la fragile république à une guerre civile meurtrière avaient acquis les tribus à leur cause. La bonne volonté de Mohar pouvait sauver des centaines, voire des milliers de vies.

Connor n'était pas politicien. C'était un combattant et, en tant que tel, son travail consistait à monter la garde devant la maison du chef tribal, avec la guide kazirie, pendant que les négociateurs américains s'entretenaient avec Mohar. Pendant qu'ils attendaient, elle avait commencé à couler des regards dans sa direction, le visage à demi caché par son voile… Des œillades de braise qui n'avaient pas tardé à faire battre son cœur.

Puis elle avait dit quelque chose en kaziri qu'il n'avait pas compris.

— Je ne parle pas le kaziri, avait-il déclaré gauchement dans sa langue, utilisant les seuls mots qu'il connaissait alors.

— C'est ce que je vois, avait-elle répondu dans un anglais parfait teinté d'accent géorgien, avec un large sourire qui avait fait étinceler ses yeux noisette comme des diamants.

Il était presque déjà tombé amoureux lorsqu'ils quittèrent le fief de Mohar pour refaire le parcours en sens inverse, à travers la montagne, et rejoindre leur base.

Il avait fallu un peu plus longtemps, se souvint-il avec un petit sourire, pour la convaincre qu'elle aussi s'était éprise de lui.

Elle était assise sur un tabouret haut, son ordinateur portable posé sur le comptoir, occupée à surfer sur Internet pendant qu'il cherchait dans le réfrigérateur de quoi préparer le déjeuner. Ils avaient localisé l'emplacement du modem et du routeur sans fil ainsi que le manuel d'instructions pour les mettre en service. La connexion établie, Risa avait donc dressé la liste des obstétriciens dans un rayon de quarante-cinq kilomètres à la ronde pour apaiser les craintes de Connor puis elle s'était mise à rechercher des informations sur la mort de Dalrymple.

— Je ne trouve rien de précis concernant les circonstances de sa mort, avait-elle annoncé au bout d'une heure. Il est bien mentionné qu'il a été tué par balle, mais la police semble traiter l'affaire comme s'il s'agissait d'un cambriolage qui aurait mal tourné, pas comme une exécution.

— Tu sais bien que la police ne révèle pas tout ce qu'elle sait à la presse. Particulièrement s'ils pensent qu'il y a anguille sous roche et soupçonnent un meurtre sous contrat.

Silencieuse, elle avait continué à naviguer sur la toile pendant qu'il allait jeter un coup d'œil au-dehors.

La neige était molle et aurait certainement fondu avant le soir si la température s'élevait à 5 °C dans l'après-midi ainsi que l'annonçaient les prévisions. Ce qui faciliterait leur fuite en cas de besoin, mais rendrait également plus simple l'accès à la cache, si quelqu'un était à leurs trousses.

Au moins étaient-ils bien armés, songea-t-il en rentrant. Outre leurs armes personnelles, il avait déniché dans un placard qu'ouvrait une clé du trousseau de Quinn deux carabines, un fusil de chasse Mossberg et une grande quantité de munitions dont des cartouches pour calibre 45 et pour calibre 40, respectivement utilisables par son Ruger et par le Glock 23 de Risa.

— Pourquoi es-tu entré au service de Campbell Cove Security ?

Connor quitta des yeux l'intérieur du réfrigérateur qu'il venait d'ouvrir et trouva Risa en train de le contempler, perchée sur son tabouret, la tête penchée sur le côté, l'œil brillant de curiosité.

— Comme tu le sais, j'avais déjà l'intention de quitter les marines avant… le crash, donc, c'est ce que j'ai fait. Mais il me fallait un emploi. On avait envisagé d'exercer comme consultants en sécurité, toi et moi. Alors, quand Maddox Heller m'a téléphoné… Oh ! Il appelait pour savoir comment je tenais le coup, mais je pense qu'il a dû se rendre rapidement compte que j'avais besoin de m'occuper l'esprit. Lui, Quinn et une femme du nom de Rebecca Cameron venaient de fonder la société quelques mois plus tôt. Ils y avaient associé une structure de formation à destination des organes civils de maintien de l'ordre et des simples citoyens, l'idée étant d'enseigner les méthodes et tactiques de lutte contre le terrorisme au plus grand nombre afin que chacun puisse les mettre en œuvre à l'échelle locale de sa communauté.

— Excellente initiative, commenta Risa.

— C'est ce que je me suis dit. Alors quand il m'a proposé de les rejoindre, j'ai accepté.

— Je suis contente que des gens se soient souciés de toi.

Il se demanda s'il parviendrait un jour à évoquer l'accident d'avion et le cauchemar qui s'en était suivi sans être submergé par la colère, maintenant qu'il savait la vérité.

Il n'en était en tout cas pas encore là.

— Vas-y, Connor. Dis-le.

— Dire quoi ?

— Je ne sais pas. Quelque chose… N'importe quoi. Que tu me détestes pour ce que je t'ai fait. Que tu ne veux plus entendre parler de moi. Mais parle. Je sais très bien que tu es furieux contre moi, et ça me rend folle de te regarder faire de ton mieux pour le cacher.

Un déclic se produisit en lui. Il eut beau tenter de se raccrocher au calme qu'il s'efforçait toujours de montrer, cette fois, le barrage était rompu.

— Tu m'as abandonné, Risa !

— À mon corps défendant.

— À d'autres ! tonna-t-il en s'éloignant d'elle. Tu m'as volontairement laissé croire que tu étais morte, Risa. Il aurait suffi d'un appel téléphonique — un simple fichu coup de fil !

Le visage de Risa commença à se décomposer, mais, au lieu de craquer, elle releva le menton, les lèvres tremblantes.

— Je sais.

Sa force de caractère le fit enrager plus encore.

— Tu sais ? Mais qu'est-ce que tu sais, Risa ? Tu sais que j'ai rêvé toutes les nuits, pendant des mois, que tu étais rentrée, saine et sauve ? Que tu entrais dans l'appartement, le sourire aux lèvres, en m'annonçant que tout cela n'avait été qu'une affreuse méprise, que tu n'étais jamais montée à bord de cet avion ?

Il la vit déglutir avec difficulté, mais elle ne dit rien.

— J'ai fait ce rêve pendant des mois. Toujours le même, encore et encore. Je m'éveillais, transporté de joie, heureux que tu sois vivante, de retour à mon côté, et puis je tournais la tête et je voyais ta place vide, dans le lit. C'était comme si je te perdais de nouveau tous les matins.

Elle était devenue blême, comme si elle allait tourner de l'œil.

— Je suis navrée, Connor. J'ai commis une terrible erreur de jugement.

Rester une seconde plus ici, avec elle, à l'intérieur de cette maison était au-dessus de ses forces Attrapant sa veste au vol sur le dossier du canapé, il sortit en trombe.

— Où vas-tu ? lança-t-elle.

Peine perdue. Il ne répondit pas.

Elle n'allait pas se mettre à pleurer. Elle avait versé suffisamment de larmes, quelques mois plus tôt, quand elle avait accepté de prendre une autre identité et de laisser son ancienne vie derrière elle. À quoi bon revenir sempiternellement sur la décision qu'elle avait prise ? Le mal était fait. On ne changeait pas le passé à la force de la volonté.

En revanche, on pouvait agir sur le futur. En commençant par exemple par s'occuper sérieusement de cette menace qui pesait toujours sur sa tête.

Et sur celle de Connor.

Jusque-là, tous les articles qu'elle avait lus au sujet de la mort de Martin Dalrymple avaient été sommaires, au mieux.

Le corps avait été trouvé à Rock Creek Park, en début d'après-midi, la veille. Elle essaya de se rappeler la dernière fois qu'ils s'étaient parlé en personne. Trois semaines plus tôt ? Ils s'étaient retrouvés dans un restaurant de Covington, dans le Kentucky, afin qu'il puisse lui donner une photo de deux personnes à qui il portait un intérêt particulier et qu'il voulait qu'elle surveille.

Après quoi, il n'avait plus communiqué avec elle que par e-mails cryptés.

Il n'avait pas répondu à son dernier message… Ce qui était logique étant donné qu'il était déjà mort à Rock Creek Park.

Bon sang ! Dal était mort. Elle ne savait même pas quoi ressentir. De la tristesse ? Bien sûr. Mais elle n'avait jamais entretenu de relation amicale avec son supérieur. L'amitié, dans le métier qu'elle avait exercé ces dix dernières années, était synonyme de risque supplémentaire. Cette leçon, c'était Martin Dalrymple lui-même qui la lui avait enseignée.

Avait-il jamais vu autre chose en elle qu'un instrument utile dans sa boîte à outils de parfait espion ? L'avait-elle jamais considéré autrement que comme celui qui tirait les ficelles ? *Ses* ficelles ? Et qui la manipulait à l'envi pour la placer là où il avait besoin qu'elle soit ?

Elle frotta ses yeux, fatigués par les heures de lecture sur l'écran, et rafraîchit la page du moteur de recherche, espérant qu'un nouvel article aurait été ajouté entre-temps. Parce qu'elle ne pouvait pas se débarrasser de la conviction grandissante que celui qui avait tué Dalrymple ne faisait qu'un avec celui qui la traquait, elle.

Et si elle ne parvenait pas très vite à mettre un nom sur celui qui avait mis sa tête à prix, elle ne s'en sortirait peut-être pas vivante.

Un soleil brumeux avait finalement réussi à percer les nuages, achevant de transformer la poudreuse en neige fondue. À intervalles réguliers, des paquets de neige tombaient des branches de pin, s'écrasant avec un bruit mou sur le sol. Les oiseaux gazouillaient à la cime des arbres, et quelque part, au loin, il entendait le bourdonnement de la circulation sur un axe routier. Mis à part cela, le monde, autour de Connor, n'était que silence et tranquillité, contrastant de façon frappante avec le maelström intérieur qui l'agitait.

Il fallait qu'il se reprenne. Céder à la colère n'était pas la solution. Cela ne faisait qu'augmenter l'emprise de la situation sur son mental.

L'emprise *de Risa* sur lui. Et, cela, il ne pouvait le permettre. Il s'était battu pendant trop longtemps pour s'arracher à l'abîme de chagrin et de désespoir dans lequel l'avait plongé sa « disparition ». Il ne voulait pas y retomber — même si la colère avait désormais remplacé le chagrin.

Peut-être même *surtout* parce que la colère avait remplacé le chagrin.

Elle avait commis une erreur. Ils en avaient commis une tous les deux. En pensant qu'ils pouvaient avoir une vraie relation en dépit de ce qu'ils étaient : lui, un combattant, et elle, une espionne. Ils pouvaient se rejoindre ponctuellement, agir en collègues poursuivant globalement le même objectif — à défaut d'employer les mêmes moyens pour l'atteindre.

Mais ils n'auraient jamais dû essayer d'être plus que cela. Ils n'auraient jamais dû tenter de transformer quelques nuits de satisfaction physique en une quête désespérée, irréaliste de bonheur conjugal à long terme. Leur union était vouée d'entrée de jeu à l'échec. Il le comprenait aujourd'hui.

Peut-être, d'une certaine façon, lui avait-elle rendu service en lui en apportant la preuve avant qu'il soit trop tard, que leurs vies se soient irrévocablement entremêlées à coups d'emprunts, de prêts immobiliers et…

Et de quoi donc, McGinnis ? D'enfants ?

Il se passa une main sur les yeux, las. Il allait être père. Il avait conçu un enfant avec une femme en qui il ne pouvait plus avoir confiance.

L'aimait-il seulement, maintenant qu'il savait ce qu'elle lui avait fait ? L'aimerait-il jamais de nouveau ?

Quel imbroglio…

Il entendit le bruit d'une porte qui s'ouvrait derrière lui et se retourna. Risa se tenait debout sur le seuil, les bras encerclant son abdomen dans un geste protecteur.

— Connor ? appela-t-elle.

Rebroussant chemin, il traversa la cour, le gravier détrempé crissant sous ses pas, et monta les marches du porche, lui faisant signe de rentrer dans la maison. Après avoir essuyé les semelles de ses bottes, il la rejoignit à l'intérieur.

— Qu'y a-t-il ? Quelque chose ne va pas ?

Elle le regarda, le front barré d'un pli soucieux, une expression anxieuse au fond de ses beaux yeux noisette.

— J'ai trouvé un article qui a été mis en ligne il y a quelques minutes à propos de Dal. Il est un peu plus détaillé que les autres. Tu sais qu'on a trouvé son corps hier après-midi à Rock Creek Park ?

Connor acquiesça d'un hochement de tête.

— Eh bien, cet article cite une phrase du policier en charge de l'enquête. D'après lui, Dal est mort au moins vingt-quatre heures avant la découverte du corps. Peut-être même quarante-huit.

— OK. Et ?

— Et, s'il était déjà mort hier matin, qui m'a envoyé l'e-mail me demandant un rapport actualisé sur ma mission ?

7

— Qu'est-ce que ça signifie, à ton avis ?

Risa cessa de faire les cent pas et arrêta son regard sur Connor, assis sur un tabouret haut, devant le comptoir. Au regard de l'état d'agitation dans lequel elle se trouvait, le calme olympien qu'il affichait avait quelque chose de presque surnaturel — et de tout à fait agaçant.

— Ça signifie que quelqu'un se faisant passer pour Dal a correspondu avec moi hier. Et peut-être aussi le jour d'avant.

— Ça représente environ combien de messages ?

— Au moins deux, s'il s'agit des dernières vingt-quatre heures. Cinq, si ça couvre quarante-huit heures.

Il désigna son ordinateur du menton devant lui.

— Tu peux me montrer ?

Elle s'avança et pianota sur le clavier, ouvrant sa messagerie.

— Le plus récent date d'hier matin. Il est arrivé juste avant que je me rende à mon rendez-vous chez la gynécologue.

Il se pencha pour voir par-dessus son épaule. Le logiciel de messagerie était paramétré pour décrypter les e-mails entrants de Dal mais, au-delà du cryptage, Dal utilisait systématiquement un codage spécial dans les messages qu'il lui adressait. Elle traduisit le texte pour Connor.

— Il demande si j'ai réussi à repérer le Faucon.

— Qui est le Faucon ?

— C'est toute la question, dit-elle en secouant la tête, assise à côté de Connor. C'est entre autres pour l'identifier que Dal m'a envoyée à Cincinnati. D'après certaines de nos sources, le Faucon est aux États-Unis pour préparer un attentat d'une ampleur équivalente à celui du 11 septembre 2001.

— Rien que ça, ironisa durement Connor.

— Je sais. Les aspirants terroristes s'imaginent toujours que leur fichu projet d'attentat s'apparente à une nouvelle attaque des tours jumelles. Mais Dal semblait penser que les informations au sujet du Faucon étaient fondées et qu'elles méritaient investigation.

— Et c'est toi qu'il a envoyée ? Une femme enceinte, réputée morte ?

Elle mordilla sa lèvre inférieure, se demandant si elle devait lui faire part de ce qu'elle soupçonnait, concernant l'opération de Dal à Cincinnati. Il n'y avait pas de raison de le lui cacher, au point où ils en étaient. Dal était mort, et elle était à près de cinq heures de route de la ville, où elle ne remettrait probablement pas les pieds de sitôt.

— Alors ? Je vois bien qu'il y a quelque chose que tu ne m'as pas dit, souligna Connor d'un ton neutre, détaché presque.

Mais elle ne manqua pas de noter dans son regard bleu une certaine réserve — une réserve qui lui serra le cœur.

C'était sa faute si cette lueur méfiante était là. Elle l'avait bien cherché.

— Je ne pense pas que Dal ait mené cette opération sur ordre.

— Comment ça ?

Elle aurait bien voulu ne pas avoir à dire ce qu'elle allait dire — en plus de toutes les raisons qu'il avait déjà de lui en vouloir. Mais, si elle espérait avoir une chance de le reconquérir, elle ne devait plus lui mentir.

Elle prit une grande inspiration et se lança :

— Je pense que la CIA me croit morte. Et je pense qu'ils n'étaient pas au courant des agissements de Dal à Cincinnati.

La lumière du jour entrait à flots par la fenêtre du bureau d'Alexander Quinn, le soleil de l'après-midi scintillant sur la neige qui fondait. Campbell Cove Security avait beau être une société high-tech travaillant sous contrat avec le gouvernement, vu de l'extérieur, le bâtiment qui abritait ses bureaux ne payait pas de mine. Il ressemblait au lycée quelque peu décati qu'il avait été avant que Campbell Cove vienne s'y établir. Situé à l'est de Cumberland, il était à environ quinze minutes de route de la cache où Quinn avait envoyé Connor et Risa McGinnis.

Il se demanda s'ils étaient aussi fatigués que lui. Il commençait à être un peu trop vieux pour mener ces opérations secrètes de nuit sans en ressentir les effets, le lendemain.

La porte de son bureau s'ouvrit sans qu'on ait frappé pour s'annoncer, et deux personnes entrèrent d'un pas assuré. L'une était un homme aux cheveux blond très clair d'une quarantaine d'années, avec des yeux bleus et un hâle qu'il semblait tenir des longues années qu'il avait passées dans les Caraïbes. La deuxième était une jolie femme mince d'environ quarante-cinq ans, avec une peau dorée qui ne trahissait rien de son âge, des cheveux noirs à la coupe courte, structurée et des yeux bruns perçants auxquels rien n'échappait. Il s'agissait de Maddox Heller et de Rebecca Cameron, les personnes qu'on pouvait décrire comme ses associés.

Au fil des années, Quinn s'était rendu compte qu'il avait du mal à travailler main dans la main avec des associés — même s'il les appréciait.

— Il faut qu'on parle, Quinn, annonça d'emblée Cameron.

— À quel propos, Becky ?

Il prenait des risques en s'adressant à elle par son diminutif sans sa permission. Seuls ses amis proches l'appelaient ainsi et, outre le fait qu'il n'était pas l'associé rêvé, il n'était pas spécialement doué en tant qu'ami non plus.

— À propos de ton déplacement à Cincinnati hier soir, répondit Heller sans s'émouvoir, tirant une chaise face à son bureau.

Quinn arqua les sourcils.

— Je t'en prie, assieds-toi.

— Tu mènes une opération sans nous avoir consultés ? demanda Cameron.

— Non, répondit-il. Ce n'est pas *mon* opération.

— Celle de qui, alors ?

— Martin Dalrymple.

— L'agent qui s'est fait descendre ?

Quinn décocha un regard dur à Heller.

— Martin Dalrymple a servi ce pays avec honneur et mérite. Il a sacrifié sa vie pour lui. Un peu de respect pour un héros tombé dans l'exercice de ses fonctions.

Heller afficha un air dûment contrit.

— Était-il en contact avec toi ?

— Pas exactement.

Quinn déverrouilla le tiroir supérieur de son bureau et en sortit le téléphone qu'il gardait toujours sous clé. C'était un appareil prépayé, intraçable, dont même ses associés n'avaient pas le numéro. Il s'en servait pour joindre les anciens contacts qu'il avait gardés du temps où il travaillait pour la CIA. Martin Dalrymple était l'un d'eux.

— J'ai reçu un texto de Martin il y a deux jours. Ecrit avec un code que nous avions utilisé voilà des années sur une autre opération. Il savait que je m'en souviendrais.

Cameron fronça l'élégant arc de ses sourcils, ce qui eut pour effet de creuser de petits plis sur les ailes de son nez.

— Que disait ce message ?

— « Fais-lui quitter la ville. »

— Et tu savais qu'il faisait référence à Risa ?

— J'avais pris contact avec Dal quand nous avons reconnu Risa sur cette photo de surveillance, expliqua Quinn. Pour lui demander s'il avait une opération en cours avec elle.

— Et ?

— Et il ne m'a jamais répondu… Jusqu'à ce dernier message.

— Donc, tu n'as pas la moindre idée de ce qu'il mijotait ? s'enquit Cameron, la curiosité commençant visiblement à l'emporter sur l'irritation.

— J'espère que Risa McGinnis pourra nous renseigner, répondit calmement Quinn. Mais j'imagine qu'elle doit être un tantinet nerveuse en ce moment. Donc, on va attendre qu'elle se soit apaisée et qu'elle se sente un peu plus en confiance pour l'approcher.

— Elle ne te parlera pas, intervint Heller. Elle n'est pas stupide.

Quinn contempla Heller, puis porta les yeux sur Cameron, embrassant d'un regard son très professionnel et très seyant tailleur bleu, ses ongles impeccablement manucurés, son visage maquillé avec goût. Contrairement à Quinn, l'agent de renseignement, et à Heller, l'ancien marine, Rebecca Cameron était diplomate — dans tous les sens du terme, d'ailleurs, puisque cela avait été sa profession pendant près de vingt ans jusqu'à ce qu'une perte la touchant personnellement l'incite à quitter le corps diplomatique pour s'orienter vers l'enseignement. Quand un vieil ami avait demandé à Quinn de fonder Campbell Cove Security et son centre de formation afin d'assister le gouvernement dans sa lutte contre le terrorisme, Rebecca Cameron avait été l'une des premières personnes auxquelles il avait songé.

Rebecca était quelqu'un qui inspirait confiance. Et, fait plus rare, elle était digne de la confiance qu'elle inspirait.

— As-tu déjà rencontré Risa McGinnis ? lui demanda-t-il. Vos chemins se sont-ils jamais croisés quand tu travaillais au Service extérieur ?

— Non, mais j'ai entendu parler d'elle par la suite, bien sûr. Après l'accident d'avion.

Quinn hocha la tête.

— Elle est enceinte de huit mois. Je pense qu'elle serait probablement contente de pouvoir parler à une femme.

Les yeux de Cameron se rétrécirent.

— Qu'est-ce que tu manigances, Quinn ?

— Dal a été assassiné. Risa est sans doute une cible, elle aussi. Et pendant ce temps-là, de nombreux échanges de messages émanant de diverses organisations terroristes permettent de penser que quelque chose est en préparation sur le sol américain.

Quinn se pencha en avant, mains croisées sur le bureau, et regarda tour à tour ses associés.

— Si nous réussissons à empêcher cela, nous gagnerons encore en crédibilité, et on nous confiera d'autant plus de missions.

— C'est une question d'argent ? souligna Heller, la voix chargée d'une incrédulité mêlée de dégoût.

Mais Quinn nota que Cameron méditait ses paroles.

— Non, dit-il simplement. C'est une question de sécurité nationale. Ma motivation a toujours été de protéger la population des États-Unis. Est-ce que nous sommes bien d'accord ?

Cameron inclina la tête en silence. Heller se borna à pincer les lèvres et acquiesça d'un monosyllabe bourru.

— Cameron, je veux que tu appelles McGinnis après le déjeuner. Par mesure de précaution, utilise un téléphone prépayé. Vois s'ils ont besoin de quelque chose.

Le regard de Quinn se porta sur Heller.

— Quant à toi, *Mad Dog*, déclara-t-il, employant à dessein le nom de guerre de l'ancien marine. Tu vas aller à Cincinnati. Tu te renseigneras pour louer un appartement dans l'immeuble où logeait Risa. Et tu iras déjeuner au Joyau de Tablis, histoire de prendre la température du lieu et de voir si les gens parlent de sa soudaine disparition.

— D'accord.

Quinn attendit que ses associés aient quitté son bureau pour composer un numéro sur son téléphone.

— C'est moi.

À l'autre bout de la ligne, une agréable voix de baryton lui répondit, teintée d'un mélange de plaisir et de circonspection.

— Que se passe-t-il, cette fois, Quinn ?

— J'ai besoin que tu me dises tout ce que tu sais sur Martin Dalrymple.

Les dernières couleurs du coucher de soleil embrasaient encore le ciel à l'ouest comme si elles refusaient de laisser le jour s'éteindre, mais la douceur que le soleil avait apportée s'en était déjà allée depuis longtemps et, pour lutter contre le froid, Risa s'était installée avec son ordinateur dans un fauteuil, devant la cheminée, laissant Connor s'occuper du dîner.

Risa n'avait jamais eu l'âme d'une cuisinière et elle avait toujours laissé Connor préparer les repas tandis qu'elle se chargeait en échange du linge et du rangement. Elle avait déjà lavé un tas de vêtements tôt cet après-midi et était revenue de la petite buanderie attenante à la cuisine en l'informant qu'elle avait envie de manger des œufs au dîner.

Il avait donc mis au menu du soir des œufs brouillés auxquels il avait ajouté du fromage et des oignons pour en relever le goût et fait griller du pain, qu'il beurrerait, une fois doré. Il avait également concocté une salade de fruits à base de pommes fraîches et de fruits rouges décongelés afin qu'elle ait, outre les indispensables glucides et protéines, une dose de vitamines, de minéraux et d'oligo-éléments.

— Demain, il faudra que j'aille en ville, dans une épicerie, dit-il en lui apportant son assiette garnie, qu'il déposa sur une table basse près de son fauteuil. Il nous faut des aliments un peu plus variés.

Elle posa son ordinateur et prit son assiette.

— Mmm… Des œufs brouillés, moelleux à souhait ! s'exclama-t-elle avec gourmandise. Si tu savais le nombre de fois que j'ai essayé de reproduire ta recette ces derniers mois !

Il lui jeta un regard amusé.

— Et alors ? Quel a été le résultat ?

— À la douzième, j'ai renoncé. Je suis vraiment nulle en cuisine.

— Tu veux faire trop vite, dit-il, s'autorisant un sourire comme il se rappelait son style… expéditif. Un bon repas requiert un peu de patience.

Elle piqua sa fourchette dans les œufs et engloutit une bouchée avec appétit.

Fermant à demi les paupières, elle émit un « Mmm » extatique qui se répercuta en lui comme un roulement de tonnerre avant de se muer en une trépidation de désir au plus profond de ses entrailles. La colère était toujours là, certes, la frustration et la douleur aussi, mais sa présence déclenchait toujours en lui la même inextinguible passion. De ce point de vue là, rien n'avait changé.

Posant son assiette sur le manteau de la cheminée, il s'éloigna, l'air de rien, le temps de reprendre le contrôle de ses hormones.

— Qu'est-ce que tu veux boire ? Nous avons de l'eau, du lait et du jus d'orange.

— Du lait, s'il te plaît, marmonna-t-elle, la bouche pleine.

Il remplit un verre de lait pour elle et un, d'eau, pour lui puis revint au salon. Comme il prenait place dans l'autre fauteuil, son assiette sur les genoux, il se félicita d'avoir réussi à recouvrer son sang-froid.

Plus ou moins.

— Alors, lança-t-il en désignant du menton l'ordinateur qu'elle avait posé à ses pieds. Du nouveau ?

— J'ai commencé à reprendre un par un tous les e-mails que m'a adressés Dal pour essayer de voir s'il en ressort quelque chose… Une information qui pointerait ce qu'il cherchait véritablement à Cincinnati.

Il fronça les sourcils.

— Pourquoi ne te l'a-t-il pas dit, tout simplement ?

Elle pencha la tête sur le côté, plissant le front.

— Tu connais Dal. Ce n'était pas sa façon de travailler.

— Quinn est un peu comme lui.

Il planta sa fourchette dans ses œufs, un coin de sa bouche se relevant imperceptiblement.

— Ce doit être symptomatique de la CIA.

— Il y avait une méthode dans son obsession du secret, argua-t-elle, un peu sur la défensive. Parfois, dans une opération d'infiltration qui comporte beaucoup d'inconnues, il est bon d'aborder les choses sans préjugés. Ou, en tout cas, le moins possible. Dal voulait sans doute éviter que je me forme une idée préconçue de la communauté kazirie que j'allais intégrer. Il voulait que je porte un œil neuf, que je me fasse ma propre opinion et que je lui remette des observations impartiales.

— Est-ce que tu as gardé une copie de tes comptes rendus ?

Peut-être certaines de ses constatations pourraient-elles éclairer d'un jour nouveau leur opération de surveillance à Cincinnati.

— Bien sûr. Il faudra que je te les décrypte.

Il hocha la tête, se disant, un peu mal à l'aise, que si ce n'avait été elle il aurait sans doute pris la précaution de les faire décoder par quelqu'un d'autre. Il lui aurait été facile de profiter de leur proximité forcée pour subtiliser un échantillon de ses notes afin de le communiquer à Quinn.

Mais il était incapable d'agir de façon strictement professionnelle avec Risa — malgré ce qu'elle lui avait fait. On pouvait lui reprocher beaucoup de choses, mais pas la soupçonner de traîtrise vis-à-vis de son pays.

Si elle avait su quelque chose qui pouvait protéger les États-Unis contre une menace terroriste, elle ne le lui aurait pas caché. De cela, il était absolument certain.

— À propos, pourquoi ta société a-t-elle décidé de placer sous surveillance la communauté kazirie d'Ohio ?

Son dîner terminé, elle posa son assiette, replia ses jambes et le regarda. Sa main gauche, sur son abdomen, allait et venait lentement, un peu comme elle l'aurait fait pour apaiser un enfant remuant. Il ne parvenait pas à en détacher les yeux.

Son enfant était là, bientôt prêt à naître. Dire que, une semaine plus tôt, il était seul au monde, sans réel espoir de refonder une famille un jour et que, aujourd'hui, il était sur le point de devenir père !

L'émotion lui étreignit la gorge. La vie vous réservait parfois d'incroyables retournements de situation. Il dut faire un effort de mémoire pour se rappeler la question qu'elle lui avait posée.

— Quinn et Cameron — la troisième associée de Campbell Cove Security — avaient tous deux des contacts dans le gouvernement qui pensaient que des agents d'Al-Adar se dissimulaient parmi les migrants. Les seuls groupes kaziris cherchant à obtenir des permis de travail aux États-Unis étaient les non-musulmans chassés du sud du pays par les frappes terroristes répétées contre leurs lieux de culte et leurs maisons, et la tribu Mahalabi, originaire du nord de Tablis. Comme il nous semblait acquis que les agents d'Al-Adar auraient eu du mal à se cacher parmi les Kaziris installés dans le technopôle de Research Triangle, en Caroline du Nord…

— Il ne restait que les musulmans Mahalabis venus s'établir à Cincinnati, acheva Risa.

— Exactement.

— Je pense que Dal a dû tenir approximativement le même raisonnement, dit-elle en hochant la tête. Il m'avait prévenue que je devrais me comporter en musulmane pratiquante pour pouvoir m'intégrer.

La famille de sa mère était issue de la tribu Mahalabie, Connor ne l'ignorait pas. Mais sa mère, Nazina DeVille s'était convertie au christianisme quelques années avant de rencontrer le père de Risa. C'était justement cette conversion qui l'avait mise en danger. Mais Nazina, en dépit de son changement de religion, avait transmis les enseignements de l'islam à sa fille afin qu'elle soit en mesure de comprendre le monde dont étaient issus ses grands-parents, ses oncles et ses tantes.

— Tu connais l'islam, nota Connor. Tu l'avais déjà pratiqué au Kaziristan. Est-ce que ça a été plus difficile, ici ?

— Un peu, reconnut-elle dans un haussement d'épaules. Ça aurait été plus simple si les réfugiés étaient venus d'une autre tribu. Le mode de fonctionnement patriarcal des Mahalabis n'a pas grand-chose à voir avec les croyances religieuses, pour être tout à fait franche.

— La plupart des membres d'Al-Adar sont issus de cette tribu, non ?

Elle hocha la tête.

— La plupart, oui. Pas tous.

— Et, donc, tu as passé tout le temps où je te croyais morte à Cincinnati ?

— Le premier mois, j'ai séjourné avec Dal, dans son pavillon de chasse en Virginie-Occidentale.

Une pointe de jalousie le transperça.

— Juste tous les deux ?

Elle lui jeta un drôle de regard, incrédule.

— Dal ? Tu ne vas pas me dire que tu es jaloux de Dal ?

— Pas du tout.

— Bien.

Un frémissement fugace agita ses lèvres, comme si elle était sur le point de sourire, mais il se dissipa aussi vite qu'il était apparu.

— Pauvre Dal.

— Deux balles en pleine tête, ça ne ressemble pas vraiment à Al-Adar, murmura Connor, songeur. C'est trop… professionnel et pas assez symbolique pour eux.

— Dal avait sûrement d'autres ennemis, depuis le temps qu'il travaillait pour la CIA, souligna Risa. Peut-être que son meurtre n'a rien à voir avec la raison pour laquelle j'étais à Cincinnati.

— Ou peut-être que la raison pour laquelle tu étais à Cincinnati n'avait rien à voir avec Al-Adar.

Les sourcils délicatement incurvés de Risa s'arquèrent en accent circonflexe.

— Intéressant. Oui… Je suppose qu'il pourrait s'agir d'une branche d'Al-Qaida. Ou de Daesh.

— Peut-être. Peut-être pas.

Il empila leurs deux assiettes et se leva, lui faisant face.

— Quand Quinn m'a recruté, avant que je donne mon accord, j'ai fait quelques recherches sur lui et ses associés, histoire de savoir exactement où je mettais les pieds. Et j'ai découvert quelque chose de fort intéressant, le concernant : son domaine d'expertise, c'est plus spécifiquement le terrorisme intérieur ; en tout cas, ça l'était lorsqu'il dirigeait The Gates. Pour être précis, il a investi beaucoup de temps et d'argent pour démanteler une milice du nom de Blue Ridge Infantry. Ça t'évoque quelque chose ?

Elle secoua la tête.

— Non, mais l'essentiel de ma carrière a été consacré à la lutte contre les menaces extérieures. C'est bien pourquoi j'ai pensé que ma mission d'infiltration à Cincinnati y était liée.

— Je ne dis pas que c'est la Blue Ridge Infantry ou une autre milice similaire qui est visée par l'opération de Cincinnati, ajouta vivement Connor. Je me faisais simplement la réflexion qu'on ne peut pas partir du principe qu'il s'agit forcément d'une menace étrangère parce que Dal et Quinn sont tous deux concernés. Ils travaillent — enfin, travaillaient — aussi sur d'autres affaires.

— Mmm.

Comme Risa se penchait vers lui, les yeux brillants, le parfum de son shampooing aux plantes flotta jusqu'à ses narines, éveillant de puissants souvenirs.

— Et tu sais ce que je me dis, moi ?

— Quoi ? demanda-t-il distraitement, s'efforçant de maîtriser son esprit soudain embrouillé.

— Qu'il faut qu'on ait une longue conversation avec tes patrons.

Il sourit.

— Alors, tant mieux. Parce que, pendant que tu prenais ta douche tout à l'heure, j'ai reçu un appel de Rebecca Cameron. Elle vient nous voir demain matin.

8

Voilà donc Parisa McGinnis. Rebecca Cameron entra dans la petite maison peu après 9 heures, le lendemain matin, balayant d'un regard circulaire l'ensemble de la scène : le feu qui crépitait dans l'âtre et conférait une atmosphère chaleureuse à la pièce, la façon dont Connor McGinnis se tenait légèrement en avant par rapport à son épouse ressuscitée, comme pour la protéger, l'expression acérée de cette dernière, qui semblait jauger Cameron avec la même méfiance instinctive qu'elle-même affichait.

Même enceinte, Parisa était d'apparence plus menue qu'elle ne se l'était imaginé. De taille moyenne, elle mesurait vingt centimètres de moins que son grand et imposant mari. Elle lui aurait presque paru fragile si les informations non classifiées auxquelles Cameron avait eu accès concernant la carrière de l'intéressée n'avaient suggéré qu'elle était beaucoup plus coriace qu'elle ne semblait l'être.

— J'ai beaucoup entendu parler de vous, dit-elle en serrant la main de Parisa et en saluant Connor d'un signe de tête.

— Moi aussi, j'ai entendu parler de vous, répondit Risa avec un sourire poli qui ne se refléta pas tout à fait dans ses yeux.

Elle avait une jolie voix, chaude et douce, avec un accent typique du sud de la Géorgie. Cela rappela à Cameron l'année qu'elle avait passée à Savannah, à plancher sur une thèse de maîtrise en histoire militaire.

Elle avait également rencontré Mitch Cranston là-bas, mais c'était seulement bien des années plus tard qu'elle en était venue à le considérer autrement que comme le jeune marin arrogant dont elle avait croisé la route alors qu'il était en permission à terre — un jeune marin intrépide et sûr de lui qui ne pouvait qu'être synonyme d'ennuis.

Chassant le souvenir de Mitch avant qu'il vienne phagocyter son esprit, elle se concentra sur l'expression circonspecte qu'elle lisait dans les yeux bleus de Connor McGinnis. Elle s'autorisa à laisser affleurer son accent de l'Alabama, sentant que cela contribuerait à mettre Parisa en confiance.

— J'espère que les échos qui vous sont parvenus étaient, sinon bons, du moins intéressants.

— J'ai été surpris d'apprendre ta venue, hier soir. Je m'attendais plutôt à une autre petite visite de Quinn, déclara Connor avec sa franchise habituelle.

Sans hâte, elle porta le regard sur lui.

— Quinn m'a demandé de venir à sa place comme il ne pouvait pas se libérer.

— Êtes-vous venue pour nous tranquilliser ou pour répondre aux questions que nous nous posons ? s'enquit Parisa.

— Puis-je vous appeler Parisa ?

— Risa, répondit-elle d'un ton sec. Et nous pouvons nous tutoyer, ce sera plus simple.

— Entendu, Risa, dit Cameron en souriant. C'est un très joli prénom. Il faut d'abord que je te dise que nous avons tous été très heureux d'apprendre que tu n'étais pas morte dans cet accident d'avion.

— Mais il a tué deux cent douze autres personnes, rappela Risa d'un ton morne en indiquant d'un geste de la main le salon.

Il se composait de deux fauteuils en vis-à-vis et d'un petit canapé qui faisait face à la cheminée. Risa et Connor s'installèrent dans les fauteuils, la laissant prendre place seule sur le canapé.

Clairement, c'était elle qui était sur la sellette.

Elle s'assit, jambes négligemment croisées, les mains sur les genoux, les laissant s'exprimer en premier.

L'espace d'un moment, ils se contentèrent de la regarder,

comme s'ils essayaient de déterminer ses motivations cachées. Pour une fois, ses raisons d'être ici étaient précisément celles qu'elle leur avait exposées. Elle était là pour les aider, quelles que soient, par ailleurs, les relations qu'ils entretenaient avec Alexander Quinn. Et elle était aussi venue pour savoir ce qu'ils avaient appris et tenter de déterminer avec qui ils étaient aux prises et en quoi Campbell Cove Security pouvait les aider.

Ce fut Connor qui rompit le premier le silence qui devenait de plus en plus pesant.

— Pourquoi Quinn t'a-t-il envoyée, toi, et non Heller ?

— Heller est sur une autre mission. De plus, sa spécialité, c'est l'entraînement et la tactique. Les relations internationales et la diplomatie, c'est mon domaine, répondit-elle avec une aisance née de ses longues années passées dans les ambassades et les consulats aux quatre coins du monde, à traiter avec des gens autrement plus suspicieux que les deux personnes qui étaient assises sur des fauteuils identiques, à sa droite et à sa gauche. Quinn pense, et je suis d'accord avec lui, que les problèmes auxquels vous vous retrouvez mêlés sont sans doute liés à une menace d'origine étrangère.

— C'est probable, murmura Risa.

— Ce qui ne veut pas dire que nous devons d'emblée écarter d'autres possibilités.

Cameron n'ignorait pas que la corruption était un fléau inévitable dans l'administration d'un pays de la taille des États-Unis. Et, bien entendu, plus les enjeux étaient importants, plus le risque de manœuvres déloyales était grand.

Elle aussi enquêtait un peu de son côté sur ce qui se passait à Cincinnati, avec une perspective différente. Mais cela, Connor et Risa n'avaient pas besoin de le savoir — du moins pas pour l'instant.

— Veux-tu une tasse de café ? Ou un thé ? demanda Risa en se levant, le rose lui montant aux joues comme si elle s'était tout à coup avisé qu'elle manquait à son devoir d'hospitalité.

Cameron faillit sourire, reconnaissant bien là le sentiment

de culpabilité des gens du Sud lorsqu'ils étaient pris en défaut d'hospitalité.

— Je prendrais bien un café, merci, répondit-elle en souriant, observant à retardement les règles du savoir-vivre. Avec un sucre et un trait de lait, s'il y en a.

Comme Risa disparaissait en direction de la cuisine, Connor se pencha en avant, baissant le ton :

— À quoi joue Quinn, exactement ?

— Je ne pense pas qu'il joue à quoi que ce soit, répondit-elle à voix basse, elle aussi. Il a l'air sincèrement désireux d'aider ta femme à mettre au jour et éliminer la menace qui l'a conduite à simuler sa mort.

— Est-ce qu'il sait ce que Martin Dalrymple essayait de découvrir à Cincinnati ?

— Tu veux dire, à part la volonté affichée d'empêcher un attentat ? Non.

— Pour autant que tu saches, corrigea Connor.

Cameron inclina la tête en signe d'acquiescement. Ils savaient tous les deux que Quinn pouvait avoir des raisons dont il ne s'était pas ouvert à eux.

— Pour autant que je sache.

— Et toi ? Tu as une idée de ce à quoi Risa est confrontée ?

Plutôt que de répondre à une question à laquelle elle ne pouvait apporter de réponse satisfaisante, elle sourit à Connor.

— Nous en parlerons quand ta charmante épouse sera de retour. En attendant, je vous ai apporté des provisions — de la nourriture, d'une part, et des articles de première nécessité, des médicaments, ce genre de choses. Elles sont dans la voiture, sur la banquette arrière.

Elle lui tendit son porte-clés.

Arquant les sourcils, Connor s'en saisit et se dirigea vers l'entrée juste au moment où le pas de sa femme résonnait dans le couloir, annonçant son retour.

Risa posa sur la table basse un plateau sur lequel se trouvaient deux tasses de café fumant. Elle marqua un temps d'arrêt en constatant que Connor n'était pas là.

— Il est sorti chercher ce que je vous ai apporté, expliqua Cameron dans un sourire. Il va revenir.

Risa posa une tasse devant Cameron et l'autre, en face du fauteuil vide de Connor.

— Je ne crois pas que nous nous soyons jamais rencontrées, n'est-ce pas ? demanda-t-elle d'un ton courtois.

Cameron sourit.

— Non, je ne pense pas que nos chemins se soient croisés quand je travaillais pour le Service extérieur. Mais tu as passé un certain temps à Tablis, n'est-ce pas ?

— Oui, dit Risa en s'asseyant, une main sur le ventre.

Cameron s'efforça de ne pas y prêter attention, mais l'émotion l'emporta un moment sur le professionnalisme, et son regard s'attarda un peu plus longtemps qu'il n'était bienséant, son imagination évoquant le fantôme d'un vieux rêve tombé aux oubliettes. La maternité. Le mariage. Deux choses qu'elle avait un jour intensément désirées.

Deux choses qu'elle n'envisageait plus aujourd'hui.

— Nous avons discuté de la question de ta grossesse avec Quinn et Heller, déclara-t-elle, reportant son regard sur le visage de Risa. Nous avons accès à un excellent obstétricien à Lexington. C'est le meilleur de la région, y compris pour les cas délicats. La société prendra tous tes frais médicaux en charge si tu as besoin de le consulter avant que nous ayons trouvé le moyen de neutraliser la menace qui pèse sur toi.

— C'est extrêmement généreux de votre part.

Cameron sourit.

— Ton mari est un élément très apprécié de la société. Techniquement, tu serais couverte par son assurance maladie, de toute façon. Nous ne faisons que vous épargner les tracasseries administratives.

La porte s'ouvrit, et Connor apparut, les bras chargés de deux gros sacs de courses. Il coula un regard en direction de Risa.

— Elle a apporté d'autres bacs de crème glacée. Il y a même un pot de Rocky Road.

— Tu devrais les mettre au congélateur avant qu'elles fondent, suggéra Cameron.

Connor soupira et se dirigea vers la cuisine.

— Ma sœur avait constamment des envies de glace pendant sa grossesse. Je lui disais qu'elle était une vraie caricature sur pattes, ce qui ne l'amusait pas du tout, commenta en riant Cameron. Mais j'ai pensé que, même si ce n'était pas ton cas, la glace plaisait à tout le monde. Alors, j'en ai acheté de trois parfums différents. J'ai cru comprendre que tu aimais particulièrement la Rocky Road ?

— Qui ne l'aime pas ? répliqua Risa avec son premier vrai sourire depuis que Cameron était arrivée. Merci.

— Tout ça, c'est bien gentil, intervint Connor, revenant de la cuisine. Mais j'aimerais savoir combien de temps nous allons passer, terrés ici dans la montagne. Il vaudrait peut-être mieux faire quelque chose de constructif.

— Comme quoi ? demanda Cameron.

— Comme aller voir le patron de Risa, à Cincinnati, par exemple. Et lui demander pourquoi il a jugé bon de permettre à un étranger d'entrer chez elle et de fouiller son appartement.

— Quelqu'un s'en charge, répondit Cameron sans en dire davantage.

— Farid est un caméléon, déclara Risa en faisant la grimace. Il n'est pas animé de véritables convictions religieuses, mais il fait semblant, pour ne pas perdre la clientèle des vrais croyants. Sinon, avec les autres, il se comporte comme n'importe quel Américain. Il s'incline volontiers devant la hiérarchie tribale s'il pense que cela peut servir ses intérêts, mais je ne pense pas qu'il aurait aidé cet homme à me retrouver s'il avait su qu'il s'agissait d'une affaire de terrorisme.

— Donc, selon toi, il n'est pas guidé par des convictions religieuses ou politiques ? demanda Cameron.

— Sa religion à lui, c'est l'argent et le pouvoir, point, assena

Risa dans un soupir. Encore que ce soit aussi ce qui anime les membres d'Al-Adar, au fond. Ils ne cherchent pas, comme Daesh, à instaurer un califat mondial. Al-Adar se sert des convictions des gens pour les manipuler, mais il ne s'agit pas de religion pour eux. Ce qu'ils veulent, c'est mettre la main sur le pétrole et les ressources minières du Kaziristan.

— Donc, Farid pourrait quand même être sur la même ligne qu'eux ?

Risa réfléchit quelques instants avant de répondre.

— Je ne crois pas. Ce qu'il recherche, lui, c'est un pouvoir personnel, à sa petite échelle. Il adore se comporter en tyran au restaurant pour prouver qu'il est le seul maître à bord, mais je ne pense pas qu'il aimerait assumer des responsabilités au sein d'une plus grande organisation. Quand une personne réellement influente vient au restaurant, Farid s'empresse de se mettre en quatre pour s'attirer ses faveurs. Ce n'est pas la façon de faire d'Al-Adar.

— Et pour ce qui est des autres membres de la communauté ? Tu les as fréquentés ?

— La plupart des Kaziris de Cincinnati sont des gens dévoués et pacifiques. Horrifiés par l'image que donnent d'eux les radicaux.

— Nous le savons, lui assura Cameron. Mais la petite minorité restante…

— Peut faire beaucoup de dégâts, acheva Risa à sa place. Je sais.

— Est-il possible que la menace qui pèse sur Risa n'ait rien à voir avec les organisations terroristes normalement associées au Moyen-Orient et à l'Asie centrale ? s'enquit Connor.

— À quoi penses-tu, au juste ? demanda Cameron.

Il la regarda, une lueur d'hésitation au fond de ses yeux bleus.

Sa spécialité, ce n'était pas l'analyse, Cameron le savait. Il avait été embauché par Campbell Cove Security pour ses compétences en matière d'armement et de tactique.

Mais il n'aurait jamais été recruté s'il n'avait pas également possédé la faculté d'opérer des choix judicieux et de résoudre des problèmes épineux. On avait expressément recommandé à Quinn, Heller et Cameron de n'engager que les meilleurs. Et ils avaient eu à cœur de satisfaire cette condition.

— Je me demande simplement si quelqu'un ne pourrait pas avoir eu une autre raison de vouloir éliminer Risa.

— Comme qui ? demanda Cameron, s'adressant directement à Risa.

— J'ai participé à plusieurs opérations sensibles, concéda celle-ci, l'air mal à l'aise. Mais certaines sont encore classifiées, donc je ne peux pas en parler.

— Est-ce que ta couverture a jamais été grillée ?

— Pas à ma connaissance, mais peut-être est-ce arrivé sans que je m'en rende compte. Ou peut-être quelqu'un, au sein du gouvernement, a-t-il la langue un peu trop bien pendue. Ce ne serait pas la première fois.

— Quel a été ton rôle dans ces opérations ? Était-il personnel ?

— Tu veux savoir si j'ai été amenée à faire du charme à un homme pour le piéger ? traduisit Risa en jetant un coup d'œil à Connor. Au début de ma carrière, ça m'est arrivé deux fois, oui. Mais ces dernières années, non.

— Donc, celui qui a mis ta tête à prix ne peut pas être un homme que tu aurais… charmé ?

— Non, déclara fermement Risa. Je sais quelle a été l'issue desdites opérations, et les hommes qu'elles visaient ne sont pas en situation de pouvoir prendre leur revanche.

Connor coula un regard en biais à sa femme, mais s'abstint de tout commentaire.

— Alors, dis-moi, Risa : selon toi, qui pourrait tenir à t'éliminer au point de tuer deux cents innocents pour y parvenir ?

Les yeux de Risa s'agrandirent légèrement comme si elle venait subitement de penser à quelque chose puis elle fronça les sourcils.

— Oh ! mon Dieu !

— Quoi ? la pressa Connor.

Elle se tourna pour regarder son mari, ouvrant de grands yeux.

— Tu te rappelles ce que je t'ai dit, à propos de ce client, au restaurant, qu'il me semblait avoir déjà vu ?

— Oui… Celui du mur des trophées de Dal ?

— Oui. Je crois que je sais pourquoi il m'a fait si forte impression.

Risa tourna la tête vers Cameron.

— Attention : je ne suis pas absolument certaine de ce que j'avance… La dernière fois que j'ai vu le visage de cet homme remonte à plus de dix ans. Il a pu changer.

— Qui est-ce ? s'enquit Connor.

— L'un des terroristes ayant participé au siège de l'ambassade américaine à Tablis, il y a une dizaine d'années. J'ai été chargée de le filer après la fin du siège, mais il m'a glissé entre les doigts. J'ai fini par découvrir où il se trouvait et j'ai alerté les autorités kaziries en les informant de sa nouvelle identité. Il a été extradé du Kaziristan.

— Ça me paraît être un excellent motif, murmura Cameron.

— Oui, mais… Il a refait surface il y a quelques années. En fait, il faudrait peut-être parler de lui à votre ami Maddox Heller.

— Pourquoi ? demanda Connor.

— Parce que, sauf erreur de ma part, il est mort sous les yeux de Heller voilà presque huit ans.

L'accent nonchalant de Maddox Heller résonna dans la pièce, légèrement déformé par le haut-parleur.

— À l'époque, Quinn m'a dit qu'ils avaient retrouvé le corps. Mais, comme tu le sais, le rapport de Quinn à la vérité peut être un peu… distant. J'ai eu une petite conversation avec lui avant de vous rappeler. En fait, il se trouve que, techniquement, les autorités n'ont jamais identifié le corps. Certaines parties de ce bâtiment se sont enfoncées dans le sol du fait de l'instabilité géologique de la région, et le gouvernement de Mariposa n'avait pas les moyens de procéder à une excavation pour retrouver la dépouille d'un seul disparu.

— Et est-on certain que Tahir Mahmoud n'a pas pu survivre à cette explosion ? demanda Connor, tendu.

Heller mit un peu trop de temps à répondre à son goût.

— Étant donné que personne n'a jamais retrouvé le corps, je ne sais pas si je peux m'avancer à assurer qu'il n'a en aucun cas pu en réchapper, dit-il finalement. Mais c'est extrêmement improbable. Et étant donné qu'on ne l'a plus jamais revu par la suite…

Quelque chose, dans l'intonation de Heller, fit se redresser Connor dans son fauteuil.

— Pourquoi n'es-tu pas plus affirmatif ?

— C'est juste que… Tu te rappelles cette photo que tu m'as envoyée hier soir ? Celle prise au restaurant ?

Connor jeta un coup d'œil à Risa. Les jambes repliées sous elle, elle promenait machinalement la main sur son ventre. Elle fronça les sourcils et le regarda.

— Oui. Tu m'as dit ne pas être sûr.

— Je ne l'étais pas. Et je ne le suis toujours pas, d'ailleurs. C'est quasiment impossible.

— Qu'est-ce qui est impossible ? intervint Risa d'un ton légèrement impatient.

— Si je n'avais pas vu ce laboratoire, à Mariposa, exploser sous mes yeux, j'aurais pensé que cet homme, au restaurant, était Tahir Mahmoud, avec dix ans de plus.

Connor regarda Risa.

— Tu m'as dit que tu avais été à l'origine de son extradition, après le siège de l'ambassade. Tu ne crois pas qu'il aurait pu se souvenir de toi ?

— Je le pistais de façon anonyme. Ma couverture, c'était un poste de simple gratte-papier à l'ambassade. Il ne savait pas à quoi je ressemblais.

— Et les photos de surveillance de Cincinnati ? demanda Connor à Heller. Est-ce que tu les as toutes examinées ?

— Pas encore. Je commence juste à me familiariser avec cette affaire, admit Heller. Je vais les étudier de près.

— OK.

Connor interrogea Cameron du regard.

— Est-ce qu'on peut avoir toutes ces photos, nous aussi ? demanda-t-il. On a vu ce type récemment donc, on est sans doute plus à même de le reconnaître.

Elle plissa les yeux mais hocha la tête.

— Je vais arranger ça.

— Aujourd'hui ?

Elle fit un signe de dénégation.

— Il faut le temps de toutes les scanner. Mais je peux vous les faire parvenir dès demain. Ça ira ?

— Oui. Merci, dit Risa.

— Je vais aussi passer quelques coups de fil à d'anciens amis à Mariposa, annonça Heller d'une voix un peu sourde. Moi aussi, j'aimerais bien savoir si Tahir Mahmoud a réussi à échapper à la Faucheuse.

Sur quoi, il raccrocha.

— Je me souviens du nom de Tahir Mahmoud en rapport avec le siège de l'ambassade, à Tablis, dit Connor tandis que Risa et lui raccompagnaient Cameron jusqu'à la porte. Mais je n'étais pas au courant de ce qui s'est passé à Mariposa.

— La femme de Heller, Iris, a failli y rester à cause de Tahir Mahmoud, expliqua Cameron. Mahmoud est mort — présumé mort — alors qu'il menait une attaque contre un groupe dont elle faisait partie. Elle en a réchappé de justesse.

— Huit années passées en cavale sans laisser la moindre trace, ça paraît bien long, fit observer Risa en refermant les bras autour d'elle comme un courant d'air froid entrait par la porte ouverte.

— Il se peut qu'il soit mort, tu sais, souligna Rebecca Cameron en posant la main sur son bras. Dis-moi si tu as besoin de quoi que ce soit.

— Merci encore.

Cameron recula d'un pas et leur sourit.

— Je sais que la situation est compliquée et tendue actuellement, pour des tas de raisons. Mais n'oubliez pas, c'est un Noël que vous pensiez passer séparément, tous les deux. Et, aujourd'hui, ce n'est pas le cas. C'est une bénédiction, compte tenu des circonstances.

Sur un dernier sourire, elle descendit les marches et se dirigea vers sa voiture.

Connor entraîna Risa au chaud, à l'intérieur, et referma la porte.

— Elle a raison sur un point, observa Risa en se tournant vers lui, un petit sourire aux lèvres. Je pensais passer Noël seule. Sans sapin, sans décorations, sans Père Noël qui descend par la cheminée. C'était un peu triste.

— Tu te rappelles Noël dernier ? Nous avions acheté un immense sapin et nous avons passé le mois de janvier à aspirer des aiguilles.

Le sourire de Connor s'effaça comme le reste de l'histoire lui revenait. Il avait encore retrouvé des aiguilles plantées dans le tapis bien après le crash aérien, ce qui n'avait fait que raviver le souvenir de tout ce qu'il avait perdu.

Risa toucha son bras.

— Je sais que tu m'en veux encore et je le comprends. Mais tu ne peux pas au moins te réjouir que je sois en vie ?

Il la contempla comme si elle venait de le gifler.

— Bon sang, Risa, tu sais très bien que c'est le cas ! Quoi qu'il soit arrivé, je ne peux pas croire que tu puisses imaginer une seconde qu'il en aille autrement.

— Alors, on peut peut-être se contenter de ça pour l'instant ? Et essayer de ne pas trop remâcher le reste ?

Elle fit un pas en avant, la main se posant sur son épaule.

— Il ne s'est pas passé un jour sans que tu me manques.

Une onde de colère fusa en lui, mais il la refoula. Il y donnerait libre cours plus tard. Mais pas maintenant.

Pour l'instant, il avait seulement envie de savourer le fait qu'elle était vivante, là, près de lui.

— Toi aussi, tu m'as manqué, admit-il.

Elle posa la joue contre son épaule, son ventre arrondi pressé contre lui. C'était une sensation curieuse, mais étrangement parfaite, songea-t-il. Il encercla ses hanches, laissant reposer les mains au creux de son dos. La grossesse lui avait donné plus de formes ; il s'autorisa à les parcourir d'une main légère, découvrant les contours nouveaux de sa silhouette.

Elle renversa la tête en arrière et sonda son regard.

— Plus de rondeurs que dans ton souvenir, mmm ?

Il lui décocha un large sourire.

— Je dois reconnaître que le volume de tes seins constitue une délicieuse surprise.

Elle baissa la tête pour vérifier ses dires et la releva, l'air un peu ennuyée.

— Pas trop, j'espère ?

Il secoua la tête.

— Mais non. Pas trop.

Elle passa les bras derrière elle et ramena les mains de Connor sur son ventre.

— La daurade est en train de s'agiter, de nouveau.

Il promena ses paumes sur le renflement de son abdomen, sentant les vagues provoquées par les mouvements du bébé.

— La *daurade* ?

— Oui, je suis en train de tester des surnoms.

— Eh bien, à en juger par les coups que t'assène « la daurade », « requin-marteau » serait peut-être plus approprié !

Elle partit d'un éclat de rire, mais ce son s'éteignit doucement tandis qu'il laissait courir les mains sur son ventre, la sentant tressaillir sous ses caresses. Elle leva le regard vers lui, ses yeux noisette soudain très grands et assombris.

Il connaissait bien cette expression. Il avait adoré la voir luire dans ses yeux ; il avait été si heureux de pouvoir la faire apparaître d'une simple caresse ou du son de sa voix. Il en avait rêvé si souvent, après le crash, au plus profond de ses nuits solitaires.

Elle se dressa sur la pointe des pieds, le visage tendu vers lui. Il aurait été si simple, si naturel de pencher la tête un tant soit peu pour rencontrer ses lèvres.

Si seulement elle ne lui avait pas menti.

Il demeura immobile. Risa s'écarta.

— Je suis désolée.

— Non, c'est moi, dit-il, attrapant sa main.

Il la ramena vers lui, la tint serrée dans ses bras.

— Je suis désolé que la colère et le ressentiment m'aient empêché de te dire que je suis fichtrement heureux que tu sois en vie.

Il pressa tendrement ses lèvres contre son front.

— Malgré tout.

9

— Je crois que je devrais retourner à Cincinnati.

Connor releva brusquement la tête, incrédule.

— Tu as perdu la tête ?

— J'y ai vécu pendant des mois, Connor, sans que quiconque m'ait cherché des noises.

— Ce qui ne veut pas dire que tu peux y retourner maintenant.

— Mon loyer est payé jusqu'à la fin du mois, donc ce n'est pas comme si mon propriétaire avait pu relouer l'appartement. Mon travail, au Joyau de Tablis, n'était pas génial, mais je pourrais trouver autre chose. Ou même m'abstenir de travailler pendant quelques semaines. Ça me laisserait d'ailleurs plus de temps pour recueillir des informations.

— Quinn ne t'aurait pas évacuée en urgence s'il n'avait pas estimé que c'était nécessaire.

— Je pense qu'il pèche par excès de prudence.

— À t'entendre, on croirait qu'il a tort.

— Si ça doit m'empêcher de découvrir qui a posé cette bombe dans l'avion, oui, il *a* tort.

— Risa…

Il s'interrompit dans un soupir et se leva de devant la cheminée où il était en train de ranimer le feu.

Il s'avança vers le canapé, où elle était assise, pelotonnée sous un plaid épais. S'asseyant sur la table basse, il prit ses mains entre les siennes.

— Tu as les mains froides.

— S'il te plaît, Connor, n'essaye pas de me faire changer d'avis.

— Je ne veux pas que tu retournes là-bas. Pas après ce qui s'est passé. C'est de la folie. Cette seule idée me terrifie.

— J'ai l'impression d'avoir pris la fuite juste au moment où les choses commençaient à bouger.

— Mais ce n'est plus à toi d'enquêter. Cameron, Quinn et Heller ont pris le relais.

— Non, écoute, Connor, dit-elle, pressant sa main. J'ai réfléchi à tout ça depuis le départ de Cameron, ce matin. Dal ne m'aurait pas installée à Cincinnati s'il n'avait pas pensé que j'étais la mieux placée pour cette investigation.

— Mais tu as passé des mois là-bas sans rien trouver de concret.

Il entremêla les doigts aux siens, s'inclinant en avant. Son odeur, un grisant mélange de savon et de feu de bois, lui chatouilla les narines, et elle se sentit fondre de l'intérieur.

— C'était une opération délicate, protesta-t-elle, contrariée de ne pas parvenir à détacher les yeux de sa bouche.

Connor embrassait merveilleusement bien, se souvint-elle. Doué d'un instinct très sûr, il devinait sans qu'elle eût besoin de le lui dire si elle avait envie de tendres câlineries ou d'ébats débridés.

L'un comme l'autre, présentement, lui auraient parfaitement convenu. Elle le désirait aussi ardemment que par le passé, et les pupilles dilatées de ses yeux bleus étaient bien la preuve que la même passion l'éperonnait. Mais, en réalité, ce qu'ils voulaient tous les deux, c'était retrouver ce qu'ils avaient partagé avant le crash. Avant le mensonge de Risa. Avant son incommensurable chagrin, à lui.

Tant qu'ils n'auraient pas dépassé ce stade, qu'ils n'auraient pas réussi à construire autre chose, une relation tournée vers l'avenir plutôt que piégée dans le passé, mieux valait rester prudent.

— Tu sais ce que je pense ? murmura-t-il, les lèvres s'incurvant légèrement.

— Quoi donc ?

— Je pense que tu es complètement folle.

Son sourire s'élargit comme il ajoutait :

— Et je pense qu'on pourrait peut-être risquer une petite sortie hors de cette ferme, qu'en dis-tu ?

Elle se redressa, intriguée.

— Qu'est-ce que tu as en tête ?

— Tu auras la surprise. Va t'habiller, lança-t-il en tirant sur le plaid. Et emmitoufle-toi chaudement !

Pendant les premières vingt minutes du trajet, ils roulèrent à travers des forêts de sapins sans fin, seulement interrompues de temps à autre par des falaises rocheuses striées qui attestaient que la route avait été taillée à flanc de montagne. Puis, comme les dernières lueurs du jour peignaient l'horizon d'ambre, de rose et de violet, les arbres s'espacèrent, et le paysage s'ouvrit sur un vallon où était nichée une pittoresque petite bourgade.

— Bienvenue à Laurel Hollow, lança Connor, visiblement heureux. Population : disons, environ deux cent cinquante personnes, je crois.

— Comment connaissais-tu cet endroit ? s'enquit-elle, totalement sous le charme. On le croirait sorti tout droit d'une carte postale… Un vrai village typique du sud, avec sa petite église blanche et son haut clocher s'élançant vers le ciel dans la lumière du crépuscule.

— Va savoir… J'ai peut-être appelé Quinn cet après-midi pendant que tu faisais la sieste, dit-il avec un petit sourire.

— Juste pour m'amener jusqu'à ce petit coin de paradis ?

— Pas tout à fait, répliqua-t-il avec une expression sibylline qui lui rappela le bon vieux temps, quand ils étaient heureux et fous amoureux.

Il avait aimé lui faire des surprises, ce qui n'avait pas dû être une mince affaire, étant donné la carrière de Risa. Il fallait faire preuve de beaucoup d'imagination pour étonner un agent du renseignement.

En cet instant, il avait cette même expression.

— Qu'est-ce que tu mijotes ? demanda-t-elle, de plus en plus intriguée.

Le sourire de Connor se fit plus mystérieux.

— Tu verras.

Quelques kilomètres plus loin, Laurel Hollow n'était plus qu'une vision lointaine dans le rétroviseur. Le paysage alentour s'était mué en collines de champs cultivés à perte de vue, parsemés çà et là d'habitations. Puis, au détour d'un virage, un bosquet touffu leur apparut, brillamment illuminé.

Non, ce n'était pas un bosquet, s'avisa-t-elle comme ils approchaient. C'était une plantation d'arbres. De sapins, très exactement.

— Rebecca Cameron avait raison, déclara Connor en coupant le contact et en se tournant pour la regarder. Quoi qu'il puisse se produire par ailleurs, nous allons être réunis pour Noël cette année. Il n'y a pas si longtemps, je croyais que ça n'arriverait plus jamais. Alors, nous allons fêter ça dignement.

Les larmes lui piquant les yeux, elle tendit le bras et lui caressa la joue.

— C'est une merveilleuse surprise que tu me fais là.

— C'est vrai ?

Il paraissait si heureux, songea-t-elle, luttant pour contenir son émotion.

Comment avait-elle pu laisser Dal la convaincre de renoncer à sa vie ? Comment avait-elle pu ne serait-ce que l'envisager ? Si les rôles avaient été renversés, elle aurait été furieuse. Et profondément, peut-être même irréversiblement, blessée.

— À quoi penses-tu ? s'enquit Connor, couvrant sa main de la sienne.

— Je me disais que j'ai été vraiment injuste vis-à-vis de toi.

— Seulement « vraiment injuste » ? Tu te sous-estimes toujours.

Il s'efforçait de faire de l'humour, mais il ne pouvait cacher la tristesse que véhiculait son regard.

— J'peux vous aider ?

La voix résonna si près de Risa qu'elle sursauta. Elle se retourna et vit un petit homme trapu vêtu d'une salopette et d'une vieille veste en jean mitée, debout derrière eux, son visage buriné creusé d'un large sourire.

— On a des grands sapins, des moyens, des petits. Des touffus, des fins… Y en a pour tous les goûts. Vous n'avez qu'à dire ce que vous cherchez, et ce bon vieux Ray vous le trouvera, annonça-t-il avec entrain.

— Un moyen, suggéra Connor en adressant un clin d'œil à Risa qui fit battre son cœur un peu plus vite. Ni trop épais ni trop maigrichon.

— Oui, un moyen sera parfait, acquiesça-t-elle dans un sourire.

— Alors, allez jeter un coup d'œil à droite de l'allée, par là, et choisissez celui qui vous plaît, proposa Ray, souriant toujours.

Connor prit Risa par la main et l'entraîna.

— Allez, viens. On va choisir notre sapin de Noël.

— On a un visuel de McGinnis.

La voix de basse, à l'autre bout de la ligne, était teintée d'un léger accent de Boston. Adam Lovell était un recalé de Harvard qui avait adopté un style obséquieux dans sa façon de s'exprimer, espérant sans doute compenser par la flagornerie son insuffisance de matière grise.

Cela n'avait pas contribué à lui attirer le respect de son patron, qui n'avait plus guère d'estime pour le jeune lèche-bottes, mais cela faisait d'Adam quelqu'un de très, très utile.

— Et la femme ?

— Elle est avec lui. Mais elle ne porte pas de hijab.

Évidemment qu'elle n'en portait pas. Elle n'était pas la veuve kazirie qu'elle avait prétendu être, même si elle avait joué son rôle à la perfection. Fille d'un marine aguerri, elle était née en Géorgie et s'était servie du sang kaziri qu'elle tenait de sa mère pour travailler pour le compte de la CIA.

Fichu roublard de Martin Dalrymple !

— Si tu peux l'attraper, fais-le.

— Elle n'a pas l'air de beaucoup s'éloigner de McGinnis.

— Alors, arrange-toi pour qu'ils se retrouvent séparés.

Adam resta silencieux pendant si longtemps qu'il se demanda si le jeune homme était toujours en ligne. Mais, finalement, Adam parla, d'un ton hésitant :

— Est-ce que je peux savoir pourquoi il faut la faire prisonnière ?

— Non, répondit-il avant de couper la communication.

Il se renfonça contre le cuir souple de son fauteuil de bureau, contemplant les lumières de National Mall semblables à des fanaux égarés dans le brouillard et la bruine qui enveloppaient le centre-ville de Washington d'un morne voile gris. Rétrospectivement, il songea qu'il aurait dû se douter que Dalrymple avait plus d'un tour dans son sac. Il aurait dû penser que Parisa McGinnis avait peut-être survécu à l'explosion. Que, après avoir vécu parmi les Kaziris sur leur terre natale, elle pourrait se fondre sans difficulté dans la masse de ceux qui avaient émigré aux États-Unis.

Il s'était évertué à la chercher en Caroline du Nord, parmi les chrétiens, songeant qu'elle se serait mieux intégrée à cette communauté-là compte tenu de ses origines. Mais ce raisonnement avait été erroné. Tellement même qu'il avait presque honte aujourd'hui de s'être montré aussi aveugle.

Mais c'était du passé, désormais. Il l'avait retrouvée. Elle était vivante.

Réalité à laquelle il allait remédier sans délai.

*
* *

— Celui-ci ? Qu'en dis-tu ? demanda Risa, la tête penchée sur le côté, considérant l'épicéa au milieu d'une mer de conifères de taille et forme variables.

Connor fit mine de réfléchir, mais elle voyait bien à son expression qu'il pensait comme elle que c'était l'arbre qu'il leur fallait. Elle le laissa néanmoins se frotter le menton, l'air songeur, et tourner plusieurs fois autour de l'arbre avant de finalement relever la tête et la regarder.

— Je suis d'accord. C'est celui qu'il nous faut.

— Oui ! s'exclama-t-elle en jetant ses bras autour de son cou avant de se rendre compte qu'elle n'avait plus le droit de lui sauter au cou quand bon lui semblait.

Elle lui lança un regard incertain, chagrinée.

— Il ne te rappelle rien ? demanda-t-il, souriant, sentant son embarras.

Elle reporta le regard sur le sapin et comprit soudain pourquoi il avait tout de suite attiré son regard.

— Si. Il ressemble à notre premier arbre de Noël.

— Exactement, souligna Connor en touchant l'extrémité d'une branche entre le pouce et l'index. Il était presque plus grand que notre appartement en Allemagne. Tu t'en souviens ?

Elle sourit à l'évocation que suscitaient ses mots. Elle revit le sapin aux branches drues, parfaitement conique, qui avait encombré le petit appartement qu'elle avait occupé à Günzburg, à mi-chemin entre le consulat américain de Munich auquel elle était rattachée et le camp Panzer Kaserne de Böblingen où était temporairement stationné Connor.

— Je m'en souviens.

— Et tu te rappelles le soir où nous avions invité des gars de la base et où nous arrivions à peine à nous mouvoir à cause de ce maudit arbre de Noël ?

Il rit doucement.

— Et tu m'as fait ta demande en mariage après leur départ. Parce qu'ils t'avaient, paraît-il, tous dit que si tu ne te déclarais pas, l'un d'eux le ferait à ta place !

Le sourire de Connor s'élargit, comme si ce souvenir le réjouissait vraiment. Risa sentit sa gorge se serrer tandis qu'elle attendait le moment où il allait se rendre compte que le passé était bel et bien derrière eux et que le présent était rempli de mensonges et de regrets.

Mais, avant que son expression ait eu le temps de s'altérer, Ray se matérialisa subitement devant eux, comme s'il était tombé du ciel.

— Alors, ça y est ? Vous avez trouvé votre bonheur ?

— Oui, monsieur, répondit Connor. Nous allons prendre celui-ci.

Ray leur indiqua un prix qui leur parut raisonnable, et Connor tira son portefeuille de sa poche.

— Vous n'auriez pas une brouette pour que je le transporte jusqu'à la voiture ?

— Bien sûr que si, dit l'homme en lui adressant un sourire jovial. Si je peux vous aider pour autre chose…

— Connaissez-vous un endroit où nous pourrions acheter des décorations ? demanda Risa. Oh ! rien d'extraordinaire ! Simplement quelques boules et guirlandes.

— Eh bien, vous n'aurez pas à aller bien loin, répondit Ray en se tournant vers elle, le sourire aux lèvres, et en agitant le bras. Allez par là-bas. Vous trouverez un kiosque où nous avons toutes sortes d'ornements faits main par des artisans du Kentucky.

Les artisans en question étaient probablement la femme et les enfants de Ray, songea Risa, mais elle n'était pas en position de faire la difficile.

— Je trouverai le kiosque en allant par là ? demanda-t-elle.

— Oui, m'dame, vous ne pourrez pas le manquer, confirma Ray en aidant Connor à déterrer le sapin.

— Je te rejoins à la voiture, dit-elle à Connor en posant la main sur son bras avant de s'éloigner dans la direction indiquée.

« Par là-bas » s'avéra un peu plus loin qu'elle ne l'avait pensé, songea-t-elle en se frayant un chemin dans le labyrinthe de rangées de sapins parfumés. La nuit était tombée pendant qu'ils choisissaient leur arbre, et elle s'orientait dans l'obscurité grâce à une guirlande d'ampoules colorées qui longeait un alignement de tuteurs plantés dans le sol meuble de la plantation. La guirlande devait être alimentée par un groupe électrogène car un ronronnement régulier résonnait dans la nuit, non loin.

Une petite brise s'était levée, faisant osciller les ampoules au-dessus de sa tête, projetant des ombres dansantes sur le sol autour d'elle. Risa resserra les pans de son manteau, ignorant la soudaine sensation de malaise qui s'était emparée d'elle.

Ce n'est que le vent, se dit-elle, un peu honteuse. *Tu n'es plus à Cincinnati*. Elle était au milieu de nulle part, au fin fond du Kentucky, où personne ne la connaissait ni d'Ève ni d'Adam. Et Connor était avec elle, là, pas loin.

Elle se retourna pour se rassurer.

Mais elle ne vit rien d'autre que des sapins à perte de vue.

L'espace d'une seconde, un frisson de panique la parcourut. Mais elle se calma aussitôt. La route était toute proche. Elle n'aurait qu'à suivre la guirlande lumineuse pour revenir sur ses pas et rejoindre Connor, qui l'attendrait avec leur bel arbre chargé à l'arrière de la voiture.

Ne manquaient plus que les décorations.

Elle continua son chemin jusqu'à l'extrémité de la plantation, guidée par les lumières, et, quelques mètres plus loin, il lui sembla apercevoir le toit d'un abri en bois qui dépassait des cimes des arbres. Elle commença à se détendre.

Puis, tout à coup, les lumières s'éteignirent.

Tandis que Connor finissait d'installer l'arbre à l'arrière du Tahoe, il se retrouva subitement plongé dans le noir. Seule la faible lueur du plafonnier perçait encore l'obscurité totale qui engloutissait la plantation.

— Allons bon, grommela la voix de Ray, quelque part, derrière lui.

Il y avait une lampe-torche dans la boîte à gants. Connor

alla la chercher et promena le faisceau puissant de la lampe alentour. Il passa sur le visage aux traits marqués de Ray qui cligna les yeux et éleva une main pour se protéger.

Connor écarta le rayon de la lampe de son visage et s'approcha.

— Que se passe-t-il ?

— Je ne sais pas trop, répondit Ray, fronçant les sourcils. Le générateur est par là.

Il fit signe à Connor de l'accompagner, et ils se frayèrent un chemin parmi le dédale de sapins.

Connor marchait derrière lui, ennuyé par cette soudaine obscurité. En tant qu'ancien marine, il était habitué à tirer parti de la pénombre, mais le fait de se retrouver soudain privé de visibilité alors qu'il ne s'y attendait pas — et que Risa n'était pas à son côté… Pour autant, il n'y avait pas lieu de s'alarmer ; la coupure de courant n'était probablement qu'une coïncidence.

Mais il n'aimait pas les coïncidences. Surtout en ce moment.

— Allons bon, répéta Ray, l'air plus déconcerté encore que la première fois.

— Qu'y a-t-il ? demanda Connor.

Ray se retourna et tendit la main.

— Je peux vous emprunter votre lampe ?

À contrecœur, il la lui prêta. Ray balaya une petite zone dégagée, au milieu des arbres. Connor aperçut un chariot métallique à roulettes du genre de ceux qui permettaient de déplacer un générateur d'électricité. À ceci près qu'il n'y avait pas de générateur sur le support.

— Ça alors ! constata Ray, contrarié. Qui a bien pu prendre mon fichu groupe ?

Cette fois, le cœur de Connor sauta un battement. Il reprit sa lampe des mains de Ray et éclaira les arbres devant eux.

— Risa ? appela-t-il.

Mais il n'y eut pas de réponse.

10

Le pouls de Risa cognait à tout va dans ses oreilles tandis qu'elle essayait de s'orienter dans le noir. Il lui sembla entendre un bruissement furtif non loin d'elle, comme si quelqu'un se déplaçait dans les arbres serrés les uns contre autres en s'efforçant de ne pas faire de bruit.

Était-elle le jouet de son imagination ? L'éclairage de la plantation avait pu s'éteindre pour toutes sortes de raisons, à commencer par une panne de générateur.

— Risa ! cria Connor, sa voix résonnant dans le noir.

De nouveau, le bruissement furtif se fit entendre.

Cette fois, pas de doute, il y avait bien quelqu'un. Si elle répondait à l'appel de Connor, l'inconnu allait la localiser.

Elle recula, grimaçant de dépit lorsqu'elle heurta l'un des arbres, faisant remuer doucement ses branches. Elle entendit de nouveau le bruit de quelqu'un qui s'avançait à pas feutrés dans sa direction.

— Risa ?

La voix de Connor s'était rapprochée, et elle aperçut à quelque distance un rayon de lumière trouant l'obscurité et venant dans sa direction. Une lampe de poche ?

Elle resta immobile, laissant Connor venir à elle. Il n'était plus très loin, maintenant, à quelques rangées seulement de l'endroit où elle se tenait accroupie entre les sapins.

Soudain, le son d'un mouvement dans les arbres recommença, s'éloignant dans la direction opposée à celle de la lumière.

Soulagée, elle se redressa prudemment et, courbée en deux,

s'autorisa à avancer à la rencontre de Connor. Lorsqu'elle vit sa silhouette à quelques mètres d'elle, elle l'appela :

— Connor ! Par ici !

Elle vit les branches des sapins s'agiter furieusement tandis qu'il se précipitait vers elle.

— Pourquoi ne me répondais-tu pas ? demanda-t-il, haletant, l'enveloppant de son bras solide et la pressant contre lui.

— Il y avait quelqu'un ici, murmura-t-elle. Il n'était pas loin de moi… Je pense qu'ils ont dû me suivre.

Pour toute réponse, il la prit par la main et rebroussa chemin, l'entraînant vers l'entrée du site, là où le SUV était garé. Dans un bruissement d'aiguilles de pin, Ray apparut dans le cône de lumière, devant eux.

— J'ai retrouvé le générateur, annonça-t-il à Connor. On l'a déplacé d'une cinquantaine de mètres et vidé de son carburant.

Connor échangea un regard avec Risa.

— Des gamins qui vous auront fait une blague idiote, certainement.

Les lèvres de Ray s'étirèrent en un sourire forcé.

— Mouais… Ou un autre producteur, pour me faire rater des ventes en soirée.

Connor frictionna le dos de Risa d'une main réconfortante.

— Vous avez des problèmes avec eux ?

— Si vous saviez ! La concurrence est féroce. Certains professionnels ne reculeraient devant rien pour doubler leurs ventes.

— Comment allez-vous faire ? s'enquit Risa, essayant d'apaiser sa nervosité.

Ray avait peut-être raison. L'un de ses concurrents avait pu saboter son installation.

C'était possible. Mais peu probable.

Ray plongea la main dans sa poche.

— Je vais appeler ma femme pour qu'elle m'apporte de l'essence. Une fois la lumière revenue, je continuerai à travailler.

Avec ma femme et mes enfants, nous nettoierons demain toute cette essence qui s'est répandue par terre.

D'un mouvement de tête, il indiqua leur véhicule.

— Allez-y, ne vous en faites pas. Je vais me débrouiller. Vous pourrez peut-être repasser demain, pour vos décorations ? Je vous ferai un prix pour compenser le contretemps de ce soir.

Risa regarda Connor, pas très enthousiaste à l'idée de laisser Ray seul. Il comprit sa réticence et lui adressa un bref hochement de tête avant de se tourner vers Ray.

— Oh ! vous savez, ce n'est pas un problème ! Nous allons attendre ici avec vous. Et puis, autant acheter les décorations ce soir, ça nous évitera d'avoir à revenir.

— Vous êtes sûrs ?

— Absolument, confirma Risa.

Ray leur adressa un grand sourire.

— C'est vraiment chic de votre part.

Il tira son téléphone de sa poche et s'éloigna pour passer son appel.

— Je ne pense pas que ce soit un concurrent, chuchota Connor, les lèvres si proches de son oreille que son souffle agita ses cheveux.

— Moi non plus.

— Qui que ce soit, il ne doit pas être bien loin. Il est sans doute planqué quelque part dans le coin, attendant l'occasion de continuer à nous filer.

— Ce qui veut dire qu'il ne faut pas qu'on rentre à la cache, murmura Risa. Du moins, pas ce soir.

— Non.

— Qui penses-tu que ce soit ?

— Je ne sais pas. La question la plus pressante, c'est surtout : comment nous a-t-il trouvés ?

Sur la route, des phares percèrent l'obscurité. Quelques secondes plus tard, un ronflement de moteur leur parvint. Instinctivement, Risa se pelotonna contre Connor qui passa le bras autour de ses épaules et s'orienta de façon que son corps soit placé entre elle et le véhicule qui approchait.

— C'est Carla, annonça Ray en passant devant eux pour s'approcher du pick-up Chevrolet d'un modèle ancien.

Une petite femme replète, la tête couronnée de cheveux roux délavé, avec un joli visage rond, descendit de voiture et jeta un coup d'œil à Risa et Connor avant de se tourner vers son mari, qui sortait un jerrican d'essence de la benne, à l'arrière du véhicule.

— Qu'est-il arrivé ? demanda-t-clle en lui tendant la lampe de poche qu'elle avait à la main.

— C'est sûrement un mauvais tour qu'ont joué des gamins, dit Ray. Merci d'être venue si vite, chérie.

Carla jeta un nouveau regard à Risa et Connor.

— Chérie, je te présente… Euh, désolé, je n'ai pas retenu vos noms.

— Mac et Marisa, s'empressa de répondre aimablement Connor avant que Risa ait eu le temps d'ouvrir la bouche. Enchanté. Nous étions sur le point d'acheter des décorations de Noël là-bas, au fond de la plantation, quand tout s'est éteint.

— Oh ! Alors, je vais peut-être pouvoir vous aider, offrit Carla en souriant et en montrant la benne du pick-up tandis que Ray allumait sa lampe et partait s'occuper de son groupe électrogène.

— J'en ai apporté de nouveaux stocks. Ce sont mes filles qui les fabriquent au club des jeunes, en ville. C'est comme ça que le club collecte des fonds pour proposer aux adolescents de nouvelles activités, des sorties, etc. Nos deux filles y sont inscrites, donc, nous vendons leurs créations chaque année, ici, à Noël. J'espère que vous trouverez quelque chose qui vous plaira. Tenez, regardez…

Elle se pencha pour attraper un gros carton et le posa à côté du pick-up.

Risa échangea un regard avec Connor, se demandant si cela valait la peine de s'attarder davantage maintenant que Carla était là, d'autant qu'ils n'auraient sans doute pas l'occasion de décorer le sapin qui était chargé dans le SUV.

— Merci, on va jeter un coup d'œil, déclara Connor, soutenant son regard, une lueur d'acier au fond des prunelles bleues.

Il braqua le rayon de sa lampe vers le carton, que Carla était en train d'ouvrir, révélant de jolis ornements, présentés dans de petits emballages individuels. Certains étaient en bois peint, de belle facture, nota avec surprise Risa. D'autres étaient fabriqués dans des matériaux différents, en tissu, cousus à la main ou recouverts de broderies scintillantes et colorées qui lui rappelèrent l'artisanat vu dans certains villages du Kaziristan lorsqu'elle y travaillait en infiltration.

— Elles sont magnifiques, déclara-t-elle.

— Merci, je transmettrai le compliment à mes filles. Si quelque chose vous tente, c'est 50 cents l'unité. Et 2 dollars pièce pour les guirlandes de perles et de satin.

Risa choisit trois guirlandes en perles de bois dont deux bleu glacier et une, vieil or, et deux douzaines de boules et décorations diverses dans des couleurs assorties. Au moment où Connor tendait à Carla un billet de vingt dollars, les lumières se rallumèrent.

— Merci pour tout, dit Connor lorsque Ray émergea d'entre les arbres quelques instants plus tard. Je vous souhaite un joyeux Noël !

— À vous aussi ! Profitez bien de votre arbre et de vos ornements ! Bonne soirée ! les salua Ray avec un geste de la main comme ils grimpaient dans le SUV, une fois leurs emplettes rangées à l'arrière.

Risa agita la main en retour tandis qu'ils s'éloignaient des lumières de la plantation.

Devant eux, par-delà le faisceau des phares, la route sinueuse semblait s'enfoncer dans des ténèbres sans fond. Risa réprima un frisson et se tourna pour regarder Connor.

— Comment diable ont-ils pu nous retrouver ?

*
* *

À Cumberland, Connor trouva ce qu'il cherchait — un établissement encore ouvert à 20 heures, suffisamment fréquenté pour qu'une embuscade soit difficilement envisageable. Il s'agissait d'une pizzeria aux néons criards et, en cette froide soirée de vendredi, le parking était plein.

— Tu as faim ? demanda Risa, sarcastique, en le voyant garer la voiture dans la dernière place libre.

— C'est l'heure du dîner, murmura-t-il en coupant le contact.

— Sérieusement, qu'est-ce qu'on fait ici ?

— On va manger, répondit-il en arrêtant son regard sur elle et en portant l'index à ses lèvres.

Les yeux de Risa se rétrécirent, mais elle comprit le message muet.

Connor puisa dans la boîte à gants un petit boîtier rectangulaire. À l'intérieur, se trouvait un détecteur de fréquences radio conçu pour capter les signaux d'émetteurs sans fil, tels que les dispositifs d'écoute. Il l'alluma et attendit que l'appareil ait balayé les fréquences, à la recherche d'un signal. Il ne trouva qu'un signal GPS — ce qui était normal, l'ensemble de la flotte automobile de la société étant équipée de traceurs GPS — mais rien d'autre.

— C'est bon, annonça-t-il en éteignant le détecteur. Il n'y a pas de micro. Tu peux parler.

— Qu'est-ce qu'il a décelé ?

— Le signal GPS — c'est un véhicule de la société. Ils en sont tous équipés.

— Et si c'était quelqu'un de Campbell Cove Security qui nous avait suivis ? Quelqu'un qui chercherait à prendre secrètement contact avec nous ?

Connor secoua la tête.

— Non, ça ne tient pas. On aurait trouvé un moyen de me joindre autrement. Pas besoin de mettre le générateur hors service ni de faire tout ce cirque…

— OK. Alors, si personne n'a posé de mouchard sur la voiture ni sur nous, comment nous ont-ils localisés, nom d'un chien ? Il faut absolument qu'on le découvre. Ils sont peut-être en train de nous pister en ce moment même.

— Je n'en sais rien, reconnut-il. Je sais que nous n'avons pas été directement suivis cette fois — il faisait si sombre sur cette route que personne n'aurait pu me filer le train, même de loin, sans que je m'en rende compte.

— C'est à n'y rien comprendre, observa Risa, l'air troublée, en serrant son manteau autour d'elle. Ils ont couru le risque de me poursuivre dans cette plantation de sapins alors que toi et Ray étiez juste à côté, mais ils ne prennent pas la peine de nous suivre quand nous partons de là-bas ?

Elle avait raison. Ce n'était pas logique. À moins que…

— Bon sang, gronda-t-il en ouvrant d'une brusque poussée sa portière.

Il se pencha pour prendre la lampe-torche, mit résolument pied à terre et s'agenouilla pour examiner le dessous du Tahoe.

Risa fit le tour du SUV pour le rejoindre.

— Tu disais que le détecteur de fréquences radio n'avait capté qu'un signal GPS. Et s'ils avaient…

— Exactement.

Il trouva le traceur GPS que Campbell Cove Security installait sur tous ses véhicules ainsi qu'il s'y attendait.

Mais, quelques centimètres plus loin, il sentit sous ses doigts un second boîtier, plus petit, presque invisible sur le châssis éclaboussé de boue. Il s'assura qu'il n'était pas relié à quelque chose qui pouvait endommager la voiture s'il l'enlevait, puis il l'arracha d'un coup sec.

— Si on le plaçait sur un autre véhicule…, commença Risa en considérant Connor, le regard sombre, indéchiffrable.

— On mettrait en danger le conducteur, acheva-t-il.

Elle hocha la tête.

— Alors, j'imagine qu'il ne nous reste plus qu'à le jeter.

Il balaya le parking du regard, cherchant une solution plus

satisfaisante que de le laisser statique, dans le parking de la pizzeria. Même si ce n'était pas idéal, ce serait toujours mieux que le traceur soit en mouvement pendant un certain temps, histoire de lancer ceux qui étaient à leurs trousses sur une fausse piste.

— La rivière, dit soudain Risa.

Il la regarda sans comprendre.

— La rivière ?

— On a franchi une rivière en venant ici, expliqua-t-elle. On pourrait le jeter dans l'eau.

— L'électronique n'y résisterait pas. Ça ne nous donnerait aucune avance.

Elle eut un petit sourire énigmatique et, l'espace d'un instant, il se sentit catapulté en arrière, au début de leur relation, quand le seul fait d'être ensemble les rendait complètement euphoriques.

— Heureusement pour nous, nous venons juste d'acheter des décorations de Noël soigneusement emballées sous plastique par les astucieuses jeunes filles du Kentucky.

— Bien vu. Absolument brillant, souligna-t-il en ouvrant le coffre du Tahoe pour en sortir les ornements. Il ne nous reste plus qu'à retourner jusqu'à cette rivière.

— Il y a quelque chose qui ne cadre pas.

Risa contemplait l'obscurité au-delà du pare-brise avec une sensation grandissante de malaise. Ils avaient jeté le traceur GPS dans la rivière, la Poor Fork, une quinzaine de minutes plus tôt et s'étaient du même coup débarrassés du traceur de Campbell Cove Security. Ils roulaient maintenant en direction de Harlan mais, curieusement, elle ne se sentait pas davantage en sécurité.

— Comment ont-ils fait le lien entre le Tahoe et moi ? Je n'ai aucun rapport direct avec Campbell Cove Security. Et c'est un véhicule de société.

— Le rapport, c'est moi, déclara sombrement Connor. J'ai utilisé ma véritable identité et ma carte de crédit à Cincinnati.

— Oui mais, pour ça, il faudrait que…

— Qu'ils t'aient identifiée, acheva-t-il en lui jetant un coup d'œil.

Dans la lueur bleutée émise par le tableau de bord, les traits virils de son visage composaient un paysage d'ombre et de lumière, mais elle discerna suffisamment bien son expression pour voir qu'elle était grave.

— Ce doit être ça. Ils m'ont démasquée. Et ils ont fait le rapprochement avec toi.

— Donc, c'est moi qu'ils suivaient à la trace.

— Mais, maintenant, c'est terminé, assena-t-elle. Plus question d'utiliser ta carte bancaire. Et il faut se débarrasser de ton téléphone, pour le cas où ils s'en servent aussi pour te localiser… De combien disposes-tu en liquide ?

— Environ mille dollars, dans un coffre caché sous ton siège. Et cinq cents dollars supplémentaires à la maison.

— On ne peut pas retourner là-bas. C'est trop risqué.

— Tu as raison, acquiesça-t-il. Et toi, tu as du liquide ?

— Trois cents dollars dans une poche secrète de mon sac à dos.

— Également à la cache, alors ?

— En fait, non. Je l'ai mis dans la voiture avant de partir. Sous la banquette arrière. Après l'incident chez moi, à Cincinnati, je me suis dit qu'il valait mieux que je garde mon ordinateur avec moi.

— On ne peut pas se servir de ton téléphone pour accéder à Internet.

— Non, mais on pourrait peut-être investir deux cents dollars dans l'achat d'un téléphone prépayé dont on serait tout à fait sûrs, suggéra-t-elle, son sens pratique reprenant le dessus. Et je pense qu'on ferait bien de ne plus tenter d'entrer en contact avec Campbell Cove Security. Au moins pendant quelques jours, le temps qu'on sache s'ils ont clairement établi le lien entre toi et la société. Il est possible qu'ils aient posé le traceur sur le

Tahoe après notre départ de Cincinnati, peut-être quand on a fait halte dans cette station-service à Lexington.

— Quinn va nous faire rechercher si nous ne donnons pas de nouvelles. Et s'il envoie quelqu'un à la cache et découvre que nous n'y sommes plus…

— Je sais, le coupa-t-elle. Mais c'est un risque à courir. Au moins jusqu'à ce que nous soyons loin de la dernière position à laquelle le Tahoe a été géolocalisé. On devrait chercher un motel qui accepte les paiements en liquide et ne pose pas de questions, et s'offrir une bonne nuit de repos avant d'aviser, demain.

Connor garda le silence pendant suffisamment longtemps pour que Risa commence à craindre qu'il ne désapprouve son plan. Mais, finalement, il hocha la tête.

— OK. Tu as raison. On a froid, on est épuisés et je ne sais pas ce qu'il en est te concernant mais, moi, je meurs de faim. On pourrait peut-être s'acheter à manger au guichet d'un fast-food.

Avant qu'elle ait eu le temps de répondre, son estomac se mit à gargouiller, et ils se mirent à rire. Elle promena la main sur son ventre.

— Junior a l'air d'être d'accord avec toi.

Connor tendit le bras et posa la main sur la sienne.

— On n'avait jamais parlé enfants…

— On n'était pas mariés depuis si longtemps, souligna-t-elle.

Elle saisit sa main et la pressa contre son abdomen.

— On pensait avoir tout le temps.

Les doigts de Connor se contractèrent sous sa paume.

— Le temps. On croit tous en avoir… Jusqu'à ce que ce ne soit plus le cas.

Le bébé donna un coup de pied, et elle entendit Connor retenir son souffle, surpris. Elle réprima un sourire.

— Et, parfois, on n'a d'autre choix que de s'arranger pour trouver du temps pour ce qui est vraiment important.

— Comme Junior.

Exactement, songea-t-elle, refoulant les larmes qui lui piquaient les yeux.

*
* *

Le Rest Stop Motor Lodge, quelques kilomètres à l'ouest de Harlan, n'était rien d'autre qu'un minable amas de brique et de ciment qui tenait difficilement debout, songea Connor. La literie du lit double dans la chambre qu'ils avaient prise pour la nuit semblait relativement propre mais, par précaution, Connor sortit le matériel de camping qui était rangé dans le SUV pour parer aux cas d'urgence et étendit les deux sacs de couchage sur le matelas.

— Tu es plein de ressource, nota Risa d'un ton approbateur avant de s'asseoir en tailleur d'un côté du lit.

Fourrageant dans les sacs de nourriture à emporter qu'ils avaient acheté en sortant de Cumberland, elle sortit une petite barquette de frites et se mit à grignoter.

Elle lui tendit le sac avec un large sourire, éprouvant un étrange sentiment d'euphorie à l'idée de pouvoir enfin avaler quelque chose. À moins que ce ne soit plutôt le fait de pouvoir enfin être elle-même à nouveau. Elle était Risa McGinnis, accompagnée de l'homme qu'elle aimait, et, dans quelques semaines, elle donnerait naissance à leur enfant.

Même la menace du danger omniprésent semblait ne plus avoir prise sur elle, maintenant qu'elle était enfin là où était sa place.

L'expression grave de Connor, cependant, émoussa quelque peu sa soudaine impression de bien-être. Il mâchait son hamburger lentement, méthodiquement, comme s'il avait l'esprit ailleurs.

Pensait-il à Campbell Cove Security ? Ou à tout autre chose ?

Quelque chose qu'avait dit Dal deux semaines plus tôt, alors qu'elle lui demandait s'il savait comment allait Connor, lui revint subitement en mémoire, refroidissant encore un peu plus son enthousiasme.

« Sept mois, c'est long quand on croit sa femme morte. »

11

Pour un vendredi soir, l'affluence était plus importante que Maddox Heller ne l'aurait pensé, au Joyau de Tablis. Pour ne pas attirer les soupçons, il avait fait le voyage accompagné de sa femme, Iris. Ils avaient confié leurs deux enfants à la sœur d'Iris, Rose, et à son mari, Daniel, de passage pour une semaine à Lexington où Daniel effectuait des recherches pour l'ouvrage qu'il était en train de rédiger sur le profilage criminel. Ils avaient accepté de s'occuper des enfants pendant le week-end.

— C'est Farid, murmura-t-il en comparant l'homme qui venait d'apparaître à la photo sauvegardée sur son téléphone. D'après Quinn et Cameron, ce pourrait être le maillon faible. Reste à voir si nous parviendrons à le convaincre qu'il est dans son intérêt de nous dire pourquoi son compagnon kaziri voulait entrer dans l'appartement de Risa.

— Tu crois vraiment que c'était Tahir Mahmoud ?

Iris s'efforçait de ne pas le montrer, mais il savait que l'éventualité que l'homme soit toujours en vie la perturbait. Il avait failli la tuer huit ans plus tôt. Il avait hanté ses nuits pendant deux ans avant qu'elle réussisse à surmonter la peur résiduelle que lui avait laissée cette funeste rencontre.

— Tu as vu la photo, dit-il, regrettant de ne pouvoir la détromper d'un « non » catégorique.

Mais Iris et lui ne se mentaient jamais. C'était l'une des règles de base de leur union.

— Oui.

— Et alors ? Qu'en as-tu pensé, toi ?

— Que c'était très ressemblant, reconnut-elle après une courte pause. Maudit soit Alexander Quinn qui t'a dit qu'ils avaient trouvé le corps alors que ce n'était pas vrai…

Il tendit le bras au-dessus de la table et prit sa main. Comme toujours, il sentit un léger frémissement à l'endroit où leurs peaux entraient en contact.

— Tu crains qu'il ne s'en prenne à nous ? demanda-t-il.

— Je ne sais pas.

Ses doigts se crispèrent sous sa main.

— On peut déjà s'estimer heureux qu'il nous ait laissés tranquilles pendant huit ans. À supposer qu'il soit toujours vivant.

— C'est sous cet angle-là que je veux voir les choses, moi aussi, déclara-t-il. Mais j'ai demandé à Quinn de renforcer la sécurité de notre nouvelle maison — au cas où.

— Mais les enfants ? Daisy prend la navette scolaire tous les jours pour aller à l'école. Jacob entrera à l'école l'an prochain. Comment allons-nous les protéger ?

— En découvrant si ce type est oui ou non Tahir Mahmoud, répondit posément Maddox, jetant un coup d'œil à l'autre bout de la salle à une jolie jeune femme, la tête recouverte d'un voile vert éclatant qui dissimulait sa chevelure de jais.

Darya Nahir. Risa McGinnis avait signalé la jeune femme comme étant une personne à interroger, car elle avait servi la table à laquelle les deux Kaziris en question avaient mangé et qu'elle avait peut-être glané quelques informations.

— Voilà la jeune Darya, dit-il. Tu es prête ?

Iris hocha la tête.

— C'est l'heure du spectacle.

Darya approcha de leur table, un sourire avenant sur les lèvres, deux menus à la main.

— Bienvenue au Joyau de Tablis. Voulez-vous quelque chose à boire pendant que vous faites votre choix ?

— Je vais prendre un thé glacé — à la menthe, dit Maddox. Et toi, chérie ?

— Un thé à la menthe pour moi aussi, mais chaud, répondit

Iris en levant les yeux vers Darya et en lui adressant un grand sourire. Votre foulard est magnifique. On le croirait fait main.

— Il l'est. C'est ma mère qui l'a fait, confirma Darya, souriante.

— Ces broderies sont superbes… tellement délicates.

— Merci, dit Darya, l'air ravie du compliment.

— Oh ! Je parie que vous êtes la jeune femme dont nous a parlé Con.

Darya haussa les sourcils en finissant de noter leurs boissons.

— Con ?

— Un ami à nous qui était dans le coin il y a quelques jours. C'est lui qui nous a recommandé ce restaurant. Je crois qu'il est venu y manger mardi… Ou était-ce mercredi ? Bref, il ne tarissait pas d'éloges à propos d'une très jolie serveuse — c'est bien simple, il nous a dit qu'elle était belle comme le jour !

— C'est très flatteur, mais je ne sais pas s'il parlait de moi.

— Je suis sûre que si, repartit Iris en riant. Parce que, manifestement, vous n'êtes pas l'autre serveuse qu'il a mentionnée — elle avait l'air enceinte d'au moins neuf mois, nous a-t-il dit !

— C'est Yasmin, souffla Darya en même temps que son sourire s'estompait.

— Il y a un problème ? s'enquit Iris, posant la main sur l'avant-bras de la jeune fille.

Ses doigts tremblèrent légèrement, et la serveuse lui jeta un regard intrigué.

— Je suis simplement un peu inquiète parce que Yasmin était censée travailler ces deux derniers soirs… Mais elle n'est pas venue et elle ne répond pas au téléphone.

— Oh ! Et vous pensez qu'elle a peut-être eu son bébé ? observa Iris en laissant retomber sa main sur la table et en jetant un regard à Maddox, son regard noisette lourd de sous-entendus.

Darya considéra Iris d'un regard troublé.

— Je ne sais pas. Farid — notre patron — me dit de ne pas me faire de souci, mais ce n'est pas ça qui va me rassurer. J'aimerais savoir ce qui lui est arrivé.

Comme si elle s'avisait soudain qu'elle était en train de se confier à des clients, elle se reprit et plaqua délibérément un sourire — peu convaincu — sur son visage.

— Je reviendrai dans quelques minutes prendre vos commandes.

Maddox attendit qu'elle se soit éloignée puis il regarda Iris.

— Alors ?

— Elle est tendue. Elle s'inquiète sincèrement pour Risa. S'il y a un complot terroriste qui se prépare dans cette ville, cette fille n'en fait pas partie.

— Alors, elle pourrait peut-être être notre alliée, murmura-t-il.

— Peut-être, accorda Iris. Mais je pense que la personne qui peut vraiment nous renseigner à propos de ce qui s'est passé mercredi soir est son patron.

Maddox lança un coup d'œil à Farid Rahimi qui parlait maintenant avec des clients attablés dans un coin de la salle. Vu sous cet angle, il lui parut vaguement familier.

Où donc l'avait-il déjà vu ?

Si fatigué qu'il soit après les deux journées mouvementées qu'ils venaient de passer, Connor ne parvenait pas à trouver le repos. À côté de lui, Risa dormait d'un sommeil par moments agité, couchée sur le côté, les jambes repliées en chien de fusil, comme pour protéger, même dans son sommeil, l'enfant qu'elle portait.

Etendu sur le dos, il contempla le plafond, où le rai de lumière qui filtrait par l'entrebâillement des rideaux dessinait un trait plus clair sur le plâtre taché.

Quelque chose ne collait pas dans toute cette affaire. En fait, beaucoup de choses semblaient ne pas cadrer, mais ce qui le tracassait, c'était la rapidité avec laquelle leurs poursuivants les avaient trouvés, sur le site de production de sapins de Noël.

Ils étaient parvenus à la déduction que le mouchard GPS avait dû être posé quand ils s'étaient arrêtés à Lexington. Mais comment avait-on su qu'ils se trouvaient là-bas, dans ce cas ?

Il était à peu près certain qu'ils n'avaient pas été filés sur la longue portion d'autoroute qui reliait Cincinnati à Lexington. Donc, soit quelqu'un les avait repérés avant, au moment où ils quittaient ensemble Cincinnati, et avait grosso modo deviné leur itinéraire au vu de la direction qu'ils prenaient, soit…

C'était là qu'il se heurtait à un mur. Soit quoi ? Y avait-il un autre moment où on avait pu poser ce fichu traceur avant qu'ils arrivent à la cache ?

— Tu ne dors pas, n'est-ce pas ? demanda la voix ensommeillée de Risa dans le noir.

— Comment diable a-t-on pu poser ce mouchard sur le Tahoe ?

Elle se redressa, calée sur un coude, et le regarda.

— Je croyais que tu pensais, comme moi, que ce pouvait être à Lexington.

— Oui mais comment nous a-t-on localisés si vite à Lexington ? J'ai utilisé ma carte bancaire, je le sais, mais on est partis aussitôt après avoir payé. Il est impossible que quelqu'un ait eu le temps d'arriver sur les lieux et de poser le traceur en si peu de temps.

— C'est vrai, convint-elle d'un ton pensif. Donc, soit quelqu'un s'attendait qu'on passe par Lexington et qu'on mette de l'essence précisément dans cette station soit…

— Soit quelqu'un avait *déjà* posé le traceur sur le Tahoe à Cincinnati.

— Mais c'est le véhicule de Quinn.

— Je sais.

Il se tourna sur le côté pour lui faire face, un frisson désagréable courant le long de son épine dorsale tandis qu'il étudiait ses traits dans la pénombre. Tout en elle lui était si familier et pourtant… Après ces sept mois d'éloignement, elle était un peu comme une étrangère. Une belle, fascinante et très enceinte étrangère.

— Peut-être que quelqu'un suivait Quinn.

C'était possible, songea-t-il, même si son patron était connu pour être ultra-vigilant sur la question et pour appliquer des mesures de sécurité draconiennes.

— Je ne pense pas que la balise GPS aurait pu être posée *avant* Cincinnati, murmura-t-il. Quinn a certainement fait vérifier le véhicule avant de partir de Campbell Cove. Mais il se peut que quelqu'un l'ait repéré à son arrivée et l'ait placée à ce moment-là.

— Donc, il pourrait s'agit de quelqu'un qui en a après Quinn, en réalité ?

— Peut-être.

Mais il n'y croyait pas vraiment. Celui qui avait mis le générateur hors service à la plantation savait forcément que c'était Connor et Risa qui utilisaient le véhicule. Secouant la tête, il grommela :

— Je n'arrive pas à comprendre. Même des terroristes hyper organisés n'ont pas les ressources pour être aussi réactifs en matière de surveillance, non ?

— Non, concéda-t-elle. Ils sont de plus en plus à l'aise avec la technologie aujourd'hui, certes, mais ce que tu suggères là…

Elle fronça les sourcils, et son regard s'assombrit.

— Ça évoque la puissance publique, acheva-t-il à sa place. Et ce qui est certain, c'est que ce n'est pas le Kaziristan qui dispose de ce genre de moyens.

— Non, à l'inverse de certaines personnes dans notre pays, conclut-elle gravement.

— Tu crois que notre gouvernement pourrait être derrière tout ça ?

C'était dur à avaler pour quelqu'un qui, comme lui, avait passé la majeure partie de sa vie à servir le gouvernement des États-Unis. Bien sûr, il n'était pas naïf au point de penser que la totalité des membres du monstre bureaucratique qu'était l'administration fédérale américaine était au-dessus de tout soupçon, mais de là à imaginer que son propre pays chercherait à éliminer une femme qui avait passé sa vie au service du gouvernement…

— Je n'en sais rien. Je n'ai pas envie de le croire, mais ce ne serait pas la première fois qu'il y aurait un fruit pourri au sein du gouvernement, non ? La trahison de Barton Reid ne remonte pas à si longtemps, après tout. Demande à Maddox Heller.

Barton Reid, ancien membre du Département d'État, avait fait le jeu de divers ennemis, terroristes et autres, en contrepartie de substantiels profits personnels, aux dépens du gouvernement fédéral. Il avait fait beaucoup de mal avant que sa trahison soit finalement découverte et qu'il soit condamné à une peine de prison à perpétuité.

Se pouvait-il que l'ordre d'éliminer Risa provienne d'un autre membre de l'administration, traître envers son pays ?

— Mais pourquoi t'aurait-on prise pour cible ? demanda Connor. Sur quoi travaillais-tu, les derniers temps, à la CIA ? Y a-t-il quelque chose que tu ne m'aies pas dit ?

— La dernière affaire sur laquelle j'ai travaillé était plutôt... terre à terre, déclara-t-elle en roulant sur le dos et en contemplant le plafond, un petit sourire aux lèvres. J'avais été chargée d'enquêter sur des entrepreneurs kaziris qui entendaient créer une société d'agro-technologie. Ils voulaient déterminer et mettre en œuvre les pratiques d'agriculture appropriées au climat et à l'écosystème du Kaziristan. Tu sais, sélectionner des cultures résistantes à la sécheresse, un bétail adapté, ce genre de choses. Ils espéraient obtenir des subventions des Nations unies ainsi que des aides des gouvernements américain et kaziri.

— Oh ! Ça a l'air... captivant, souligna Connor, l'air dubitatif.

— Ces gens étaient plutôt sympas. Jeunes, entreprenants, bien éduqués... Ils espéraient, avec leur projet, tirer le pays vers le haut et ouvrir les portes du XXIe siècle aux zones rurales du Kaziristan. Ce qu'ils voulaient, c'était développer une agriculture profitable au plus grand nombre en cultivant autre chose que le pavot que les chefs de guerre transforment en drogue pour financer leurs querelles intestines.

— OK. Et tu as rendu ton rapport final avant le crash ?

— Si les choses s'étaient déroulées sans accroc, j'aurais pu le faire, mais un problème de dernière minute est survenu qui exigeait de nouvelles investigations. J'étais censée rencontrer un autre agent en rentrant à Washington, mais…

— Mais tu n'es jamais arrivée, acheva-t-il en hochant la tête. Alors, c'était quoi, cet accroc ?

— En fait, l'un des aspects importants de leur projet était qu'ils comptaient récolter les déjections des chauves-souris qui nichaient par milliers dans des grottes, dans les montagnes. D'un point de vue chimique, ces excréments promettaient d'être un fertilisant à la fois très efficace et très économique pour les sols pauvres qui ont besoin d'être amendés. Mais il est alors apparu que certaines chauves-souris commençaient à mourir d'hémorragies inexplicables dans le pays. À l'époque où je menais mon enquête, la maladie ne s'était pas transmise à d'autres espèces. Mais, tant qu'on n'en savait pas plus, il était impossible de courir le risque que l'utilisation des déjections puisse transmettre la maladie au bétail, voire aux humains.

— Ce n'est quand même pas ça qui a mis un coup d'arrêt à l'ensemble du projet ? demanda Connor, incrédule. Ce n'était qu'une source de fertilisant parmi d'autres, non ?

— Oui, mais c'était tout de même la plus importante en termes de maîtrise des coûts. Les autres engrais, comme le fumier de vache ou de chèvre, n'étaient pas disponibles à l'état naturel en quantités équivalentes.

— Et c'est ce dont tu devais discuter à Washington ?

— Oui. Je devais m'entretenir avec un membre du CDC pour déterminer s'il était possible de tester les excréments de la zone de collecte concernée par le projet et pour chiffrer le coût de ce test, expliqua Risa, faisant référence à l'agence gouvernementale de protection de la santé et de la sécurité publiques. J'espérais aussi rencontrer des responsables du département de l'Agriculture afin de voir quels protocoles devaient être engagés pour assurer la sécurité sanitaire de la population.

— Quand je pense qu'on prétend qu'on s'ennuie ferme la majeure partie du temps quand on fait carrière à la CIA !

Elle sourit.

— Je sais que ça n'a pas l'air follement excitant, mais si ces personnes parvenaient à atteindre leur objectif, la vie de centaines de milliers de gens, dans les campagnes du Kaziristan, pourrait s'en trouver grandement améliorée.

— Ça ne semble pas être le genre de chose susceptible de conduire quelqu'un à te placer sur une liste noire, en tout cas, déclara Connor. Mais j'imagine que ça mérite quand même qu'on s'y intéresse.

— En nous y prenant comment ? demanda Risa d'une voix où perçait la frustration. Est-ce qu'on court le risque de joindre Quinn si quelqu'un surveille ta trace électronique ?

— On va faire ce qu'on a dit : j'ai de quoi acheter un téléphone jetable, qui ne pourra pas être espionné. On appellera Quinn avec.

— Et si celui de Quinn aussi est surveillé ?

— Quinn est presque obsessionnel sur ces questions. Il serait difficile de l'espionner.

— N'empêche, c'est risqué. Mais étant donné que nous n'avons pas d'accès à Internet pour le moment, il est peut-être bien notre seule chance de creuser un peu de ce côté-là.

Il se tourna vers elle.

— On ne peut rien tenter avant demain matin. Alors, cesse de faire tourner tous ces rouages dans ta tête et essaye de dormir, OK ?

Les commissures des lèvres de Risa se soulevèrent imperceptiblement.

— Quoi ?

— Tu te souviens de la façon dont tu m'aidais à m'endormir quand je n'arrivais pas à empêcher mon esprit de tourner en rond ?

Oh oui ! Il en gardait un souvenir très précis.

— Je peux essayer si tu veux.

Ses yeux s'écarquillèrent de surprise.

— C'est vrai ?

— Tourne-toi.

Frémissante d'impatience, elle roula sur le côté. Lentement, commençant par sa nuque, il se mit à malaxer de ses pouces les muscles raidis pour chasser les tensions. Poursuivant sa descente inexorable, sa main parcourut sans hâte la longueur de son bras jusqu'à l'extrémité de ses doigts, qu'il massa un par un. Puis elle se porta sur la courbe de sa hanche, où il se mit à pétrir doucement les muscles de la face externe de sa cuisse.

— Ça te fait du bien ? murmura-t-il, luttant pour rester maître de lui.

— Mmm…, répondit-elle dans un soupir de pure félicité.

Ce qui était tout sauf ce dont il avait besoin.

Les doigts tremblants, il s'assit et se mit à parcourir les muscles de ses mollets, dénouant une à une leurs tensions musculaires.

— Arrête, souffla-t-elle comme ses mains atteignaient ses chevilles.

Elle roula sur le dos et se redressa, elle aussi, la poitrine se soulevant et s'abaissant rapidement sous son mince T-shirt.

— Tu oublies la façon dont ces moments se terminaient.

Il enroula la main autour de sa nuque, enfouissant les doigts dans ses cheveux. L'attirant à lui, il murmura tout contre ses lèvres :

— Oh que non ! Je n'ai pas oublié.

Les lèvres de Risa s'entrouvrirent, son souffle chaud se mêlant au sien tandis qu'il s'emparait de sa bouche.

Il l'avait embrassée des centaines, des milliers de fois auparavant, et pourtant l'expérience lui parut étrangement nouvelle — comme si c'était la première fois. Pointant la langue entre ses lèvres, elle la promena légèrement sur sa lèvre inférieure, comme pour en goûter la saveur.

Les mains de Connor descendirent le long de ses flancs, vinrent se poser sur le renflement de son ventre. Il l'embrassa de nouveau, plus profondément. Avec plus d'intensité. Comme s'il redécouvrait la saveur de ses lèvres, de sa peau, s'enivrait de son parfum. Elle lui répondit avec une ardeur grandissante, enfonçant les doigts dans ses cheveux tandis qu'elle se redressait sur ses genoux et prenait les rênes de la situation avec une fougue qui donna le vertige à Connor.

— Tu m'as tellement manqué. Chaque jour…

D'un chapelet de baisers, elle suivit la ligne de sa mâchoire, descendit le long de son cou, lui mordillant tendrement la peau.

— Chaque nuit.

Il allait lâcher prise. Était-ce là ce qu'il avait secrètement espéré en se proposant de l'aider à trouver le sommeil ?

Pliant les jambes, elle s'abaissa lentement au-dessus de ses hanches, le chevauchant, et il se sentit enveloppé par sa douce chaleur… Désiré comme autrefois.

Désiré comme jamais.

Submergé par des sensations qu'il avait crues perdues pour toujours, il oublia cette fois toute retenue, s'abandonnant à la passion tandis qu'elle pressait le bas de son corps contre son érection, se penchant vers lui pour murmurer à son oreille :

— Ne t'en fais pas… Laisse-toi aller. Ça ne nous engage à rien, tu sais.

Ses mots lui firent l'effet d'une douche glacée, refroidissant instantanément ses ardeurs. Il trouva la force de se détacher d'elle et de rouler de l'autre côté du lit pour mettre de la distance entre eux, le temps de reprendre son souffle — et ses esprits.

— Je ne suis pas prêt à ça, dit-il. Je ne peux pas faire comme si ça ne signifiait rien. Ni faire comme si tout était clair entre nous désormais.

Elle se laissa retomber contre l'oreiller, haletante.

— Je sais.

Comme par réflexe, ses mains vinrent se poser sur son ventre proéminent et se mirent à en parcourir doucement la surface tandis qu'elle s'efforçait de modérer le rythme de sa respiration.

— Ça viendra peut-être, ajouta-t-il, presque comme si une part de lui espérait que ça n'arriverait pas.

La part vulnérable, encore à vif, qui voulait faire semblant de croire que s'il ne lui ouvrait pas de nouveau la porte de son cœur, il ne s'exposerait pas à de nouvelles blessures. Mais, au fond de lui, il savait bien que les choses ne se présentaient pas ainsi. Il ne pouvait échapper aux sentiments qu'il éprouvait pour elle.

Il allait devoir trouver le moyen de s'en arranger.

— Je comprends, murmura-t-elle, les mains caressant toujours son ventre rond.

Il se tourna sur le côté, dos à elle, éprouvant le besoin de mettre entre eux le peu d'espace, le peu de distance qu'autorisait l'exiguïté de cette chambre de motel.

Farid Rahimi sortit de son immeuble aux alentours de 7 heures, le lendemain matin, vêtu d'un survêtement et d'une épaisse veste en polaire. De la marque The North Face, nota Maddox. Du haut de gamme. Les affaires devaient être florissantes, au restaurant. Ou alors… il avait une autre source de revenus.

L'impression qu'il avait déjà vu ce type quelque part persistait, tenace. Ce n'était pas au Kaziristan, où Maddox avait officié pendant un certain temps comme marine à l'ambassade américaine de Tablis.

C'était ailleurs, plus récemment. Mais où ?

— Tu n'arrives pas à te souvenir d'où tu le connais ? demanda Iris, assise dans le SUV, à côté de lui, sirotant à petites gorgées un café brûlant pour lutter contre le froid.

— Non. Je sais simplement que ça ne date pas du temps où j'étais en poste au Kaziristan.

— Et les vérifications d'antécédents n'ont rien donné ?

Maddox se secoua mentalement et consulta son téléphone. Il avait un e-mail de Kyra Sanchez, du bureau. L'objet du message indiquait :

Antécédents

Il ouvrit l'e-mail et en parcourut le contenu.

— Mmm.

— Mais encore ?

— Rahimi a travaillé à Mariposa, au consulat américain, pendant deux ans.

— Voilà où tu as dû le voir. Non ?

— Peut-être.

Il mit le moteur en route et se mit à suivre Rahimi, qui remontait maintenant la rue en courant en direction de Washington Park. Voyant une place de stationnement libre, il y rangea la voiture, gardant à l'œil l'homme qui poursuivait son chemin à petites foulées sur le trottoir.

— Pas banal qu'un Kaziri se soit retrouvé au service d'un consulat américain sur une petite île des Caraïbes, nota Iris. Quinn a également travaillé là-bas, n'est-ce pas ?

Maddox quitta Rahimi des yeux le temps de regarder Iris.

— À quoi penses-tu ?

Elle avala une gorgée de café, ses yeux sombres soutenant les siens par-dessus le bord de sa tasse en plastique.

— Ce ne serait pas la première fois qu'Alexander Quinn mènerait une opération en douce sans t'en parler.

Il reporta son regard sur la silhouette tonique de Rahimi qui avançait toujours à vitesse constante, visiblement habitué à courir régulièrement. L'homme était manifestement en excellente condition physique. Pas si fréquent de la part d'un restaurateur d'âge moyen.

Il empoigna de nouveau son téléphone et composa un numéro. Quinn décrocha à la première sonnerie.

— Quinn.

— Heller à l'appareil, répondit-il d'un ton sec. Quand comptais-tu me dire que Farid Rahimi travaillait pour toi ?

— La règle du « besoin de savoir », Heller… Tu le sais.

La voix de Quinn se fit plus incisive.

— On a un problème autrement plus important. Les McGinnis ont retiré le traceur du Tahoe. Ils sont devenus hors de contrôle.

12

— Je pensais à une chose, concernant le Tahoe, annonça Risa devant leur petit déjeuner composé de crackers au fromage et de sodas achetés au distributeur, dans le hall d'entrée du motel.

— Tu te disais qu'on ferait bien de l'abandonner quelque part.

Elle hocha la tête.

— S'il existe une possibilité que nous ayons été suivis par quelqu'un qui a accès à des ressources gouvernementales, il faut qu'on prenne nos dispositions pour le contrer.

— Tu as raison. On a de la chance qu'ils ne nous aient pas encore retrouvés.

— Dans n'importe quel hôtel un peu moins bas de gamme, la direction nous aurait demandé de fournir le numéro d'immatriculation de notre véhicule à l'enregistrement, souligna Risa en finissant de boire son Sprite.

— C'est bien pourquoi j'ai opté pour un endroit tel que celui-ci.

— Tu crois que Quinn s'est déjà aperçu que nous avons déserté la cache ?

— Probablement, répondit Connor. Quelqu'un aura forcément remarqué que le traceur du Tahoe a été désactivé puisqu'on ne l'a pas envoyé faire une petite croisière fluviale dans un sachet en plastique, comme l'autre.

— Donc, ils savent qu'on est dans la nature.

Il hocha la tête, puis demanda :

— Se débarrasser du Tahoe, c'est bien beau, mais il va nous falloir un autre moyen de transport. Pas question de voler une voiture, et je n'ai pas de quoi en acheter une autre, fût-ce un tas de ferraille.

Elle se mordit la lèvre, réfléchissant. Contrairement à Connor, elle n'était pas certaine que Quinn joue franc jeu avec eux, mais Connor avait raison sur un point, il leur fallait un moyen de locomotion. Et la solution d'en « emprunter » un ne la tentait pas davantage que lui.

— En qui as-tu le plus confiance à Campbell Cove Security ? demanda-t-elle tout à trac.

— Heller, répondit-il sans hésiter.

— Est-il possible d'entrer en contact avec lui sans que personne ne soit au courant ?

Il réfléchit quelques instants, puis sourit.

— Eh bien, en fait… Oui.

Dix minutes plus tard, ils entraient dans la cabine téléphonique d'une petite station-service, pelotonnés l'un contre l'autre pour se protéger du froid glacial, priant le ciel que le téléphone ne soit pas hors service.

Connor décrocha le combiné et poussa un soupir de soulagement en entendant la tonalité. Il composa le numéro qu'il avait consigné dans son calepin.

— Allez, réponds, marmonna-t-il.

Risa se serra encore un peu plus comme si elle cherchait à se réchauffer contre sa chaleur. Il passa un bras autour de ses épaules et l'attira plus près.

À la quatrième sonnerie, juste au moment où il commençait à perdre espoir, une voix féminine répondit :

— Allô ?

— Iris, c'est Connor McGinnis. Il faut que je parle à Maddox. Est-ce qu'il est avec toi ?

Un instant plus tard, la voix profonde et rocailleuse de Maddox résonnait à son oreille :

— Bon sang, Connor, où es-tu ?

— On a dû prendre la tangente. Quelqu'un a posé un traceur sur le SUV — en plus du mouchard de Campbell Cove Security. Celui qui a fait ça a essayé d'attaquer Risa hier soir dans un endroit où nous avions fait halte. On a estimé qu'il valait mieux ne pas rentrer à la cache.

— Bien vu, acquiesça Maddox. Pourquoi as-tu appelé sur le téléphone d'Iris ?

— On ne sait pas qui est derrière tout ça ni comment ils s'y sont pris pour nous localiser. J'ai pensé qu'il était plus prudent de ne pas appeler sur un téléphone de la société. Je me suis dit que j'arriverais peut-être à te joindre par l'intermédiaire d'Iris.

— Et ça a marché. Qu'est-ce que je peux faire pour toi ?

Connor jeta un coup d'œil à Risa. Ils étaient convenus de ce qu'ils allaient demander à son ami pendant qu'ils cherchaient une cabine mais, maintenant que le moment était venu de formuler sa requête, il se demandait s'ils n'étaient pas un peu trop paranos.

— Connor ?

— Oui, je suis là…

Il couvrit l'émetteur de la main et murmura à Risa :

— Tu es sûre que c'est la meilleure façon de procéder ?

Elle hocha la tête.

— Il nous faut une voiture qui ne soit pas reliée à Campbell Cove Security. Et je ne veux pas que Quinn sache que je t'ai appelé. C'est possible ?

Maddox garda le silence pendant quelques instants.

— Oui… Je peux arranger ça. Mais je veux te voir. Il faut qu'on parle face à face. Est-ce que tu me fais confiance ?

— Il veut nous rencontrer, dit Connor à Risa.

Elle fronça les sourcils mais, au bout de quelques instants, elle fit un signe d'assentiment.

— D'accord. Mais qu'il n'utilise pas un SUV de la flotte de la société, ni même un véhicule qui pourrait facilement être associé à lui.

Connor relaya sa demande.

— OK, acquiesça Maddox. Quand et où ?

Connor réfléchit rapidement.

— Tu connais cette sandwicherie, près du magasin Tout à 1 dollar, à Cumberland ? Peux-tu y être à midi et demi ?

— Ça va être juste, mais je vais me débrouiller.

— Bien. Alors, à tout à l'heure, conclut Connor avant de raccrocher et de regarder Risa. Voilà, c'est fait.

Elle semblait un peu tendue.

— Tu crois que je suis parano.

— Peut-être un peu. Mais on ne prendra jamais assez de précautions pour toi et le… bout de chou, non ?

Elle hocha la tête, portant la main à son ventre.

— Qu'est-ce qu'on fait d'ici là ?

— Il y a une bibliothèque à Cumberland. On pourrait aller y faire un tour et voir s'ils disposent d'une connexion Internet en libre accès.

La bibliothèque était remplie d'usagers en ce samedi matin, pour la plupart des parents accompagnant leurs enfants venus assister à une lecture du célèbre poème de Clement Moore, *La Nuit avant Noël.* En se dirigeant vers le coin des terminaux informatiques, ils passèrent à côté du groupe de gamins qui écoutaient, captivés, le récit de l'intervenant.

— À Noël, l'an prochain, c'est nous qui lirons ce poème à Junior, murmura Connor.

Risa lui jeta un regard en coulisse, se demandant s'il avait remarqué qu'il avait employé le mot « nous ». Préférant ne pas insister, elle le suivit jusqu'au coin informatique, où ils découvrirent que trois terminaux étaient disponibles. Ils choisirent celui qui était le plus éloigné des présentoirs de livres, et Connor tira une chaise pour s'installer à côté de Risa.

— Alors, par quoi commençons-nous ? demanda-t-il.

— Depuis que nous en avons parlé hier soir, je n'ai pas

cessé de penser à ce projet sur lequel j'étais censée rendre mes conclusions, avant le crash.

Elle afficha un moteur de recherche et entra le nom de la toute jeune entreprise.

En lisant la première occurrence qui s'affichait, ses yeux s'écarquillèrent démesurément.

— « Les dirigeants d'une prometteuse entreprise d'agro-technologie tués dans l'explosion d'une bombe artisanale. »

— Oh ! Voilà qui n'est pas bon signe, murmura Connor.

Elle cliqua sur le lien, lequel la conduisit sur le site d'un journal qatari en langue anglaise, qui relatait la mort des deux hommes d'affaires kaziris, propriétaires de la toute nouvelle entreprise nommée Akwat, ce qui se traduisait approximativement du kaziri par « subsistance ». L'article était daté du lendemain du jour de l'accident d'avion.

— Comment se fait-il que Dal ne m'en ait rien dit ? se demanda à haute voix Risa.

— Aucune idée. Il pensait peut-être qu'il n'y avait pas de rapport.

— Le lendemain du crash ? Tu parles d'une coïncidence !

Connor fronça les sourcils.

— Ou pas, précisa-t-il avec une pointe d'humour à froid.

Elle lut le détail de l'article. L'attaque s'était produite le même jour que le crash, quelques heures après l'annonce de l'accident d'avion.

— On dirait presque qu'ils ont attendu d'être sûrs que j'avais bien péri dans l'explosion avant de frapper Akwat.

— Mais pourquoi ? Pourquoi tous vous éliminer comme ça ?

— Je n'en sais rien !

Elle avait parlé plus fort qu'elle n'en avait eu l'intention, ce qui lui valut un regard désapprobateur de la part d'un usager de la bibliothèque. Elle s'empressa de baisser le ton.

— À mon avis, on ferait mieux de ne pas s'éterniser ici pour le cas où quelqu'un surveillerait les recherches en ligne portant sur Akwat.

— Tu crois vraiment qu'une telle chose est possible ?

— Évidemment que ça l'est… pour quelqu'un qui a accès à une veille informationnelle ciblée sur la sécurité nationale.

Dans un murmure, Connor lui répondit :

— Tu penses à un membre du gouvernement ?

— Ou d'un autre gouvernement. La Chine, la Russie ou un pays européen.

Jetant un regard circulaire, elle poursuivit, chuchotant presque :

— Ou des pirates informatiques, d'ailleurs, qu'on aurait payé pour ça.

— Mais dans quel but ? Pourquoi se donnerait-on tant de mal pour une entreprise d'agro-technologie au Kaziristan ?

— Pourquoi veut-on m'éliminer ? Je n'en sais rien. Mais il faut que je le découvre.

Elle ferma la session sur l'ordinateur et se leva, s'apprêtant à ramasser son sac à dos, mais Connor la devança et l'aida à passer les bras dans les bandoulières.

Ils retraversèrent la bibliothèque et quittèrent le bâtiment. Dehors, le soleil brillait, réchauffant un peu la fraîcheur du vent qui faisait claquer le drapeau américain accroché au-dessus de l'entrée.

Lorsqu'ils se retrouvèrent à l'abri, dans l'habitacle du Tahoe, Connor se tourna vers elle.

— Je ne sais pas avec qui tu es aux prises, mais tu sais que je suis avec toi, n'est-ce pas ? Ce que je t'ai dit hier soir… n'y change rien. On va te sortir de ce pétrin — ensemble. Pour que tu retrouves une vie normale… Une vie tout court.

Elle soutint son regard, craignant d'interpréter ses propos de travers. D'autant qu'il avait dit : « pour que *tu* retrouves une vie normale ».

— OK.

— Après quoi, nous aurons tout le temps de décider… de la suite.

Tout en parlant, il avait porté la main à sa joue, ses doigts un peu calleux faisant naître un délicieux frisson sur sa peau.

Elle referma les doigts sur les siens. *Moi, je sais déjà ce que je veux*, songea-t-elle à part elle, intensément consciente de la petite vie qui remuait en elle. *Je veux qu'on forme une famille.*

Par habitude, Connor s'assit dos au mur, faisant face à la porte d'entrée de la sandwicherie. Avec sa façade entièrement vitrée, l'établissement n'était pas l'endroit le plus sûr, mais au moins la présence d'un homme et d'une femme enceinte assis à une table pour quatre n'étonnait-elle personne. Ils avaient déjà choisi sur le buffet leur menu : un sandwich bœuf-fromage-tomates pour lui et un au poulet, aux épinards et à la tomate pour Risa. À peine les avaient-ils déballés que Maddox Heller et sa femme arrivèrent.

Maddox les vit et se signala d'un geste de la main tandis qu'ils s'engageaient dans la file d'attente, devant le buffet. Leurs plateaux à la main, ils les rejoignirent à la table.

— Tu sais qu'il y a un énorme sapin de Noël à l'arrière du Tahoe ? demanda Maddox en s'asseyant face à Connor, un large sourire creusant deux fossettes dans ses joues minces.

Il avait été la coqueluche du personnel féminin de l'ambassade à l'époque où il était marine et, étant alors célibataire, il ne s'était pas gêné pour profiter de cette popularité pendant son temps libre.

Mais Maddox était visiblement très amoureux de sa jolie épouse. Iris était brune, élancée, avec des yeux d'une couleur inhabituelle, entre marron glacé et gris.

Elle sourit à Connor avant de porter son attention sur Risa.

— Bon retour dans le monde des vivants.

— Merci, dit Risa en réussissant à produire un sourire avant de répondre à la question initiale de Maddox.

— Oui, nous savons qu'il y a un arbre dans la voiture. C'est bientôt Noël.

Connor les mit rapidement au courant de ce qui leur était arrivé la veille.

— Le Tahoe n'est plus sûr, selon nous. Ils connaissent le numéro d'immatriculation du véhicule, la marque, le modèle.

Maddox hocha la tête.

— Oui, je comprends, dit-il en se penchant en avant. On est venus ici avec un Dodge Durango loué par mon beau-frère, Daniel Hartman — le raccorder à toi ne devrait pas être chose aisée. Mon beau-frère voudrait simplement que vous ne le malmeniez pas trop.

— Merci. Mais je ne suis pas sûr que repartir avec le Tahoe soit très judicieux, pour vous non plus.

— Pas d'inquiétude de ce côté-là. Nous avons déjà appelé une dépanneuse qui va le remorquer jusqu'au bureau. Et nous avons retenu une semaine de séjour dans un chalet de Sunset Mountain au nom de Daniel et Rose Hartman. Vous cadrez à peu près avec leur description. À part…

Iris indiqua de la main le ventre de Risa.

— Bref, ils nous attendent là-bas. Vous nous déposerez, et ils nous raccompagneront jusqu'à la maison. Vous, vous resterez au chalet, sous leurs noms.

— Le chalet est équipé du wi-fi donc vous aurez accès à Internet si vous avez besoin de faire des recherches. Ah ! et… j'allais oublier…

Maddox sortit de sa poche un téléphone qu'il poussa sur la table en direction de Connor.

— Indétectable, aucun lien avec Campbell Cove Security ni avec personne d'autre. Daniel l'a acheté ce matin. Il est muni d'une application qui te permet de modifier ton numéro de téléphone à ta guise. Donc, si tu as des appels à passer, n'hésite pas à t'en servir. Avec ça, il sera difficile de te suivre.

Ils n'avaient pas encore fait part à Maddox de leurs soupçons concernant l'entreprise d'agro-technologie sur laquelle Risa avait travaillé. Connor la consulta du regard et lut de la réserve dans son regard noisette. Il opta pour la laisser décider s'il convenait de mettre Maddox au courant.

Apparemment, elle préférait garder ces informations encore

secrètes, car lorsque la fin du repas arriva elle n'y avait toujours pas fait allusion. Elle avait d'ailleurs très peu parlé pendant qu'ils mangeaient.

— Puisque vous serez au chalet jusqu'au Nouvel An, si tout va bien, pourquoi ne pas charger le sapin dans le Durango ? suggéra Iris. La plupart des gens qui résident là-haut à cette période viennent y célébrer les fêtes de fin d'année pendant leurs vacances. Cela ajoutera une touche d'authenticité.

Connor regarda Risa. Visiblement ravie, elle hocha la tête.

— C'est une bonne idée, acquiesça Connor.

Maddox et lui transférèrent donc l'arbre du Tahoe sur la galerie du Durango pendant qu'Iris et Risa rangeaient le reste de leurs affaires dans le coffre.

— On vous a aussi apporté quelques vêtements, ajouta Maddox lorsqu'ils furent prêts à partir.

— J'ai gardé des vêtements de ma dernière grossesse, expliqua Iris à Risa. Je suis un peu plus grande que toi, mais je pense qu'ils devraient t'aller.

Risa leva vers Connor des yeux remplis d'émotion, puis elle se tourna vers Maddox et Iris.

— C'est très gentil. Je ne sais pas comment te remercier.

— Connaissant mon mari et sa fâcheuse propension à s'attirer des ennuis, je suis bien certaine que tu auras l'occasion de me renvoyer l'ascenseur un de ces jours, éluda Iris en jetant un regard gentiment exaspéré à Maddox.

— Ah ! voilà la dépanneuse ! s'exclama Maddox, indiquant de la tête le gros véhicule qui entrait dans le parking de la sandwicherie. Montez dans le Durango. Iris et moi allons nous en occuper.

Pendant que Maddox et Iris allaient donner les clés du Tahoe au dépanneur et que celui-ci chargeait le véhicule sur la plateforme de la dépanneuse, Connor aida Risa à s'installer sur le siège avant du Durango et s'assit au volant.

— Ces quelques jours de tranquillité nous permettront peut-être de tirer au clair toute cette histoire, murmura-t-il.

— Peut-être.

Risa renversa la tête contre le dossier.

— J'ai l'impression d'être coincée sur la bande centrale d'une autoroute sans possibilité de m'échapper — avec des voitures qui foncent de chaque côté.

Il lui prit la main et porta ses phalanges à ses lèvres.

— Tu n'es pas seule. On va y arriver, je te le promets.

Elle tourna la tête vers lui et pressa brièvement sa main.

— Ne fais pas de promesses que tu n'es pas sûr de pouvoir tenir.

— Allons, Risa, aie un peu confiance en moi.

Elle arrêta son regard sur lui. Un regard pénétrant, intense.

— *J'ai* confiance en toi. J'ai commis une grosse erreur en ne te prévenant pas de ce qui se passait. Ça ne se reproduira pas.

Il avait tellement envie de la croire. C'était la chose qu'il désirait le plus au monde.

Iris et Maddox montèrent à l'arrière du Durango, mettant un terme à la tension qui avait soudain empli l'habitacle.

— Voilà, c'est réglé, annonça Maddox. Tu sais où se trouve Sunset Mountain ?

Connor hocha la tête et démarra.

— Écoute, il y a une chose que tu dois savoir, dit Maddox comme ils approchaient de l'embranchement menant à Sunset Mountain, rompant le silence confortable qui s'était installé dans la voiture. Farid Rahimi est l'un des nôtres.

Risa se retourna vivement.

— Quoi ?

— Rahimi est des nôtres, répéta Maddox. Il travaille sous couverture pour Campbell Cove Security.

— Depuis quand ? s'enquit Connor, jetant un coup d'œil à son collègue dans le rétroviseur.

— Depuis la création de la société, apparemment. C'est un ancien agent de la CIA Il a travaillé avec Quinn pendant un certain temps au consulat de Mariposa, sous un autre nom

— Malcolm Faris. Il n'est même pas kaziri. Il est iranien. Mais il a passé plusieurs années au Kaziristan avec l'Agence, donc…

Risa secoua la tête.

— Je n'en reviens pas. De quoi Quinn l'a-t-il chargé ? De se comporter comme un vrai butor ?

— Plus ou moins. Il voulait avoir quelqu'un en position de découvrir qui avait le pouvoir dans la communauté kazirie de Cincinnati. Donc, ils ont créé l'identité de Farid Rahimi et, à partir de là, il a laissé carte blanche à Rahimi. Celui-ci a navigué à vue pendant un certain temps et il a rapidement remarqué que le Joyau de Tablis devenait le centre névralgique de la communauté, donc lui et Quinn ont décidé de lui fabriquer un passé et un CV qui le rendaient incontournable pour occuper le poste de gérant du restaurant.

— Est-ce qu'il savait qui j'étais ?

— Non. Quinn ne lui en a rien dit et, semble-t-il, tu t'étais donné une apparence suffisamment différente de tes photos officielles associées à tes missions d'infiltration précédentes pour qu'il ne t'ait pas reconnue.

— Dieu merci, murmura Connor.

— Je ne sais pas si ça a une quelconque importance aujourd'hui, mais tout de même… Il me semblait normal de vous informer, pour Rahimi.

Un grand panneau en bois indiquant Résidence Sunset apparut au détour d'un virage serré qui s'ouvrait sur une longue ligne droite. Connor ralentit et, parvenu à la hauteur du panneau, franchit le portique d'entrée.

— Votre chalet s'appelle le Big Bear, annonça Maddox comme ils approchaient du bureau d'accueil.

Il désigna du menton une berline bleu foncé, garée juste à côté.

— Daniel et Rose sont déjà là. C'est leur voiture. Inutile de venir les saluer — dépose-nous là, et filez directement au chalet.

Connor s'arrêta au bord de l'allée, le temps que Maddox et Iris descendent. Il se retourna, regardant Maddox droit dans les yeux.

— Merci pour tout.

— Prenez soin de vous.

Maddox emboîta le pas à Iris en direction de la berline.

Connor redémarra et remonta le chemin gravillonné jusqu'à une fourche où un panonceau indiquait Pavillon Big Bear. Le chemin se mit à grimper en serpentant dans la forêt jusqu'à ce qu'un joli chalet à un étage leur apparaisse, niché au milieu des arbres.

— Eh bien ! C'est autre chose que le Rest Stop Motor Lodge, observa Risa.

Avec un franc hochement de tête, Connor stationna le Durango et se mit à décharger leurs bagages.

13

Le sapin de Noël obstruait presque toute la grande baie vitrée qui offrait un panorama splendide des Appalaches enrubannées de brume s'étendant vers l'est jusqu'en Virginie. Les décorations artisanales s'accordaient à merveille avec les poutres apparentes du chalet, jugea Risa, qui cessa de regretter la présence de guirlandes lumineuses clignotantes pour parachever le tableau de saison.

— Je n'arrive pas à croire que nous soyons à moins d'une semaine de Noël, dit-elle en se laissant tomber sur le canapé à côté de Connor qui était assis, en chaussettes, les pieds sur la table basse, l'ordinateur portable de Risa sur les genoux.

Il posa l'ordinateur et se tourna vers elle.

— Et moi, je n'arrive pas à croire que nous nous apprêtions à fêter Noël ensemble.

Elle se serra contre lui, et il passa un bras autour de ses épaules. Pendant un moment, ils restèrent immobiles, silencieux, admirant leur sapin.

— J'ai appelé Quinn sur le téléphone jetable pendant que tu étais sous la douche, annonça-t-il quelques instants plus tard.

Elle le regarda.

— Tu as veillé à utiliser l'application de changement du numéro ?

— Bien sûr.

— Qu'a-t-il dit ?

— Que nous avions fait le bon choix — mais j'ai bien vu qu'il n'était pas ravi de n'avoir pas été prévenu.

— Ça t'ennuie ?

Il sourit.

— Pas vraiment.

— Est-ce qu'il avait du nouveau, nous concernant ?

— Je ne lui ai pas dit tout ce que nous avions découvert. Je ne savais pas si tu serais d'accord.

— J'aimerais vraiment savoir pourquoi Farid — ou Malcom — a couru le risque de griller ma couverture en demandant à mon propriétaire de laisser ce type entrer chez moi. Quinn a bien dû lui dire qui j'étais quand il a fallu que nous retournions à l'appartement ! Si c'était bien Tahir Mahmoud dont il s'agissait, il aurait pu me tuer séance tenante, sous ses yeux. Est-ce qu'il serait allé jusqu'à le laisser faire pour ne pas se faire démasquer ?

— Je n'en sais rien. Mais dès que je verrai Quinn en chair et en os, tu peux être sûre que je lui poserai la question.

Risa se pelotonna contre Connor.

— Je n'arrive pas à me sortir de la tête que celui qui veut m'éliminer est d'une façon ou d'une autre lié à Akwat.

— Mais pour quelle raison ? Tu ne faisais après tout qu'étudier le dossier.

Elle promena la main sur son ventre, où le bébé gigotait.

— Oui, enfin… Au début. Ensuite, j'ai mené des investigations un peu plus approfondies.

Il braqua son regard sur elle.

— C'est-à-dire ?

— Pour être franche, c'était sans doute ma tendance parano, mais je me suis dit que, si la fièvre hémorragique qui touchait certaines chauves-souris pouvait être utilisée pour contaminer d'autres espèces, cela pouvait avoir… des implications stratégiques.

— Être utilisée… à dessein, donc ?

— Qui sait ? Peut-être.

Il fronça les sourcils, et son regard se porta sur la baie vitrée. Il contempla l'arbre de Noël en silence pendant un moment, songeur.

— Mais si la maladie pouvait franchir la barrière des espèces, comment des personnes malintentionnées auraient-elles pu contrôler l'infection ?

— C'est justement ce sur quoi je me suis penchée. J'ai cherché à savoir si la pathologie ressemblait à des fièvres hémorragiques connues. À quelque chose qui pouvait être contrôlé avant que l'affection se transforme en pandémie, partant du principe que les éventuels responsables ne cherchaient pas forcément à anéantir la population de la planète entière. En fait, on peut semer la terreur sans qu'il soit besoin de provoquer une épidémie. Souviens-toi de la frayeur qu'a causé cet épisode d'Ebola aux États-Unis il y a quelques années… Et il ne s'agissait que de quelques cas isolés.

— Si quelqu'un était capable de répandre un nouveau virus inconnu de façon délibérée…

Connor secoua la tête.

— La panique que cela déclencherait serait à elle seule dévastatrice.

— Exactement le but visé par le terrorisme.

Il se tourna pour lui faire face.

— Mais nous partons de l'hypothèse qu'un membre de l'administration américaine essaye de t'éliminer. Les États-Unis ne font pas dans le terrorisme.

— Non, mais imagine que quelqu'un, au sein du gouvernement, veuille mettre la main le premier sur cet agent pathogène. Afin de l'utiliser à ses fins propres.

— Lesquelles ?

— Je ne sais pas — manipuler les marchés financiers ? Saper la confiance dans les services sanitaires publics ? Ou privés, d'ailleurs… Ou, peut-être, viser une population spécifique pour déstabiliser une région du monde ?

— Seigneur.

— Oui, exactement.

Connor renversa la tête contre les coussins du canapé, contemplant le plafond. Il semblait aussi ébranlé qu'elle.

— Et tu crois vraiment que c'est possible ?

— J'ai travaillé pour la CIA pendant assez longtemps pour savoir que la plupart des scénarios qu'on envisage sont souvent en deçà de la réalité. Rappelle-toi ce qui s'est passé avec Barton Reid. Il concluait des ententes en coulisse avec des terroristes afin de manipuler l'opinion publique et de faire passer les lois qui l'arrangeaient. Tu ne crois pas qu'un type aussi cynique que lui pourrait se rendre coupable de tels actes si cela pouvait servir ses intérêts ?

— Barton Reid est en prison.

— Mais il n'était pas le seul impliqué dans cette affaire. On l'a découvert lorsqu'on a eu accès aux auditions du Sénat après l'arrestation.

Connor se frotta le menton.

— Tu sais avec qui nous devrions avoir une petite conversation ? Ceux qui ont démasqué Barton Reid.

— Les Cooper, murmura Risa.

— Les Cooper, répéta Connor en hochant la tête.

Cara Cooper était le bébé de six mois le plus adorable qui soit. Avec ses cheveux noirs et bouclés comme ceux de sa mère et les yeux bleu vif de son père, elle était tout bonnement irrésistible — même lorsqu'elle était de mauvaise humeur.

Et elle *était* de très mauvaise humeur aujourd'hui, à cause d'une première dent qui peinait à sortir.

Ce fut à peine si Jesse Cooper entendit la sonnerie de son téléphone tant Cara pleurait fort. Evie tapota le dos du bébé pour la calmer et fit signe à son mari d'aller prendre l'appel.

Il ne reconnut pas le numéro qui s'affichait sur l'écran mais, après une heure de vaines tentatives pour apaiser les cris et les sanglots de leur petit trésor, même un canular téléphonique aurait constitué un répit bienvenu. Il ferma la porte derrière lui pour s'isoler du vacarme ambiant et décrocha.

— Jesse Cooper.

— Monsieur Cooper, je m'appelle Connor McGinnis. Je travaille pour Maddox Heller.

Ah ! songea Jesse. Son ancien associé se manifestait de nouveau.

— Comment va Heller ?

— Bien, répondit McGinnis, l'intonation donnant à penser qu'il était pressé d'en venir au fait.

Jesse alla donc droit au but.

— Quelle est la raison de votre appel ?

Il y eut une courte pause, comme si la question sans détour de Jesse avait pris McGinnis au dépourvu. Puis il lui expliqua la situation en un exposé clair et concis qui indiqua à Jesse que Connor McGinnis était, comme Jesse lui-même, un produit de l'armée américaine.

— Donc, vous voudriez savoir si l'un des comparses de Barton Reid pourrait encore tirer des ficelles au sein du gouvernement ? résuma Jesse.

— C'est cela.

— Pour faire court, oui. C'est possible.

Lui et sa famille avaient fait de leur mieux pour réparer le grave préjudice qu'avait porté Reid à l'influence américaine au Moyen-Orient et en Asie centrale et pour contrer les velléités de terrorisme intérieur de sa clique. Ils avaient aidé les autorités à appréhender et faire condamner les principaux coupables, mais Jesse n'avait jamais perdu de vue que d'autres politiciens véreux pouvaient être toujours à la manœuvre, faisant profil bas, attendant l'occasion d'avancer de nouveau leurs pions.

— C'est possible, répéta McGinnis. Mais vous n'avez pas de liste de suspects potentiels, si je comprends bien ?

— Non. Mais si vous pensez que c'est à ce genre de problème que vous êtes confronté, je pourrais me renseigner de mon côté… Ça m'intéresse.

Il avait quelques contacts sûrs au gouvernement. Sans compter que son beau-père, l'ombrageux général Baxter Marsh, retraité du corps des marines, connaissait bon nombre des cadavres cachés dans les placards du Pentagone.

Si quelqu'un entendait user de sa position au sein du gouvernement pour son bénéfice personnel, Jesse se ferait un plaisir de contribuer à y mettre bon ordre.

— Je ne suis pas en mesure de venir vous rencontrer pour en discuter.

Pour la première fois depuis le début de la conversation, McGinnis semblait hésitant, peut-être même sur la défensive.

— Est-ce vous qui êtes la cible ? demanda Jesse.

— Non.

Mais peut-être était-ce un proche, se dit Jesse.

— Pourquoi n'avez-vous pas parlé de tout ceci à Heller ? Il travaille bien pour une société de sécurité sous contrat avec le gouvernement, non ?

— Oui. Moi aussi.

— Mais le joindre à la société pourrait vous être… dommageable, c'est ça ?

McGinnis ne répondit pas. Mais son silence en disait long.

— OK. Je peux venir vous voir, si vous voulez, proposa finalement Jesse. Mais il faut d'abord que je parle à Heller. Histoire de m'assurer que vous êtes réglo.

— Vous êtes sûr que vous voulez vous engager à ce point ? C'est peut-être plus sûr de nous en tenir à des entretiens téléphoniques… Au moins, pour vous.

Au ton de McGinnis, Jesse comprit que la situation était peut-être plus grave encore qu'il ne l'avait pensé.

Mais lui aussi connaissait la musique. Il s'était déjà trouvé mêlé à des imbroglios sacrément épineux et il était encore là pour le raconter.

— J'ai risqué ma vie en portant l'uniforme pendant plus de dix ans pour protéger les citoyens des États-Unis, déclara Jesse. Ce n'est pas parce que je ne le porte plus aujourd'hui que je me désintéresse de leur sort.

— Moi non plus.

— Alors, vous comprenez ce que je veux dire. Vous me parlez d'un complot visant à propager délibérément une maladie mortelle pour semer la panique et le chaos. Je ne peux pas rester les bras ballants s'il existe une chance que je puisse l'empêcher.

— Je sais, dit McGinnis, la voix grave. Mais tout ce que j'ai, ce sont des suppositions. Des conjectures.

— Alors, essayons de découvrir quelque chose d'un peu plus tangible, répondit Jesse.

La nuit était tombée sur les montagnes et, avec elle, les premiers flocons annonciateurs de nouvelles chutes de neige. Ce n'étaient encore que quelques flocons épars mais, même dans le chalet, où le chauffage central et le feu dans la cheminée maintenaient une agréable température, Risa sentait l'arrivée prochaine de la neige.

— Je ne sais pas si c'est une bonne idée.

Elle se retourna vers Connor qui, accroupi devant l'âtre, attisait le feu, comme si lui aussi percevait que le fond de l'air avait fraîchi.

— Moi non plus.

Il se leva et la rejoignit devant la large baie vitrée, où elle regardait, derrière son reflet, la fine couche blanche qui commençait à saupoudrer la terrasse en bois.

— Mais on ne peut pas rester terré ici pour toujours. Tu… Nous allons avoir un bébé. Je ne veux pas qu'il arrive au monde avec une cible accrochée dans le dos, lui aussi.

— Il… ou elle, murmura Risa en se tournant vers lui.

Il la prit dans ses bras comme si c'était la chose la plus naturelle au monde — ce que cela avait été, par le passé. Aussi naturelle que de respirer.

Elle se blottit contre lui.

— Quand doit-il venir ?

— Si le temps le permet, demain après-midi. Apparemment, Cooper Security dispose de son propre hélicoptère.

— Malheureusement, je pense que les conditions météo vont se détériorer.

— Avec un peu de chance, peut-être que ce sera après son arrivée.

Il enfonça les doigts dans ses cheveux.

— D'ici là, pensons à des choses plus agréables, d'accord ?

Elle posa la paume de sa main à plat sur son torse, sentant palpiter son cœur sous ses doigts.

— Comme quoi ?

— Comme, par exemple : as-tu déjà pensé à un prénom pour Junior ?

Elle s'avisa que ce n'était pas le cas. Était-ce anormal ? Elle l'avait affublé de différents surnoms au fur et à mesure que la réalité de la grossesse s'imposait à elle, avec son ventre qui prenait du volume, le bébé qui remuait de façon de plus en plus perceptible.

— Non, avoua-t-elle, penaude. Pas encore.

— Pourquoi ?

Levant les yeux vers lui, elle débita la vérité dont elle n'avait pas eu conscience lui apparaissant tout à coup :

— Je pense que j'espérais que nous pourrions le choisir ensemble.

L'espace d'une seconde, elle crut qu'il allait s'écarter d'elle parce qu'elle venait de lui rappeler le douloureux souvenir de sa défection. Mais un changement subtil s'opéra dans son expression, et un sourire affleura sur ses lèvres.

— Tu savais que tu ne pourrais pas te passer éternellement de moi, hein ? Ce bon vieux McGinnis, avec son prodigieux sex-appeal.

Surprise, elle éclata de rire et lui assena une bourrade à l'épaule.

— Espèce d'idiot prétentieux !

Il baissa la tête, calant son front contre le sien.

— Ça fait partie de mon charme, chérie.

Elle se hissa sur la pointe des pieds et l'embrassa. Un simple effleurement de sa bouche contre la sienne, mais qui produisit instantanément des étincelles. Elle entendit Connor retenir son souffle.

L'instant suivant, il lui retournait son baiser, mais il n'y avait rien de délicat dans la fougue avec laquelle il s'emparait de ses lèvres. Elle y répondit avec la même ferveur, enfouissant les doigts dans ses cheveux et pressant le corps dur de Connor contre le sien. Chacune de leurs caresses semblait née d'un déchaînement de passion comme si le barrage s'était subitement rompu, comme si les mois et les mois de désir refoulé les submergeaient d'une ardeur que ni l'un ni l'autre ne pouvaient plus contenir.

Il prit sa main et l'entraîna en direction des chambres. Ils s'arrêtèrent à la première, celle où elle s'était installée. Trébuchant sur l'une de ses chaussures, ils se laissèrent tomber sur le lit, riant d'avoir failli chuter avant de l'atteindre.

D'une certaine façon, aider Connor à retirer son T-shirt et son jean parut la chose la plus naturelle du monde à Risa. Elle connaissait si bien son corps… Presque aussi bien que le sien. Le léger bourrelet que formait la cicatrice sur son épaule était un souvenir de la bataille de Falloujah. Le mince trait, sur le dos de sa main, avait été causé par le poignard d'un combattant taliban dans la province de Helmand, en Afghanistan.

Quant à la balle qui avait laissé une marque en creux dans sa hanche, il l'avait reçue dix ans plus tôt lors du siège de l'ambassade américaine à Tablis par Al-Adar.

Il prit son visage entre ses mains, sondant son regard comme s'il le découvrait pour la première fois. Ce qui, d'une certaine façon, était le cas. Il ne lui avait jamais vu les joues aussi remplies, avant sa grossesse. Et son corps aussi s'était arrondi, bien sûr. Sa peau était marquée de petites stries plus claires au niveau des hanches et du ventre. Quant à ses seins et à son postérieur, ils avaient pris des formes nettement plus généreuses.

Lentement, il lui ôta son pull et le laissa tomber à côté du lit, prenant le temps de simplement la contempler. Son regard s'abaissa jusqu'au renflement de ses seins, comprimés dans le soutien-gorge que lui avait prêté Iris Heller, puis jusqu'à celui de son abdomen, plus volumineux encore.

Tout à coup, Risa se sentit envahie par une irrépressible gêne. Éprouvant le besoin de se couvrir pour dissimuler à son regard insistant les modifications que son corps avait subies.

Mais comme elle tendait la main vers la couverture, il stoppa son geste à mi-course.

— Non.

Elle attendit, le cœur battant, tandis qu'il laissait glisser sa main sur la courbe de son abdomen. Le bébé donna un coup de pied contre sa paume, et il sourit.

— Tu es magnifique, dit-il, se penchant pour embrasser son ventre.

Puis, alors que sa barbe naissante lui chatouillait toujours la peau, il leva les yeux vers elle et lui adressa un large sourire.

— Toi aussi, dit-elle.

Dieu, comme elle aimait cet homme ! Plus qu'elle ne l'aurait cru possible.

Risa s'était roulée en boule comme un chat dans son sommeil, le postérieur lové contre la courbe du corps délicieusement doux et chaud de Connor. Instinctivement, il avait passé un bras autour d'elle comme pour la protéger de l'hostilité du monde extérieur, de l'autre côté des parois en bois du chalet — concept qui aurait fait éclater de rire Risa s'il avait osé le formuler à haute voix.

Elle était parfaitement capable de veiller elle-même à sa sécurité. La meilleure preuve en était qu'elle avait réussi à rester en vie en dépit d'une protection extrêmement réduite pendant sept mois avec un contrat sur la tête.

Mais elle était sa femme. L'autre moitié de son cœur. Il l'avait crue perdue à jamais et, maintenant qu'il avait eu le temps d'assimiler toutes les raisons pour lesquelles elle lui avait dissimulé la vérité pendant aussi longtemps, il se rendait compte que les erreurs qu'elle avait commises ne comptaient pas au regard de la possibilité de la perdre de nouveau.

Il devait découvrir qui l'avait prise pour cible. Et trouver le moyen de mettre fin à cette menace, une fois pour toutes.

Ce qui signifiait qu'il fallait comprendre la raison pour laquelle on voulait la tuer.

— Tu es encore éveillé ? murmura Risa d'une voix ensommeillée.

— Mmm.

— Tu me trouves grosse ?

Il rit doucement.

— Tu ne penses tout de même pas que je vais répondre à cette question ?

— Ça signifie que tu me trouves grosse ?

Il lui donna une tape sur les fesses.

— Je trouve que tu es parfaite.

Elle émit un son qui ressemblait à un ronronnement.

— OK, validé. C'est la bonne réponse.

Il sourit.

— Tu m'as tellement manqué.

Elle garda le silence pendant si longtemps qu'il se demanda si elle s'était rendormie. Mais, au bout d'un moment, elle se retourna pour lui faire face et prit sa mâchoire en coupe dans sa main.

— Toi aussi, tu m'as manqué. Chaque minute de chaque jour.

Il l'embrassa tendrement sur le front.

— Il faut qu'on trouve qui veut ta peau.

— Ce qu'il faut avant tout tirer au clair, c'est *pourquoi*. Quand on connaîtra le motif, on aura aussi la réponse à ta question.

Un bruit sourd s'éleva de son ventre. Elle sourit.

— Le bébé et moi, on a faim.

Il enroula une boucle de ses cheveux sombres autour de son doigt.

— C'est vrai… Je crois bien que nous avons sauté le dîner, finalement.

Elle se redressa et se courba pour attraper ses vêtements, sur le sol.

— Le premier arrivé à la cuisine !

Le temps qu'il enfile son jean et se dirige, pieds nus, vers la cuisine, Risa examinait déjà le contenu du réfrigérateur.

— C'est vraiment gentil à Rose et Daniel d'avoir fait les courses pour nous.

— Une fois que tout sera terminé, il faudra qu'on fasse les comptes et qu'on rembourse tout ce qu'on doit à tout le monde, nota-t-il.

— Oui, acquiesça-t-elle en sortant un paquet de tranches de bœuf et un petit pot de mayonnaise. Des sandwichs au rôti de bœuf, ça te va ?

— Très bien.

Il trouva une miche de pain dans la huche à pain, sur le comptoir, et coupa quelques tranches, qu'il s'apprêtait à placer dans le grille-pain lorsqu'un doute l'assaillit. Il se retourna.

— Tu veux ton pain grillé ou non ?

— Grillé, comme toujours, répondit-elle en souriant. Tu avais vraiment besoin de le demander ?

— Junior le préfère peut-être autrement, comment savoir ?

— Ah !

Elle sourit.

— J'ai eu de la chance. Junior n'a pas changé mes goûts en matière de nourriture.

— Tu n'as pas eu d'envies ?

— Oh si ! Mais j'ai eu envie de choses que j'aimais déjà. Du chocolat, des chips au vinaigre.

Elle désigna le grille-pain.

— Et des toasts grillés.

Ils tamisèrent la lumière et mangèrent sur la table basse du salon pour jouir de la vue sur le sapin de Noël et les flocons qui tombaient au-dehors, éclairés par la lumière extérieure. Leur repas terminé, ils s'installèrent confortablement sur le canapé et cherchèrent à la télévision un programme intéressant jusqu'à ce qu'ils tombent sur un vieux film de Cary Grant qu'ils n'avaient pas vu depuis des années.

C'était une façon tellement normale de passer la soirée, songea Connor en passant le bras autour des épaules de sa femme et en jouant d'une main distraite avec ses cheveux pendant que, sur l'écran, Cary Grant se dissimulait dans un champ de maïs, poursuivi par un avion d'épandage. Un couple normal, attendant un heureux événement. C'était la vie à laquelle ils avaient aspiré avant que tout bascule dans le chaos.

Comme le film approchait de son haletant dénouement, Risa remua dans ses bras et demanda :

— Est-ce que tu es déjà allé au mont Rushmore ?

Il regarda Cary Grant accroché à la paroi rocheuse entre George Washington et Thomas Jefferson.

— Non. Certainement pas comme ça, en tout cas.

— Mon père nous emmenait souvent, ma mère et moi, dans ce qu'il appelait ses « virées américaines », dit-elle, un sourire dans la voix. Est-ce que je t'en ai jamais parlé ?

— Non, je ne crois pas.

— Après toutes ces années que nous avions passées au Kaziristan quand il était dans l'armée, je crois qu'il tenait à me rappeler que j'étais américaine.

— Penses-tu qu'il ait deviné que tu étais un agent de la CIA ?

Pendant leur vie commune de couple marié, Risa et lui n'avaient jamais passé beaucoup de temps en famille du fait des longues périodes que leurs métiers les avaient amenés à passer à l'étranger.

— Je pense que oui, mais comme il a toujours été d'avis que le silence était d'or et que des propos inconsidérés pouvaient couler des navires… Bref, il n'y a jamais fait ouvertement allusion, mais je suis sûre qu'il se doutait que tous mes déplacements à travers le monde ne tenaient pas à des raisons diplomatiques.

Peut-être qu'une fois qu'ils auraient réussi à se sortir de ce fichu guêpier, Risa et lui pourraient enfin avoir une chance d'apprendre à mieux connaître leurs familles respectives, comme tous les autres couples mariés, songea Connor. Sa mère serait ravie d'apprendre que l'un de ses trois fils s'apprêtait enfin à lui donner un petit-fils — ou une petite-fille. Et il suspectait depuis longtemps Benton DeVille, le père de Risa, de dissimuler sous ses airs sévères de militaire endurci une âme de papy gâteau.

Mais, avant d'y parvenir, il leur fallait d'abord survivre. Coûte que coûte.

14

La liste était plus longue que Risa ne l'avait prévu. Elle était entrée au service de la CIA l'année qui avait suivi celle où elle avait quitté l'université, diplôme en poche. C'était Martin Dalrymple lui-même qui l'avait recrutée alors qu'elle officiait depuis peu au sein du Service extérieur dans le cadre d'un programme post-diplôme. Le fait qu'elle parle couramment le kaziri, le farsi et l'arabe avait constitué un élément décisif.

Aujourd'hui, dix ans plus tard, elle commençait à se rendre compte du nombre de contacts qu'elle avait accumulés tout au long de cette période.

— Tant que ça ? souligna Connor en posant un verre de jus de pomme sur la table, devant elle, et en tirant un siège pour s'asseoir à son côté.

— Je croyais vraiment qu'il serait plus simple de déterminer qui j'ai bien pu indisposer suffisamment pour me retrouver avec ma tête mise à prix.

Avec un soupir, elle posa son stylo et prit sa tasse de café, refermant ses doigts gelés autour du grès chaud.

— Mais, apparemment, des dizaines de personnes pourraient ne pas être mécontentes de me voir hors jeu.

— Mais je suis sûr que les gens figurant sur cette liste n'ont pas tous un réel motif de vouloir te voir morte…

— C'est tout le problème, dit-elle. On peut très bien m'avoir placée sur une liste noire pour des raisons que j'ignore. Imagine que quelqu'un croie que j'ai vu ou entendu quelque chose qui puisse un jour devenir gênant pour lui ? Quelque chose que, peut-être, je n'ai pas relevé sur le moment, mais qui pourrait faire sens pour moi à l'avenir ? On préfère peut-être que je ne sois plus là à ce moment-là pour en témoigner.

— Voilà qui réduit drastiquement le champ des recherches, souligna Connor, sarcastique.

— Si seulement on savait ce que Dal avait en tête…

— C'est un peu tard pour ça.

Elle se frotta les yeux.

— Oui, je sais.

Il effleura sa joue. La contemplant d'un air à la fois tendre et anxieux, il déclara :

— On va trouver. Et, sinon, on s'arrangera pour disparaître. Je ne laisserai personne te faire de mal, tu le sais.

Elle hocha la tête.

— Oui… À ceci près que je n'ai pas envie de disparaître. Je suis déjà passée par là et j'ai détesté ça.

— Tu ne serais pas seule, cette fois, lui rappela-t-il doucement, caressant son menton du pouce. Il y aurait moi… et Junior.

Elle couvrit sa main de la sienne et la tint serrée contre son visage.

— Oui… Justement. Pour nos parents, ce sera leur premier petit-enfant. Tu veux vraiment que Junior grandisse sans les connaître ? Et les priver, eux, de cette joie ?

— Non, évidemment. Donc, on en revient à la solution n° 1 : démasquer celui qui en veut à ta vie.

Elle se laissa aller contre lui et déposa un bref baiser sur sa joue.

— Que t'a dit Heller, ce matin ?

— Pas grand-chose. Il creuse du côté de ces deux entrepreneurs d'agro-technologie pour voir si leur mort pourrait relever d'autre chose que d'un acte terroriste aveugle, mais c'est un peu compliqué d'obtenir des informations touchant cette partie du monde — particulièrement de façon anonyme.

— Oui… Il ne faudrait surtout pas qu'il mette la puce à l'oreille de la personne concernée, souligna Risa.

— Crois-moi, je ne pense pas que lui et sa femme aient envie de se retrouver pris pour cibles non plus. Mais il faut bien aller à la pêche aux informations. On ne peut pas rester terrés ici ad vitam aeternam.

Il se pencha vers elle et tapota doucement son ventre.

— On a un bébé dont on va devoir s'occuper.

Risa posa la main sur la sienne.

— Je me demande si nous ne devrions pas communiquer avec Rebecca Cameron plutôt qu'avec Heller. C'est elle qui a des contacts au Département d'État. Peut-être aurait-elle une idée de qui serait susceptible de mener double jeu.

— Elle n'est plus au service du gouvernement depuis cinq ans.

— Oui, mais elle connaît pas mal de gens qui y sont encore.

— Je peux rappeler Heller, lui suggérer de lui en toucher un mot — en lui expliquant ce que nous recherchons.

Bonne idée, songea Risa. Autant laisser Heller poser les questions, du moins pour l'instant. Elle n'était pas certaine que l'application du téléphone soit d'une totale efficacité si Connor passait son temps à appeler à partir de l'appareil.

Pendant que Connor s'éloignait pour rappeler Heller, Risa relut sa liste de noms. Le problème, c'était que chacune des personnes mentionnées en référait à un supérieur hiérarchique. Qui lui-même avait quelqu'un au-dessus de lui. Même les services secrets n'échappaient pas à des couches et des couches de bureaucratie, si bien que n'importe qui, à n'importe quel niveau, pouvait être celui qui avait inscrit son nom sur la liste des personnes à abattre.

Et encore ! À supposer que ce soit quelqu'un d'influent au sein du gouvernement qui lui en veuille… Et non pas Al-Adar ou quelque autre organisation terroriste avec laquelle avait eu maille à partir au cours de sa carrière !

Connor revint vers elle, annonçant :

— C'est d'accord. Heller va en parler à Cameron. Il veut que je l'appelle toutes les huit heures pour savoir s'il y a du nouveau étant donné qu'il ne peut pas me joindre du fait des changements de numéro.

— D'accord. Très bien, dit-elle distraitement.

— Tu as la tête ailleurs.

Elle soupira, relevant les yeux.

— Je me demande si nous ne nous égarons pas, à explorer ainsi tous azimuts. Peut-être qu'on poursuit des fantômes. Dal semblait penser qu'Al-Adar m'avait dans le collimateur. Peut-être que nous cherchons midi à quatorze heures et que nous devrions nous concentrer sur notre idée initiale.

Sa remarque ne parut guère enthousiasmer Connor.

— J'espère que ça ne signifie pas que tu veux retourner à Cincinnati.

— D'après Dal, c'était là qu'il fallait que je sois.

— Précisément. Et, maintenant, Dal est six pieds sous terre.

— On pourrait aller voir Farid — ou Malcolm. Découvrir ce qu'il sait de ces types.

— Je suis bien certain que Quinn sait déjà tout ce qu'il y a à savoir sur eux, assena fermement Connor. Si c'est quelque chose que nous avons besoin de savoir…

— Il n'y a pas de « si », le coupa-t-elle sèchement. Nous *avons besoin* de savoir. Quinn n'a pas à faire de la rétention d'information de cette façon. Si Heller ne nous avait pas mis au courant, nous ne saurions toujours pas à l'heure qu'il est que Farid travaillait pour vous. Il s'agit de *nos* vies, Connor, pas seulement d'une opération de Quinn. Je n'ai pas confiance en ce qu'il estime devoir nous dire. Et toi ?

— Non, reconnut-il, même si Risa voyait bien que c'était à contrecœur.

— Et, pour information, je ne crois pas que nous devions retourner à Cincinnati, dit-elle en soupirant. Mais je veux m'entretenir avec Farid, ne serait-ce que pour savoir si le type qui voulait s'introduire chez moi était bien Tahir Mahmoud.

— Je peux te garantir que Maddox Heller va se renseigner sur la question.

Il avait raison, songea Risa. S'il était quelqu'un qui avait toutes les raisons de vouloir savoir si Tahir Mahmoud était en vie, c'était bien Heller. Non seulement il avait vu ce dernier abattre de sang-froid sous ses yeux un traducteur de l'ambassade pendant le siège de l'ambassade américaine dix ans plus tôt, mais il avait aussi failli perdre sa femme dans l'attaque meurtrière dont Mahmoud avait été l'initiateur.

— D'accord. On laisse Heller se charger de ça.

— J'ai fouillé un peu de mon côté sur l'assassinat de Martin Dalrymple, ajouta Connor. Je ne sais toujours pas qui l'a tué, mais les résultats de l'autopsie ont confirmé que la mort remontait à quarante-huit heures avant la découverte du corps.

— Ce qui veut dire que ce n'est pas Dal qui a essayé de me joindre le mercredi matin, déduisit Risa, les sourcils froncés. Tu crois qu'il a pu être abattu parce qu'il s'efforçait de me protéger ?

— Ne me dis pas que tu culpabilises.

— Non, prétendit-elle.

— C'est Dal qui t'a mise dans la situation dans laquelle tu te trouves aujourd'hui. Il a fait certains choix et il en connaissait les conséquences.

— Si seulement il m'avait dit ce sur quoi il enquêtait. J'aurais dû essayer d'en savoir plus.

Le problème, c'était que, dans le monde du renseignement, la première chose qu'on vous apprenait était de ne pas poser de questions. Dal lui avait toujours transmis uniquement ce qu'elle avait besoin de savoir. Ni plus ni moins.

Si bien qu'en l'absence de ses instructions elle avait l'impression d'avancer à l'aveuglette.

Ce qui était la meilleure façon de se faire tuer.

Jesse Cooper entra dans le Sunset Mountain Grill à 15 heures précises et se dirigea vers la porte des toilettes, ainsi que Connor le lui avait suggéré. Il n'était pas d'un gabarit particulièrement imposant, ce qui d'une certaine façon étonna Connor. À tort, se dit-il, car certains des marines les plus coriaces qu'il avait connus n'étaient pas spécialement grands. Quoi qu'il en soit, Jesse compensait largement sa stature moyenne par sa seule présence. Il était mince et noueux, les cheveux noirs coupés très court, comme s'il y avait encore beaucoup en lui du marine qu'il avait été.

Connor s'approcha lentement pour laisser le temps à l'homme de le voir venir. Jesse le suivit de son regard sombre, évaluant à qui il avait affaire.

— McGinnis ?

— Cooper, dit Connor en tendant la main.

Jessa la serra fermement.

— Content de faire votre connaissance.

Connor conduisit Jesse jusqu'à une table, au fond du restaurant, où Risa les attendait. Jesse la salua d'un signe de tête et s'assit face à elle tandis que Connor prenait place à son côté.

— Ce que vous m'avez raconté au téléphone m'a intrigué, déclara Jesse sitôt que le serveur eut pris leur commande. J'ai fait faire quelques recherches, et il semblerait que votre hypothèse concernant une arme biologique potentielle ne soit pas exclue. Les terroristes, étrangers ou non, n'aimeraient rien tant qu'utiliser un agent pathogène capable de semer la terreur dans le pays. On l'a vu après le 11-Septembre, avec les lettres empoisonnées à l'anthrax. Ce qu'on redoute, semble-t-il, c'est que des terroristes essayent de mettre la main sur un virus comme celui d'Ebola ou de Marburg.

— Donc, cette fièvre hémorragique qu'Akwat a découverte chez certaines chauves-souris pourrait devenir une arme si elle tombait entre les mains de terroristes ?

— À condition que le microbe franchisse la barrière des espèces, processus qui pourrait être favorisé par la collecte de chauves-souris infectées qu'on placerait au contact de chèvres et de moutons pour les inciter à les mordre. Cela augmenterait le risque de transmission d'une espèce à l'autre et peut-être même celui d'une transmission à l'homme, puisque les humains sont plus fréquemment exposés à ces animaux-là qu'à des chauves-souris vivant dans des grottes.

— Tout à fait, acquiesça Risa en hochant la tête. Akwat envisageait de solliciter une subvention des Nations unies pour isoler les colonies affectées par la maladie, qu'ils auraient confiées à des scientifiques à des fins de recherche, ce qui aurait du même coup permis de les séparer des populations de chauve-souris saines dont ils entendaient utiliser les déjections.

— À ceci près qu'Akwat n'est plus, observa Jesse.

— Non, confirma Risa, la mine sombre. La question que nous nous posons, c'est de savoir si leur mort pourrait être liée aux tentatives d'assassinat contre moi.

— Potentiellement, oui.

Jesse baissa le ton et regarda Connor.

— Il se trouve qu'un ancien employé à moi travaille maintenant chez Campbell Cove Security. Eric Brannon. Vous le connaissez ?

— Pas très bien, dit Connor. C'est un ancien médecin de la marine, c'est ça ?

— Oui. L'un des domaines qui l'intéressent particulièrement, ce sont les affections contagieuses. Je pense que c'est l'une des raisons qui l'ont poussé à rejoindre votre société — on lui accordait une subvention de recherche pour étudier l'utilisation potentielle de ces maladies comme armes de guerre.

Risa regarda Connor.

— Tu étais au courant ?

Il secoua la tête.

— Ça ne relève pas de mon domaine de compétence.

— Mais Quinn, lui, devait être au courant. Forcément.

— Oui, accorda-t-il.

— Quinn et ses histoires de « besoin de savoir » qu'il nous sert à toutes les sauces, gronda Risa.

— Écoutez, je me porte garant d'Eric Brannon. C'est un type bien. Fiable, intègre, reprit Jesse en tirant une carte de sa poche intérieure. Voici son numéro personnel, que je vous ai noté au dos de ma carte. Il est sécurisé. Appelez-le. Vous pouvez lui faire confiance, Heller vous le confirmera.

Connor jeta un coup d'œil à Risa. Elle affichait son air le plus impassible, mais il sentait la crispation de sa jambe contre sa cuisse.

— Merci, dit-elle.

Le serveur apporta leurs boissons — du café pour Connor et Jesse Cooper et un verre d'eau pour Risa — et s'éloigna en direction d'une autre table.

— Je reste ici encore quelques jours, annonça Jesse. Ma femme et moi avions besoin de nous retrouver quelques jours tous les deux, donc nous avons laissé le bébé à ma sœur et son mari.

Il eut un large sourire et poursuivit :

— Meggie vient juste de découvrir qu'elle est enceinte, donc je me suis dit que cela leur donnerait un petit avant-goût de ce qui les attendait.

Risa sourit à son tour.

— J'en aurais bien besoin, moi aussi, dit-elle en baissant brièvement les yeux vers son ventre rond.

Connor réprima un soudain accès de panique. Seigneur… Dans un mois, il serait père.

Comment se comportait-on quand on était père ? Le sien n'avait pris sa retraite de la marine américaine que tout récemment. Il avait été loin, en mission à l'étranger, à peu près aussi souvent qu'il avait été à la maison si bien que, même s'il avait tendrement aimé ses enfants, il ne pouvait guère servir d'exemple à Connor.

— C'est très prenant, disait Jesse. On est perpétuellement en manque de sommeil… Mais je n'échangerais ma place contre rien au monde.

Il sourit.

— Et, croyez-moi, je n'aurais jamais pensé dire ça un jour.

Connor sentit les doigts de Risa s'entremêler aux siens, sous la table, et son contact l'apaisa, le rassura.

— Si vous voulez que je sois présent quand vous appellerez

Brannon, faites-le-moi savoir. C'est à vous de décider, conclut Jesse en prenant le menu. Et si on commandait à manger maintenant ?

En dépit des assurances de Jesse Cooper et de Maddox Heller, Connor et Risa convinrent qu'il valait mieux rencontrer Eric Brannon dans un lieu public plutôt que de le laisser venir à eux. Connor l'appela donc, et ils se donnèrent rendez-vous le lendemain matin dans un parc, à quelques kilomètres de Cumberland.

— Je crois que Quinn veut juste qu'on reste planqués quelque part pour lui laisser le champ libre, nota Connor en attirant Risa près de lui, sous les couvertures.

Couchée sur le côté pour soulager l'encombrant poids de son ventre, elle s'installa confortablement, dos à lui.

— Je commence à me dire que c'est aussi ce que voulait Dal.

— Peut-être qu'ils ont raison. Peut-être que tu devrais simplement te concentrer sur ta sécurité. Tu n'es plus qu'à quelques petites semaines du terme de ta grossesse. Ce n'est pas le moment de mettre ta vie en danger.

— Oui, mais ce n'est pas en faisant profil bas que je cesserai d'avoir une épée de Damoclès suspendue au-dessus de la tête.

Elle roula de l'autre côté pour lui faire face.

— Je veux que mon enfant vienne au monde, à l'hôpital, sous son vrai nom. Je ne veux pas qu'on l'élève tout en étant en cavale, ou obligés de nous cacher.

— Moi non plus, convint-il en repoussant une mèche de ses cheveux, laissant les doigts s'attarder sur sa joue. Mais je ne sais pas comment écarter le danger. On ne sait même pas d'où il vient.

— Je ne crois pas que ce soit de ce type du restaurant, qu'il s'agisse ou non de Tahir Mahmoud.

— Pourtant, il a quand même voulu s'introduire chez toi.

— Oui, mais je pense que c'est parce qu'il s'était aperçu

que je l'avais suivi. Avant cela, il ne s'était pas intéressé à moi. Donc, ce n'est sans doute pas lui qui cherchait à me tuer.

— Et le fait qu'on ait été suivis ? Je te rappelle que tout a commencé le soir où nous avons quitté Cincinnati.

— Exactement. Plus ça va, plus je pense que les types du restaurant n'étaient que pure coïncidence. Celui qui était à mes trousses devait déjà t'avoir à l'œil quand tu es venu à Cincinnati. En fait, il surveillait sans doute aussi Quinn et d'autres personnes de Campbell Cove Security. Vous êtes payés par le gouvernement… En clair, ça signific quc dcs gens, au sein du gouvernement, ont les moyens de suivre tous vos faits et gestes à la trace.

— Donc, pour résumer, il s'agirait de quelqu'un qui savait déjà qu'on t'avait repérée à Cincinnati et qui a attendu que je me rende là-bas et que je prenne contact avec toi pour passer à l'action…

Connor secoua lentement la tête.

— Si tu as raison, ça ne peut effectivement être qu'un membre du gouvernement.

— Je ne peux pas continuer comme ça. J'ai passé plus de dix ans à vivre pratiquement tout le temps sous une fausse identité. J'ai quitté la CIA pour pouvoir enfin être moi…

Elle toucha doucement sa joue.

— Pour qu'on puisse être nous.

Dans la pénombre, Connor porta la main de Risa à ses lèvres et l'embrassa. Puis il roula sur le dos et contempla le plafond pendant si longtemps qu'elle se demanda s'il ne s'était pas endormi.

Mais, quelques instants plus tard, sa voix résonna dans l'obscurité :

— On ne peut pas rencontrer Brannon demain. Pas si quelqu'un du gouvernement fait suivre les employés de Campbell Cove Security.

Risa se redressa brusquement.

— Maddox Heller. Il nous a rejoints à Cumberland. Et il nous a conduits ici. Et c'est l'un des dirigeants de la société.

— Mais il s'est servi du SUV loué par son beau-frère pour nous amener ici.

— Et si quelqu'un a fait le lien entre le frère d'Iris et Maddox ?

— Je pense que, dans ce cas, le chalet serait déjà en état de siège.

Risa demeura immobile, tous les sens en éveil. Tout à coup, le moindre gémissement du vent dans les gouttières ou le plus infime grattement de branche contre le toit lui semblaient être le signe annonciateur d'une invasion imminente.

— Et s'ils étaient déjà là, dehors, en train de se préparer à passer à l'attaque, murmura-t-elle, s'attendant à s'entendre dire qu'elle était folle, qu'elle se faisait des idées.

Mais, pour toute réponse, il se pencha et attrapa son Ruger sur la table de chevet.

S'il y avait quelqu'un dehors, il était vraiment bien caché, pensa Connor après avoir fait le tour de la maison dans le noir, allant de fenêtre en fenêtre pour scruter les environs. Il ne pouvait pas en être absolument certain sans équipement de vision nocturne ni caméra thermique, mais, apparemment, ils n'étaient pas en danger immédiat.

Néanmoins, Risa avait raison sur un point. Si celui qui la recherchait appartenait au gouvernement, et avait donc à ce titre accès à des ressources privilégiées — ainsi qu'à certains secrets, il ne tarderait pas à découvrir où elle se cachait. Ce n'était qu'une question de temps.

Il ne lui restait donc qu'une solution pour assurer sa sécurité. Il leur fallait couper tous les ponts avec leur passé.

— Non, objecta Risa lorsqu'il lui fit part de son raisonnement et de la conclusion à laquelle il l'avait conduit en revenant dans la chambre.

Debout devant la fenêtre, elle contemplait l'obscurité, les bras refermés autour du corps comme si elle avait froid.

— Je ne veux pas vivre comme ça, assena-t-elle d'une voix morne. Je refuse d'élever mon bébé dans la clandestinité.

— *Notre* bébé, rectifia-t-il. Mais, moi, je ne veux pas qu'on te tue — qu'on vous tue, tous les deux. Et s'il n'y a pas d'autre moyen…

— Je suis sûre qu'il doit y en avoir un autre. Forcément. Je sais ce que c'est que de passer son temps à regarder par-dessus son épaule… Ce n'est pas une vie.

Elle se retourna.

— Écoute, nous allons aller comme prévu au rendez-vous avec Brannon, en ville, demain. Voir ce qu'il sait d'Akwat.

— Bien qu'il travaille à Campbell Cove Security ?

— Tes collègues savent qu'ils doivent redoubler de prudence lorsqu'ils viennent nous rencontrer. Je suis sûre que Heller a déjà mis les points sur les *i* à Brannon.

Elle hocha la tête, comme pour se convaincre elle-même, et se retourna vers la fenêtre.

— Il faudra juste qu'on soit très prudents. Tout ira bien.

Il s'avança derrière elle et l'enveloppa dans ses bras, posant les mains sur son abdomen. Le bébé ne donnait pas de coups de pied, pour une fois ; il se contentait de rouler doucement dans son ventre. Connor en était à se dire qu'il aurait pu rester comme ça pour l'éternité lorsqu'il la sentit soudain se raidir.

Elle jura à voix basse.

— Connor, murmura-t-elle. Il y a quelqu'un dehors.

15

Dans l'obscurité, il y eut un mouvement furtif. Une forme, plus sombre que les bois plongés dans la pénombre, se déplaçait latéralement d'arbre en arbre. Puis, il en aperçut une deuxième. Et une troisième.

— Trois, murmura-t-il, passant déjà mentalement en revue les mesures défensives à mettre en œuvre.

Toutes les ouvertures étaient fermées à clé — Risa et lui avaient quasiment fait du processus de vérification du verrouillage un rituel.

— Quatre, le corrigea-t-elle comme une nouvelle silhouette apparaissait brièvement.

— Et ce n'est qu'un côté de la maison.

— Donc, ils sont peut-être seize, là, autour, dit Risa, la voix légèrement tremblante.

— Peut-être. Toi, va voir par la fenêtre, sur l'arrière. Je prends la salle de bains.

Connor se dirigea vers la spacieuse salle de bains, avec son énorme baignoire d'angle et sa cabine de douche séparée. La fenêtre était située plus haut sur le mur, ce qui l'obligea à grimper sur la chaise raffinée assortie à la partie coiffeuse du plan de toilette, à côté du lavabo. Il balaya l'obscurité du regard, mais au bout de plusieurs minutes il n'avait aperçu qu'une seule ombre vêtue de noir.

Il retourna dans le hall et trouva Risa revenant du fond de la maison.

— J'en ai vu deux, annonça-t-elle à voix basse. Ils ont l'air de prendre position juste à la lisière de la clairière.

— Il ne nous reste plus qu'à aller voir sur l'avant.

— Mieux vaut nous habiller avant. Et prendre nos armes.

En deux temps trois mouvements, ils se vêtirent le plus chaudement possible. Ils enfilèrent de grosses chaussures de marche et se munirent de toutes les armes dont ils disposaient — le Ruger et son couteau de combat pliant de marine pour Connor et le Glock et un spray incapacitant pour Risa. Connor bourra les poches de sa veste polaire de munitions supplémentaires pour leurs deux armes, puis, sans bruit, ils se dirigèrent vers la baie vitrée du salon.

S'avançant par le côté pour éviter d'être vus se déplaçant dans la pénombre, ils l'avaient presque atteinte lorsque le téléphone de Connor se mit à vibrer dans sa poche. L'adrénaline se déversa dans ses veines tandis qu'il revenait vivement sur ses pas, entraînant Risa à sa suite.

Il ne reconnut pas le numéro qui s'affichait sur l'écran.

— Allô ? dit-il prudemment.

— McGinnis ?

La voix lui était vaguement familière mais, dans l'état de tension qui était le sien, il ne la reconnut pas immédiatement.

— Vous avez dû faire un faux numéro.

— C'est Jesse Cooper, s'empressa d'annoncer la voix avant que Connor ait raccroché.

Risa se pencha pour écouter, elle aussi.

— C'est moi, Cooper, répéta la voix, pressante. Écoutez, après notre conversation, cet après-midi, nous avons appris par une de nos sources, au gouvernement, que votre cachette était peut-être découverte.

Sur ses gardes, Connor échangea un regard dans la pénombre avec Risa.

— Je ne vois vraiment pas de quoi vous voulez parler.

— On a contacté Maddox Heller par le biais d'une communication sécurisée, et il est tombé d'accord avec moi pour décider d'une extraction en urgence.

— Une extraction ?

Le regard de Connor se porta vivement sur la porte d'entrée. Bien qu'elle soit en bois massif et munie d'un solide verrou, sa moitié supérieure était pourvue d'une vitre à quatre carreaux. Un rideau l'empêchait de voir au-dehors, mais l'étoffe était assez fine pour laisser filtrer la lumière des luminaires extérieurs.

Tout à coup, il lui sembla voir une ombre traverser les carrés rétro-éclairés.

Une seconde plus tard, on frappait d'un petit coup sec à la porte. À côté de lui, Risa sursauta. Le cœur de Connor s'emballa.

— Je suis là, devant la porte, annonça la voix de Jesse, que Connor entendait par-delà la pulsation sourde du sang dans son oreille. J'ai des hommes positionnés tout autour de la maison pour le cas où quelque chose se produirait avant que nous ayons pu vous extraire vers une nouvelle cache.

Connor recouvra l'usage de sa voix.

— Nous extraire ? Mais où ?

— S'il vous plaît, ouvrez, McGinnis. Je vous expliquerai tout, dit encore Cooper avant de raccrocher brutalement.

— C'est complètement insensé, murmura Risa.

On frappa de nouveau, un peu plus fort cette fois.

Risa échangea un regard avec Connor, les yeux scintillant dans la pénombre.

— Qu'est-ce qu'on fait ?

— Couvre-moi, dit-il en s'avançant vers la porte.

Se déportant sur le côté, il écarta le rideau pour jeter un coup d'œil au-dehors.

Jesse Cooper était debout sur le seuil, tout de noir vêtu. Un sourire grave incurva brièvement ses lèvres lorsqu'il vit Connor.

Connor s'appuya contre le mur, inspira plusieurs fois à fond, puis ouvrit le battant.

— Bon sang, qu'est-ce que c'est que ce cirque, Cooper ?

Jesse retira son épaisse veste tandis que Connor refermait la porte derrière lui. Sous sa veste, il était armé pour le combat, nota Connor — un Glock dans un holster d'épaule et un couteau de combat similaire à celui qui était fixé à la jambe de Connor.

— Désolé pour cette opération clandestine. J'ai préféré ne pas courir le risque d'appeler avant que mon équipe soit en place.

— Votre équipe ?

— Heller a jugé comme moi qu'il était trop risqué de faire intervenir du personnel de la société, étant donné qu'il semble que Campbell Cove Security soit compromise.

Jesse regarda Risa.

— Vraiment navré de procéder de cette façon, sans vous avoir prévenus, mais nous nous sommes dit que ce serait plus sûr pour tout le monde si rien n'avait filtré à l'avance.

— Combien sont-ils, dehors ?

— J'ai mis sur pied une force de dix agents. Tous entraînés au combat rapproché et à la protection des personnes. On a les moyens de vous extraire en toute sécurité.

— Tout ça est très précipité, intervint Risa d'une voix douce, mais ferme. Nous avons fait votre connaissance seulement cet après-midi, et vous voulez qu'on vous suive Dieu sait où, simplement comme ça, parce que vous nous le demandez ?

— Je voudrais bien avoir le temps de vous faire une présentation de Cooper Security en bonne et due forme, mais j'ai laissé mes fichiers PowerPoint à la maison, rétorqua Jesse. En attendant, il se pourrait très bien que des gens très dangereux soient déjà en route pour ce chalet.

— Comment nous auraient-ils retrouvés ?

— Votre véhicule est enregistré au nom d'une agence de location de voitures qui nous a indiqué qu'un dénommé Daniel Hartman avait loué ce SUV. Le même appel a permis de récupérer ses informations de facturation, et il n'a pas été bien compliqué d'établir, à partir de ces dernières, que l'homme était marié à une certaine Rose Browning Hartman. Une recherche en ligne a fait apparaître que Rose Browning était la sœur d'Iris

Browning, laquelle est mariée à Maddox Heller, copropriétaire de Campbell Cove Security.

— Mais vous saviez déjà tout cela.

— C'est pourquoi j'ai chargé l'une de mes employées qui, elle, ne savait rien de Heller ni des Browning, d'effectuer la recherche. C'était un simple petit test. Elle a trouvé l'information en un temps record.

— Mais il fallait déjà connaître le numéro d'immatriculation du véhicule.

— Pas du tout. La recherche pouvait aussi bien s'opérer dans le sens inverse. En commençant par Heller et en déroulant la pelote jusqu'à Daniel Hartman — qui avait loué un SUV et un chalet isolé dans les montagnes du Kentucky.

Jesse secoua la tête.

— Ils savent, pour Campbell Cove Security. Donc quiconque est connecté même indirectement à la société ou à ses employés constitue un risque désormais. Heller est d'accord avec moi.

— Mais vous êtes *vous-même* en rapport avec lui, souligna Connor.

— Plus maintenant. Plus depuis un an — officiellement. Mais nous avons conservé des téléphones intraçables et des véhicules qui ne peuvent pas être associés à Cooper Security. Apparemment, bien nous en a pris.

— Pourquoi faites-vous tout ça ? demanda Risa. Nous ne pouvons pas vous payer pour votre aide.

— Disons simplement que j'en fais une affaire personnelle, et restons-en là.

— Parce que vous pensez que tout ceci a quelque chose à voir avec Barton Reid ?

— Si c'est le cas, ma société a besoin de le savoir. Nous avons un très ancien contentieux avec Reid et sa joyeuse bande de cinglés, assena Jesse d'une voix lugubre. Et je déteste laisser une chose inachevée.

***

Une voix masculine grésilla dans l'émetteur-récepteur en réponse à la demande laconique de Jesse.

— Secteur est dégagé.

— Jusque-là, tout va bien, déclara Jesse en raccrochant la radio à sa ceinture et en se calant contre la commode. Je peux vous aider à faire quelque chose ?

— Dites-nous où vous nous emmenez, suggéra Risa en fourrant ses vêtements d'emprunt dans un sac à dos que Jesse lui avait fourni, apparemment sur la suggestion de Heller.

— Mon beau-frère et ma sœur sont amis avec une famille qui tient un petit hôtel-restaurant non loin d'ici, déclara Jesse en consultant sa montre. Mais la connexion entre eux n'est pas connue, donc ce devrait être parfaitement sûr. Ils ont accepté de nous louer un groupe de chambres pour quelques jours, sans enregistrer vos noms, sans poser de questions. On réglera en liquide. Pour le transport, on va utiliser des véhicules qui ont été loués par des connaissances de connaissances de ma sœur et son mari. Aucun rapport avec Maddox Heller ni Alexander Quinn.

— Vous avez pensé à tout, grommela Risa.

— Je sais que vous n'êtes pas certains de pouvoir me faire confiance, dit-il posément. Je voudrais avoir le temps de vous prouver que vous pouvez me suivre les yeux fermés, mais ce n'est vraiment pas le cas, pour le moment.

Connor tira la fermeture Éclair de son sac.

— Je suis prêt.

Risa ferma le sien.

— Moi aussi.

— Bien. Maintenant, c'est là que ça va être un peu plus compliqué.

Risa échangea un regard avec Connor.

— Compliqué… Dans quel sens ?

— Pour ce court déplacement, nous allons devoir vous séparer.

— Non, répondirent Risa et Connor à l'unisson.

— On veut éviter de quitter le chalet sous la forme d'un cortège motorisé. Ce serait trop facile à repérer. Si je veux vous séparer, c'est pour que vous ayez chacun un véhicule qui ouvre la route et un autre qui ferme la marche. Si quelque chose tournait mal pour l'un des chargements — les chargements étant vous deux — il nous resterait la possibilité de mettre rapidement l'autre en sécurité.

— Avec tout le respect que j'ai pour le soin minutieux avec lequel vous avez visiblement préparé cette évacuation, je suis obligé de refuser, objecta Connor. Risa et moi venons d'être séparés pendant sept mois. Il est hors de question que je la quitte des yeux, fût-ce pour un court trajet.

— Je suis d'accord avec Connor, ajouta fermement Risa.

Jesse pinça les lèvres.

— Sûrs et certains ? Je n'arriverai pas à vous convaincre ?

De nouveau, ils répondirent en chœur :

— Non.

Un petit sourire flotta sur les lèvres de Jesse.

— Bon. Je vais devoir cinquante dollars à ma femme. Elle a parié que vous n'accepteriez jamais la séparation.

— Votre femme est très avisée, commenta Connor.

— J'espère que vous avez un plan B, observa Risa.

— En gros, c'est approximativement le plan A mais, au lieu de convoyer deux chargements, il y aura un chargement réel et un leurre. Ma sœur, Isabel, a les cheveux foncés, elle aussi, et elle est à peu près de la même taille que vous. Elle devait de toute façon prendre votre place au côté de Connor, si nous vous avions séparés. Emmitouflée dans un grand manteau, avec un coussin attaché sur le ventre, elle passera pour une femme enceinte. Son mari, Ben, est à peu près du même gabarit que Connor, donc il servira de leurre, lui aussi. Ils formeront donc tous deux l'autre chargement.

Risa regarda Connor, pas très sûre de vouloir que tant de personnes courent des risques dans le but de la protéger, elle. Dal, déjà, était mort. Farid était peut-être désormais en danger parce qu'elle avait travaillé dans le restaurant qu'il dirigeait sous couverture.

Et maintenant Jesse Cooper et dix de ses agents, ainsi que sa sœur et son beau-frère, étaient prêts à mettre leur vie en jeu pour l'aider.

Pourquoi ? Savaient-ils quelque chose qu'ils lui avaient caché ?

— Attendez une seconde, dit-elle comme ils arrivaient à la porte. Il y a une chose que je voudrais savoir.

Connor et Jesse se retournèrent tous les deux, l'air interrogateur.

— Le temps presse, rappela Jesse.

— Vous savez pourquoi on m'a prise pour cible, n'est-ce pas ? demanda-t-elle. Vous *devez* le savoir, sinon vous n'auriez pas engagé autant de gens pour assurer ma protection. Qu'avez-vous découvert ?

Jesse soupira.

— Je comptais vous en parler à l'arrivée mais… Oui, je sais pourquoi on a mis un contrat sur votre tête. En revanche, je ne sais pas *qui* est derrière tout ça.

Il désigna la porte du menton.

— Allons-y. C'est moi qui vais conduire votre voiture, de toute façon, donc je vous dirai tout en chemin.

Risa regarda Connor, essayant de voir ce qu'il pensait. Étaient-ils fous de confier leurs vies à un homme qui, en dépit de sa réputation d'expert en sécurité, leur était un parfait inconnu ?

Il lui adressa un sourire qui se voulait rassurant. Cela aurait pu être crédible s'il avait eu l'air un peu moins mal à l'aise.

Mais elle se cuirassa, prit sa main et l'entraîna à la suite de Jesse Cooper vers le gros Explorer noir qui était garé devant le chalet.

Sunset Mountain était l'une des rares bourgades du comté à avoir son propre service de police, survivance du temps où la ville avait été l'une des plus peuplées de la région. L'effectif de la police de Sunset Mountain avait décru peu à peu au fil des années jusqu'à atteindre les chiffres actuels de huit officiers en uniforme, quatre inspecteurs, un chef adjoint et le chef Kenneth Halsey.

Halsey était un homme massif, grand et large d'épaules, avec des cheveux courts coupés en brosse qui lui donnaient l'air d'un sergent-chef vieillissant, mais encore en pleine possession de ses moyens. Il avait bien conscience que le temps qu'il lui restait à diriger sa force de police était limité. Déjà, le conseil municipal commençait à évoquer la suppression de la police municipale pour des raisons budgétaires. Tôt ou tard, ils voteraient le transfert des fonctions de son service au bureau du shérif du comté, et Halsey se verrait contraint soit d'aller quémander un poste au sein du personnel du comté, soit de prendre sa retraite.

Mais il se soucierait de cela le moment venu. Pour l'heure, il avait à régler le problème qui venait de lui tomber sur les bras.

— De quel genre de terroriste parlons-nous ? demanda-t-il à l'homme tiré à quatre épingles qui venait de faire irruption dans son bureau, requérant son concours pour dresser un barrage routier.

— Nous pensons que cette femme projette de poser une bombe à Kingdom Come State Park dès son ouverture, ce printemps. C'est l'une de ces immigrantes qui posent tant de problèmes à Cincinnati.

— Ah ?

Halsey avait entendu parler des protestations qu'avait soulevées l'arrivée des réfugiés chez une frange de la population.

— Mais ces gens-là ne sont-ils pas eux-mêmes opposés aux terroristes dans leur propre pays ?

L'homme qui s'était présenté comme étant Garrett Leland en brandissant son badge du département de la Sécurité intérieure, arqua les sourcils comme s'il était surpris que le chef de police local en sache autant sur les immigrants.

Pour qui le prenait-il ? Pour un flic borné, un bouseux de la campagne à qui la seule idée d'étrangers posant le pied dans son coin de pays faisait dresser les cheveux sur la tête ? La femme de Halsey venait du Nigeria. Ses enfants étaient métis. Ce bon vieux Garrett Leland tombait bien mal s'il avait tablé sur la carte de l'étranger pour emporter son adhésion.

— Elle a été impliquée dans quatre attentats à la bombe au Kaziristan et un autre, en France. Nous pensons qu'elle a radicalisé le père de l'enfant qu'elle porte et qu'il faut les considérer tous les deux comme armés et extrêmement dangereux.

Leland posa une photo sur le bureau de Halsey. Avec sa définition granuleuse, elle ressemblait à une image de caméra de surveillance. On y voyait une femme enceinte, la tête couverte d'un voile qui masquait ses cheveux sombres.

Jolie fille, pensa Halsey. Elle n'avait pas l'air d'une terroriste, mais ça ne voulait rien dire. Et s'il y avait le moindre risque qu'elle prépare un mauvais coup chez lui, sur *son* territoire…

Il poussa un soupir.

— OK, je vous écoute.

Il n'aima guère le sourire qui illumina fugitivement l'expression de Leland.

— Il s'appelle Garrett Leland, déclara Cooper. Il travaille pour le département de la Sécurité intérieure.

— À la Sécurité intérieure ? Vous plaisantez ? dit Connor.

— Je le voudrais bien.

— On n'a pas établi de lien direct entre lui et Barton Reid.

La femme qui venait de parler avait des cheveux châtain foncé, les yeux bleus et un sourire franc. C'était Evie Cooper, l'épouse de Jesse. Comme son mari, elle était vêtue de noir et armée même si, avait-elle avoué en bouclant sa ceinture, elle travaillait normalement au service de comptabilité de Cooper Security. Cooper leur avait expliqué que tout son personnel était formé pour faire face à des situations de danger, précisant avec un regard admiratif à l'adresse de sa femme qu'Evie était tout à fait à la hauteur.

— Mais, apparemment, vous pensez qu'il y en a un, releva Risa.

— Il a fait partie de notre liste de surveillance pendant un certain temps, mais nous n'avions rien relevé de réellement suspect, expliqua Evie. Jusqu'à ce que nos analystes creusent un peu de ce côté-là cet après-midi, après que Jesse nous a informés de vos soupçons concernant Akwat et la mort de ses deux fondateurs. Ainsi que je le disais, il était déjà de ceux que nous avions à l'œil, et comme vous deux sembliez penser qu'une personne en lien avec l'administration vous surveillait...

— Et alors ? Qu'ont donné les recherches de vos analystes ?

— Ils ont découvert qu'il y a un peu plus de huit mois, peu après que vous avez rendu votre rapport préliminaire sur Akwat, Leland a demandé — et reçu — l'autorisation d'ouvrir une enquête sur les investisseurs américains de l'entreprise.

À côté de Connor, Risa étouffa un ricanement, manifestement sceptique. Il souligna :

— Ça ne semble pas complètement aberrant de la part d'un agent de la Sécurité intérieure.

— C'est sans doute pourquoi cela ne nous a pas alertés plus tôt, dit Jesse. Mais on lui a donné carte blanche pour former sa commission d'enquête composée de membres du Département d'État, du département de la Sécurité intérieure et du Pentagone. Et devinez ce que tous ces gens avaient en commun ?

Un sentiment désagréable contracta l'estomac de Connor.

— Ils étaient tous associés à Barton Reid ?

— Tout juste, confirma Jesse.

— Comment avez-vous pu réunir ces informations en aussi peu de temps ?

— Le fait de connaître déjà la partie concernant Akwat a permis d'avancer plus vite. Tout ce que nous avions collecté sur les activités des personnes figurant sur notre liste de surveillance était entré dans une base de données interrogeable. Quand nous avons lancé une recherche avec le mot clé Akwat, l'ensemble du puzzle s'est dessiné.

Connor se passa une main sur le front. Une sourde douleur commençait à pulser dans sa tête.

— C'est beaucoup d'énergie dépensée pour un travail qui ne vous rapporte rien, observa-t-il.

Jesse croisa son regard dans le rétroviseur.

— Qui vous dit que nous ne sommes pas payés ?

— Et qu'est-ce qui vous porte à croire que nous courons un danger imminent ? demanda Risa.

— Il y a deux heures, j'ai appelé un ami avec qui j'ai servi quand j'étais dans les marines, répondit Jesse. Le sergent-artilleur Ken Halsey, Gunny de son nom de marine. Il est aujourd'hui chef de la police de Sunset Mountain. Je voulais savoir si sa femme et lui pouvaient dîner avec nous. Il s'est avéré qu'il était retenu au travail — un agent de la Sécurité intérieure venait de débarquer pour le prévenir qu'une terroriste devait se rendre à Kingdom Come State Park afin de préparer le terrain en vue d'un attentat qui serait commis ce printemps, une fois que le parc naturel serait ouvert au public.

— *Une* terroriste ? répéta Connor.

— Oui. Une Kazirie. Enceinte et voyageant probablement avec son compagnon américain — qu'elle aurait radicalisé. Ça vous évoque quelque chose ?

— Les fumiers ! gronda Connor. Ils commencent à sortir du bois.

— Oui. Et devinez quel est le nom de l'agent en question ?

— Garrett Leland, dirent en chœur Connor et Risa.

— J'ai dit à Gunny qu'ils se trompaient de personne et qu'il nous fallait absolument quitter la ville sans tomber sur la Sécurité intérieure, continua rapidement Jesse.

— Et ça lui a suffi ? demanda Risa.

— Parole de marine, murmura Connor.

— Gunny a toute confiance en moi, comme moi, en lui…, confirma Jesse avant de s'interrompre brusquement.

— Oh non ! murmura Evie, le regard rivé droit devant elle.

Connor se pencha entre les sièges du SUV et vit un chapelet

de lumières rouges : les feux arrière de voitures, à l'arrêt, devant eux. Et, au-delà, les flashs puissants de gyrophares bleus et rouges qui éclairaient par intermittence le paysage sur plusieurs dizaines de mètres à la ronde.

Ils arrivaient droit sur un barrage routier.

16

Comme Jesse freinait, son téléphone se mit à sonner. Evie répondit et écouta pendant quelques instants avant de tourner la tête vers lui.

— C'est pour toi.

Elle tendit le bras, tenant le portable pour qu'il entende.

La voix profonde de Gunny Halsey retentit tel un grondement de tonnerre dans son oreille. Il s'efforçait manifestement de s'exprimer calmement, mais son ton était pressant.

— Nous sommes en train de bloquer les accès à la ville. Où êtes-vous ?

— Sur Bald Eagle Road. Il y a un barrage droit devant nous.

— À quelle distance ?

— Environ mille cinq cents mètres.

— Il y a des voitures derrière vous ?

Jesse l'avait déjà vérifié, mais il jeta un nouveau coup d'œil dans son rétroviseur.

— Non.

— Eteins tes phares. Avec les feux des voitures arrêtées devant toi, tu devrais y voir suffisamment pour repérer une petite route sur la droite. C'est Black Creek Road. Tu la vois ?

Jesse obtempéra et ralentit jusqu'à rouler au pas. Comme ses yeux s'accoutumaient à l'obscurité, il avisa un panneau de signalisation sur sa droite.

— Ça y est. Je la vois.

— Prends-la. Il va y faire aussi sombre que dans une grotte afghane, mais vous serez très vite cachés par les arbres. Tu rouleras en feux de position jusqu'à ce que tu puisses de nouveau allumer les phares.

Jesse prit le virage à vitesse très réduite. Presque aussitôt après, la lueur des véhicules en attente sur Bald Eagle Road disparut, masquée par la dense forêt de sapins. Il avança encore un peu puis décida qu'il pouvait sans risque mettre les veilleuses, qui éclairèrent faiblement la route gravillonnée devant lui.

— OK, je suis sur Black Creek Road. Qu'est-ce que je fais, maintenant ?

— Continue. Tu vas croiser Mill Hollow Road. Là, tourne à gauche et suis la route jusqu'à l'intersection avec Grassley Road. Tourne encore à gauche et tu devrais pouvoir rejoindre Cumberland en évitant les routes principales. Il faut que j'y aille.

Gunny raccrocha.

Jesse rapporta l'échange à Evie et aux McGinnis.

— Et vous avez confiance en ce chef de police Halsey ?

— Entièrement. Il m'a sauvé la vie plusieurs fois.

Ils s'étaient suffisamment enfoncés dans la forêt pour qu'il puisse rallumer les phares désormais. Leur faisceau lumineux éclaira la route devant lui, l'éblouissant presque le temps que ses yeux s'habituent.

Ils roulèrent en silence jusqu'à Mill Hollow Road. Jesse obliqua à gauche, suivant les indications de Gunny.

— Vous ne nous avez pas dit ce qui allait se passer à notre arrivée à l'hôtel. Quel est le plan d'action ?

— Connaissez-vous le sénateur Gerald Blackledge ?

— Bien sûr, répondit Risa. Il est sénateur depuis l'administration Lincoln, non ?

— Ça a beau être un pur politicien, il se préoccupe sincèrement de la sécurité nationale, et rien ne le met plus en rage que la corruption qui s'exerce au cœur des instances gouvernementales. Il sait beaucoup de choses et il a activement contribué à protéger bon nombre de témoins clés dans l'affaire Barton Reid. Il est en train de mettre en place une liaison satellite afin que vous puissiez attester tout ce que vous avez appris concernant

Akwat. Vous ne serez pas obligée de citer des noms — simplement mentionner tout ce qui devait figurer dans votre rapport avant… le crash de l'avion.

— Certains vont tomber de haut, étant donné que ton nom figurait sur la liste des victimes, souligna Connor.

— Ce n'est pas un problème, répondit Risa. Si j'ai été prise pour cible, c'est semble-t-il uniquement à cause de ce rapport inachevé, non ? Compte tenu de ce qu'on sait, c'est la seule conclusion logique.

— Effectivement, acquiesça Jesse.

— Il leur a fallu presque sept mois pour se rendre compte que tu étais toujours en vie et pour te retrouver, reprit Connor d'un ton pensif. Je me demande si c'est parce qu'ils ont réussi à extorquer des informations à Dalrymple avant son assassinat…

— On en est venus à penser qu'il faisait cavalier seul sur cette affaire et travaillait en marge de la CIA, donc oui. Si quelqu'un a découvert que j'étais vivante, c'est certainement par l'intermédiaire de Dal. À moins que ce ne soit purement par hasard — comme dans ton cas.

— Le rapport que vous avez rédigé est-il toujours accessible, quelque part ? demanda Evie en se retournant à demi sur son siège pour les regarder.

— Oui, répondit Risa, l'ombre d'un sourire dans la voix.

— Pas la moindre trace d'eux, à aucun point de contrôle ?

L'accent de Garrett Leland rappelait à Halsey un jeune capitaine inexpérimenté qui avait été affecté dans son groupe lors d'une de ses missions en Irak, pendant la première guerre du Golfe. Un abruti de première qui, parce qu'il avait un diplôme en logistique, s'imaginait être attendu comme le messie par le corps des marines. Il venait de quelque part dans le Massachusetts. Un endroit riche et privilégié. Sa façon de parler était très similaire à celle de Leland ; son attitude, aussi.

— Je crains que non, répondit Halsey sur le même ton mesuré qu'il avait employé à l'adresse de l'inepte capitaine d'autrefois.

— Nous savons qu'ils ont quitté leur dernier point de chute connu, gronda Leland, son front se creusant d'un pli tandis qu'il parlait. On contrôle les accès routiers. Comment diable ont-ils pu passer ?

Une autre voix se fit entendre.

— Il y a une autre route, monsieur.

Un sentiment d'alarme parcourut l'échine de Halsey. Il tourna la tête pour lancer un regard d'avertissement à l'adjoint qui venait de parler, Josh Phelps.

Mais Phelps n'avait d'yeux que pour Garrett Leland, qu'il contemplait avec un mélange de déférence et de désir de plaire. Comme un fichu petit chien.

— Quoi ? aboya Leland. Où ça ?

— Il y a une route secondaire, Black Creek Road, qui part de Bald Eagle Road. Peut-être qu'ils ont vu le barrage et qu'ils l'ont empruntée. Elle rejoint Mill Hollow Road et, de là, on peut quitter Sunset Mountain en évitant les deux barrages.

Leland épingla Halsey du regard.

— Vous ne m'avez pas signalé son existence.

— Il n'y a que les gens du coin qui la connaissent, répondit Halsey, s'efforçant de ne rien montrer de sa frustration. Vous avez dit qu'ils n'étaient pas d'ici.

L'expression de Leland s'assombrit. D'une voix incisive, il déclara :

— Je vous ai dit que je voulais bloquer *tous* les points d'entrée et de sortie de la ville.

Il tira son téléphone de sa poche et composa un numéro.

— C'est moi. Il me faut un hélico tout de suite. Procurez-vous une carte de la région et trouvez Mill Hollow Road. Contrôlez tous les croisements de cette route.

Halsey retint le juron qui lui brûlait les lèvres.

— Je vais vous envoyer des renforts pour vous aider, dit-il

à l'agent de la Sécurité intérieure en sortant son téléphone de sa poche.

Il transmit rapidement l'ordre par SMS à son chef adjoint puis, dans la foulée, afficha le numéro de Jesse Cooper et tapa un bref message.

Levant les yeux, il vit Leland qui le dévisageait d'un air suspicieux. Halsey se força à lui sourire.

— Vous devriez avoir quatre hommes de plus dans dix minutes. Ils rejoindront vos effectifs au croisement de Mill Hollow Road.

L'air de rien, il rangea son téléphone mais, en le glissant dans sa poche, il appuya sur la touche Envoi.

— Nom d'un chien !

La voix tendue d'Evie Cooper tira Risa de sa demi-somnolence. Elle la vit le regard fixé sur l'écran du téléphone de Jesse, la lueur bleutée éclairant son visage.

— C'est un texto de Gunny. Leland fait bloquer Mill Hollow Road.

Risa fut instantanément en alerte.

— Est-ce qu'on a le temps de l'atteindre avant que le barrage soit en place ?

— Peu probable, grommela Jesse. On n'a pas encore atteint Grassley Road.

— Est-ce qu'ils s'en tiennent à des blocages routiers ou est-ce qu'ils vont encore resserrer la toile qu'ils ont tendue ? demanda Connor qui examinait déjà une carte en ligne sur son téléphone.

— À quoi penses-tu ? s'enquit-elle.

— On pourrait continuer à pied, répondit-il. Juste nous deux, à travers bois. Jesse et Evie poursuivent leur chemin dans le SUV, franchissent le barrage… Et on se retrouve plus loin, le long de la grand-route pour le reste du trajet jusqu'à l'hôtel.

Risa vit Jesse échanger un regard avec sa femme, puis hocher la tête.

— Ça peut marcher, acquiesça Jesse.

— Il fait vraiment très froid dehors, souligna Evie, ennuyée.

Risa jeta un coup d'œil à Connor et sourit.

— On a crapahuté dans les montagnes du Kaziristan sur plus de seize kilomètres en plein hiver. On devrait s'en sortir.

— Marcher nous réchauffera, confirma laconiquement Connor, consultant toujours la carte routière sur son téléphone. À environ quatre cents mètres avant l'intersection avec la nationale qui ramène à Cumberland, Mill Hollow Road traverse une large rivière. Si on descend à cet endroit-là, on n'aura qu'à suivre le cours d'eau jusqu'à l'endroit où il rejoint la grand-route pour contourner le barrage.

— Mmm… Ça ne me plaît guère de rester hors contact pendant aussi longtemps, nota Jesse.

— Est-ce que vous avez un autre émetteur-récepteur radio ? dit Risa. On a le téléphone, mais ce serait un deuxième moyen de communication, au cas où on ne capterait pas de réseau. Et si quelque chose tournait mal, nous saurions qu'il nous faut trouver un plan C.

— Il me semble que c'est déjà le plan C, murmura Jesse.

Mais il désigna de la main la boîte à gants. Evie en sortit une radio, dont elle régla le canal avant de la tendre à Connor.

Ils franchirent donc la rivière comme prévu, puis s'arrêtèrent sur l'accotement, le temps que Connor et Risa descendent. Ils ne s'attardèrent pas, le véhicule pouvant être intercepté à tout moment désormais. Sur le conseil d'Evie, ils laissèrent l'ordinateur de Risa dans la voiture, dissimulé dans un rangement secret sous la banquette arrière et fourrèrent une tenue de rechange dans le sac à dos qu'avait prévu Jesse pour un cas d'urgence comme celui-ci.

— Il y a une trousse de premier secours, des barres protéinées et un litre d'eau, dit-il en aidant Connor à ajuster le sac sur ses épaules. Et des lunettes de vision nocturne… Ça peut être utile.

Comme Risa et Connor descendaient la pente pour rejoindre la berge rocheuse de la rivière, ils virent les points rouges des feux du SUV disparaître au bout de quelques secondes et se retrouvèrent plongés dans une totale obscurité.

Connor ajusta les lunettes sur ses yeux. S'étant fréquemment servi de cet accessoire, il ne lui fallut pas plus de deux secondes pour s'accoutumer au halo verdâtre qui baignait le terrain s'ouvrant devant lui.

— Suis-moi de près. Je te signalerai les obstacles, ne t'inquiète pas.

— Je ne m'inquiète pas, assura-t-elle posément.

Il réprima un sourire et se mit en marche.

Pendant un moment, ils longèrent le bord de l'eau, évitant les broussailles qui encombraient le passage dès lors qu'on s'écartait un peu de la rive. Mais, au bout de huit cents mètres, le lit de la rivière se rétrécit considérablement, et la végétation se mit à gagner du terrain, empiétant peu à peu sur la berge rocheuse jusqu'à l'envahir totalement.

Ils n'eurent d'autre choix que de se frayer un chemin dans ce sous-bois, et leur progression s'en trouva ralentie.

— Ça va ? demanda Connor en contournant un gros rocher à demi caché sous un enchevêtrement de plantes.

— Ça va, répondit-elle.

Mais la tension nouvelle qui sous-tendait sa voix ne lui échappa pas. Il se retourna.

Elle lui sourit, ses dents scintillant dans l'étrange lueur verte des lunettes. Mais son front était barré d'un pli, et elle se tenait le ventre.

— Tu es sûre ? Tu as mal ?

— Simplement quelques élancements. Mais j'en ai déjà eu. Ça va. Continuons.

Sans perdre de temps en palabres inutiles, il se remit à avancer. L'important était de sortir rapidement de ces bois. Ce dont elle avait besoin, c'était d'un lit confortable et d'une bonne nuit de sommeil. Et plus vite ils retrouveraient les Cooper, plus vite elle l'obtiendrait.

Ils atteignirent bientôt une portion de la rivière plus dégagée, et il avisa un tronc d'arbre, près du cours d'eau, qui pouvait servir de siège pendant quelques minutes.

— Faisons une pause ici, proposa-t-il. Le temps de boire une gorgée d'eau.

Risa le suivit jusqu'au tronc d'arbre, s'y assit et prit la bouteille d'eau.

— On est encore loin ? demanda-t-elle comme il remontait les lunettes sur sa tête et sortait son téléphone.

Il regarda s'il captait le réseau. Une barre, mais cela suffirait peut-être à consulter la carte. Il ouvrit l'application GPS et entra leurs coordonnées.

— On a fait plus de la moitié du chemin.

Risa étouffa ce qui ressemblait à un grognement de dépit.

— Est-ce qu'il y a un message des Cooper ?

Il trouva un texto, envoyé cinq minutes plus tôt :

Voulez-vous une pizza ?

C'était le code convenu pour signaler qu'ils étaient au barrage.

— Ils sont au point de contrôle.

Avec un peu de chance, les Cooper pourraient franchir le barrage sans encombre. Ils avaient profité de leur bref arrêt pour dissimuler leurs armes — bien qu'elles soient toutes légalement détenues, même en vertu des lois en vigueur dans le Kentucky — dans l'espoir d'écarter tout soupçon.

— Espérons que le nom de Cooper ne fera pas tilt.

— Espérons.

Risa se massait doucement l'abdomen comme pour calmer le bébé.

— Si Garrett Leland fait vraiment partie du réseau de Barton Reid, il va certainement se méfier de quelqu'un portant le nom de Cooper.

Connor retira son gant et lui caressa la joue. En dépit du froid, sa peau était chaude, comme si elle avait de la fièvre.

— Tu es sûre que ça va ?

— Oui. Remettons-nous en route. Plus tôt nous atteindrons le point de rendez-vous, mieux ce sera.

Il rangea tout dans le sac et remit les lunettes en place. Il se leva et l'aida à se redresser.

— Tu es sûre que tu ne veux pas te reposer encore un peu ?

— Oui, répondit-elle d'une voix affermie. Allons-y.

Seigneur, songea-t-il. Elle était enceinte de plus de huit mois. Presque trente-six semaines.

La plupart des compagnies aériennes refusaient d'embarquer les femmes enceintes à partir de trente-six semaines de grossesse. Et lui, que faisait-il ? Il traînait sa femme à travers bois, de nuit, en plein mois de décembre !

Il fallait être complètement fou.

Les phares du SUV éclairèrent les uniformes marron et beige du bureau du shérif du comté, mais l'homme qui s'avança près de la portière de Jesse, torche à la main, était grand et vêtu de l'uniforme de la police de Sunset Mountain. À la lumière de sa lampe, il examina le permis de conduire de Jesse, puis les papiers d'Evie.

— Vous venez de l'Alabama, mmm ? Vous êtes bien loin de chez vous.

— Nous allons rendre visite à ma sœur, dans le Nord, pour les fêtes de fin d'année, expliqua Evie avec un sourire aimable. Elle vit à New York. On a décidé d'en profiter pour faire un petit voyage d'agrément. On chine dans les boutiques d'antiquités, on s'arrête pour visiter les sites intéressants…

— Pourquoi ce barrage ? enchaîna Jesse, l'air curieux, parce que c'était la question que toute personne aurait posée.

— Simple contrôle de routine, répondit le policier avec un

sourire poli avant de leur rendre leurs papiers. Pouvez-vous baisser vos vitres, s'il vous plaît ?

— Bien sûr.

Jesse appuya sur les boutons commandant l'ouverture des vitres avant et arrière.

Le policier promena le faisceau de sa lampe dans l'habitacle. Le rayon lumineux s'arrêta sur les bagages rangés sur la banquette arrière, le petit sac-poubelle contenant des restes de nourriture accroché à l'arrière du siège d'Evie. Tout indiquait qu'ils étaient des voyageurs tout ce qu'il y avait de plus normal, songea Jesse. Ils avaient fait ce qu'il fallait pour.

— Parfait, dit le policier en souriant.

Il se pencha en avant, baissant le ton.

— Vous avez le bonjour du chef Halsey.

Puis il recula et fit signe à ses collègues de les laisser passer.

Jesse franchit à vitesse réduite le petit groupe de shérifs adjoints et de policiers, le pouls tambourinant dans ses oreilles.

Ils approchaient de la nationale. Dans l'air froid de la nuit, le son portait loin, et Risa entendait de temps à autre le bourdonnement d'un moteur.

Les sensations étranges, dans son ventre, se faisaient plus fréquentes. Il ne s'agissait pas de douleurs à proprement parler, plutôt des sortes de longues constrictions au niveau de son bas-ventre. Peut-être des spasmes musculaires dus au stress de cette randonnée nocturne à travers bois, songea-t-elle.

— Je crois que je commence à apercevoir des phares de voitures, dit Connor, ouvrant la voie dans les taillis.

Ils avaient de nouveau dû abandonner la berge rocheuse, devenue trop étroite, et leur avancée était ralentie par la végétation touffue qui pouvait à tout moment masquer un obstacle sous l'entrelacs de lianes qui couraient sous leurs pieds, tapissant le sol.

Risa commençait à avoir l'impression que ses jambes

étaient en caoutchouc. Quant aux sensations de serrement dans le ventre, elles se faisaient plus précises et ressemblaient de moins en moins à des élancements et de plus en plus à de vraies douleurs.

Ne prononce pas ce mot ; ne le pense même pas, s'ordonna-t-elle fermement.

— Oui, ce sont bien des phares de voitures, reprit Connor, l'excitation et le soulagement perçant dans sa voix.

Sans s'en rendre compte, il pressa le pas, sans doute aiguillonné par la perspective de voir enfin le bout de leur laborieuse expédition.

Risa fit de même, s'efforçant de ne pas se laisser distancer, refusant obstinément de prêter attention à la douleur grandissante qui commençait à prendre des allures de crampes s'étendant à tout le bas de son ventre et de son dos. *Ne pas penser à ce mot. Ne pas penser à ce mot.*

Connor stoppa brutalement et plongea la main dans sa poche. Relevant ses lunettes, il consulta les messages sur son téléphone.

— Ils ont réussi à passer le barrage. Ils nous attendent près de l'endroit où la route enjambe la rivière.

Le soulagement submergea Risa.

— Bien. Allez, en route, le pressa-t-elle en posant la main sur son bras.

Mais, comme elle se mettait en marche, une violente crampe lui coupa net la respiration. Ellc agrippa lc bras de Connor, se courbant en deux comme la douleur allait croissant.

— Risa ? s'écria-t-il en se tournant vers elle, remettant vivement les lunettes en place.

Lentement, la crampe décrut jusqu'à n'être plus qu'une douleur sourde. Elle desserra progressivement l'étau de ses doigts autour de son bras.

— Ça va.

— Non, ça ne va pas, dit-il d'une voix basse, un peu tremblante.

À quoi bon se mentir ? À quoi bon lui mentir ?

Se passant la main sur le ventre, elle prit une profonde inspiration et formula les mots qu'elle ne voulait même pas s'autoriser à penser, encore quelques instants plus tôt.

— J'ai des contractions.

17

Ne pas paniquer.

Le cœur de Connor s'était mis à battre la chamade à la seconde où Risa avait prononcé le mot « contractions ». Mais il avait des années d'entraînement et d'expérience de marine à son actif... Ce n'était quand même pas pour rien. D'ailleurs, ce n'était pas la première fois qu'il était confronté à cette situation. N'était-il pas présent quand cette femme irakienne avait donné naissance à son quatrième enfant à l'arrière d'un Humvee blindé ? Certes, son rôle avait surtout consisté à garder le véhicule pendant que le médecin de l'équipe se chargeait de l'accouchement en lui-même, mais... n'avait-il pas été surpris par la facilité avec laquelle tout s'était déroulé ?

Évidemment, il y avait une différence entre la venue au monde d'un quatrième enfant et celle d'un premier bébé... Et Risa n'était pas une femme inconnue accouchant sur le bas-côté d'une route, avec l'assistance d'un praticien qualifié.

C'était *sa* femme. Et elle n'avait que lui sur qui compter pour parcourir les quelque huit cents mètres qui les séparaient encore du SUV.

Recouvrant rapidement ses esprits, il avait sorti son téléphone et rédigé un bref SMS pour prévenir Jesse de leur arrivée. Puis ils s'étaient remis en route, Connor la soutenant de son mieux tandis qu'ils avançaient à travers bois aussi vite qu'il était possible.

La deuxième contraction survint alors qu'ils approchaient de la route. Tout en attendant qu'elle passe, il balaya des yeux le terrain devant lui et aperçut un bout d'asphalte entre les arbres à environ deux cents mètres de distance.

— OK, en route, haleta Risa comme la douleur s'atténuait.

La dernière partie du parcours fut un calvaire. La longue et puissante contraction était passée, mais d'autres, plus courtes et plus rapprochées, avaient pris le relais, frappant Risa à intervalles réguliers, la laissant sans souffle, étouffant de brefs grognements de douleur tandis qu'ils continuaient à se frayer un chemin dans la végétation, heureusement de plus en plus clairsemée. Enfin, ils émergèrent de la forêt et se retrouvèrent sur le bord de la route, l'herbe roussie et desséchée par le froid hivernal craquant sous leurs pas.

Le SUV était arrêté une vingtaine de mètres en amont de l'endroit où ils avaient débouché. Connor retira ses lunettes et agita le bras. Le moteur ronfla, les phares transpercèrent l'obscurité, et la voiture s'avança jusqu'à eux.

— Elle a des contractions, annonça-t-il en ouvrant la portière arrière. À quelle distance sommes-nous de l'hôpital le plus proche ?

— Non, fit Risa d'une voix faible. Je n'ai pas de papiers d'identité ni d'assurance…

— Tout est prévu. Une obstétricienne nous attend à l'hôtel, l'interrompit Jesse en se retournant pour lui tapoter le dos de la main. Ne vous en faites pas, on sera là-bas en un rien de temps.

Peut-être avait-il quelque peu exagéré la brièveté du parcours pour atteindre Meade Motor Inn ; Risa endura une nouvelle contraction pendant le trajet mais, bientôt, les phares du SUV éclairèrent la façade délabrée du motel, ce qui provoqua un accès d'inquiétude d'un autre genre chez Connor.

— C'est là que ma femme va mettre notre bébé au monde ? demanda-t-il, incrédule.

C'était un long bâtiment bas avec un petit bureau d'accueil situé à une extrémité et une vingtaine de chambres alignées les unes à côté des autres. Une petite allée goudronnée menait à l'entrée, surmontée d'un auvent métallique rouillé. L'endroit donnait l'impression d'être à l'abandon depuis au moins une vingtaine d'années.

— Ne vous fiez pas aux apparences. Elles peuvent être trompeuses, répondit Jesse de manière sibylline en garant le SUV devant l'une des chambres, au bout de la bâtisse.

— Pourquoi y a-t-il un hélicoptère là-bas, sur le côté ? demanda Risa.

— C'est pour vous, répondit Evie en se retournant sur son siège. L'obstétricienne va vous examiner et, en fonction de son diagnostic, elle jugera s'il convient de vous évacuer vers un hôpital équipé d'une unité de néonatalogie.

Lorsqu'il entra dans la chambre, Connor comprit ce qu'avait voulu dire Jesse. La moquette était un peu fanée, mais les lieux reluisaient de propreté. Il vit au premier coup d'œil que la literie était immaculée de même que ce qu'il eut le temps d'entrevoir de la salle de bains avant que Risa s'y enferme, tirant rapidement la porte derrière elle.

Il se tourna vers Jesse, qui apportait leurs bagages.

— Où est le médecin dont vous avez parlé ?

— Dans la chambre qui jouxte celle-ci. Avec le sénateur.

Les yeux de Connor s'écarquillèrent.

— Le sénateur ?

Jesse sourit.

— Je ne vous ai pas dit qu'une audience au Congrès allait se tenir par vidéo interposée ? Le sénateur Blackledge a accepté de venir nous retrouver ici avec tout le matériel nécessaire. Nous pensions que Risa pourrait apporter son témoignage par vidéo devant un groupe parlementaire spécialement réuni pour l'occasion. Évidemment, nous n'avions pas prévu que votre femme allait accoucher à son arrivée.

Risa sortit de la salle de bains, pâle et les traits tirés.

— Pas de problème. Je peux toujours témoigner.

Connor passa un bras autour de ses épaules et l'aida à se diriger vers le lit, où elle s'assit, pliée en avant, les mains sur les genoux.

— On verra ça tout à l'heure. Voyons d'abord ce que pense le médecin.

Le Dr Andrea Bolling était une femme séduisante, d'une cinquantaine d'années. Outre le fait qu'elle était souriante et douce, elle dégageait une impression de compétence et de calme qui contribua largement à apaiser la nervosité de Risa.

— Bien, dit-elle posément après l'avoir examinée. La phase active du travail est amorcée. Tout se passe normalement mais, comme c'est votre premier enfant, je préfère vous transférer vers un service hospitalier équipé d'une plate-forme spécialisée.

Connor lâcha la main de Risa.

— Je vais demander à Jesse de faire préparer l'hélico.

Risa attendit que Connor soit sorti pour demander :

— Vous êtes sûre que tout va bien ?

— Aussi sûre qu'il est possible de l'être sans l'avoir vérifié par échographie. Mais, d'après ce que j'ai pu constater, le bébé est bien descendu ; vos contractions semblent normales. À part la fatigue due aux épreuves que vous avez récemment traversées, vous semblez en bonne condition physique. Donc, tout devrait se dérouler au mieux.

Les contractions se rapprochaient. Il ne s'était écoulé que sept minutes entre les deux dernières. Mais son col n'était dilaté qu'à cinq centimètres. D'après ce qu'elle avait lu dans divers ouvrages, il devait lui rester encore quelques heures avant la naissance.

Une nouvelle contraction l'assaillit avant que l'hélico soit prêt à décoller. Connor et Evie l'aidèrent à monter à bord du Bell 407 noir et l'installèrent dans l'un des cinq sièges passagers. Connor et le Dr Bolling s'assirent près d'elle, rejoints par Evie tandis que Jesse prenait place dans le cockpit, à côté du pilote, un grand gaillard d'une quarantaine d'années que Jesse présenta comme étant son cousin, J-D Cooper.

— Nous avons pris contact avec le Eastern Kentucky

Regional Medical Center ; ils gardent une salle d'accouchement à disposition pour l'arrivée de Risa, leur apprit Evie tandis qu'ils bouclaient leurs ceintures. Grâce à l'intervention du sénateur Gerald Blackledge.

Puis l'hélicoptère s'éleva dans un vacarme assourdissant, et il devint impossible de parler.

Connor et le Dr Bolling aidèrent Risa à surmonter deux nouvelles contractions avant que l'appareil amorce sa descente vers l'hélisurface du centre hospitalier.

Un aide-soignant et une infirmière attendaient Risa avec une civière, et ils la transférèrent immédiatement à l'étage de la maternité. L'infirmière l'aida à enfiler une blouse d'hôpital puis elle l'installa dans une pièce dont les murs ornés de jolies fresques colorées s'efforçaient de faire oublier qu'il s'agissait d'une salle de travail, exception faite de tout le matériel médical et du lit d'accouchement réglable qui trônait en son centre.

Connor les y rejoignit, vêtu d'une combinaison en intissé bleu, un masque accroché autour du cou.

— Parée pour cette nouvelle mission, madame McGinnis ? murmura-t-il.

Elle réussit à produire un sourire las.

— Affirmatif.

Il caressa ses cheveux et regarda le Dr Bolling, qui avait passé une blouse blanche, mis des lunettes de protection et attaché ses cheveux qui disparaissaient sous un calot en papier bleu.

— J'ai appris l'arrivée de ce bébé il y a seulement quelques jours, donc je n'ai pas vraiment eu le temps de me préparer, expliqua-t-il. Il faut que vous me disiez ce que je dois faire.

Le sourire que lui retourna le Dr Bolling plissa la peau aux coins de ses yeux gris.

— D'expérience, je vous conseillerais de la traiter comme une reine. C'est elle qui a les rênes en main. Soyez à son écoute et faites tout ce qu'elle vous demande.

Il inclina la tête.

— Je ne demande pas mieux, acquiesça-t-il en arrêtant sur sa femme un regard tel que le cœur de Risa se gonfla de joie.

— Aïe ! Les ennuis vont commencer.

En entendant la voix d'Evie, Jesse leva les yeux de son téléphone, qu'il utilisait activement depuis une heure pour communiquer avec le sénateur et son équipe ainsi qu'avec ses hommes, toujours dans le Kentucky. Les membres de Cooper Security avaient tous réussi à franchir les barrages sans être inquiétés pour rejoindre le motel.

Suivant le regard de sa femme en direction des portes de la salle d'accouchement, un peu plus bas dans le couloir, il poussa un profond soupir.

Tout se passait trop bien, il aurait dû s'en douter.

Un homme de grande taille, élégamment vêtu d'un costume anthracite, l'air très affairé, s'avançait dans le couloir comme s'il était le maître des lieux, flanqué d'une petite armée d'officiers en uniforme et de deux hommes en costume noir dont le maintien rigide et la mine impassible signaient l'appartenance à une agence fédérale.

Avec lassitude, Jesse se leva et alla se poster devant les portes.

— Qui êtes-vous ? demanda d'un ton impérieux l'homme aux allures de technocrate, sanglé dans son costume anthracite.

Garrett Leland, devina Jesse une seconde avant que l'intéressé plonge la main dans la poche intérieure de sa veste pour produire l'étui contenant son badge de la Sécurité intérieure.

— Jesse Cooper, répondit Jesse.

— Que faites-vous ici ?

Jesse sentit la moutarde lui monter au nez.

— Et vous-même ?

— Ça ne vous regarde pas.

— Voilà. Exactement.

La bouche de Leland s'amincit jusqu'à n'être plus qu'une

fine ligne crispée, rageuse. Il fit un signe aux deux hommes en costume sombre.

— Ces messieurs sont du FBI.

Jesse les salua d'un signe de tête.

— Enchanté.

L'un des deux hommes jeta un regard vaguement amusé à Jesse, mais l'autre demeura imperturbable.

— Où est Parisa McGinnis ? demanda Leland.

À quoi bon mentir ? Cela n'aurait servi à rien.

— En salle d'accouchement.

Leland désigna la porte d'un bref signe de tête.

— Écartez-vous de cette porte.

— Vous ne m'avez pas dit quelle était la raison de votre présence, souligna Jesse, continuant à s'exprimer sur le ton de la conversation, mais sans bouger d'un pouce.

— Il s'agit d'une enquête fédérale.

La porte s'ouvrit derrière Jesse, et Connor le poussa sur le côté pour se planter, à sa place, devant Leland. Tirant le battant derrière lui, il fixa un regard noir sur l'agent.

— Vous êtes dans un hôpital. Ma femme est en plein travail. Je me fiche de savoir qui vous êtes ou la raison pour laquelle vous êtes ici. Vous allez évacuer ce couloir immédiatement et attendre que ce soit terminé. Est-ce que vous m'avez bien compris ?

Derrière Jesse, Evie s'éclaircit délibérément la voix. Il tourna la tête, et elle désigna du menton le bureau des infirmières, où un homme aux cheveux argent, vêtu d'un costume gris et d'une cravate écarlate se tenait debout, entouré de ses collaborateurs. L'un d'eux avait les bras encombrés d'un gros ours en peluche marron tandis qu'un autre tenait une plante en pot, présentée dans un bel emballage cadeau.

Un sourire étira les lèvres de Jesse comme l'homme grisonnant avisait l'attroupement de policiers en uniforme dans le couloir. Nimbé d'une aura d'autorité, il s'avança d'un pas résolu dans leur direction, suivi de son aréopage.

— Major McGinnis ! s'exclama-t-il avec une grandiloquence qui fit retentir son phrasé traînant du Sud jusqu'au bout du couloir. Comment va votre charmante épouse ?

Une expression de haine sans mélange déforma fugitivement les traits de Leland, mais il se reprit aussitôt pour affronter le nouveau venu.

— Sénateur Blackledge. Quelle surprise !

Gerald Blackledge s'arrêta à un mètre de l'agent de la Sécurité intérieure, ses épais sourcils argentés s'arquant en une expression de léger dédain.

— Évidemment que c'est une surprise. J'ai pris grand soin de tenir ce voyage secret.

Il tourna son attention vers Connor.

— J'espère que tout se passe bien pour Mme McGinnis.

— Jusqu'ici, tout va bien, sénateur.

— Merveilleux, merveilleux. Mon comité est impatient d'entendre ce qu'elle a à nous dire sitôt qu'elle sera suffisamment remise pour nous parler.

— Sénateur, je crains que Mme McGinnis ne soit en état d'arrestation.

— Totalement absurde, répliqua Blackledge avec hauteur. Mme McGinnis est une héroïne nationale. Je pense que, si vous vérifiez auprès du secrétaire d'État à la Sécurité intérieure, vous vous rendrez compte que votre venue précipitée dans ce bel État du Kentucky n'avait pas lieu d'être. Le mandat d'arrêt lancé contre Mme McGinnis résulte d'une regrettable erreur. En réalité, elle est un témoin capital dans une enquête du Sénat portant sur la corruption gouvernementale.

Leland ne put dissimuler plus longtemps sa colère.

— Vous outrepassez vos droits, monsieur.

Blackledge s'avança d'un pas, se plantant sous le nez de l'agent de la Sécurité intérieure.

— Et vous, monsieur Leland, vous avez creusé votre propre tombe, répliqua-t-il en détachant les syllabes.

Leland dépassait Blackledge d'une demi-tête et il avait une

trentaine d'années de moins que lui. L'espace d'un moment, Jesse crut que l'agent fédéral allait envoyer son poing dans la figure du sénateur. Mais lorsque les deux agents du FBI qui l'accompagnaient se déplacèrent pour rejoindre le camp du sénateur, laissant Leland seul au milieu des policiers du Kentucky passablement déconcertés, l'agent comprit qu'il avait perdu la bataille.

Il recula, commençant à s'en aller, avant de se retourner pour épingler Connor du regard.

— Ce n'est pas terminé.

Les lèvres de Connor s'incurvèrent lentement en un sourire si féroce que, pour un peu, Jesse lui-même en aurait eu un frisson.

— Vous avez tout à fait raison. Ce n'est pas terminé.

Comme Leland se retirait, un cri de douleur s'éleva à l'intérieur de la salle d'accouchement. Connor pivota sur lui-même et rentra précipitamment dans la pièce, refermant la porte sur la scène théâtrale houleuse qui venait de se jouer.

Evie se rapprocha de Jesse et glissa la main dans la sienne.

— Je me demande bien comment je peux dire ça alors qu'elle nous a littéralement fait tourner en bourrique toute la semaine passée, mais je suis impatiente de rentrer à la maison et de retrouver Cara.

Jesse se représenta le visage congestionné et tout chiffonné de fureur de sa petite fille — Cara Cooper dans ses œuvres ! — et sourit.

— Moi aussi.

— Comme elle est belle, souffla Connor, son doigt épais effleurant délicatement le front rouge et ridé du nouveau-né.

Risa contempla la petite tête légèrement déformée, la mâchoire édentée qui s'ouvrait grand pour émettre de brefs vagissements, la peau rougie et les yeux plissés et acquiesça dans un murmure :

— La plus belle.

Connor releva les yeux et croisa son regard fatigué.

— Je n'irais peut-être pas jusque-là. Sa mère l'est tout autant.

Risa partit d'un petit rire.

— Ce doit être l'euphorie temporaire post-partum.

L'infirmière s'approcha avec un sourire d'excuse.

— Je vais devoir vous l'enlever. Le Dr Sankar, notre spécialiste de l'unité de néonatalogie, voudrait l'examiner comme elle est née avec quelques semaines d'avance. Essayez de dormir un peu, madame McGinnis. Si tout va bien, je vous la ramènerai très vite.

À contrecœur, Risa laissa l'infirmière soulever le bébé et elle tendit la main pour prendre celle de Connor.

— Tu peux l'accompagner ? Après tout ce que nous avons traversé, je n'ai pas envie qu'on l'emmène loin de nous.

Il lui pressa brièvement la main.

— Je vais voir si c'est possible.

Risa s'efforça de se décontracter. Au-delà de l'épreuve physique que représentait l'accouchement, elle avait mal un peu partout et se sentait épuisée, après tout ce par quoi ils étaient passés. Elle s'inquiétait probablement pour rien — l'hôpital était l'un des plus réputés de l'État, et tout le monde lui avait assuré que l'unité néonatale était parfaitement sécurisée.

Connor reparut une minute plus tard.

— Quinn est ici.

Risa fronça les sourcils.

— Pourquoi n'es-tu pas avec le bébé ?

— Ils ne m'ont pas laissé entrer dans l'unité de néonatalogie. Mais Quinn a amené Eric Brannon, donc c'est Brannon qui a enfilé une tenue de protection et qui monte la garde. Comme il est médecin et qu'il a l'autorisation d'exercer dans le Kentucky, ils lui ont accordé cette faveur, à titre de courtoisie professionnelle.

— Tu es sûr qu'on peut lui faire confiance ?

— D'après Maddox Heller, oui. Et j'ai confiance en Heller.

Elle prit sa main et l'attira à elle.

— Et, moi, j'ai confiance en toi.

Tirant une chaise près du lit, Connor s'assit à son chevet et se pencha en avant.

— Je t'aime.

— Je t'aime, répondit-elle, touchant du bout des doigts la barbe naissante sur son menton. Tu te rends compte ? Nous avons une fille.

Le visage de Connor s'illumina d'un sourire radieux.

— Oui.

— Comment veux-tu l'appeler ? demanda-t-elle.

— Je n'y ai pas vraiment réfléchi, avoua-t-il avec un petit rire. Je ne pensais pas être père avant encore quelque temps et comme j'ai eu l'esprit occupé par des questions pressantes…

— Je dois reconnaître que j'étais presque sûre que ce serait un garçon, dit-elle avec un soupir. Donc, la plupart des prénoms que j'ai envisagés sont plutôt masculins.

— On pourrait lui donner le nom de ta mère.

Elle fit la grimace.

— Nazina ? Même ma mère n'aime guère son prénom.

— Celui de la mienne ?

— Je trouve Shirley très joli, tu le sais, mais…

Connor eut un large sourire.

— C'est un peu daté.

— L'un des prénoms dc garçon quc j'avais cn têtc cst Kylc, dit-elle en étouffant un bâillement. On pourrait peut-être le féminiser en Kylie… Qu'en penses-tu ?

Il prit un air songeur.

— Kylie McGinnis.

— Ça sonne bien.

Il sourit.

— Absolument. Kylie Parisa McGinnis… C'est parfait.

Risa plissa le nez.

— On réfléchira encore pour le deuxième prénom.

Il se pencha pour l'embrasser sur le front.

— Dors un peu. Kylie sera bientôt de retour et elle aura faim.

S'installant sur son oreiller, Risa ferma les yeux et se laissa tomber dans les bras de Morphée.

Épilogue

Le matin du 24 décembre arriva, avec juste ce qu'il fallait de neige pour que ce soit un vrai Noël, au chalet Big Bear de la résidence Sunset, où Risa et Connor étaient revenus avec la petite Kylie, après leur sortie de l'hôpital. En chemin, ils avaient fait halte au Meade Motor Inn, d'où Risa avait fourni par liaison vidéo un témoignage de deux heures devant le groupe parlementaire du sénateur Blackledge, puis ils avaient rejoint le convoi composé de Cooper Security et de Campbell Cove Security qui les avaient escortés jusqu'au chalet perché dans la montagne loué jusqu'au Nouvel An.

— Ton appartement n'est pas prêt à accueillir le bébé, avait dit Heller à Connor tandis qu'ils montaient tous dans le Durango pour retourner à Sunset Mountain. Iris se propose d'aller acheter tout ce dont vous aurez besoin, une fois rentrés à la maison. D'ici là, Evie Cooper s'est chargée de vous fournir le nécessaire au chalet. Alors, détends-toi et profite de ton Noël en famille.

Par famille, il s'avéra que Maddox ne parlait pas seulement de Connor, de Risa et de leur fille. Les parents de Connor et ceux de Risa les attendaient, à leur arrivée. Nazina et Benton DeVille accueillirent avec des larmes de joie la fille qu'ils croyaient avoir perdue, mais ils ne tardèrent pas à reporter une grande partie de leur émotion sur leur première petite-fille.

Ces derniers jours avaient été plus que mouvementés, mais Connor se félicita que lui et la petite Kylie soient les premiers réveillés en ce matin de Noël.

Il apaisa ses pleurs et l'emmena dans le grand séjour, où les premières lueurs du soleil levant teintaient le ciel, à l'est. Les Cooper avaient fait plus que leur acheter l'indispensable pour le bébé. Ils avaient aussi décoré l'arbre de guirlandes lumineuses qui se mirent à scintiller comme autant d'étoiles dans la lumière pâle de l'aube lorsqu'il appuya sur l'interrupteur.

— Je ne crois pas que tu puisses déjà les voir clignoter, petite fille, murmura Connor. Mais, un jour, bientôt, quand tu verras un bel arbre comme celui-ci scintiller de mille feux, tu déborderas de joie.

Il embrassa le sommet de son crâne couvert de cheveux duveteux.

— Et tu courras découvrir tes cadeaux… Mais nous n'en sommes pas encore là.

— Une petite leçon de vie donnée par papa ?

La voix encore voilée de sommeil de Risa le fit se retourner vers l'embrasure de la porte, où sa femme se tenait, les cheveux en bataille, le regard ensommeillé, calée contre le montant.

— En quelque sorte.

Il la regarda s'avancer vers eux d'un pas encore un peu hésitant, après le traumatisme de la naissance.

— Tu as pu dormir ?

— Oui, un peu. Et toi ?

— Un peu.

Il frotta la joue contre la tête de Kylie.

— Je crois que c'est l'heure d'aller voir maman, bébé Kylie. Il n'y a qu'elle qui puisse te donner à manger pour le moment.

Risa s'installa dans le fauteuil à bascule capitonné qui était près de la fenêtre et tendit les bras. Connor y déposa Kylie et s'adossa à la fenêtre tandis que Risa déboutonnait sa chemise de nuit et guidait la petite bouche de Kylie vers son sein.

Goulûment, le bébé se mit à téter en produisant de petits bruits, satisfait. Risa leva les yeux vers son mari.

— J'essaye vraiment de me relaxer, mais c'est difficile de me débarrasser du sentiment que je dois fuir et me cacher.

— Je sais. Tu as dû le faire pendant si longtemps… Mais

tout le monde s'accorde à dire que tu devrais être en sécurité maintenant que tu as témoigné. Et Campbell Cove Security va assurer notre protection pendant quelques semaines, pour plus de prudence.

— Je me demande si mon témoignage suffira à stopper ce que Garrett Leland et consorts manigançaient pour le Kaziristan, nota Risa, les sourcils froncés. Chaque fois qu'une avancée démocratique semble sur le point de s'opérer, quelque chose survient pour l'empêcher.

— Rebecca Cameron m'a dit qu'elle allait prendre la tête d'un groupe de travail à Campbell Cove Security qui va examiner en profondeur ce qui s'est passé avec Akwat. Elle m'a demandé si tu aimerais en faire partie.

— Que je travaille pour Campbell Cove Security ?

— Pourquoi pas ? C'est une société où on fait du bon travail.

Le regard de Risa dériva vers Kylie.

— Je ne peux pas arrêter de décision pour le moment. Je suis trop centrée sur la naissance de notre fille.

— Rien ne t'oblige à donner ta réponse tout de suite. Tu as le temps d'y réfléchir.

Elle leva la tête vers lui, les yeux embués de larmes.

— Je suis vraiment heureuse que nos familles soient réunies ici pour Noël… Mais, d'un autre côté, j'aurais bien voulu qu'il n'y ait que nous. On a tant de choses à se dire.

Il ne fit pas semblant de ne pas avoir compris.

— Tu sais, nous avons commis des erreurs, nous avons fait des choix pas toujours judicieux mais je ne suis pas sûr qu'y revenir soit une bonne idée. Nous ne ferions peut-être que nous embourber dans des explications interminables…

Risa fit la grimace.

— Ce n'est pas ce que je souhaite.

— Alors, pourquoi ne pas nous abstenir, hein ? En ce qui me concerne, je n'ai besoin de savoir qu'une seule chose, après tout. Est-ce que tu m'aimes ?

Elle toucha sa main, posée sur son genou.

— Seigneur… Oui.

— Moi aussi, je t'aime.

Elle pressa sa main.

— Je sais.

— Et ce que nous voulons tous les deux, c'est former une famille, n'est-ce pas ? Toi, moi, Kylie et les autres enfants que nous aurons peut-être.

Elle sourit, les yeux brillants de larmes.

— Oui.

— Alors, faisons ce qu'il faut pour y parvenir. Tout simplement.

Il se pencha vers elle pour l'embrasser avant d'effleurer de ses lèvres le sommet de la tête de Kylie.

Risa porta la main à son visage.

— D'accord.

Puis elle l'attira à elle et l'embrassa avec fougue.

Un bruit feutré, dans le hall, pénétra peu à peu la conscience de Connor. Puis la voix grave de son père résonna, lui tirant un sourire en même temps qu'un grommellement de dépit.

— Attention… Alerte grands-parents.

Risa rit sous cape.

— Ne te plains pas, chuchota-t-elle. Nous serons bien contents qu'ils soient là quand le manque de sommeil commencera vraiment à se faire sentir.

Déposant un rapide baiser sur les lèvres de Risa, Connor se retourna pour souhaiter un joyeux Noël à ses parents.

Le meilleur de tous les Noëls.

DEBRA WEBB & REGAN BLACK

Retour à San Francisco

Traduction française de
CHRISTINE BOYER

BLACK ROSE

HARLEQUIN

Titre original :
INVESTIGATING CHRISTMAS

1

Chantilly, nord de Paris, France
Mardi 15 décembre, 15 h 30.

Avant de quitter son bureau installé au rez-de-chaussée d'un magnifique manoir, Lucy Gaines troqua ses escarpins contre des chaussures plates afin d'être plus à l'aise pour rentrer à pied chez elle.

Le majordome de son nouvel employeur la regarda faire avant de lui ouvrir la lourde porte en chêne.

— Bonne soirée, mademoiselle, dit-il avec sa politesse habituelle.

— Merci, répondit-elle en français tout en franchissant le seuil.

Une fois dehors, elle s'immobilisa un instant sur le perron pour contempler le parc qui l'entourait. Chaque jour, elle s'émerveillait d'être ici.

Elle était si heureuse de travailler et de vivre désormais en France qu'elle avait envie de se pincer pour le croire. Il y a un mois encore, elle se morfondait à Chicago en se demandant comment elle parviendrait à fêter Noël tant elle se sentait triste et abattue. Et soudain, sans crier gare, une opportunité professionnelle s'était présentée à elle. Très vite, Lucy avait décidé de faire confiance au destin, de suivre son instinct et de sauter le pas. Elle ne le regrettait pas.

Tout en dévalant gaiement les marches, elle tira sur le col de son manteau. En cette mi-décembre, il faisait frais à Chantilly, mais beaucoup moins qu'à Chicago où les températures étaient toujours polaires à cette époque de l'année.

Dorénavant, elle allait vivre dans le plus beau pays du monde. Jamais elle n'aurait imaginé qu'un tel rêve puisse devenir réalité. En voiture, elle était tout près de Paris avec sa splendide architecture et ses monuments. À l'approche de Noël, les arbres des Champs-Élysées brillaient de mille feux, des guirlandes scintillaient à tous les coins de rue, et la capitale française méritait plus que jamais son surnom de Ville lumière… Et Lucy aimait déjà beaucoup Chantilly. Nichée au cœur d'une immense forêt, cette ville rurale était, elle aussi, chargée d'histoire comme en témoignaient son château et son musée.

Lorsqu'elles étaient plus jeunes, Lucy et sa sœur Gwen avaient eu envie de sillonner l'Europe, avec un sac à dos pour tout bagage, afin de découvrir le patrimoine et la culture du Vieux Continent. À la fin de leurs études, elles avaient pu concrétiser leur rêve. Mais elles avaient parcouru tant de pays en si peu de temps et dans des conditions si difficiles que l'aventure avait été surtout épuisante. Elles n'avaient pas eu la possibilité de s'immerger et de partager la vie des habitants. Lucy en avait été frustrée et elle mesurait sa chance de pouvoir à présent vivre en France au lieu de se contenter d'y passer en simple touriste.

Dotée d'un Mastère A décroché à l'université de Stanford, Lucy était surqualifiée pour un poste d'assistante. Mais son nouveau patron, Dieter Kathrein, n'avait rien d'un homme ordinaire. Travailler avec lui apporterait à Lucy une expérience professionnelle internationale et un carnet d'adresses qui lui seraient utiles pour la suite de sa carrière. Réputé pour son sens aigu des affaires, le vieux milliardaire était allergique aux mondanités. Il vivait en reclus sur ses terres.

Bizarrement, pendant l'entretien d'embauche, elle avait eu l'impression qu'il survendait les avantages du poste. Pourtant, une fois le contrat signé, elle s'était aperçue qu'il ne lui avait pas donné d'emblée la liste complète des prérogatives auxquelles elle aurait droit. M. Kathrein s'était montré à son égard d'une générosité à laquelle elle ne s'attendait pas. Non seulement elle bénéficiait d'un bon salaire et d'une couverture sociale très étendue, mais il avait mis gracieusement à sa disposition un cottage situé dans un coin du domaine et une voiture avec chauffeur. Pouvoir se rendre à pied à son travail était pour Lucy un véritable privilège. Inutile de dire que dans ces conditions elle aurait été idiote de refuser son offre.

Manifestement heureux de l'avoir embauchée, le vieillard avait dardé sur elle ses yeux bleus, à moitié dissimulés sous d'épais sourcils broussailleux, et il lui avait raconté l'histoire de sa famille. Lucy avait été profondément touchée par son triste récit. Les parents de Dieter avaient été tués au cours de la Seconde Guerre mondiale alors qu'ils combattaient les nazis aux côtés de la Résistance française. À la fin de la guerre, Dieter sortait à peine de l'adolescence. Seul survivant du clan, il avait décidé de consacrer le reste de sa vie à préserver l'héritage familial et à s'assurer que les futures générations de Kathrein ne manquent jamais de rien.

Et il avait réussi, songea Lucy en goûtant une fois de plus la vue magnifique et l'atmosphère paisible des lieux.

Jour après jour, elle découvrait la beauté du domaine de Kathrein. Sa femme et lui avaient dû être heureux de pouvoir élever leurs deux filles dans une région aussi idyllique — l'équilibre parfait entre le passé et le présent, entre l'animation citadine et la tranquillité de la campagne, entre l'histoire riche et passionnante et l'avenir rempli d'espoir.

Lucy s'étonnait encore que cet homme qui aimait tant sa solitude et son intimité l'ait pourtant accueillie dans cette sublime propriété. Il lui avait même suggéré d'inviter sa sœur et le bébé de cette dernière à venir l'y rejoindre.

Comme elle se répandait en remerciements, il avait répliqué avec cet accent français qu'elle trouvait si distingué :

— La famille est la seule chose au monde qui donne envie de soulever des montagnes.

Lucy partageait totalement son avis.

Une fois le contrat de travail signé, Dieter l'avait confiée aux mains du régisseur qui lui avait fait les honneurs du domaine. À la fin de la visite, il l'avait conduite au cottage où elle vivrait désormais. Vu la splendeur de l'immense manoir de Dieter, elle n'aurait pas dû être surprise par les charmes de la maison qu'il mettait à sa disposition. Avec ses quatre chambres, ses deux salons, sa salle à manger, sa cuisine moderne et bien équipée — le tout joliment meublé —, le « cottage » n'avait rien d'une petite bicoque. Il avait été magnifiquement restauré en respectant son cachet d'origine et il se fondait merveilleusement bien dans le paysage. Au premier regard, Lucy était tombée amoureuse des lieux et elle avait compris que, dans un endroit aussi beau, elle parviendrait à cicatriser et à prendre un nouveau départ.

Lorsqu'elle aperçut la porte du cottage au bout du chemin, elle se détendit enfin. La journée n'avait pas été de tout repos. Très âgé et doté d'un caractère bien trempé, son patron n'était pas toujours commode et il pouvait même se montrer un peu pénible. Lucy était certaine que tout s'arrangerait dans quelques semaines. Ils apprendraient à se connaître. Elle avait déjà eu l'occasion de travailler pour des employeurs un peu excentriques — lorsqu'ils n'étaient pas franchement caractériels — qui espéraient mener tout le monde à la baguette et, en particulier, leurs collaborateurs. Elle devrait s'adapter à la personnalité de son nouveau patron, à son style et à ses priorités. Mais après quelque temps, ils parviendraient à s'accommoder l'un à l'autre et à œuvrer ensemble, elle en était sûre.

De toute façon, elle ne voulait même plus y songer. À présent, sa journée de travail était terminée, elle avait laissé ses petites difficultés professionnelles au manoir et dans un instant elle serait chez elle. Et « chez elle » était en France ! Mesurer sa chance la fit sourire. Dès qu'elle ouvrirait la porte du cottage, elle verrait si Gwen avait eu le temps de finir de décorer le sapin de Noël. Puis elle chatouillerait le ventre de Jackson, son neveu, pour le faire éclater de rire. Il n'avait que huit mois, mais c'était déjà un séducteur de première, et elle était folle de lui. Portée par une bouffée de bonheur, elle hâta le pas.

Ce n'était pas ainsi qu'elle avait imaginé sa vie à vingt-six ans, mais après tout elle n'était pas malheureuse. Sa sœur, son bébé et elle formaient une petite famille. Tous trois se tenaient chaud. Même si Gwen détestait l'avion autant que Lucy, elle n'avait pas hésité à venir la rejoindre en France et, manifestement, ce changement lui réussissait. Elle souriait plus souvent, et la tristesse quittait peu à peu ses yeux. Bien sûr, il faudrait du temps pour se remettre du drame qui l'avait dévastée, l'été dernier. Deux mois après la naissance de leur enfant, Gwen avait perdu son mari, et seul son fils l'avait empêchée de mourir de chagrin.

Avoir sa sœur et son neveu auprès d'elle donnait à Lucy un ancrage dont elle avait grand besoin. Elle aussi traversait une période de turbulences. Non seulement elle devait s'adapter à son employeur, assumer de nouvelles responsabilités professionnelles, mais elle essayait surtout de cicatriser un cœur brisé. Comparées à la tragédie de Gwen, ses propres peines de cœur étaient anecdotiques, mais en tout cas quitter Chicago pour venir s'installer en France et prendre un nouveau départ les avait aidées toutes les deux.

— Je suis rentrée ! annonça Lucy en refermant la porte derrière elle.

Elle pendit son manteau à la patère. La maison lui parut étrangement silencieuse. Elle n'entendait pas les bruits habituels, les babillements de Jackson, elle ne humait pas les arômes du dîner en préparation dans la cuisine. Gwen et Jackson étaient peut-être sortis se promener dans le parc.

Lucy prit son attaché-case et son sac à main pour les poser dans une petite pièce située près de l'entrée et qu'elles avaient transformée en bureau.

Kathrein lui avait demandé d'être disponible à toute heure parce qu'il était insomniaque et pouvait veiller jusqu'à tard dans la nuit ou au contraire se lever à l'aube. Lucy, qui ne connaissait personne en France et n'y avait donc aucune vie sociale, ne voyait aucun inconvénient à se rendre auprès de son patron, quel que soit le moment où il avait un problème à régler ou une idée à noter.

— Où est mon petit homme préféré ? chantonna Lucy tout en remontant le couloir sombre.

Dans l'obscurité, son pied heurta quelque chose, et elle se pencha pour regarder sur quoi elle avait buté. Il s'agissait de l'une des petites couvertures en coton de Jackson. Elle la ramassa et l'examina avec perplexité. Comme c'était étrange ! De quatre ans plus âgée qu'elle, Gwen avait toujours été un peu maniaque. Elle aimait que tout soit bien propre et rangé.

Comme elle parvenait au grand salon qu'elles utilisaient comme pièce à vivre, Lucy se pétrifia. Sidéré, son cerveau refusait de trouver un sens à ce qu'elle découvrait.

On aurait dit qu'une tornade avait soulevé la maison, renversé les meubles et tout détruit sur son passage. Le sapin de Noël, que Dieter avait fait livrer la veille, gisait à terre sur un tapis d'aiguilles. Les boules en cristal qu'elles avaient héritées de leur grand-mère étaient éparpillées sur le sol, certaines fêlées, d'autres en miettes, comme des confettis étincelants. Au lieu de l'enivrer comme d'habitude, l'odeur de résine qui flottait dans l'air lui donna la nausée.

Non, non !

Ce cataclysme n'avait aucun sens. Sa sœur n'aurait jamais causé de tels dégâts.

Où était-elle ? Où étaient passés Gwen et Jackson ?

Le cœur de Lucy se serra dans sa poitrine.

Elle voulut crier : « Gwen ! » mais elle ne parvint qu'à émettre un gémissement presque inaudible.

Elle se racla la gorge, s'efforçant de chasser la boule d'angoisse qui l'obstruait, et elle essaya de nouveau :

— Gwen !

Elle courut jusqu'à la cuisine. Apparemment, la pièce avait été épargnée par l'ouragan, même si les chaises n'étaient pas à leur place et si le trotteur de Jackson avait disparu.

Peut-être avaient-ils réussi à échapper à l'horreur. Gwen allait souvent promener Jackson en fin d'après-midi. Lucy s'accrocha à cet espoir jusqu'au moment où elle remarqua que la porte arrière avait été forcée, la serrure arrachée. D'une main tremblante, elle sortit son téléphone portable de sa poche pour composer le numéro de Gwen. Sa sœur ne prit pas l'appel, et Lucy raccrocha avant la fin du message d'accueil. Les larmes brûlaient ses paupières tandis qu'elle grimpait quatre à quatre les marches de l'escalier, dans l'espoir de trouver le bébé à l'étage, endormi dans son berceau.

Jackson ne s'y trouvait pas.

Les jambes en coton, elle redescendit à la cuisine. S'appuyant contre le comptoir, elle s'efforça de recouvrer son souffle. Elle tremblait comme une feuille.

Maintenant, il lui fallait se rendre à l'évidence. Il était arrivé quelque chose de terrible à sa sœur et à son neveu. Pourtant, elle ne parvenait pas à l'accepter. Quelque part, elle espérait encore se réveiller bientôt d'un mauvais rêve.

Elle parcourut la maison en vitesse, cherchant une lettre, essayant de voir si des objets de valeur avaient disparu, tentant à toute force de trouver un sens à ce chaos.

Finalement, elle s'effondra contre le mur du salon. Elle se sentait impuissante et se reprochait tout et son contraire. Composer le 911 n'aurait servi à rien, et elle ne connaissait pas l'équivalent français, le numéro de la police ou des secours.

Qui aurait quoi que ce soit à gagner à s'en prendre à une veuve et à un nourrisson ? Lucy et Gwen n'avaient pas d'ennemis, et très peu de leurs amis et connaissances savaient qu'elles vivaient désormais en France. Elles avaient décidé d'annoncer leur déménagement en même temps qu'elles enverraient leurs vœux pour la nouvelle année et elles n'avaient pas encore eu le temps de s'en occuper. De nouveau, elle composa le numéro de sa sœur et, cette fois, elle laissa un message, la suppliant d'une voix plaintive de la rappeler au plus vite.

Anéantie, Lucy tomba sur les genoux, serrant contre sa

poitrine la petite couverture de bébé qu'elle avait trouvée dans le couloir.

Terrifiée, désespérée, elle éclata en sanglots. Qui les avait enlevés et pourquoi ? Elle ne comprenait pas. La criminalité était quasi inexistante dans cette région tranquille de France, elle s'était renseignée. Et toutes les personnes qu'elles avaient rencontrées depuis leur arrivée s'étaient montrées amicales.

Le domaine comme le cottage étaient trop isolés pour imaginer que leurs agresseurs les aient ciblés par hasard. Dieter Kathrein vivait peut-être en ermite, mais il n'en restait pas moins une légende. Tout le monde savait où il habitait, et lorsqu'il était chez lui, il était entouré de domestiques. À son âge et vu les succès professionnels qu'il avait accumulés toute sa vie, il avait dû se faire quelques ennemis. Peut-être s'agissait-il d'une opération de représailles. Peut-être Gwen et Jackson avaient-ils été enlevés par erreur.

Son patron pourrait certainement lui venir en aide. Il saurait qui appeler et, étant riche comme Crésus, il disposait de ressources presque illimitées. Il l'aiderait à s'y retrouver dans le système français. Il lui donnerait les coordonnées des gens à contacter, il l'assisterait pour lui permettre d'avancer. Son argent et son influence lui permettraient de convaincre les autorités que retrouver Gwen et Jackson était une priorité.

Portée par une bouffée d'espoir, Lucy se précipita dans le bureau pour l'appeler. Elle préférait ne pas avoir le spectacle du salon dévasté sous les yeux en lui parlant.

Quand la sonnerie de son téléphone portable retentit soudain dans sa main, elle sursauta mais en voyant le numéro de Gwen s'afficher sur l'écran elle poussa un gros soupir de soulagement.

— Gwen ! Où es-tu ? Tout va bien ?

— Lucy, nous ne sommes pas blessés, mais tu dois écouter avec attention ce que je vais te dire.

Gwen, calme et forte d'habitude, tremblait manifestement de peur au bout du fil. Sa voix chevrotante, brisée, rappela à Lucy ce jour terrible où sa sœur l'avait appelée pour lui annoncer la mort de son mari. Jamais elle n'oublierait son chagrin et son désespoir. Ils la hanteraient sa vie entière.

— Où es-tu ? répéta-t-elle.

— Dans…

Gwen fut brutalement interrompue, et Dieter Kathrein prit la parole.

— Lucy, dit-il d'un ton sec. Cet appel suffira comme preuve de vie.

— Monsieur Kathrein ?

Ellc avait quitté le manoir moins d'une heure plus tôt. Les bandits s'étaient-ils attaqués au vieil homme après avoir enlevé Gwen et le bébé ? Quels qu'ils soient, les ravisseurs s'en étaient pris successivement à une jeune mère, à son bébé puis à un grand vieillard, à des gens vulnérables, sans défense.

— Êtes-vous blessé, monsieur ?

— Non.

Il ne semblait pas le moins du monde bouleversé par les événements, ni même perturbé. En réalité, il s'exprimait sur le ton avec lequel il menait habituellement ses discussions professionnelles.

— Maintenant, je vais vous exposer les conditions de l'échange, reprit-il.

— Excusez-moi, monsieur, je ne saisis pas. Que voulez-vous dire ?

Il parlait toujours un anglais impeccable, parfois teinté d'un léger accent français lorsqu'il était fatigué ou énervé. Mais cette fois, son ton était marqué par autre chose, de plus pesant, de plus violent, que Lucy ne parvenait pas à décrypter.

— Nous allons passer un marché, négocier la libération de votre sœur et de son fils, répéta-t-il en articulant chaque syllabe. Ils vont bien, ils sont tous les deux en sécurité avec moi et ils le resteront tant que vous ferez ce que je vous dirai de faire, jeune femme.

— Vous avez enlevé Gwen et Jackson ? demanda-t-elle, complètement perdue.

Elle ferma les yeux, s'efforçant de se concentrer, de recouvrer ses esprits, mais elle n'y parvint pas. Malgré ses paupières closes, elle revoyait le salon dévasté, les meubles renversés, les bibelots brisés.

— Pourquoi ?

« Comment, quand et où ? » avait-elle également envie de demander, mais elle préférait ne lui poser qu'une question à la fois.

— Je n'ai pas trouvé de meilleur moyen pour obtenir votre coopération pleine et entière, répondit-il comme s'il s'agissait d'une évidence. Vous aimez votre famille, n'est-ce pas ?

— Plus que tout, répondit-elle dans un murmure.

Il savait à quel point Gwen et Jackson comptaient pour elle. Ils étaient tout ce qu'il lui restait. Leurs parents avaient trouvé la mort dans une catastrophe aérienne alors que Lucy venait d'entrer à l'université.

Elle poussa un juron.

— Comment avez-vous pu faire ça ?

— Avec talent comme tout ce que je fais. Regardez maintenant dans le premier tiroir du bureau. J'y ai laissé mes instructions.

Anéantie, elle obtempéra et découvrit une grande enveloppe blanche. Elle s'en empara.

— Je l'ai en main, répondit-elle en baissant la voix.

Au cours de sa formation, en dernière année de son MBA, elle avait appris à toujours répondre d'un ton calme et posé à une agression. Lorsqu'elle avait commencé à travailler auprès du vieil homme, elle s'était aperçue que cette méthode était curieusement très efficace. Chaque fois que Kathrein commençait à s'agiter, à lui parler d'une voix sèche, elle avait ainsi pu désamorcer une crise.

— Tout ce dont vous avez besoin se trouve dans cette enveloppe, poursuivit Kathrein. Un homme, qui cherchait à réduire à néant les ambitions politiques de mon petit-fils, a fouillé dans mon passé. Mon passé n'a pourtant rien à voir avec les aspirations de Daniel ! Mais ces satanés journalistes ne reculent devant rien, grommela Kathrein. Ils n'hésitent jamais à déterrer de vieilles rumeurs, à les sortir de leur contexte et à s'en servir contre des innocents. Daniel n'a pas à payer pour mes erreurs de jeunesse. La famille est tout pour moi. Vous pouvez le comprendre, non ?

— Oui, reconnut-elle.

Apparemment, *un* membre de la famille de Kathrein — son petit-fils et héritier — valait *la totalité* de sa famille à elle. Elle serra les poings, regrettant de ne pouvoir tordre le cou du vieux milliardaire. Le sang martelait ses tempes. Elle devait réfléchir au moyen de se dépêtrer de cette histoire.

À quelles menaces faisait-il allusion ? Quels anciens secrets l'avaient acculé à prendre des mesures aussi radicales ?

Kathrein continuait :

— Ce type, ce journaliste, a stocké des copies électroniques de ces archives, de tous les documents concernant mon passé, dans une GrayBox, un genre de Dropbox.

GrayBox. Des souvenirs que Lucy aurait préféré oublier à jamais resurgirent, perturbant davantage encore son esprit troublé.

— Comme il est précisé dans les consignes qui vous ont été remises, reprit-il, vous devez récupérer ces données avant de détruire l'intégralité du contenu de ce *cloud*, de ce « nuage », en veillant bien sûr à supprimer toutes les traces de ces enregistrements électroniques et tous les liens qui s'y rapportent. Aucune trace de ces dossiers ne doit plus jamais figurer ni sur Internet ni sur aucun serveur, quel qu'il soit, compris ?

Il lui demandait de pirater l'un des fichiers hébergés chez GrayBox ? Manifestement, il ne mesurait pas l'ampleur de cette tâche. Rush Grayson, le brillant créateur de ce service de stockage de données ultra-sécurisé, travaillait pour l'armée des États-Unis et pour les services de renseignement américains. Il avait lui-même crypté le logiciel et les applications de son serveur, réputé fiable et impossible à pirater. Jusqu'ici, personne n'avait réussi à violer ses banques de données.

— Ce que vous me demandez est impossible, monsieur.

— Il faut espérer que non, Lucy. L'homme que j'avais engagé

pour neutraliser le risque de fuites n'a pas réussi à obtenir le mot de passe ni à effectuer le travail que je lui avais demandé. Manifestement, cette mission requiert une ingéniosité plus féminine.

Et brutalement, Lucy comprit pourquoi il avait tellement insisté pour la faire venir en France, pour l'embaucher, pourquoi il lui avait donné tout ce dont elle pourrait avoir besoin. Dans l'esprit de Kathrein, elle n'était qu'un pion sur un échiquier. Sa sœur et son neveu n'étaient pour lui que les moyens de parvenir à ses fins. Leurs vies à tous n'avaient aucune valeur aux yeux du vieillard. Il n'avait jamais eu besoin d'une assistante. Il avait besoin d'elle pour pirater un programme informatique, pour décrypter un logiciel. Il avait jeté son dévolu sur Lucy non pas à cause de ses compétences ou de son expérience professionnelle, mais uniquement à cause de son passé.

Oh ! mon Dieu !

— Si vous contactez la police ou qui que ce soit, je tuerai votre famille, ajouta-t-il. Si vous échouez, je les tuerai également.

Un regain de terreur s'empara d'elle.

— Monsieur, je…

— Vous avez une semaine.

Le cœur de Lucy se serra. Une semaine pour pirater le *cloud* de GrayBox ? Une année n'aurait pas suffi. Quoi qu'elle ait appris au cours des mois où elle avait fréquenté le fondateur de ce serveur de stockage ultra-sécurisé, elle savait qu'il lui faudrait plusieurs décennies pour parvenir à ses fins.

— Monsieur, je vous supplie de réexaminer votre demande.

— Il ne sert à rien de supplier. Pour moi, seuls comptent les résultats, vous le savez. Alors récupérez ces archives stockées en ligne et détruisez-les. Ou vous ne reverrez jamais votre sœur et votre neveu vivants.

Si l'un des membres du personnel de Kathrein, qui n'embauchait que des personnes hautement qualifiées, n'avait pas réussi à pirater le site de stockage informatique, Lucy n'avait aucune chance d'y arriver, surtout de si loin. Les scénarios catastrophe se succédèrent dans sa tête.

— Attendez ! Je vous en prie, j'ai besoin de davantage de temps ! Une semaine ne suffira pas ! Je vais être obligée de retourner aux États-Unis.

Pour la première fois depuis des années, le voyage en avion n'était pas ce qu'elle craignait le plus.

Refusant de l'entendre, le vieux milliardaire assena d'un ton sans réplique :

— Une semaine, Lucy. Pas une minute de plus.

— Ne leur faites pas de mal, je vous en prie !

Il ne répondit pas. Il avait raccroché.

Par réflexe, elle recomposa le numéro de Gwen, mais comme il fallait s'y attendre, Kathrein ne prit pas l'appel.

Les larmes jaillirent des yeux de Lucy et roulèrent sur ses joues. Comment pouvait-il menacer Jackson, un bébé ? La semaine dernière encore, alors que Gwen promenait son fils dans le parc, le vieil homme s'était penché vers l'enfant dans sa poussette et lui avait souri. Kathrein avait dû perdre la tête. Manifestement, un fou furieux retenait sa sœur et son neveu en otage. Malheureusement, ce malade mental ne se rendait pas compte que hacker GrayBox n'était pas possible.

Elle ouvrit l'enveloppe. En plus d'une grosse somme d'argent liquide, destinée sans doute à financer son voyage, elle contenait des renseignements détaillés sur le journaliste, un dénommé Mathieu Garmeaux. Comment avait-il réussi à découvrir des secrets si lourds, si accusateurs, qu'il avait acculé Kathrein à une réaction aussi irrationnelle et aussi extrême ?

Kathrein imaginait sans doute que Lucy pourrait deviner le nom d'utilisateur du journaliste et son mot de passe en lisant ses antécédents. Elle n'avait aucune chance d'y parvenir. Essuyant ses larmes d'un revers de main, elle se força à se concentrer sur les solutions et non sur la terreur qui la glaçait jusqu'aux os. Si Garmeaux se montrait raisonnable, si elle arrivait à le convaincre de l'aider, peut-être pourrait-elle éviter de s'en prendre directement à un dispositif de stockage ultra-sécurisé… et peut-être pourrait-elle ainsi retrouver sa famille dans quelques heures.

En tout cas, elle n'avait rien à perdre à le lui demander, se dit-elle.

Elle alluma son ordinateur portable pour entreprendre une recherche préliminaire sur Mathieu Garmeaux. Elle lui adresserait d'abord un e-mail puis elle lui passerait un coup de fil. Ou pas.

Mais elle changea de couleur à la lecture des premiers résultats.

Mathieu Garmeaux, journaliste d'investigation parisien, était mort deux semaines plus tôt, non loin de l'immeuble où il résidait. Sa moto avait été renversée par un chauffard qui avait pris la fuite. Un accident, d'après les articles de presse.

Lucy se couvrit le visage des mains. À l'époque du drame, elle se trouvait avec Kathrein à Paris. À la lumière des kidnappings, il était probable que le journaliste n'avait pas été victime d'un malheureux « accident » de la route, mais que le chauffard l'avait écrasé à dessein. Si Kathrein était capable de faire assassiner Garmeaux, il était clair qu'il ne reculerait devant rien pour réussir à détruire les documents compromettants.

Glacée de peur, elle se connecta sur le site d'une compagnie aérienne pour réserver une place sur le premier vol à destination de San Francisco. Gwen et Jackson comptaient sur elle et, comme Kathrein, elle ferait tout, n'importe quoi, pour sauver sa famille. L'idée d'avoir un point commun avec l'ignoble vieillard la révulsait. Voyager en avion ou retourner dans l'univers de Rush Grayson n'était pas grand-chose, comparé à la vie des deux personnes qu'elle aimait plus que tout.

Une fois son billet réservé, elle s'efforça de ne songer qu'à la mission qui l'attendait, mais elle n'y parvint pas. Savoir qu'elle allait bientôt se retrouver en face de l'homme qui avait brisé son cœur la mettait au supplice. Elle empaqueta rapidement ses affaires.

Même si elle y était contrainte et forcée, trahir Rush était contraire à sa nature. Il l'avait fait terriblement souffrir, cette année, mais elle n'avait aucune envie de lui faire du mal. Pour sauver Gwen et Jackson, elle serait obligée de nuire à la réputation de GrayBox et elle en était malade.

— Je n'y peux rien, dit-elle à voix haute.

Après avoir bouclé son sac de voyage, elle appela son chauffeur pour lui demander de la conduire à l'aéroport. Et tandis que le domaine disparaissait dans le lointain, les pensées de Lucy s'orientaient déjà vers Rush.

Il avait été son patron et lorsqu'il l'avait engagée comme assistante, ils n'avaient l'un et l'autre que des intérêts professionnels en tête. Animés d'un surprenant respect mutuel, ils avaient bientôt développé des relations amicales qui s'étaient vite muées en quelque chose de beaucoup plus fort, d'infiniment plus intense.

Des frissons la parcoururent, tandis que des souvenirs qu'elle n'avait jamais réussi à effacer de sa mémoire remontaient à la surface. Elle avait été folle de tomber amoureuse de lui, mais Rush, lui, avait eu la sagesse de s'en tenir jusqu'au bout à ses principes, de ne jamais franchir les limites qu'il avait fixées au départ.

Leurs relations professionnelles avaient été bénéfiques pour tous les deux, pourtant Lucy ne se faisait aucune illusion. Elle se doutait que Rush ne serait pas particulièrement heureux de la revoir. Ce que Kathrein exigeait d'elle la mettait sur des charbons ardents.

Et si, par miracle, elle parvenait à ses fins et accomplissait la tâche que Kathrein lui avait assignée, l'espoir insensé de se réconcilier un jour avec Rush serait compromis à jamais.

2

San Francisco, Californie
Mercredi 16 décembre, 11 h 45.

En proie à une énorme frustration, Rush Grayson regagna le siège de sa société, situé dans le quartier financier. Après une heure de palabres stériles, il avait fini par quitter la réunion avec un client potentiel en comprenant que rien de concret n'en sortirait. Son temps était précieux, et il refusait de le gaspiller. Si ses interlocuteurs ne changeaient pas très vite d'attitude, il leur faudrait s'adresser ailleurs pour stocker leurs données. Ils ne trouveraient nulle part un système aussi efficace et aussi sûr que celui que Rush avait mis au point avec son ami Sam, mais ce n'était pas son problème.

Quand les choses se présentaient trop mal, mieux valait parfois ne pas insister. Rush était toujours prêt à tout mettre en œuvre pour satisfaire un client mais si, malgré sa bonne volonté, il ne rencontrait pas l'adhésion qu'il était en droit d'espérer, il préférait laisser tomber. User ses nerfs à tenter de convaincre ne servait à rien. Et désormais, l'avenir de GrayBox ne dépendait plus de la signature d'un contrat. Un de perdu, dix de retrouvés.

Il prit l'ascenseur express, celui qui le menait directement en haut du gratte-ciel, à l'étage réservé à l'exécutif de GrayBox. Dès que les portes de la cabine s'ouvrirent et qu'il retrouva son domaine, les tensions accumulées depuis le début de la matinée s'envolèrent.

Pour créer et développer son entreprise, il avait dû surmonter bon nombre de difficultés et il s'était souvent fourvoyé. Mais la vue magnifique — symbole de sa réussite — dont il bénéficiait à présent le récompensait de ses efforts.

Il s'arrêta au bureau de la réceptionniste pour prendre ses messages.

— Bonjour, Melva.

Dotée d'une grande expérience de la vie, Melva était un véritable cadeau du ciel. En toutes circonstances, elle ne se départissait jamais de son calme et de son professionnalisme. Rush tenait à ce que leurs clients comme leurs concurrents aient cette image de l'entreprise.

Elle le regarda par-dessus ses lunettes rouges.

— Comment s'est passée votre réunion ? demanda-t-elle.

— Nous n'avons pas cessé de tourner en rond, et j'ai fini par les laisser en plan, répondit-il avec un haussement d'épaules. Et pour vous, tout va bien ?

— Merveilleusement bien, merci. Comment pourrait-il en être autrement ? ajouta-t-elle en désignant d'un geste la vue panoramique sur San Francisco qui s'étalait derrière les grandes baies vitrées. Voici vos messages, monsieur.

Comme elle posait des carrés de couleurs devant lui, Rush sourit. Au sein de la société GrayBox, tout était électronique, mais Melva tenait à noter les appels téléphoniques sur des petits papiers comme les bonnes secrétaires le faisaient autrefois. Il adorait ça.

Le sourire de Melva devint soudain plus chaleureux, presque affectueux.

— Vous avez de la visite. Elle vous attend devant votre bureau.

Son expression pétrifia Rush. Melva n'avait jamais souri de cette façon qu'à une personne, et cette personne vivait à présent à des milliers de kilomètres de San Francisco. Elle travaillait désormais en France pour un vieil homme presque aussi riche que lui.

Il se tourna lentement vers son bureau aménagé dans un

angle de l'étage. Toutes les cloisons intérieures étaient en verre pour permettre à la lumière d'inonder l'espace. Il repéra donc facilement la petite brune qui patientait dans la pièce réservée à son assistante. Assise sur une chaise, elle lui tournait le dos.

— Trish n'est pas là ? demanda-t-il.

Le sourire de Melva s'envola, et elle pinça les lèvres. Elle détestait l'assistante — et actuelle petite amie — de Rush qu'elle qualifiait d'arriviste. À sa décharge, il était exact que depuis qu'il avait noué une relation privilégiée avec Trish, il lui avait offert une place au sein de la société.

— Apparemment, pas, répondit-elle d'un ton sec.

Il reporta son attention sur les cheveux bruns de sa visiteuse inattendue. Penchée en avant, elle feuilletait une revue. Il sentit son cœur accélérer dans sa poitrine. Cette femme ne pouvait pas être celle qu'il rêvait de revoir. C'était impossible. La belle brune de ses pensées était en France. Pourtant, il hâta le pas pour se rapprocher d'elle comme si l'espoir pouvait changer la dure réalité.

Il aurait préféré regagner son bureau comme un professionnel consommé, laisser à son assistante le soin de faire son travail et de se charger des présentations. Mais Trish n'était pas là. Bien sûr, il aurait pu redescendre et emprunter son ascenseur privé qui lui permettrait de rejoindre son bureau par-derrière et ainsi de soigner son entrée pour la rendre digne du fondateur et patron de GrayBox.

Ou il pourrait cesser d'être ridicule. Ne venait-il pas de se plaindre de l'incroyable capacité de certains clients à perdre du temps ? Irrité contre lui-même, il se dirigea vers sa visiteuse.

Les fragrances familières d'un parfum à la vanille l'immobilisèrent avec la force d'un mur. Et son cœur marqua un battement quand elle leva enfin le nez vers lui et qu'il vit ses grands yeux chocolat, son expression tendue.

— Lucy ?

Il devait être victime d'hallucinatio. Un an plus tôt, elle l'avait brutalement quitté, disparaissant du jour au lendemain sans explication, alors qu'elle travaillait encore pour lui. Elle s'était contentée de lui laisser une lettre pour l'informer qu'elle retournait à Chicago. Définitivement.

Il croisa les bras, conscient d'adopter une posture défensive. À la voir, personne ne comprendrait cette réaction. Petite et fluette, Lucy semblait incapable de faire du mal à une mouche, mais il savait qu'il ne fallait pas se fier aux apparences.

— Pour une surprise, c'est une surprise !

— Je m'en doute, répondit-elle en se levant.

Il recula d'un pas pour ne pas envahir son espace personnel et pour s'interdire de la toucher.

— Excuse-moi de débarquer ainsi sans crier gare, Rush, reprit-elle avec un sourire qui disparut presque aussitôt. Je viens de rentrer aux États-Unis. Aurais-tu quelques instants à m'accorder ?

Le simple fait de l'entendre prononcer son prénom fit resurgir chez Rush des images et des souvenirs qu'il pensait avoir enfouis définitivement au fond de sa mémoire.

— Pour toi, toujours.

Il surprit sa petite grimace de doute. Au cours de leur relation, elle lui avait souvent reproché son manque de disponibilité. Il savait qu'elle en souffrait, mais tous deux étaient des professionnels, et elle aurait dû comprendre qu'il ne lui était pas toujours possible de laisser en plan un client pour courir la rejoindre.

Les choses étaient différentes à présent, plus prévisibles, depuis qu'il avait atteint ses objectifs et positionné sa société à la pointe de l'industrie du stockage ultra-sécurisé des données électroniques. La situation était plus calme, mieux maîtrisée, mais il était loin d'avoir réglé tous les problèmes, songea-t-il en se remémorant la réunion inutile de la matinée.

Le doute sur sa disponibilité qu'il vit dans les yeux de Lucy lui donna aussitôt envie de lui prouver que tout avait changé et qu'il avait appris à se libérer. Il s'installa devant l'ordinateur de Trish pour lui envoyer un message, lui demandant d'annuler tous ses rendez-vous de l'après-midi.

— Voilà, dit-il en décochant un sourire à Lucy. Je suis tout à toi pour le reste de la journée.

« Tout à toi. » L'expression enflamma son esprit, provoquant une impatience fiévreuse. Lucy était la seule femme au monde à provoquer une telle réaction chez lui. D'un geste, il l'invita à entrer dans son bureau. Quand elle passa devant lui, il admira la grâce avec laquelle sa robe verte caressait ses jambes à chaque pas.

Il referma la porte derrière eux et actionna l'interrupteur qui déroulait des stores le long des cloisons de verre afin de les protéger des regards des nombreux collaborateurs qui travaillaient à cet étage.

— Que puis-je faire pour toi ?

Sans répondre, elle s'approcha des baies vitrées.

— Seigneur ! s'exclama-t-elle. Le panorama est à couper le souffle.

Elle pivota lentement sur ses talons pour promener les yeux autour d'elle, affichant un sourire doux-amer au fur et à mesure qu'elle comprenait tout.

— Tu as littéralement mis le monde à tes pieds, n'est-ce pas ?

— J'avoue avoir gardé pour moi le bureau qui offrait la meilleure vue.

— Tu aurais eu tort de te priver !

Son sourire était plus franc, moins nostalgique. Elle s'éclaircit la voix.

— Ce magnifique immeuble de verre et d'acier, ces nouveaux bureaux surplombant la baie de San Francisco… Tout est grandiose, Rush. Félicitations. Tu as amplement mérité cette réussite.

— Tu crois ? répondit-il, incapable de dissimuler sa fierté à l'entendre le complimenter.

Un an plus tôt, il n'avait pas compris pourquoi, alors qu'elle n'avait jamais cessé de l'encourager lorsqu'elle travaillait pour lui, elle était partie un beau matin sans prévenir, sans la moindre explication. Ce départ soudain l'avait totalement déconcerté.

Elle hocha la tête, les mains posées sur sa taille. Il se souvint que ce geste trahissait autrefois son désir de reprendre le contrôle quand elle sentait qu'elle perdait pied. Que se passait-il ?

Il retira sa veste de sport et l'accrocha à un portemanteau près de la porte.

— Pourquoi ne pas nous asseoir ? suggéra-t-il soudainement.

Il hésita à s'installer à son bureau pour souligner sa position et son pouvoir, mais finalement il y renonça et préféra se diriger vers le canapé de cuir installé dans un coin de la pièce.

Combien de fois avait-il imaginé Lucy sur ce sofa, avec une tasse de café à la main, le matin, pour discuter avec lui du programme de la journée, ou un verre de vin, le soir, pour partager un agréable moment après de longues heures de travail ?

Lucy choisit une chaise de l'autre côté de la table basse en verre fumé art déco, et l'espoir qu'elle soit revenue pour un motif personnel quitta Rush.

Tandis qu'elle s'installait, il dressa pour lui-même la liste de chaque changement, même infime, qu'il découvrait chez elle. Elle resplendissait toujours de beauté et d'élégance. Ses cheveux avaient poussé depuis un an, et la chaleur qui brillait autrefois dans ses grands yeux était tempérée à présent par quelque chose qu'il ne parvenait pas à identifier. Elle s'était légèrement maquillée. Il remarqua son expression tendue. Que lui était-il arrivé depuis qu'elle l'avait quitté ?

Depuis un an, il n'avait cessé de garder un œil sur elle, cherchant toujours le moyen de la ramener en Californie. Comme il n'avait pas trouvé comment parvenir à ses fins, il avait été obligé de reconnaître sa défaite et de passer à autre chose.

Mais il n'avait pas réussi à l'oublier, même après s'être noyé dans le travail, même après avoir consacré toute son énergie à développer son entreprise, tout en évitant les nombreuses femmes qui tentaient de lui mettre le grappin dessus.

Il lui proposa un café, un verre d'eau. Elle refusa l'un et l'autre, mais elle ne semblait toujours pas vouloir expliquer ce qui l'amenait ici.

— J'ai appris la mort de ton beau-frère, dit-il, rompant le silence. Je te présente mes condoléances.

— Merci, répondit-elle en se tournant vers la baie.

— Gwen tient-elle le coup ? reprit-il.

Les yeux de Lucy se remplirent de larmes, mais elle les refoula d'un geste.

— Elle va mieux de jour en jour. Nous installer en France nous a fait du bien à l'une et à l'autre.

Sa réponse le surprit.

— J'ignorais qu'elle était partie avec toi.

Lucy hocha la tête.

— Elle m'a suivie avec son fils, Jackson, qui a huit mois.

À la vue de l'angoisse qui assombrissait son regard, il eut envie de la prendre dans ses bras, de la réconforter, mais il se l'interdit. Il avait besoin de se protéger.

— Jackson ? répéta-t-il. Il porte un prénom rempli de force.

Comme il l'espérait, ses mots la firent sourire. Autrefois, elle se plaignait souvent de son propre prénom, prétendant qu'il était un obstacle dans le monde des affaires.

Il ne parvenait pas à la quitter des yeux. Il était à la fois stupéfait et ravi de la voir dans son bureau. Et terrifié à l'idée de retomber amoureux d'elle et d'être une nouvelle fois rejeté. Il mourait d'envie de la toucher, de mêler les doigts aux siens. Combien de nuits avait-il passées à se tourner et à se retourner entre ses draps, en rêvant à ses lèvres sur sa peau ? Il prit une profonde inspiration, s'efforçant de chasser ces souvenirs sensuels totalement inappropriés.

— Je sais que tu es très occupé, commença-t-elle. Voilà pourquoi je serai brève. Je suis à la recherche d'un emploi, Rush. Je suis venue te demander si tu aurais une place pour moi…

Sa place était au creux de son épaule. Mais bien sûr, elle ne sollicitait qu'un poste dans son entreprise. Il ne chercha pas à lui cacher sa joie à la perspective de l'engager. C'était inutile, elle le connaissait trop.

— Tu veux travailler ici, avec moi ?

— Au sein de GrayBox. J'ai adoré la France, c'est un très beau pays, mais…

— Mais nous avons aussi du bon vin aux États-Unis, l'interrompit-il.

Une petite voix intérieure l'exhorta à se taire. Il serait stupide de sa part d'imaginer qu'elle se souvenait aussi bien que lui de leurs nombreux week-ends dans les vignobles californiens. Il n'ignorait pas qu'elle l'avait vite remplacé par un nouvel amant à Chicago.

Elle sourit de nouveau et passa la main sur sa robe.

— Je ne me sens chez moi qu'en Californie, acheva-t-elle.

— Je suis heureux de constater que tu as recouvré ton bon sens, dit-il, moqueur.

Mais le regard de Lucy restait sombre, grave.

— As-tu quelque chose à me proposer ?

D'un bref coup d'œil, il s'assura que le bureau de Trish était toujours désert.

— J'ai besoin d'une assistante, répondit-il, réfléchissant au fur et à mesure qu'il parlait.

— Tu sais bien que je suis titulaire d'un MBA. Je te serais sans doute plus utile à un autre…

— Quel est l'intitulé exact de ton poste actuel ?

Comme elle détournait les yeux avec colère, il sut qu'il avait réussi à l'amener sur le terrain où il la voulait. En tout cas, sur un plan professionnel.

Elle croisa les jambes, réveillant une nouvelle fois des désirs enfouis.

— C'est vrai, je suis actuellement l'assistante de Dieter Kathrein, reconnut-elle. Mais quand j'ai accepté de travailler pour lui, il savait que j'étais surqualifiée pour ces fonctions.

— Je te garantis qu'en tant que *mon* assistante tu auras bien plus de défis à relever.

— J'en suis sûre… Mais dans cette hypothèse, que deviendra ton assistante actuelle ? reprit-elle en se tournant vers le bureau voisin.

— Ce n'est pas la personne qu'il me faut, répliqua-t-il. Trish gère mon agenda et répond au téléphone, mais elle n'occupe ce poste que provisoirement. Elle n'a pas ton sens des affaires ni ton expérience. Et je n'ai pas le temps de la former. Nous sommes en train de lui chercher un emploi qui correspondra mieux à ses compétences.

La facilité avec laquelle il déroulait ses arguments ne le surprit pas. Quel que soit le sujet, il avait toujours été très à l'aise pour discuter avec Lucy.

Elle écarquilla les yeux et hésita visiblement à dire quelque chose avant d'y renoncer.

— Je vois.

— Et toi ? Que faisais-tu exactement pour Kathrein ?

Elle secoua la tête.

— Je ne peux pas t'en parler, excuse-moi. Il m'a fait signer une clause de confidentialité.

— Bien sûr.

D'un geste, il écarta la question. Son refus de répondre n'avait aucune importance. Il lui exposa en quelques mots ce qu'il attendait d'elle professionnellement. Un esprit vif et analytique comme celui de Lucy pourrait l'aider à maintenir GrayBox au sommet et à développer de nouvelles applications. Elle serait la liaison parfaite entre ses clients et lui. Et elle lui éviterait aussi de perdre du temps avec des gens qui ne savaient pas ce qu'ils voulaient.

— Qu'en penses-tu ? demanda-t-il.

— Quels salaire et avantages sociaux me proposes-tu ?

— À toi de les fixer, je les accepte. Et en attendant que tu trouves un endroit où vivre, je mets à ta disposition la suite que GrayBox loue à l'année dans l'hôtel d'en face.

— C'est très généreux de ta part, merci.

Elle sourit, mais l'angoisse assombrissait toujours son regard.

Il tendit les bras sur les coussins du canapé.

— Je te sens un peu nerveuse, non ? Tu t'inquiètes à mon sujet ? demanda-t-il. À cause de notre passé ?

— Non, répondit-elle, niant le problème sans grande conviction. Je suis venue voir l'ancien patron et l'ami. Notre histoire appartient au passé, nous avons l'un et l'autre tourné la page. Tu peux rassurer Trish ou ta nouvelle petite amie s'il ne s'agit pas d'elle. Je n'ai pas l'intention d'empiéter sur ta vie personnelle.

Il n'apprécia qu'à moitié sa réflexion. Il n'avait pas tourné la page, et Lucy n'avait pas quitté ses pensées depuis un an. Les femmes qui s'étaient succédé dans sa vie après elle n'avaient eu en réalité aucun impact sur lui. Contrairement à ce que prétendaient les ragots, il n'était sorti avec personne depuis leur rupture. Ou plutôt, il sortait avec de nombreuses jolies filles, mais il rentrait seul. Trish était la dernière à avoir accepté de s'afficher avec lui en public, de se faire passer pour une petite amie. En échange, il lui ouvrait de nombreuses portes ce qui faciliterait sa carrière.

— Je ne vais pas te raconter d'histoires, Lucy. Tu m'as manqué. Et si tu as envie de renouer sur un plan personnel, je suis totalement partant.

Elle écarquilla les yeux.

— Rush…

— Je tiens à être totalement transparent avec toi. Dès lors qu'il s'agit de nous deux, c'est toi qui décides de tout. La balle est dans ton camp. Mais si tu préfères cantonner nos relations sur un terrain purement professionnel, je le respecterai.

— C'est le cas. Merci de m'avoir engagée, Rush. Tu n'auras pas à le regretter.

Il le regrettait déjà. Lucy Gaines incarnait tout ce qu'il attendait d'une femme tant sur un plan personnel que sur un plan professionnel. Non seulement elle était intelligente, gentille, adorable et emplie de compassion, mais ils avaient beaucoup en commun. Ils partageaient le goût des bons vins, des fruits de mer, ils adoraient débattre des perspectives des marchés financiers et des mouvements boursiers. Ils se dévouaient corps et âme pour des causes qui leur tenaient à cœur et ils étaient l'un et l'autre engagés auprès d'associations caritatives.

Il se leva.

— Sortons d'ici.

S'ils restaient plus longtemps dans ce bureau, il serait tenté de lui parler de toutes les idées professionnelles qu'il avait eues depuis son départ, de solliciter son avis sur des projets en cours, comme il avait eu si souvent envie de le faire depuis un an. S'il cédait à la tentation, il s'exposerait, il lui laisserait deviner à quel point elle lui était indispensable et il refusait de paraître aussi vulnérable.

Il la désirait, il avait l'intention de tout faire pour la reconquérir, mais il ne tenterait rien avant qu'elle ait pris son poste.

Il lui tendit la main pour l'aider à se lever à son tour.

— Viens, je vais te montrer tout ce qui a changé depuis un an.

Par réflexe, il consulta sa montre.

Elle eut un petit rire.

— Peut-être pas tout. Ne bloque pas ton après-midi entier pour moi. Je suis sûre que Melva pourra me mettre au courant et m'indiquer comment prendre possession de la suite à l'hôtel.

Il remarqua tout de suite son ton crispé. Comment la convaincre qu'il était vraiment heureux de lui consacrer chaque instant de sa journée ?

— Melva en est en effet tout à fait capable, mais je préfère m'en charger. Nous zapperons la visite complète si tu es fatiguée après ton voyage en avion.

Il ne savait pas très bien pourquoi il lui mettait la pression, mais en tout cas il ne voulait pas la perdre de vue. Elle était telle que dans ses souvenirs. Pourtant, il avait l'intuition qu'elle lui cachait quelque chose à propos de son travail avec Kathrein. S'il la laissait s'éloigner, il perdrait toutes ses chances de découvrir ce dont il s'agissait.

— Je ne suis pas fatiguée, Rush, répondit-elle avec un faible sourire. Nous nous sommes mis d'accord alors ne te sens pas obligé de m'occuper en attendant que je commence à travailler.

— Je vais quand même te faire faire le tour du propriétaire. Je suis le mieux placé pour te remettre dans le bain et te présenter les avancées de GrayBox depuis un an… Comme les changements opérés ces derniers mois au cœur de San Francisco.

Elle secoua la tête, mais il remarqua le petit sourire qui se peignit un instant sur ses lèvres. Autrefois, elle s'amusait beaucoup de son arrogance.

Comme il actionnait l'ouverture des stores intérieurs, il aperçut Trish discutant avec Melva à la réception. Sa présence lui donnait une raison supplémentaire de quitter le bureau pour l'après-midi, décida-t-il.

S'il n'avait pas menti en disant à Lucy qu'il cherchait un autre emploi pour Trish au sein du groupe, il ne s'était pas vraiment soucié de la question jusqu'ici. Maintenant, il avait l'intention de lui trouver un poste dans les meilleurs délais. Ou mieux, sur-le-champ.

D'un geste, il montra à Lucy une porte dissimulée derrière des étagères remplies de livres, de trophées et de coupes récompensant les innovations industrielles du groupe.

— Je crois que je vais commencer la visite par ici, dit-il. Mon assistante doit absolument connaître mon plan d'évasion secret.

Il l'invita à sortir du bureau et à remonter un petit couloir.

— J'ai ici une salle de bains privée, poursuivit-il en désignant une porte. Et là, une chambre.

— Une chambre ? As-tu perdu la tête, Rush ? C'est un miracle que personne ne t'ait encore traîné en justice pour harcèlement.

Sa réflexion le blessa. Les ragots et les paparazzis avaient tendance à exagérer le nombre de ses conquêtes. Certes, il s'affichait souvent avec des mannequins ou des actrices, mais elles n'étaient à son bras que pour épater la galerie.

Depuis quand et pourquoi Lucy avait-elle une si mauvaise opinion de lui ?

— Je suis le seul à l'occuper, répliqua-t-il en serrant les mâchoires. Quand je mets au point une nouvelle application ou que je lance un produit, il m'arrive de travailler jour et nuit, et…

— Oui, je m'en souviens.

Il refoula l'envie mordante de lui rappeler que s'il n'avait pas été en permanence en train de se développer, il n'aurait pas pu lui proposer du travail aussi facilement. Cela dit, avec ses compétences et son expérience, Lucy avait l'embarras du choix. Toutes les entreprises se battraient pour l'engager.

Le sachant et mesurant l'étendue des talents professionnels de cette femme hors du commun, il avait du mal à croire qu'elle soit revenue travailler pour lui sans avoir quelque part envie de renouer avec lui sur un plan plus personnel. Il ignorait si sa propre décision de l'engager était un geste romantique ou égoïste. Le temps le dirait.

— Et voici mon ascenseur privé, ajouta-t-il en appuyant sur le bouton d'appel. La plupart du temps, j'utilise les ascenseurs publics ou express, mais à l'occasion celui-ci peut se révéler utile.

Elle sourit à moitié.

— Tu as pensé à tout, dit-elle.

Si elle avait deviné qu'il lui faisait découvrir son domaine secret parce qu'il avait envie de lui ouvrir son cœur, elle n'en laissa rien paraître.

— Le bureau ne sert pas uniquement à afficher mon pouvoir, même si ça aide.

Les portes s'ouvrirent, et il l'invita à entrer. Les fragrances de son parfum vanillé flottaient délicieusement dans l'étroite cabine. Il espérait qu'elles imprégneraient longtemps l'air pour qu'il puisse s'y enivrer à volonté par la suite. Il appuya sur un bouton pour descendre trois étages plus bas.

— Avec cet ascenseur privé, tu n'as pas à craindre les gêneurs, dit-elle.

— Exactement.

Manifestement, elle se souvenait des gens qui le harcelaient autrefois pour lui soumettre des idées ou lui montrer leur CV.

— Les écarter fait-il partie de mes nouvelles fonctions d'assistante ? demanda-t-elle en regardant autour d'elle, comme pour chercher d'éventuels importuns.

— Non, répondit-il en riant.

Puis il réfléchit. Elle n'était pas très grande, même juchée sur ses talons aiguilles, mais elle pouvait se montrer redoutable.

— En fait, ça serait peut-être une bonne idée, rectifia-t-il.

Les portes s'ouvrirent, et il l'escorta au service des relations humaines. Après s'être chargé des présentations avec ses principaux collaborateurs, le directeur du service les entraîna dans son bureau pour noter les éléments du contrat de travail de Lucy. Une fois ces aspects administratifs réglés, Rush lui proposa d'aller déjeuner dans l'un des restaurants qui bordaient la baie.

Ils prirent place à une table d'où ils pouvaient admirer le Golden Gate dans toute sa splendeur.

— C'est gentil de m'inviter, Rush, mais tu n'as pas à me faire l'article pour que je reste, répéta-t-elle. J'ai déjà signé.

— J'adore cet endroit. La cuisine est encore plus étonnante que la vue.

Il avait eu envie de l'y emmener depuis que l'établissement avait ouvert.

Elle pencha la tête de côté, manifestement surprise par sa réflexion. Comme elle promenait les yeux sur la baie, elle poussa un soupir.

— Je ne pensais pas que cette ville me manquerait autant.

— Qu'est-ce qui t'a réellement poussée à revenir ?

Elle baissa la tête.

— J'avais le mal du pays…

L'argument ne lui semblait pas crédible. Il attendit que l'hôtesse ait pris leur commande pour répliquer.

— Il y a un an, tu prétendais que tu ne te sentais chez toi qu'à Chicago. Puis tu t'es installée avec ta famille en France. Que s'est-il passé là-bas ?

Elle l'observa un long moment avec attention.

— Regrettes-tu déjà de m'avoir engagée ?

— En aucun cas. J'estime au contraire être le P-DG le plus heureux de la ville. Tu aurais pu te faire embaucher n'importe où... J'aimerais juste comprendre pourquoi tu as jeté ton dévolu sur GrayBox et pourquoi maintenant.

Il ne parvenait pas à chasser de son esprit l'idée qu'elle avait besoin de lui pour lutter contre un ennemi invisible.

Bien sûr, il aurait été idiot de sa part de ne pas envisager qu'elle ait été envoyée par un concurrent pour un espionnage industriel, mais il écarta aussitôt cette éventualité. Lucy s'était toujours montrée loyale en affaires et respectueuse de la déontologie professionnelle. De plus, comme il avait gardé un œil sur elle depuis son départ, il connaissait la nature des activités de Kathrein et il savait que le vieux milliardaire n'avait aucune raison de s'intéresser à GrayBox, encore moins de chercher à le concurrencer.

— Kathrein ne m'a pas demandé de t'espionner, dit-elle, prouvant à quel point elle le connaissait bien. S'il l'avait fait, j'aurais évidemment refusé.

— Je le sais.

À son regard d'acier, il comprit qu'elle était en colère et il n'insista pas. Soit il croyait à son prétendu « mal du pays », soit ils allaient se disputer pendant tout le repas, et il n'en était pas question.

Optant pour la voie de la sagesse, il orienta la conversation vers d'autres sujets. Il attendrait qu'elle lui dise la vérité. Ils étaient trop semblables, ils avaient été trop proches, pour qu'elle puisse lui cacher longtemps quelque chose.

La serveuse leur apporta leurs verres et, avec l'accord de Lucy, il commanda un plateau de fruits de mer pour deux.

— Après le déjeuner, je te montrerai la suite qui t'est réservée à l'hôtel, reprit-il. Elle est assez grande pour que tu puisses y vivre avec ta sœur et son bébé.

— Ne t'inquiète pas à leur sujet, le coupa-t-elle. Gwen et Jackson resteront en France pour les vacances de Noël. Cela me donnera du temps pour trouver un logement.

À ses mots, une sonnette d'alarme se déclencha dans la tête de Rush. Contrairement à lui, Lucy avait grandi au sein d'une famille très unie. Et depuis la mort de leurs parents, Gwen et elle étaient inséparables.

— Vraiment ? Tu ne vas pas retourner en France pour fêter Noël avec eux ?

— Peut-être, on verra…

Elle se tourna vers la baie, faisant mine d'être captivée par les allées et venues des bateaux.

— Parle-moi, Lucy, dit-il en lui prenant la main. Que s'est-il passé en France ?

Elle ferma les paupières et secoua la tête.

— Rien. Rien du tout, répéta-t-elle.

Rouvrant les yeux, elle lui offrit un sourire forcé.

— Le week-end dernier, Gwen et moi avons décoré le sapin de Noël. Il était superbe. Nous avons dû accrocher assez haut les boules les plus fragiles pour que Jackson ne risque pas de les attraper. Ce petit bonhomme est dégourdi et très curieux.

— Alors pourquoi ne pas passer Noël avec lui ?

— Je déteste prendre l'avion, tu le sais, et puis je ne suis pas sûre de trouver tout de suite un logement qui nous convienne. De plus, je ne vais pas demander des vacances alors que je viens d'être embauchée !

— Nous serons fermés entre Noël et le jour de l'An.

Comme la serveuse revenait, chargée de leur plateau de fruits de mer, il s'interrompit. Tandis qu'ils se régalaient, il préféra changer de sujet. Il orienta la conversation sur l'une des associations caritatives dont il était membre, une association qui se battait pour permettre à des gamins intelligents, mais issus de milieux défavorisés, de poursuivre des études. Deux ans plus tôt, Lucy l'avait poussé à les soutenir financièrement. Grâce à l'intervention de Rush, l'association avait pris de l'ampleur et avait donné une vraie chance à de nombreux enfants et adolescents.

— C'est formidable ! s'exclama-t-elle.

Cette fois, son sourire était sincère, et ses yeux brillaient d'une vraie joie.

Si Lucy avait du mal à quitter des yeux la baie de San Francisco,

Rush pour sa part ne pouvait s'empêcher de la regarder, elle. Ses yeux profonds et émouvants, ses pommettes hautes et sa bouche tendre l'enflammaient.

— Le prochain camp d'été organisé par l'association sera axé sur le high-tech, reprit-il. Je vais devoir bientôt commencer à explorer des sites.

Voilà une mission qu'il pourrait confier à Trish, se dit-il. Elle connaissait bien la ville, elle aimait se promener à l'extérieur et être vue. De surcroît, ce travail la tiendrait éloignée des bureaux du siège. Content de lui, il demanda à Lucy de l'excuser, le temps d'envoyer un SMS à Trish et au directeur du personnel.

— Pardonne-moi, dit-il en remarquant qu'elle fronçait les sourcils. Je viens juste de penser à quelque chose qui pourrait faire avancer le processus.

— Ne t'inquiète pas.

— Merci de ta compréhension.

Il rangea son téléphone portable dans sa poche. Il avait toujours aimé la façon dont Lucy l'acceptait tel qu'il était. Tous deux étaient faits du même bois. Elle comprenait son ambition, elle le soutenait dans ses efforts pour atteindre le sommet. Comme elle lui avait manqué ! Pourquoi avait-elle voulu le quitter alors qu'ils s'entendaient si bien ?

La question lui brûlait les lèvres, mais il s'interdit de la lui poser. Ils sortirent du restaurant pour aller se balader sur le marché avant de s'aventurer dans d'autres quartiers de la ville qui avaient changé depuis son départ. Il veilla à garder les mains dans les poches, se rappelant qu'aujourd'hui ils n'étaient que deux vieux amis qui se retrouvaient après une longue séparation. Comme il avait annulé ses rendez-vous de l'après-midi pour être tout à elle, il voulait profiter au maximum de sa compagnie.

Des mois durant, elle l'avait aidé, soutenu, encouragé à atteindre ses objectifs tout en préparant de son côté ses examens. Le jour où elle avait soutenu sa thèse, il était dans la salle, l'encourageant silencieusement.

Lorsqu'elle avait obtenu son diplôme, ils avaient fêté sa réussite au champagne avant de célébrer l'événement plus intimement dans sa chambre à coucher.

Comme elle lui avait manqué ! Pas uniquement sexuellement, même si au lit elle était fabuleuse. Il adorait discuter des nuits entières avec elle, il aimait le regard qu'elle posait sur la vie, son goût pour les bonnes choses et les bonheurs simples de l'existence. Lucy avait un don pour deviner les motivations réelles des gens derrière les paroles et les apparences.

Quelles que soient les véritables raisons qui l'avaient poussée à revenir aux États-Unis, Rush se jura que cette fois il ne la laisserait pas lui glisser entre les doigts.

3

Tandis que le tramway remontait California Street, Lucy regretta de ne pouvoir fuir jusqu'à sa chambre d'hôtel pour s'y cacher jusqu'au matin. Elle avait besoin de temps pour renforcer sa résolution. Elle avait surtout besoin de prendre ses distances avec Rush. Retrouver sa conversation chaleureuse et ses gestes familiers l'ébranlait tant qu'elle craignait de craquer et de finir par lui confier tous ses problèmes. Bien sûr, les terribles menaces de Kathrein l'obligeaient à garder le silence.

— Ça va ? demanda Rush. Si tu préfères, nous pouvons descendre et prendre un taxi.

— Non, non. J'adore circuler à bord du tramway.

Le sourire charmant, un peu espiègle, sur le visage de Rush était contagieux, et elle lui sourit à son tour.

— San Francisco me change des villages de la France rurale.

— De la France rurale ?

— Je travaillais dans la propriété que Kathrein possède à Chantilly, au nord de Paris. La ville est entourée de forêts. Après ces quelques semaines en pleine nature, je me sens un peu déphasée dans les rues animées de San Francisco.

— Te rappelles-tu nos escapades bucoliques ?

La gorge serrée, elle refoula les larmes qui brûlaient ses paupières. Les paroles de Rush éveillaient en elle tant de beaux souvenirs. Quand ils sortaient ensemble, tous deux avaient passé de merveilleux week-ends hors de la ville. Ils mettaient le cap soit au nord, vers les vignobles, soit au sud pour faire de la randonnée. Il leur arrivait également de naviguer le long du littoral. À plusieurs reprises, ils avaient évoqué l'idée de voyager à l'étranger, mais Lucy détestait l'avion, et Rush avait des horaires très chargés. Ils n'avaient donc jamais pu concrétiser ce projet.

Comme ils arrivaient au cœur de Nob Hill, pittoresque et charmant comme une carte postale sous le soleil hivernal, Lucy admira l'architecture des bâtiments. Le quartier avait été merveilleusement bien restauré et abritait les hôtels les plus prestigieux de San Francisco. Rush lui servait de guide.

La gorge serrée, Lucy mesura les efforts qu'il déployait pour lui faire plaisir. Il savait à quel point elle était sensible à la beauté des lieux. Mais ces moments amicaux, chaleureux, seraient les seuls qu'ils vivraient ensemble. Lorsqu'il apprendrait la vérité, Rush serait si furieux contre elle que même une réconciliation professionnelle serait impossible. Sans doute s'arrangerait-il alors pour détruire sa carrière.

Comme il avait paru heureux de la voir revenir travailler au sein de GrayBox… Pour la convaincre de rester, il l'avait laissée fixer elle-même le montant de sa rémunération. Il aurait pu lui demander des comptes, exiger qu'elle lui explique pourquoi elle l'avait quitté si brutalement, un an plus tôt. Il n'en avait rien fait. Il respectait aussi le fait qu'elle n'ait pas envie de renouer avec lui sur un plan personnel, intime. Elle appréciait cette attitude. De même, elle avait été touchée qu'il ait annulé tous ses rendez-vous de l'après-midi pour elle. Jamais il n'avait fait preuve de tant d'attention à son égard. Et alors qu'il se mettait en quatre pour la satisfaire, au lieu de se montrer reconnaissante, elle s'apprêtait à se servir de lui, à le trahir…

Sa duplicité forcée l'empêchait de savourer les compliments de Rush à propos de ses compétences. Elle détestait l'idée de le tromper et elle savait qu'il ne le lui pardonnerait pas. Bientôt, il la haïrait.

Pendant le long voyage en avion, elle avait eu le temps de réfléchir et elle était arrivée à la certitude qu'elle ne pourrait pas répondre aux exigences de Kathrein sans se faire pincer. Il ne s'agissait pas de tenter d'infiltrer une société comme une autre, de pirater un système lambda. Conçu par Rush, il était inviolable. Dans le domaine informatique, il était un vrai génie. Alors qu'il n'était que lycéen, il avait réussi à pirater des sites gouvernementaux ultra-sensibles.

Plus le temps passait, plus elle se méprisait de devoir le traiter ainsi. Trouver une faille dans l'armure de GrayBox était sa seule chance de sauver sa sœur et son neveu, mais Rush allait faire les frais de ce piratage. Il ne le méritait pas. Mais si elle parvenait à ses fins, la réputation de sa société serait fatalement compromise. Par la suite, ses clients hésiteraient à lui confier leurs données.

Elle n'avait malheureusement pas le choix. Même avec davantage de temps devant elle, elle n'aurait eu aucune chance de découvrir seule où Kathrein avait enfermé Gwen et Jackson. Le vieux milliardaire possédait trop de propriétés, trop de biens immobiliers, il avait trop d'argent à sa disposition. Elle ne pouvait lutter contre lui.

À la vue d'une moto passant à proximité, Lucy sentit les poils de sa nuque se hérisser. Un frisson de peur la parcourut alors qu'elle se remémorait le sort du journaliste français, l'accident dont il avait été victime à Paris. Lorsqu'il l'avait reçue la première fois, Kathrein lui avait donné l'image rassurante d'un vieil homme inoffensif, parfois grincheux. Il ne lui avait pas laissé deviner son côté impitoyable.

Comme ils descendaient du tramway, Rush lui offrit une main secourable.

— Pourquoi ne pas monter jusqu'au Presidio ? proposa-t-il. Nous pourrions nous y balader.

— Nous ne sommes pas des touristes, répliqua-t-elle en riant. Et je ne suis pas chaussée pour marcher longtemps.

Il se pencha pour regarder ses jambes et, sous son regard, une vague de chaleur la parcourut comme s'il l'avait caressée.

— Je peux arranger ça, assura-t-il.

Il sortit son téléphone pour envoyer un texto.

Elle réprima l'envie de lever les yeux au ciel. Bien sûr, un milliardaire comme Rush pouvait tout régler grâce à son argent. Il avait évidemment une voiture à sa disposition. Avant qu'elle le quitte pour retourner à Chicago, il hésitait entre investir dans une société de location de véhicules ou acheter une société de taxis.

— Le chauffeur nous retrouve sur Polk Street, dit Rush. As-tu loué une voiture à l'aéroport ?

Il fallut un moment à Lucy pour comprendre la question.

— Non, il était plus pratique de prendre la navette et de réserver une chambre dans un hôtel proche de tes bureaux.

— Plus pratique mais aussi plus cher.

Il fronça les sourcils, et elle se souvint qu'il le faisait toujours lorsqu'il réfléchissait intensément.

La tendresse qu'elle éprouvait pour lui avant était toujours là, s'étonna-t-elle. Le temps et la distance n'y avaient rien changé.

Cet homme merveilleux me manquera ma vie durant, songea-t-elle avec désespoir. *Ce sera ma croix.*

Rush lui avait dit que la balle était dans son camp, mais raviver leurs relations passées ne ferait qu'aggraver la situation, elle le savait bien. Elle l'avait quitté lorsqu'elle avait compris qu'elle ne serait jamais sa priorité. Rompre avec lui avait été la décision la plus difficile de son existence. Elle n'avait jamais espéré qu'il la mette au cœur de sa vie. Elle aurait accepté de faire partie des cinq priorités de Rush. Mais un jour, elle avait pris conscience qu'elle n'y figurerait jamais. Certes, elle admirait sa personnalité entreprenante et elle comprenait son besoin de se consacrer corps et âme à son entreprise, mais savoir qu'elle ne serait jamais pour lui que la cinquième roue du carrosse l'avait accablée. Se contenter d'une place subalterne n'était pas dans la nature de Lucy.

A l'époque, lorsqu'ils se promenaient ensemble, Rush prenait sa main ou lui enlaçait les épaules. Aujourd'hui, ils étaient deux amis marchant côte à côte dans la ville. Elle s'ordonna de profiter du moment présent tant qu'il durerait. Dès la semaine prochaine, il ne voudrait plus la voir.

— Ne te sens pas obligé de passer l'après-midi avec moi,

dit-elle tandis qu'ils passaient devant des vitrines. Je sais que tu es un homme très occupé.

— Tu m'as manqué, répondit-il. Je n'aimerais être nulle part ailleurs.

En entendant ces mots, Lucy sentit son cœur se serrer dans sa poitrine. Elle se demanda quel sens il fallait leur donner. Sans doute regrettait-il leurs discussions d'autrefois. Elle se rappela à quel point il aimait parler affaires avec elle. Leurs relations sexuelles lui manquaient peut-être aussi. Mais à en croire les magazines people beaucoup de femmes ne demandaient qu'à partager son lit.

Elle refusa de s'intéresser à la jalousie qui lui mordit le cœur. Elle ne pouvait lui reprocher d'avoir cherché à l'oublier dans d'autres bras alors qu'elle l'avait quitté.

Elle se creusa la tête pour trouver un sujet neutre.

— Pourquoi es-tu arrivé si tard au bureau, ce matin ? demanda-t-elle. Qu'est-ce qui t'a retardé ?

— Un client potentiel. Il ne savait pas ce qu'il voulait, il m'exaspérait. Si je n'avais pas décidé de sortir de cette salle de réunion, j'y serais encore, et tu serais toujours en train de m'attendre.

— Tu n'as pas fait ça ! dit-elle en secouant la tête.

— Ne me regarde pas comme si j'avais commis un péché mortel. La discussion s'enlisait, nous tournions en rond, et je déteste perdre mon temps.

Il la regarda par-dessus ses lunettes de soleil et ajouta :

— D'ailleurs, dès demain, tu pourras arranger les choses avec eux. Rattraper mes erreurs fait partie de tes attributions. Ce sera fantastique.

Avant qu'elle puisse répondre, une limousine s'arrêta devant eux, et ils s'engouffrèrent dans l'habitacle. Rush donna leur destination au chauffeur.

Lucy se tourna alors vers lui.

— Alors qu'as-tu décidé finalement pour les voitures ?

— Tu te souviens de mes atermoiements à ce sujet ? s'exclama-t-il avec surprise.

— Vaguement, répondit-elle en hochant la tête.

Depuis des mois, elle s'était noyée dans le travail et elle avait consacré le temps et l'énergie qui lui restaient à Gwen. Pourtant, son cœur comme sa mémoire n'avaient jamais cessé de se repasser en boucle les souvenirs des moments merveilleux qu'elle avait passés avec l'homme assis à côté d'elle.

— Alors, qu'as-tu décidé pour finir ? insista-t-elle.

— J'ai opté pour la solution la plus rationnelle. J'ai acheté une petite flotte de véhicules, et j'engage des chauffeurs au jour le jour, en fonction des besoins.

Elle ne lui demanda pas ce qu'il faisait le week-end. Elle savait qu'il adorait conduire lui-même des voitures de sport. Et elle avait aimé faire partie de ces virées. Elle s'efforça de reparler du client pour ne pas oublier qu'il était son patron, qu'elle était son employée et qu'ils devaient se cantonner aux discussions de cet ordre, quel que soit le cadre de leurs échanges.

Rush, en revanche, semblait s'ingénier à écarter les sujets professionnels. Tandis qu'ils roulaient à travers la ville, il lui montra des immeubles à l'architecture remarquable ou des restaurants qu'il appréciait particulièrement.

Lorsque le chauffeur les laissa à l'entrée du Presidio, Lucy tourna résolument le dos au port de plaisance et à la maison de Rush, érigée sur Marina Boulevard, où elle avait passé beaucoup de temps avec lui à l'époque où ils sortaient ensemble.

Ils marchèrent dans le parc en silence, un silence amical, léger. Lucy savourait l'air frais, la brise qui soufflait de la baie, le soleil qui brillait dans un ciel azur. Elle était heureuse d'être revenue chez elle. Elle n'aurait sans doute pas d'autres occasions de profiter de la beauté de ce lieu mythique. Si elle parvenait à sauver sa famille, Rush ne la laisserait pas s'en tirer indemne. Qu'il comprenne ou non les raisons de sa trahison, il serait obligé de la sacrifier pour tenter de sauver la réputation de sa société.

Une mèche de ses cheveux se plaqua contre ses lèvres, et

comme elle tournait la tête pour la repousser en arrière, elle surprit Rush en train de la dévisager.

— Pourquoi me regardes-tu comme ça ?

Il sourit.

— Tu es adorable.

Elle opina sans répondre.

— J'ai changé d'avis, annonça-t-il soudain.

À ces mots, elle se sentit sur le point de défaillir. Il ne parlait pas sérieusement, ce n'était pas possible ! Elle avait impérativement besoin de travailler au sein de GrayBox pour avoir une chance de récupérer les documents enregistrés par le journaliste pour Kathrein, elle avait impérativement besoin de travailler avec Rush pour réussir à sauver sa famille.

— À quel sujet ? s'obligea-t-elle à demander tout en se dirigeant vers un banc, les jambes en coton.

— Tu devrais t'installer dans la maison que je possède sur la marina, dit-il. Je t'ai proposé la suite que l'entreprise loue à l'année à l'hôtel, mais maintenant que j'y réfléchis la marina me semble préférable. Tu as toujours aimé la vue sur la baie.

À cette idée, Lucy sentit son ventre se nouer. Elle ne voulait pas abuser de l'hospitalité de Rush. D'ailleurs, comment s'imaginer chez lui, croisant à tout moment sa nouvelle petite amie dans les couloirs ? Avant, lorsqu'ils passaient leurs soirées à contempler les couchers de soleil, un verre de vin à la main, ils étaient alors en couple, amoureux. Elle aurait le cœur brisé de se retrouver au même endroit alors qu'ils n'étaient plus ensemble, alors qu'il partageait sa vie avec une autre. De toute façon, elle ne pourrait pas répondre aux exigences de Kathrein en habitant sous le même toit que Rush.

— Si je vivais sur la marina, je ne pourrais pas me rendre au travail à pied, commença-t-elle, priant pour qu'il ne lui propose pas d'y aller avec lui.

Elle passerait déjà l'essentiel de ses journées avec lui. Il n'était pas question de le côtoyer également pendant les trajets. Les transports en commun fonctionnaient plutôt bien à San

Francisco, mais elle préférait se déplacer à pied pendant les quelques jours où elle vivrait dans cette ville.

— Alors, prends une voiture, répondit-il. J'en ai une ribambelle à ma disposition. Je peux également t'allouer les services d'un chauffeur.

Elle en resta bouche bée.

— Rush, c'est de la folie !

Qu'avaient donc les milliardaires à jeter ainsi leur argent par les fenêtres ?

— Je suis peut-être impulsif, mais certainement pas fou, répliqua-t-il. En tout cas, j'ignore ce qui s'est passé en France, mais tu es si tendue que tu as les traits crispés. Voilà pourquoi je m'efforce de faciliter ton installation.

— J'ai du mal à me remettre des sept heures de vol, c'est vrai, prétendit-elle. Sans parler du décalage horaire. Et tu as déjà beaucoup fait en m'offrant un poste au sein de GrayBox. Je ne te demande rien d'autre.

Le sourire de Rush revint sur ses lèvres, plus éclatant encore.

— Ta fatigue te donne une raison supplémentaire de vivre dans le hangar à bateaux. Tu récupéreras plus vite dans un cadre reposant.

Depuis toujours, il utilisait ce terme réducteur pour désigner une maison magnifique érigée dans l'un des quartiers les plus convoités de la ville.

— Cela ne me semble pas une bonne idée, Rush, protesta-t-elle. Et je te préviens que je n'hésiterais pas à te facturer des heures supplémentaires si tu t'avisais de venir frapper à ma porte en pleine nuit pour m'importuner à propos d'un client.

Plaisanter était sa seule chance de réussir à se sortir de ce guêpier.

— Les heures supplémentaires ne sont pas un problème, répliqua-t-il avec un clin d'œil moqueur. J'ai les moyens.

— Tu changeras peut-être d'avis quand tu recevras la facture…

Elle n'avait pas oublié ce qu'il lui avait dit à propos de Trish. Pour se préparer à leur entrevue, elle avait feuilleté les journaux, consulté des articles concernant Rush. Sa secrétaire et petite amie actuelle serait furieuse en apprenant qu'il lui avait ouvert sa maison. Lucy allait déjà détruire la réputation de sa société et le ruiner, elle ne voulait pas, en prime, ravager sa vie amoureuse. Dès qu'elle aurait obtenu ce qu'exigeait Kathrein, elle prendrait le large. Humainement, elle ne pouvait pas laisser Rush bousiller toutes ses relations à cause d'elle.

— Trish utilise-t-elle l'une de tes voitures ?

— Elle ne conduit pas.

Était-il conscient des conséquences de sa proposition ? Les imaginait-il vraiment vivant tous les trois sous le même toit ? Ne voyait-il pas le problème ? En tout cas, elle ne pouvait le laisser faire.

— Écoute, je crois sincèrement que, dans l'immédiat, la meilleure solution pour moi est de m'installer dans la suite de l'hôtel en face du siège.

— Dommage. Elle est déjà occupée par quelqu'un d'autre. Je viens de m'en souvenir.

— Vraiment ?

Il hocha la tête en riant, sachant qu'elle avait compris qu'il mentait et s'en moquant ouvertement.

Mais Lucy refusait de prendre la situation sur le mode de la plaisanterie. Il était son patron, rien d'autre, et elle tenait à se cantonner à des relations strictement professionnelles.

— Étant ton assistante, il me sera facile de le vérifier. De toute façon, le plus simple est sans doute que je reste dans l'hôtel où je suis descendue en arrivant.

— À partir de demain, tu pourras vérifier tout ce que tu voudras. Mais aujourd'hui, je ne suis qu'un ami, et tu es obligée de me croire sur parole.

Fier de lui, il écarta les bras et les leva en l'air, tel un roi devant son royaume.

Rush n'avait jamais fait preuve de modestie. Le fait d'être l'un des hommes les plus riches du monde lui avait donné une conscience de sa propre valeur et une assurance, assez légitimes au demeurant. Les start-up qu'il avait vendues quand il avait une vingtaine d'années lui avaient rapporté des millions de dollars, et grâce aux logiciels mis au point par GrayBox, la valeur de son entreprise ne cessait de croître.

— Merci de ta proposition, Rush, mais je ne vais pas m'installer dans ta maison de Marina Boulevard. Il n'en est pas question.

Il devait accepter sa décision, même s'il ne l'approuvait pas.

— Il s'agit d'un ordre, pas d'une suggestion, insista-t-il en baissant la voix.

— Des menaces ?

Si oui, il avait besoin de prendre des leçons auprès de Kathrein.

Il leva un sourcil, manifestement étonné.

— T'installer dans un hôtel lambda peut se révéler gênant si je dois régler avec toi un problème d'agenda en plein cœur de la nuit. On ne sait jamais. Imagine les rumeurs qui circuleraient si je débarquais dans ta chambre après minuit. Le cours des actions de la société risquerait de dévisser.

— Cela n'arrivera pas. Je te vois mal surgir dans ma chambre d'hôtel à l'aube pour modifier l'heure d'un rendez-vous. Écoute, il n'est pas question que je vienne vivre chez toi, Rush. Une assistante n'est pas une esclave corvéable à merci.

Elle se rendit compte trop tard qu'ils avaient déjà eu cette discussion lorsqu'ils sortaient ensemble. À l'époque, Rush aurait préféré qu'elle emménage chez lui, mais elle avait tenu à garder son appartement, même si elle passait l'essentiel de son temps au « hangar à bateaux » avec lui. Si elle avait voulu aggraver les choses, elle ne s'y serait pas prise autrement.

Rush était parfaitement immobile. Seuls ses cheveux bruns se soulevaient sous la brise. Il avait besoin de les faire couper, remarqua-t-elle alors. Sans doute imaginait-il qu'elle était venue le reconquérir tout en récupérant un emploi bien rémunéré.

— Je ne vis plus là, dit-il d'une voix tendue. J'ai acheté un appartement sur Fremont Street.

— Oh !

Elle ne pouvait se résoudre à lui demander quand il avait

déménagé ni s'il avait quitté le « hangar à bateaux » à cause d'elle. De telles questions auraient trop mis l'accent sur elle, alors que les décisions de Rush ne devaient être prises qu'en fonction de ses intérêts propres ou de ceux de sa société. Bizarrement, en prendre conscience la remplit de tristesse.

Il répondit pourtant à la question qu'elle ne posa pas.

— Je voulais me rapprocher du bureau, dit-il en enfonçant les mains dans ses poches. Pourquoi ne t'installerais-tu pas à la marina tout de suite ?

— Arrête. Il n'est pas question que j'emménage dans l'une de tes maisons !

Elle se mit à rire, d'un rire un peu hystérique.

— Comme je n'ai pour tout bagage qu'un sac de voyage, il me sera facile de quitter l'hôtel où je suis descendue pour me rendre dans la suite que tu loues à l'année dès qu'elle sera libre.

Il fronça les sourcils.

— Un sac de voyage ? Tu es rentrée définitivement aux États-Unis avec un simple sac de voyage ?

Se rendant compte qu'elle venait de gaffer, elle s'efforça de rétropédaler.

— J'ai l'habitude de voyager léger, tu le sais. Et j'avais laissé l'essentiel de mes affaires dans un garde-meuble avant de quitter les États-Unis. Et surtout, je n'étais pas certaine que tu accepterais de me donner du travail.

Il retira ses lunettes de soleil pour la dévisager avec dureté.

— As-tu tout oublié à mon sujet ? Et ce que nous avons vécu ?

Malheureusement, non seulement elle avait gardé en mémoire les moindres détails de leur relation, le positif comme le négatif, mais elle était certaine que ses souvenirs la hanteraient jusqu'à sa mort. Même si elle s'était arrangée pour qu'il croie qu'elle avait rencontré quelqu'un d'autre à Chicago, les ragots qu'elle avait fait courir n'étaient pas vrais. Il s'agissait de son premier mensonge, et la liste de ceux qui avaient suivi était longue. Envahie par la honte, elle détourna les yeux, faisant mine de s'intéresser à la magnifique rotonde derrière lui.

— Il y a quelqu'un d'autre ? demanda Rush. Quelqu'un qui pourrait prendre ombrage de mon hospitalité, en éprouver de la jalousie ?

Résignée, elle répondit avec le plus d'honnêteté possible.

— Seulement Trish.

— C'est mon problème.

— Très bien.

Elle n'avait aucune envie de se préoccuper de cette jeune femme.

— Je ne souhaite pas créer plus de frictions que nécessaire avec qui que ce soit en prenant ce travail.

Elle voulait récupérer les documents stockés dans le *cloud* de GrayBox par le journaliste et filer en espérant être très loin quand Rush se rendrait compte de ce qu'elle avait fait.

— Je t'ai dit et je te répète qu'elle ne sera pas un problème.

— D'accord.

Mais Lucy ne parvenait toujours pas à regarder Rush en face.

— Allez, dit-il d'un ton abrupt. Maintenant, allons chercher ton sac de voyage pour le poser dans le hangar à bateau.

Comme elle recommençait à protester, il lui tendit la main.

— Prends-le pour un avantage en nature, une forme de rémunération. Cette maison et le travail vont de pair, à présent.

— Ne sois pas ridicule. J'aimerais que tu me traites comme une employée normale.

— C'est impossible, et tu le sais. Lorsque tu proposeras à ta sœur de venir te rejoindre pour Noël, tu me remercieras. Tu vois, à l'occasion, je sais me montrer attentionné…

— Attentionné ? Tu te comportes plutôt en dictateur, à mon avis.

Elle posa la main sur son cœur qui s'était serré quand il avait évoqué Gwen et Jackson et la possibilité qu'ils viennent passer Noël avec elle, ici.

Il sourit, et la vue de son sourire — de ses lèvres qu'elle avait tellement aimé embrasser — l'émut au plus profond d'elle-même.

— Pas du tout, rétorqua-t-il. Et puis tu as toujours la liberté de refuser l'emploi que je t'ai offert.

Elle aurait aimé que ce soit vrai, elle aurait voulu être revenue à San Francisco parce qu'elle avait le mal du pays. Mais en réalité se faire embaucher au sein de GrayBox était sa seule chance de réussite.

— Bon. Si tu estimes que la maison sur la marina fait partie du poste, je l'accepte.

Il sourit d'un air satisfait.

— Préfères-tu avoir une voiture ou un chauffeur à ta disposition ?

L'idée d'avoir un chauffeur la fit éclater de rire.

— Ni l'un ni l'autre.

— Tu dois te plier à mes conditions si tu veux le job, Lucy !

— Es-tu conscient que ton directeur du personnel estime qu'un contrat en bonne et due forme a déjà été signé ?

— Il est sous mes ordres, répliqua-t-il.

De nouveau, il lui adressa un sourire moqueur, la mettant au défi d'insister. Rush était toujours heureux d'imposer son avis, de rappeler à tous qu'il était le patron. Il détestait que quiconque se mette en travers de son chemin. Et ça valait pour elle aussi.

— J'accepte ta générosité, j'accepte de vivre dans le « hangar à bateaux » et j'accepte une voiture, mais à la condition que tu m'autorises à déménager dès que je serai de nouveau établie à San Francisco.

Il hocha la tête et tapa dans sa main.

— *Deal*.

— Merci.

Rush envoya un autre SMS pour que le chauffeur vienne les prendre à la sortie sud du parc.

Comme ils s'engouffraient dans l'habitacle, elle se tourna vers lui.

— J'ai l'impression que tu es encore plus têtu qu'autrefois, Rush.

— Et tu n'as encore rien vu, répliqua-t-il en riant. En fait, je n'ai pas changé. Je tiens toujours à travailler avec les meilleurs. Et je sais que te compter parmi le personnel est un atout pour GrayBox.

GrayBox, sa société, bien sûr. Qu'il lui rappelle ses priorités arrangeait bien Lucy et la rassura. Quand ils s'étaient rencontrés, elle avait très vite compris qu'il avait des goûts de luxe, mais ce qui l'avait séduite avait été la personnalité de Rush, son bon sens, la créativité qu'il déployait pour résoudre les problèmes et son pragmatisme.

— Tu ne conduis plus ? demanda-t-elle.

— Non ou rarement. C'est mieux pour travailler.

Comme pour en apporter la preuve, son téléphone portable se mit à sonner.

— Excuse-moi, je dois prendre cet appel.

Elle eut le temps d'apercevoir le visage de la petite blonde qui s'afficha sur l'écran et elle reconnut Trish, l'assistante actuelle de Rush. Elle ne put faire autrement qu'entendre ce qu'il lui disait, et il ne lui fut pas difficile de deviner que Trish n'appréciait pas ce qu'il lui annonçait.

Au fur et à mesure de la conversation, les réponses de Rush devinrent de plus en plus brèves, son ton de plus en plus sec. Par expérience, Lucy savait que les protestations de Trish comme son refus d'être mutée dans un autre service ne servaient à rien et étaient même contre-productifs. Rush ne supportait pas les femmes qui s'accrochaient. Il fixait dès le départ des limites très strictes à ses relations amoureuses, et si sa partenaire ne les respectait pas, si elle tentait d'obtenir davantage, Rush la rejetait aussitôt. Il tenait à préserver un espace personnel, il refusait d'être envahi, et il se montrait inflexible, voire impitoyable, si sa petite amie du moment ne le comprenait pas.

En son for intérieur, Lucy maudit Kathrein. Combien de vies allait-il ruiner à cause de ses exigences ? Elle fut tentée de tout arrêter et de tout expliquer à Rush. Mais le souvenir de l'accident qui avait coûté la vie au journaliste français l'en dissuada. Si elle ne se pliait pas aux ordres de Kathrein, Gwen et Jackson le payeraient de leurs vies.

Elle glissa un œil vers Rush, tentant de se persuader qu'il trouverait sûrement un moyen pour atténuer les problèmes qu'elle allait lui créer.

Alors que Trish parlait encore, il raccrocha et il se tourna vers Lucy.

— Excuse-moi.

Son ventre se noua sous l'effet de l'angoisse.

— Si m'engager complique ta…

Il l'interrompit alors que le chauffeur s'arrêtait devant son hôtel.

— Elle s'en remettra. Ou pas. Pour tout te dire, je m'en fous.

Lucy eut du mal à ne pas répliquer et pour résister à cette tentation, elle sortit de la voiture.

Il la suivit.

— Je t'attends ici, dit-il comme ils entraient dans le hall.

Elle lui fut reconnaissante de lui accorder ce sursis. Les dernières heures lui avaient prouvé qu'elle n'avait pas oublié Rush, loin de là. Toutes les petites choses qu'elle avait aimées chez lui étaient toujours là. Et plus elle passait du temps en sa compagnie, plus elle avait envie de renouer avec lui comme il le lui avait proposé. Elle devait se ressaisir d'urgence. Il n'était pas question de retomber dans ses bras alors qu'elle savait que son retour était basé sur un mensonge.

Seule dans sa chambre et tout en empaquetant ses affaires, elle insulta tout bas Kathrein, lui jurant qu'elle se vengerait. Comme elle s'emparait de son ordinateur portable, elle remarqua une feuille glissée entre l'écran et le clavier. Elle s'en saisit avec précaution et en découvrant de quoi il s'agissait, elle sentit son sang se glacer dans ses veines.

« NOUS ATTENDONS UN COMPTE RENDU DE VOTRE ENTRETIEN D'EMBAUCHE »

Le texte était accompagné d'une photo d'elle et de Rush au moment où ils sortaient du restaurant où ils avaient déjeuné.

Glacée, les mains tremblantes, Lucy se retourna brusquement comme si elle craignait que le type qui avait laissé ce message soit encore là.

Il était inutile de se demander comment il avait réussi ce tour de force. Elle aurait dû se douter que Kathrein la ferait suivre et s'assurerait qu'elle n'avait pas prévenu les autorités du chantage dont elle faisait l'objet. Une bouffée de colère la submergea et chassa le froid qui l'avait envahie à la vue de la photo. Lorsqu'elle aurait retrouvé Gwen et Jackson, et les aurait mis en sécurité quelque part, le vieux milliardaire avait intérêt à courir se cacher parce qu'elle avait la ferme intention de le réduire en bouillie.

Elle plia la feuille et la dissimula dans son attaché-case. Après un dernier regard d'inspection, elle quitta la chambre. À la réception, elle retrouva Rush qui venait de régler sa note.

Elle se tourna vers lui, près de passer sa colère sur le premier venu.

— Ce n'était pas nécessaire, dit-elle d'un ton coupant. Annule cette transaction, je te prie, afin que je puisse payer moi-même cette chambre.

— Non.

— Je ne suis pas sans le sou, je n'ai pas besoin de ta charité.

Il promena les yeux autour de lui.

— Pouvons-nous poursuivre cette conversation dans la voiture ?

Bien sûr, le célibataire le plus en vue de la ville ne voulait pas créer un scandale dans un hôtel. Elle s'obligea à respirer, à se calmer. Faire une scène en public n'arrangerait pas ses affaires. Puisqu'elle souhaitait avoir le moins d'impact possible dans sa vie, mieux valait donc faire profil bas.

Elle céda, s'efforçant de maîtriser sa fureur.

— Excuse-moi.

Il prit son sac de voyage et son attaché-case, les emporta dans la voiture pour les ranger dans le coffre. Elle s'installa sur la banquette arrière, et il prit place à côté d'elle.

— Je ne voulais pas remettre en cause ton indépendance, dit-il.

Les bras croisés sur la poitrine, elle pinça les lèvres.

— Je ne suis pas d'accord.

— Où est le problème ? Pourquoi cette crise de nerfs ? Tu n'étais pas aussi soupe au lait auparavant.

— Il ne s'agit pas d'une crise de nerfs, dit-elle en regardant les rues défiler par la vitre. Je ne supporte pas que tu prennes ma vie en main et encore moins que tu m'entretiennes. Je suis ton assistante, tu t'en souviens ? Ce n'est donc pas à toi de m'assister.

— Tu commences demain. Aujourd'hui, je suis seulement ton ami.

Elle ne pouvait pas lui avouer que sa gentillesse la faisait culpabiliser davantage encore de devoir le trahir.

— Les amis ne payent pas les notes d'hôtel de leurs amis, remarqua-t-elle. Je ne suis pas fauchée, Rush.

Elle avait simplement besoin d'alléger la pression qu'elle subissait.

— Très bien, dit-il en se redressant. Je déduirai le montant de la facture de ton premier salaire.

— Merci.

Elle cacha son malaise derrière un sourire. La solution qu'il proposait l'aurait satisfaite si ce nouvel emploi avait la réalité que Rush imaginait. Quand tout serait fini, elle laisserait un chèque à Melva avant de prendre le large, décida-t-elle.

Ils ne parlèrent plus avant d'arriver au « hangar à bateaux ». Le chauffeur entra dans le garage et les laissa porter les sacs à l'intérieur. Rush se dirigea vers la baie vitrée coulissante donnant sur la terrasse, face au port de plaisance, et il resta là, lui tournant le dos, manifestement tendu.

Enfin, il pivota vers elle mais il ne sourit pas.

— Une livraison en provenance du supermarché voisin devrait arriver bientôt.

— Tu m'as dit que tu ne vivais plus ici.

— Je ne vis plus ici mais j'ai passé cette commande pour toi, pendant que tu faisais ta valise.

— Je vois.

Son regard impénétrable la fixa soudain.

— Je me demande ce que tu vois exactement.

Il joua avec ses lunettes de soleil.

— J'ai un truc en fin d'après-midi auquel je suis obligé de me rendre. Mais j'ai le reste de la soirée libre. Veux-tu que nous dînions ensemble ? reprit-il.

— Si cela ne t'ennuie pas, je préfère rester seule et me reposer.

Elle avait grand besoin de solitude après le voyage et surtout après cette journée épuisante à plus d'un titre.

Il poussa un gros soupir.

— T'ai-je déjà dit que ton indépendance me plaisait beaucoup ?

Elle fut incapable de retenir la réponse cinglante qui monta aussitôt à ses lèvres.

— Jamais ! Pas une fois.

— Vraiment ? J'aurais dû le mentionner.

De nouveau, il sourit d'un grand sourire chaleureux, et ses yeux bleus pétillèrent de malice.

— Fais comme chez toi. Je te fais déposer une voiture dans la soirée. Si elle ne te plaît pas, tu me le diras demain en arrivant au bureau.

— Formidable.

Elle n'allait pas continuer à lui reprocher sa générosité. Il venait de lui offrir la seule chose dont elle avait vraiment besoin. Une soirée seule pour tenter de pirater sa banque de données sécurisée, le *cloud* de le feu journaliste Garmeaux.

— À quelle heure dois-je commencer ma journée, demain ? demanda-t-elle en le raccompagnant à la porte.

— Melva arrive toujours la première, dit-il. Je la prierai de te préparer ton bureau pour 8 heures.

Hochant la tête, Lucy le remercia une fois de plus et ferma la porte. Comme il l'avait fait tout à l'heure, elle s'approcha de la terrasse pour regarder les bateaux qui glissaient sur les eaux sombres de la baie. Ce spectacle lui avait manqué. Le panorama, l'espace, le luxe de cette maison, l'odeur de l'océan, lui avaient également manqué sans parler de l'énergie et de la chaleur de Rush qui irradiaient les lieux autrefois.

Mais ce n'était plus le cas. Il avait manifestement déserté le « hangar à bateaux » depuis un certain temps, et seule une odeur de propre flottait dans l'air. Elle monta son sac de voyage à l'étage et s'arrêta devant la porte de la chambre principale, du maître de céans. Elle était exactement comme elle l'était quand elle la partageait avec Rush. Et la vue du grand lit, du plancher de chêne et des meubles en bois comme des rideaux blanc et bleu marine lui donna un coup au cœur.

Troublée, elle remonta le couloir vers les suites réservées aux invités. Rush avait raison. La maison était assez grande pour accueillir Gwen et le bébé, et tous trois y seraient tout à fait à l'aise.

Elle ferma les yeux, submergée par une vague de culpabilité. Elle devait rester positive et croire qu'elle allait réussir, que tous les trois allaient s'en sortir. Tous les quatre, si elle comptait Rush.

Après avoir rapidement défait ses affaires pour donner de la crédibilité à son installation, au cas où une femme de ménage passerait dans les prochains jours, elle retourna en bas.

Se sentant comme une intruse dans une maison que Rush avait meublée et décorée pour lui-même, Lucy posa son ordinateur portable sur le bureau dans l'élégante petite bibliothèque. Elle alluma l'appareil et, en attendant que le système démarre, elle s'absorba dans la vue du Golden Gate.

Après s'être connectée, elle s'installa confortablement dans un fauteuil en cuir pour lire ses mails. Le contrat de GrayBox était là, avec le manuel du nouvel employé et d'autres documents qu'elle devrait signer.

Le manuel la fit sourire. Elle était fière de la réussite de Rush, de tout ce qu'il avait accompli. À dix-sept ans, il avait été emprisonné dans un centre pour jeunes délinquants et, pourtant, il avait réussi à s'en sortir et à atteindre les sommets. Son parcours était étonnant. S'il y avait un élément positif dans le cauchemar dans lequel l'avait plongée Kathrein, c'était la possibilité qui lui avait été donnée à cette occasion de voir Rush dans son élément, à la tête d'un véritable empire informatique.

Une fenêtre de message instantané apparut sur son écran. Le nom lui était inconnu, et elle fronça les sourcils.

Un rapport sur l'état d'avancement de votre mission est requis.

Kathrein. Comme si le mot laissé dans sa chambre d'hôtel ne l'avait pas déjà terrifiée !

Lucy se recroquevilla et sentit un frisson de peur parcourir son échine.

Elle répondit aussitôt dans la fenêtre de messagerie :

Vos invités sont-ils en sécurité ?

Plus tard. Envoyez-moi d'abord votre rapport.

Elle soupira. Il avait tous les pouvoirs sur elle, et ils le savaient tous les deux. Elle tapa sa réponse :

J'y travaille.

Et une photo apparut dans la fenêtre.

Sur le cliché, Jackson souriait, perché sur les genoux de Kathrein. Ce dernier avait tout d'un gentil grand-père jouant innocemment avec son petit-fils jusqu'à ce que Lucy remarque un homme derrière lui, un homme armé d'un pistolet qu'il pointait sur la tête du bébé.

Ses yeux se remplirent de larmes, et sa gorge se serra. Ses mains tremblaient, mais elle parvint à sauvegarder la photo pour l'étudier ultérieurement, espérant trouver un indice qui lui permettrait d'identifier l'emplacement de leur prison. Sachant qu'il ne servait à rien d'interroger Kathrein sur Gwen et qu'il était tout aussi inutile de le supplier, elle lui dit ce qu'il voulait entendre et pria pour réussir à effectuer sa mission et à répondre à ses exigences.

Vous aurez bientôt les dossiers demandés.

Cessez de perdre du temps.

Une autre photo apparut, représentant cette fois Rush et elle devant l'hôtel.

Elle se frotta les bras pour chasser le froid qui l'avait gagnée en découvrant cette preuve supplémentaire que quelqu'un, envoyé par Kathrein, l'avait suivie toute la journée à son insu.

Elle ne pouvait pas continuer à se montrer aussi naïve, aussi inconsciente. Comment n'avait-elle pas remarqué cette filature ?

La fenêtre disparut, et Lucy se précipita vers la petite salle de bains au bout du couloir, son estomac ne supportant plus le stress provoqué par ces menaces. Quand elle cessa de vomir, elle laissa couler ses larmes.

Les jambes faibles, elle se passa de l'eau sur le visage puis retourna au bureau et se mit à travailler dans l'espoir de sauver sa famille.

4

Jeudi 17 décembre, 7 h 20.

Rush réussit à arriver au siège de GrayBox avant Melva. Aussi, quand cette dernière sortit de l'ascenseur, le café était en train de passer.

— Bonjour, dit-il tout en continuant à vider le bureau de Trish pour Lucy.

En le reconnaissant, Melva s'arrêta net et le regarda un moment à travers les cloisons de verre.

— Vous êtes bien matinal, aujourd'hui, lança-t-elle.

— Il faut un début à tout. Je n'arrivais pas à dormir, reconnut-il sans cesser de s'activer.

Melva s'approcha. Comme à son habitude, ses cheveux argentés étaient parfaitement coiffés, et son discret maquillage impeccable. Rush avait tenté un jour de lui demander son âge, mais elle l'avait sèchement remis à sa place, et il avait préféré ne pas insister.

Intelligente et diplomate, elle arrivait à manager les différentes personnalités des cadres dirigeants de GrayBox avec efficacité.

En comprenant qu'il était en train de ranger les tiroirs, elle plissa les yeux.

— Avez-vous enfin retrouvé votre bon sens et décidé de vous séparer de Trish ?

Avec lui, elle se montrait un peu maternelle, songea Rush.

— Trish a été mutée au service marketing, répondit-il. Ce poste correspond mieux à ses compétences.

Comme Melva esquissait une grimace de dédain, il se tourna vers elle.

— Eh bien, quoi ? Je pensais que vous seriez contente.

— Cette fille a peut-être décroché un diplôme — et je me demande bien dans quelle pochette-surprise —, mais ça ne veut pas dire qu'elle a des compétences, affirma-t-elle.

Elle promena son regard autour d'elle et ajouta :

— Et d'ailleurs, pourquoi ne vide-t-elle pas son bureau elle-même ?

— Je préférais m'en charger.

Melva pinça les lèvres.

— De mon côté, vu le mauvais caractère de Trish, j'ai voulu venir tôt pour m'assurer qu'à l'arrivée de Lucy elles n'allaient pas se crêper le chignon.

— N'exagérez pas, je vous en prie. Vous arrivez toujours à la première heure.

Elle lui décocha un sourire approbateur.

— Vous avez bien fait d'engager Lucy. Vous avez besoin de quelqu'un comme elle.

— Elle est surqualifiée pour un poste d'assistante.

L'attaque était la meilleure défense, la meilleure façon de sauver la face, Rush le savait.

— Mieux vaut une fille surqualifiée qu'une idiote comme toutes celles qui se sont succédé à ce poste ces derniers mois, rétorqua Melva.

Ouvrant un tiroir, elle en montra le contenu à Rush.

— Regardez ce mascara, ce rouge à lèvres et ce vernis à ongles. La seule place que Trish rêve d'occuper est celle d'épouse du P-DG, conclut-elle avant de tout jeter dans le carton d'objets personnels.

— Elle savait qu'elle ne le deviendrait jamais, répliqua-t-il. J'ai toujours été très clair sur ce point. Et qu'elle prenne soin d'elle et de son apparence ne me dérange pas.

— *Je* prends soin de moi et de mon apparence, rectifia Melva. Ce que fait Trish est différent. Elle cherche à séduire les hommes riches et puissants, et vous le savez. Elle est très jolie, mais si vous grattez un peu, vous constatez vite qu'il n'y a rien sous le vernis.

Il était difficile de le nier.

— Je lui suis reconnaissant d'avoir assuré la transition, dit Rush.

— De quelle transition parlez-vous ? Au bureau ou dans votre vie ?

Rush préféra ignorer la remarque, judicieuse au demeurant. Trish avait toujours su qu'il ne cherchait pas à nouer une véritable relation avec elle. Elle s'était servie de lui pour booster sa carrière, et il s'était servi d'elle pour épater la galerie et parfaire son image. Cet échange de bons procédés leur était mutuellement bénéfique, et il avait toujours été clair sur la vraie nature de leur collaboration.

Il ne pouvait même pas qualifier de « relation » le temps qu'il avait passé avec Trish. Ce mot ne faisait plus partie de son vocabulaire depuis que Lucy était sortie de sa vie. Peut-être n'avait-il d'ailleurs jamais employé ce terme, y compris avec elle. Il serra les dents pour repousser la vieille douleur qui revenait à la charge. Il avait dit à Lucy que la balle était dans son camp, qu'elle déciderait seule de l'avenir de leur relation personnelle, amoureuse. Il n'avait jamais fait une promesse aussi bête.

Elle l'attirait toujours, ce qui défiait toute logique. Un an plus tôt, elle l'avait quitté sans explication, et il n'était même pas parvenu à la détester pour l'avoir aussi salement plaqué. À l'époque, il s'apprêtait à demander sa main… Il était à mille lieues d'imaginer qu'elle organisait déjà son départ. Son orgueil blessé n'était rien comparé à la souffrance de l'avoir perdue.

La veille, quand elle était venue le trouver pour solliciter du travail, il aurait dû l'envoyer promener. Au lieu de quoi, il avait été ravi de l'accueillir de nouveau dans l'entreprise. Plus que ravi. Aux anges…

Il n'avait pas pu s'empêcher de tout lui donner : un poste au sein de GrayBox, mais aussi sa maison sur la marina, une voiture. Malgré les secrets qu'elle refusait de partager avec lui. La veille au soir, il avait dû se rendre à un cocktail d'affaires, mais pendant toute la soirée ses pensées n'avaient pas quitté Lucy. Elle était de retour, et il voulait profiter de sa présence chaque jour, à chaque instant.

Bien sûr, il espérait surtout la reconquérir et trouver le moyen de partager à nouveau son lit avec elle pour profiter de sa présence la nuit aussi. Mais pour y parvenir, il devait déjà couper les liens qu'il avait vaguement noués avec Trish.

— Trish trouvera quelqu'un de bien au service marketing, dit-il. Je lui fais confiance pour s'amouracher d'un garçon plein d'avenir, et il n'en manque pas au sein de GrayBox. Et cela vaudra mieux pour tout le monde.

Melva ne chercha pas à cacher son scepticisme. S'emparant d'un cahier qu'il avait jeté dans le carton, elle l'ouvrit et le lui tendit. Des mots entourés de petits cœurs remplissaient des pages entières.

Mme Grayson.

Mme Rush Grayson.

M. et Mme Grayson.

Mme Trish Grayson.

Elle avait une belle écriture.

Rush secoua la tête.

— Je ne comprends pas ces délires ! Elle savait qu'elle n'avait aucune chance de se faire passer la bague au doigt. J'ai toujours été clair, répéta-t-il.

— Vous avez cru l'être.

— Je ne lui ai jamais donné le moindre élément pour imaginer qu'une relation dans la durée soit une option. Alors, le mariage !

— Je n'ai pas besoin de vous demander pourquoi vous n'aviez pas envie de jouer les prolongations avec cette fille, répondit Melva en refermant le carton contenant les affaires de Trish pour l'emporter.

— Laissez-moi m'en occuper, protesta Rush.

— Ne vous inquiétez pas, ce n'est pas lourd. Je vais le mettre sous mon bureau.

Lorsqu'elle s'exprimait sur ce ton, il savait qu'il était inutile de discuter.

Maintenant, il devait effacer de l'ordinateur tous les dossiers que Trish avait pu y mettre et dont Lucy n'aurait pas besoin. Lorsqu'il tomba sur un fichier au titre glaçant « INVITATIONS MARIAGE », il resta un instant pétrifié, au bord du malaise. Trish l'avait créé la veille quand il lui avait envoyé une liste des emplacements possibles pour des camps d'été.

Seigneur ! Qu'avait-elle été imaginer ?

Il devait une fière chandelle à Lucy. En réapparaissant par surprise dans sa vie, elle l'avait sauvé sans le savoir d'un piège qu'il n'avait jamais soupçonné. Il se frotta le visage. Sans doute ferait-il mieux de donner un nouvel ordinateur à Lucy pour lui permettre de commencer à travailler sur de bonnes bases. Il n'avait aucune raison de lui cacher quoi que ce soit de sa vie personnelle. La presse de caniveau répandait des ragots sur lui et sur ses prétendues conquêtes amoureuses, mais c'était sans importance. Certes, il n'avait pas vécu comme un moine pendant son absence. Simplement, il n'avait pas été heureux.

Cette prise de conscience inattendue l'ébranla. Bien sûr, qu'il avait été heureux ! Il avait propulsé sa société au sommet, et il avait fait de GrayBox la référence en matière de stockage ultra-sécurisé de données sensibles. Quant à sa vie personnelle, elle était distrayante et utile à ses affaires. Il n'avait pas besoin de relations amoureuses sérieuses pour réussir.

Alors, quel était son problème ?

Il éteignit l'ordinateur de Trish et le débrancha. Il envoya un texto pour commander le matériel et les logiciels dont Lucy aurait besoin pour travailler. Il demanda qu'ils lui soient livrés au plus vite.

Au départ, il ne profiterait de sa présence que pendant la journée, pendant qu'elle exercerait les fonctions d'assistante personnelle, mais il saurait se montrer patient et il espérait parvenir à atteindre son objectif ultime : la reconquérir.

Ce qu'ils avaient partagé était unique, même s'il n'avait pas su le lui dire, à l'époque. Leur passé lui donnait matière à la convaincre de vivre de nouveau avec lui une véritable passion.

Peu avant 8 heures, les portes de l'ascenseur s'ouvrirent, et Lucy apparut. Elle semblait détendue en s'approchant de Melva pour la saluer, un sourire aux lèvres. Elle portait une robe bleu saphir — une couleur qui rappela à Rush la baie de Wineglass en Australie où il s'était rendu quelques mois plus tôt avec Sam Bellemere, son ami et cofondateur de GrayBox. Ses cheveux bruns tombaient souplement sur ses épaules, et ses talons claquaient sur le sol marbré. Comme elle s'avançait vers lui, il se surprit à lister inconsciemment ce qui la différenciait de Trish. De leur sourire à leurs chaussures, les deux femmes étaient comme le jour et la nuit. Le sourire de Lucy était confiant et ouvert, même si, à cet instant précis, elle semblait un peu intimidée. Quand elle souriait, Trish avait toujours une lueur calculatrice dans le regard. Physiquement, elles étaient également très différentes. Trish était grande et sèche tandis que Lucy avait des courbes féminines où il fallait. Lucy avait un faible pour les talons aiguilles, il le savait, mais ceux de Trish auraient pu être comparés à des armes.

Lucy s'arrêta sur le seuil de la pièce.

— Bonjour, Rush.

Il enfonça les mains dans ses poches pour s'interdire de la prendre dans ses bras. Il ne voulait pas lui faire peur.

— Bienvenue à bord ! dit-il avec chaleur. Le chef du personnel t'a-t-il envoyé des documents ?

Le sourire de Lucy s'élargit.

— J'ai lu toute la documentation qu'il m'a adressée hier soir. Quelles que soient les personnes qui l'ont rédigée, elles ont fait du bon travail. Tout m'a paru clair et complet.

— Merci.

Rush s'était toujours entouré des meilleurs, sachant que dans une entreprise la qualité du personnel était la clé de la réussite. Certes, le fait d'avoir un jour embauché Trish pour être son assistante tendait à prouver le contraire. Mais elle avait été l'exception qui confirme la règle, et maintenant il avait la meilleure des collaboratrices pour le seconder. C'était la seule chose qui comptait.

— Un nouvel ordinateur va t'être livré sous peu, dit-il. Je te laisse. Quand tu seras installée, retrouve-moi dans mon bureau avec un café. Nous allons consacrer la matinée à te remettre dans le bain.

— Parfait.

Elle posa son sac sur le bureau, glissa son attaché-case dessous et se tourna vers lui.

— Voilà, je suis prête.

— Tu n'as rien apporté pour personnaliser ton espace de travail ? s'étonna-t-il.

Il s'efforça de lui cacher sa colère. Cherchait-elle encore à prendre ses distances avec lui ? Il ne le tolérerait pas.

Elle promena les yeux sur sa table de travail sur laquelle, en effet, rien ne traînait.

— Je… Euh…

Finalement, elle s'éclaircit la voix.

— Comme je te l'ai dit, la plupart de mes affaires sont encore rangées dans un garde-meuble. Et je ne savais pas que je disposerais d'un bureau pour moi toute seule, ajouta-t-elle.

La voir se torturer les méninges pour trouver en vitesse une explication valable irrita Rush au plus haut point. Elle avait certainement quelqu'un d'autre dans sa vie, se dit-il, un autre homme, et elle ne voulait pas qu'il le sache.

— Tes méthodes de travail ont-elles changé ? demanda-t-elle.

— Que veux-tu dire ?

— Je me souviens que, au bureau, tu aimais te consacrer totalement à tes tâches professionnelles et que tu exigeais le même comportement chez tes collaborateurs. Voilà pourquoi j'ai l'intention de ne faire que travailler pendant mes heures de travail. Je m'occuperai de décorer mon espace sur mon temps libre.

Il n'avait pas volé ce recadrage poli, songea-t-il. Il se passa la main sur la nuque, tentant de soulager ses tensions.

— Tu as raison. Cela n'a pas changé.

Avant, lorsqu'il avait un problème à régler, une question à traiter, il creusait le sujet jusqu'au moment où il estimait avoir trouvé une solution parfaite. Il avait beaucoup de travail maintenant, et Lucy n'avait pas à savoir qu'il la considérait, elle, comme sa priorité n° 1.

— On y va ?

Elle pencha la tête, ses cheveux balayant ses épaules. Il voulut croire qu'elle les avait laissés détachés pour lui, parce qu'elle se souvenait qu'il adorait cette coiffure.

— Bien sûr.

Il l'entraîna dans la pièce voisine et déroula les stores opaques pour les isoler des autres.

Cette fois, il s'assit à son bureau.

— Préfères-tu utiliser un calepin ou une tablette ? demanda-t-il.

Il avait anticipé sa réponse. Il la connaissait si bien.

— Une tablette, si possible.

Un point pour moi, songea-t-il en lui en tendant une.

— Elle a été préchargée pour les employés de GrayBox avec des applications spécifiques, un nom d'utilisateur et un mot de passe. Bien entendu, il t'appartient de la personnaliser, à présent.

— Je le ferai sur mon temps libre, répondit-elle en souriant.

Frustré, il se rendit compte qu'elle avait la capacité de se comporter avec lui comme s'ils n'avaient jamais été autre chose qu'amis.

— As-tu bien dormi, cette nuit ?

Manifestement interloquée, elle hésita.

— Très bien, merci.

— Tant mieux.

Tentant d'effacer de son esprit les images de Lucy dans le grand lit du hangar à bateaux, les cheveux répandus sur l'oreiller, il commençait à lui expliquer comment il organisait son planning quand la porte de son bureau s'ouvrit.

Comme il se levait, étouffant un juron, Trish apparut. Elle se pressa contre lui dans une étreinte trop intime pour le bureau.

— Les stores intérieurs sont déroulés, dit-il, s'efforçant à grand-peine de dissimuler son agacement.

Elle écarta l'argument d'un geste, laissant ses mains aux ongles manucurés voleter comme des papillons.

— Je sais que cela ne s'applique pas à moi, chéri.

Elle darda le regard sur Lucy avec ce sourire calculateur que Rush connaissait par cœur.

— Trish, laisse-moi te présenter Lucy Gaines qui va devenir ma nouvelle assistante.

Il n'aurait pas dû être surpris par la façon chaleureuse avec laquelle Lucy salua Trish. En revanche, comme il aurait pu s'en douter, cette dernière fut glaciale. Il se promit de le lui reprocher plus tard, en privé.

— Bonjour, marmonna-t-elle.

Il tenta de pousser Trish vers la porte. La veille, après le cocktail avec le maire de la ville, ils avaient discuté des différents emplacements possibles pour le camp d'été et de sa mutation au service marketing. Elle avait accepté ce changement de poste, il n'était pas question qu'elle vienne tout remettre en question, ce matin. Et si elle avait feint de croire qu'elle pourrait devenir un jour l'épouse du patron, elle savait sans l'ombre d'un doute qu'il ne supportait pas les esclandres au bureau.

— J'ai besoin de dire un mot à Rush en privé, expliqua-t-elle d'un ton si doux qu'il ne la reconnut pas. Si vous voulez bien nous excuser…

— Bien sûr, répondit Lucy en se levant. Je dois justement passer voir le chef du personnel. Je reviendrai quand vous aurez besoin de moi.

Il regarda Lucy prendre la porte avec la discrétion d'une véritable assistante.

— Les stores étaient déroulés, Trish, dit-il d'un ton sec.

Il préférait ne rien dire de plus.

— J'avais remarqué. Mais ma mutation au service marketing m'a contrariée, et j'ai eu envie de monter voir si mon Rush chéri allait trouver un moment pour moi dans sa journée…

Tout en parlant, elle lui caressa la joue de façon suggestive.

— Trish…

Il se réinstalla à son fauteuil et la repoussa quand elle tenta de s'asseoir sur ses genoux.

— Trish. Tu es diplômée en communication.

Elle battit des cils, attendant avec impatience qu'il continue.

— Le service marketing a de la chance de te compter désormais parmi ses membres. Et tu savais bien que tu n'occupais les fonctions d'assistante que provisoirement.

Elle cessa de sourire.

— Qui est cette femme, Rush ?

Comment pouvait-il répondre sans déclencher un esclandre ?

— Une collaboratrice, dit-il. Elle a un carnet d'adresses, des contacts qui devraient me permettre de décrocher des contrats important pour nous.

— Pour « nous » ? Pour toi et moi, tu veux dire ? demanda-t-elle en lui prenant amoureusement la main pour mêler les doigts aux siens.

Bien entendu, en disant « nous », il pensait à la société GrayBox dans son ensemble. Il se souvint brusquement des pages du cahier remplies de « Mme Trish GRAYSON », du dossier « INVITATIONS MARIAGE », et un frisson glacé le parcourut.

Il l'écarta.

— Bonne chance dans tes nouvelles aventures au service marketing. Je suis sûr que tu vas faire un malheur là-bas.

— Merci.

Elle se pencha vers lui pour l'embrasser, veillant à lui offrir une vue imprenable sur son décolleté. Mais il s'arrangea pour lui donner un baiser amical sur sa joue. Blême de colère, elle l'examina un moment avant de se ressaisir et de lui sourire.

— Ne travaille pas trop dur, chéri. À plus tard.

Quand la porte se referma derrière elle, Rush utilisa une télécommande pour la verrouiller. Il avait besoin de quelques instants pour recouvrer son sang-froid. Le comportement de Trish à son égard était totalement inapproprié. Elle ne respectait pas les conditions sur lesquelles ils s'étaient pourtant mis d'accord. Elle devait se montrer affectueuse avec lui uniquement en public, pour amuser la galerie. Jamais par le passé, elle ne s'était laissée aller ainsi au bureau. Se remémorant les avertissements de Melva, il espéra que celle-ci se chargerait de recadrer Trish.

Il faillit éclater de rire. Jamais Melva n'accepterait de jouer ce rôle, il le savait.

Quoi qu'il en soit, Rush n'était pas taillé pour un mariage conventionnel. L'exemple de ses parents l'avait dégoûté à jamais de la vie conjugale. À force de faire des heures supplémentaires, de passer leurs week-ends à travailler, ils étaient à bout de nerfs et ils se disputaient en permanence. Rush avait gardé en mémoire les innombrables conflits à propos de l'argent, les claquements incessants de portes, les cris de son père et les larmes de sa mère… Rien ne lui avait été épargné.

Pour ne plus les entendre, pour s'extraire de l'ambiance de plus en plus pesante qui régnait à la maison, Rush avait trouvé une échappatoire avec l'informatique. S'enfoncer chaque jour davantage dans la logique infaillible des ordinateurs l'avait protégé.

Beaucoup de gens parlaient d'amour comme s'il s'agissait d'un concept tangible, mais Rush doutait de sa réalité. La plupart des personnes ne comprenaient rien aux programmes qui alimentaient pourtant leur vie. L'informatique avait un véritable impact sur leur quotidien et le pouvoir de tout changer. L'amour n'avait jamais eu la faculté de modifier quelque chose ou quelqu'un. Pour Rush, l'amour n'était qu'un mot creux.

Lucy avait été la seule femme à lui avoir un jour donné envie de renoncer à sa vie de célibataire endurci. Volontaire et indépendante, elle l'avait toujours accepté tel qu'il était. Elle lui avait laissé de l'espace pour réfléchir et travailler. Elle ne se plaignait pas quand il interrompait un baiser pour noter une idée. Elle partageait son avis sur l'amour. Elle savait que les sentiments allaient rarement de pair avec l'harmonie sexuelle.

Il voulait retrouver cette magie. Il découvrirait le moyen de la faire revenir à lui. Plus que son corps, il aimait qu'elle ait été pour lui une véritable partenaire avec qui il pouvait discuter d'égal à égal de projets professionnels. Non seulement, elle s'était montrée tendre et affectueuse avec lui, mais il avait toujours eu l'impression qu'elle le comprenait et l'acceptait de manière inconditionnelle. Personne ne lui avait autant donné, personne ne l'avait entouré de tant de dévouement, personne, jamais, ne l'avait rendu aussi heureux.

Armée de sa tablette, Lucy quitta l'étage réservé à l'exécutif pour se diriger vers les Relations Humaines, laissant Rush et Trish s'entretenir en privé. Les tabloïds ne répandaient pas une image très objective de cette femme. Ils mettaient en avant son côté glamour en occultant son côté arriviste.

En quelques instants, la petite amie de Rush avait donné un aperçu très parlant de la façon dont ils occupaient leur temps hors du bureau. Lucy se reprocha de souffrir de les voir se comporter en amoureux. Puisqu'elle se souciait toujours de cet homme et ne lui voulait que du bien, ne devrait-elle pas se réjouir de son bonheur ?

Elle n'avait pas le droit de se sentir blessée ou mise à l'écart par Rush. Elle avait pris la décision de le quitter le jour où il l'avait fait attendre une fois de trop dans un restaurant. Une petite voix dans sa tête se demanda s'il faisait plus d'efforts, s'il se comportait plus galamment, maintenant. En tout cas, le comportement de Trish le laissait penser.

Lucy refusa de s'attarder sur sa jalousie mal placée. Elle ne serait pas là longtemps — il ne lui restait que cinq jours pour répondre aux exigences de Kathrein —, mais elle voulait que dans ce laps de temps tous les cadres et employés de GrayBox sachent qu'elle avait les capacités intellectuelles nécessaires pour effectuer le travail correctement. Être mise dans le même sac que la personne qui l'avait précédée au poste froisserait son amour-propre.

De toute façon, faire profil bas était plus malin dans l'immédiat. Et plus elle en apprendrait sur l'entreprise et son personnel, plus elle aurait de chances de réussir ce que lui demandait Kathrein. La veille au soir, après de trop nombreuses tentatives avortées pour s'infiltrer dans le *cloud* du journaliste, elle avait sans le vouloir bloqué le système. Il ne lui restait plus qu'à réessayer du bureau en espérant que, cette fois, elle trouverait une faille qui lui permettrait d'aboutir.

Après s'être entretenue avec le responsable du personnel, elle passa voir les autres services, n'évitant que les bureaux dédiés au marketing.

Lucy posa plusieurs questions à la petite équipe chargée de fournir un soutien technique aux salariés. À l'invitation du directeur du département, elle repartit avec une assiette de canapés et de petits fours pour la partager avec Melva.

Quand elle remonta au dernier étage, réservé à l'exécutif, le bureau de Rush était encore invisible derrière les stores opaques. Il avait pensé à tout dans les moindres détails pour faire du siège de son entreprise un chef-d'œuvre à la fois pratique et artistique, songea-t-elle, impressionnée. Dans d'autres circonstances, travailler ici aurait été pour elle un rêve.

Dès qu'elle vit ce qu'elle apportait, Melva bondit de son siège, les yeux brillants de joie.

— Est-ce Joey qui vous a donné cette assiette ?

Lucy hocha la tête en souriant mais, très vite, une nouvelle vague de tristesse la submergea. Quand elle apprendrait sa trahison, Melva serait, elle aussi, déçue.

— Cet homme doit m'aimer à la folie pour m'offrir chaque jour les fruits de son génie culinaire, poursuivit Melva. Avez-vous déjà goûté ce qu'il confectionne ?

— Pas encore.

— Alors prenez une chaise et soyez prévenue : vous allez vite devenir accro.

Melva retira le film plastique qui couvrait l'assiette, et toutes deux se régalèrent de sandwichs et de petits fours qui étaient, en effet, un délice. Pendant qu'elles se restauraient, Melva expliqua à Lucy l'organisation générale de l'entreprise et la façon dont Rush gérait son temps.

Une fois rassasiée, Melva se tamponna délicatement les lèvres avec une serviette.

— Je vais vous présenter aux autres, puisque Son Altesse est toujours entre les griffes de Trish, dit Melva.

Une image incongrue de Rush attaché et offert sans défense aux caprices sexuels de Trish traversa la tête de Lucy. Ses joues s'enflammèrent quand elle se remémora la fois où ils avaient joué, les yeux bandés, dans ce qui avait été une nuit phénoménale de plaisir.

— Vous n'avez pas à vous inquiéter d'être prise pour une jolie écervelée intéressée comme l'est Trish, continuait Melva. Ils vont vous voir telle que vous êtes.

Tout comme au bon vieux temps, Melva lisait dans ses pensées comme dans un livre ouvert. Pourtant, Lucy espérait que cette fois elle n'y parviendrait pas. Elle était là pour pirater l'un des *clouds,* et si quiconque l'apprenait, sa mission en pâtirait.

Ne pense pas aux conséquences. Fais ce que tu as à faire.

Melva lui présenta le directeur financier, Ken Lawrence, ainsi que Torry Harrison, qui dirigeait le service Recherche et Développement. Elle serra la main des deux hommes, en félicitant intérieurement Rush de s'être entouré de tels talents.

— Je sais qui vous êtes, dit Torry en souriant. Rush vous cite à tout propos dans les réunions.

Lucy rougit pour une raison beaucoup plus appropriée, cette fois.

— Je l'ai entendu parler de vous et de votre perception innovante, lors d'une conférence qu'il a donnée à l'université alors que j'y étais encore étudiant. C'est un plaisir de mettre enfin un visage sur votre nom.

La veille au soir, quand GrayBox l'avait bloquée, Lucy avait passé le reste de sa soirée à lire la documentation sur le personnel de l'entreprise, en particulier sur les cadres supérieurs.

— Allez-vous accompagner Rush au gala de charité, ce soir ? demanda Ken.

— Oh ! je ne sais pas ! Je n'ai pas encore entendu parler de cette soirée, répondit-elle, jetant un coup d'œil à Melva pour lui demander de l'aide.

— Rush a décidé que GrayBox devait financer les travaux d'extension de l'hôpital pour enfants malades, répondit Melva. Il a réservé le Palace pour accueillir les festivités, ajouta-t-elle.

— Cela me semble formidable, dit Lucy.

Elle imaginait le couple glamour que formeraient Rush et Trish sortant d'une limousine pour monter les marches du magnifique bâtiment.

— Étant sa nouvelle assistante, vous devriez vous y rendre, dit Torry. Tous les membres du personnel de GrayBox seront là. Il faut dire que la plupart des invités sont des clients ou des collaborateurs présents ou futurs. Ce genre de réception est l'occasion de créer des liens et de poser les bases de coopérations à venir. Si vous souhaitez y aller, ma femme et moi pourrons passer vous chercher.

Lucy, qui n'avait pas le temps de faire les boutiques pour se trouver une tenue de soirée convenable, bafouilla une excuse polie.

Melva poussa un gros soupir.

— Torry veut juste impressionner Rush en arrivant avec deux jolies femmes à ses bras.

Lucy se mit à rire.

— Je pense que je vais devoir décliner l'offre pour cette fois. Peut-être l'année prochaine.

Si tout le monde se rendait à ce gala, elle serait seule dans les bureaux, ce soir. C'était l'ouverture qu'elle espérait.

— Nous donner votre opinion sur nos dernières innovations et nos prototypes serait encore mieux, dit Torry.

Elle vit le sourire encourageant de Melva.

— Pourquoi moi ? demanda Lucy. Je viens à peine d'arriver dans l'entreprise.

Elle ne voulait pas être intégrée à ce point.

— Comme je vous l'ai dit, Rush nous a beaucoup parlé de vous. Votre point de vue nous aidera à clarifier notre image de marque.

Sa tablette émit un petit bruit. Rush lui annonçait par un petit message qu'il l'attendait.

— On en reparle, d'accord ? Le patron me réclame.

— À croire qu'il a des petites antennes ! s'exclama Torry. S'il vous laisse respirer, passez me voir dans l'après-midi.

— D'accord.

Elle se hâta vers le bureau de Rush et le salua d'un geste à travers les cloisons de verre.

— Merci de ta patience, dit-il en lui désignant un siège. Trish…

Elle l'interrompit.

— Tu n'as pas de comptes à me rendre.

Elle préférait qu'il lui épargne les détails. Si Rush prétendait qu'il n'y avait rien entre lui et Trish, elle commencerait à rêver, ce qui nuirait à sa concentration. Et s'il avouait que les choses étaient sérieuses entre eux, elle en aurait encore le cœur brisé.

— Mon travail est de t'aider, ce qui signifie que c'est à moi de m'adapter à tes contraintes.

— D'accord.

Il retroussa les manches de son pull noir.

— Qu'avait donc à te dire Torry ?

Elle jeta un coup d'œil par-dessus son épaule.

— Melva s'est chargée des présentations, dit-elle. Il me parlait du gala de charité destiné à la collecte de fonds ce soir.

Rush leva les yeux au ciel.

— Ah oui ! ce gala !

— J'ai remarqué que cette soirée n'était pas dans ton agenda.

— J'ai tendance à laisser de côté les événements auxquels je ne compte pas me rendre, reconnut-il. Surtout ceux prévus en dehors des heures de bureau.

— Tu devrais quand même les noter, sinon tu risques d'accepter plusieurs invitations aux mêmes heures.

Elle mit le planning à jour, et Rush soupira quand le gala apparut sur son ordinateur.

— Melva m'a expliqué que cette collecte de fonds était importante pour toi. Elle est destinée à financer un projet d'extension de l'hôpital pour enfants malades. Pourquoi ne veux-tu pas y aller ?

— J'avais autre chose à l'esprit mais, en effet, je dois assister à cette soirée, répondit-il. Maintenant, sommes-nous tous synchronisés ?

Elle reporta son attention sur sa tablette.

— Nous allons le découvrir au cours des prochains jours.

Même si Kathrein vivait en reclus, il avait fallu presque une semaine à Lucy pour gérer tous ses rendez-vous et faire en sorte que tous les membres de son personnel et tous ses collaborateurs soient au courant de son planning. Bien qu'il ait rarement à voyager, les gens demandaient fréquemment à lui rendre visite ou à lui parler par vidéoconférence.

Elle sentit son ventre se nouer. Kathrein avait envoyé ces photos pour la torturer, mais aussi pour lui prouver qu'il tenait Jackson à sa merci. Penser qu'il avait séparé la mère et le fils rendait Lucy malade. Cela signifiait qu'il les avait emprisonnés quelque part près de son domaine de Chantilly. Ou pas. Kathrein avait trois propriétés en Europe, elle le savait, mais peut-être en avait-il d'autres éparpillées autour du globe. Avec son jet privé, il pouvait se rendre n'importe où et déplacer ses otages facilement.

— Lucy ?

— Oui ?

Revenant à San Francisco, elle reporta son attention sur l'autre milliardaire — bien plus beau — assis en face d'elle.

— Oui, nous sommes synchronisés. Désolée, j'étais ailleurs.

— Et pas dans un endroit agréable, observa Rush. Tu es de nouveau très tendue. Es-tu sûre que tout va bien ?

Elle sourit.

— Bien sûr. Hier, tu m'as dit que mes futures responsabilités ne se résumaient pas à filtrer tes appels et à gérer ton agenda. Peux-tu m'expliquer pourquoi le téléphone de mon bureau ne sonne pas ?

Il s'éclaircit la voix.

— Melva a l'habitude de se charger de mes communications.

— Je vais la prévenir tout de suite du changement. Et pour le reste ?

Il sourit, mais il y avait du regret dans ses yeux.

— Demain, nous verrons ça demain. Parle des appels à Melva et va discuter avec Torry. Il a besoin de ta perspicacité.

— Très bien.

Elle était à la porte quand il l'arrêta.

— Et mets quelque chose de personnel sur ton bureau d'ici la fin de la journée.

Elle se retourna et lui adressa un sourire joyeux.

— À tes ordres ! C'est toi le patron.

5

Rush avait mieux à faire que de regarder Lucy travailler à travers les cloisons vitrées qui séparaient leurs bureaux. Malheureusement, il n'arrivait à se concentrer sur aucun dossier. À plusieurs reprises, il avait voulu actionner l'interrupteur pour dérouler les stores intérieurs, mais chaque fois il y avait renoncé. La savoir de retour, la voir près de lui, sous ses yeux, à défaut de l'avoir à portée de main, le plongeait dans une joie sans mélange.

Craindre qu'elle disparaisse, simplement parce qu'il détournerait le regard un instant, était totalement irrationnel, mais il ne parvenait pas à se débarrasser de l'intuition qu'elle n'était pas revenue définitivement.

Cette conviction provenait sans doute de leur passé, ne cessait-il de se répéter. Son orgueil de mâle avait été meurtri par la brutalité avec laquelle elle l'avait plaqué. Alors qu'il avait toujours voulu être le meilleur, il l'avait perdue. Sans doute n'avait-il pas encore digéré son échec.

Une fenêtre de message instantané apparut dans un coin de son écran. Sam, qui se trouvait au sous-sol, lui demandait de descendre le rejoindre.

Irrité, Rush regarda de nouveau le bureau de Lucy. Une heure plus tôt, son nouvel ordinateur lui avait été livré, et elle était en train de se familiariser avec les systèmes et applications de l'entreprise. Jusqu'ici, malgré ses instructions, elle n'avait rien fait pour personnaliser son espace de travail. Mettrait-elle une photo de sa sœur et de son neveu ou peut-être un bibelot rapporté de France ? Pourvu qu'elle ne pose pas sur son bureau le portrait d'un autre homme !

Il se leva, fit deux pas vers Lucy, mais changea soudain de direction, préférant utiliser son ascenseur privé pour descendre. Il avait une entreprise à diriger et pourtant il avait passé la nuit à chercher sur Internet des détails sur la vie de Lucy. Le fait qu'elle ait travaillé pour un vieillard vivant en reclus ne lui avait pas facilité la tâche. Il n'avait aucun scrupule à utiliser les ressources de GrayBox pour enquêter sur elle, mais constater qu'elle avait réussi à garder sa vie personnelle secrète était exaspérant. Comment espérer la reconquérir s'il ignorait qui était son rival ?

Parvenu au sous-sol, l'espace dédié aux services de sécurité, il consacra un moment à mesurer le chemin parcouru. Sam et lui étaient partis de rien, mais ils avaient réussi à développer des logiciels ultra-performants. À une époque, alors qu'il n'était qu'un gamin, il passait ses journées à tenter de contourner des pare-feu et des algorithmes de protection infiniment plus faibles que ceux que GrayBox avait mis au point.

Tout en se dirigeant vers le bureau de Sam, Rush ne put réprimer un sentiment de fierté devant l'étendue de leur réussite. Ils s'étaient rencontrés dans un établissement pénitentiaire pour mineurs, tous deux ayant été condamnés pour avoir piraté des agences gouvernementales. Maintenant, ils étaient toujours amis et ils avaient uni leurs compétences pour fonder GrayBox. Des organismes gouvernementaux du monde entier avaient besoin des systèmes de sécurité qu'ils avaient développés. Leurs talents de hackers les avaient d'abord menés en prison avant de leur permettre d'accéder aux sommets, à la gloire. Ils étaient les meilleurs en conception et développement de logiciels dans le domaine du stockage ultra-sécurisé des données sensibles.

Rush attendit que son ami ait fini de pianoter sur son clavier, le visage éclairé par une rangée de moniteurs, pour demander :

— Qu'avais-tu donc de si confidentiel à me communiquer

pour ne pas avoir osé utiliser l'adresse mail de la société pour me le transmettre, Sam ?

Son vieux copain se redressa et fit craquer ses doigts.

— L'attaque est subtile, mais je garde toujours un œil sur ce qui se passe et j'ai l'impression que quelqu'un cherche à pirater notre dispositif de stockage, répondit-il avec un sourire.

Les attaques étaient assez courantes, GrayBox étant à la pointe du stockage ultra-sécurisé des données basé sur les *clouds*. De nombreux *geeks* — qui ressemblaient à Rush et Sam dans leur jeunesse — essayaient régulièrement de pirater GrayBox pourtant réputée inviolable. Celui qui y parviendrait s'en vanterait dans la petite communauté des hackers et gagnerait à juste titre l'admiration de tous.

Rush étudia les écrans, même si ce qui s'affichait n'était a priori pas évident à comprendre.

— As-tu relevé une adresse IP ?

Sam scruta l'écran.

— Non.

— Nos hackers visent-ils certains *clouds*, en particulier ? L'identité de nos principaux clients est de notoriété publique.

— Il est presque impossible de réussir à les pirater, répondit Sam avec une grimace écœurée. Contourner le système dépasse mes propres compétences.

— Alors pourquoi s'alarmer à propos de cette attaque-ci ? demanda Rush en s'asseyant sur le bureau.

— Quelqu'un a tenté de se faire passer pour l'administrateur du système central.

— Cela ne se produit-il pas tous les jours ?

— Pas en se servant d'un ancien identifiant, non, répliqua Sam en s'emparant de sa souris pour cliquer sur d'autres liens.

Rush écouta attentivement les explications de Sam. « Subtile » était en effet le bon mot pour qualifier cette attaque.

— Nous n'avons pas utilisé cet identifiant depuis des mois, si je comprends bien. Sur aucun compte ? En es-tu certain ?

— Sûr et certain. Nous changeons les identifiants tous les dix jours, par principe.

Rush se leva. À la vitesse à laquelle se développaient leurs avancées technologiques, un identifiant, un code d'accès ou même une adresse IP pouvaient devenir inutilisables en quelques mois. Que quelqu'un ait utilisé cet identifiant particulier était bizarre. Quand Sam et Rush étaient jeunes, ils s'en servaient lorsqu'ils laissaient des accès ouverts pour de futures utilisations. Cela dit, il n'était pas totalement impossible qu'un pirate informatique un peu futé soit parvenu à retrouver cette combinaison.

Sam se cala dans son fauteuil, les doigts pianotant les accoudoirs.

— As-tu viré quelqu'un dernièrement ?

— Personne qui soit capable de ce genre de choses.

— Ta dernière assistante n'avait donc aucune compétence en informatique ? s'étonna Sam. Cela dit, elle avait de jolies jambes. Ceci compense sans doute cela.

— Je ne l'ai pas virée. Je l'ai mutée au service marketing.

Il ne pouvait même pas dire qu'il l'avait éconduite. Pour respecter leur accord initial, il lui avait donné un emploi qui lui convenait, et puisqu'ils se rendraient ensemble au gala de charité ce soir, ils seraient encore considérés comme un couple par les médias.

— Et toi ? lança-t-il à Sam. Ne te serais-tu pas laissé aller à des confidences sur l'oreiller, dernièrement ?

— Tu plaisantes !

Sam se redressa pour désigner d'un geste les rangées d'ordinateurs alignés derrière lui.

— Tu es le seul à passer suffisamment de temps hors du bureau pour avoir une vie amoureuse.

Rush se mit à rire. C'était une vieille plaisanterie entre eux. D'une timidité maladive, Sam préférait mettre un écran entre lui et ses relations féminines. Ils avaient fondé un empire, amassé une fortune, et pourtant son copain manquait toujours de confiance en lui et fuyait les mondanités.

— Accompagne-moi au gala, dit Rush. Je te présenterai quelqu'un.

— Non merci. Je n'ai pas besoin d'entremetteur, protesta Sam.

Penché en avant, il lança une nouvelle recherche, qui ne donna rien. Frustré, il se recala dans son siège.

— As-tu contrarié quelqu'un, ces derniers temps ?

— J'exaspère beaucoup de gens en permanence, reconnut Rush. Mais je ne vois pas qui pourrait être derrière ce genre d'intrusion.

Sam poussa un soupir résigné.

— Bon. Cette attaque me trouble, et je compte y travailler pour en comprendre l'origine. Peut-être aurai-je une idée lumineuse cette nuit…

— Merci. De mon côté, je vais réfléchir et je te dirai si je trouve quelqu'un qui aurait pu utiliser cet identifiant.

Sam hocha la tête d'un air absent, les mains volant de nouveau sur le clavier. Ils formaient un bon tandem. Rush incarnait peut-être GrayBox aux yeux du public, mais Sam en était le bras actif et depuis que leurs deux cerveaux travaillaient de concert, ils dominaient totalement le secteur des logiciels et du développement. Quand un problème se profilait à l'horizon, ils prenaient les mesures qui s'imposaient pour le régler.

De retour dans son bureau, Rush passa en revue les notes de ses récentes conférences dans les écoles du coin. Avait-il utilisé par inadvertance leur identifiant secret pour illustrer ses propos ? Si tel était le cas, ce serait une première.

S'il ne cherchait pas à cacher ses origines et s'il n'hésitait pas à raconter ses déboires d'apprenti hacker, il veillait à ne jamais donner le moindre élément qui puisse permettre à l'un de ces gamins de se détourner du droit chemin.

En général, il préférait mettre l'accent sur la créativité et le travail acharné qu'il avait déployés pour faire de GrayBox une référence.

Lorsqu'il eut la certitude qu'il n'avait pas donné sans le vouloir de mauvaises idées à de jeunes *geeks* ambitieux, il reporta son attention sur son programme du jour. Il avait vraiment envie de décrocher un contrat avec la société qu'il avait rencontrée la veille, même s'il était sorti en pleine réunion. Vu la nature ultra-sensible des activités de ce cabinet de gestion du patrimoine, faire appel aux services de GrayBox aurait dû être une évidence pour eux. Un réflexe.

Certes, la période de Noël n'était pas idéale pour conclure ce genre d'affaires. Pourtant, il rédigea un petit mail à ces clients potentiels pour leur assurer qu'il se tenait toujours à leur disposition afin de repartir sur de nouvelles bases et de trouver avec eux la meilleure façon de préserver leurs données.

En relisant son texte, il se dit que ses avocats allaient avoir un infarctus s'il l'envoyait tel quel, aussi le supprima-t-il pour le réécrire. Le second jet fut encore pire que le premier. Découragé, il se leva et s'approcha des baies vitrées pour s'absorber un moment dans la vue spectaculaire de San Francisco.

Quelqu'un frappa doucement à sa porte, il se retourna, espérant voir apparaître Lucy. Mais quand Trish entra, il comprit que ce n'était pas son jour.

Pourquoi ne pouvait-elle pas rester à l'étage du marketing ? Derrière elle, le bureau de Lucy était désert. Pourquoi ses employées semblaient-elles toutes incapables de rester à leur place ?

— Tout se passe bien à ton nouveau poste ? demanda-t-il.

Elle haussa légèrement les épaules.

— Je n'ai pas à me plaindre.

Son ton sec et son petit sourire déclenchèrent aussitôt une alarme dans le crâne de Rush.

— À quelle heure la limousine passera-t-elle, ce soir ? demanda-t-elle.

— La limousine ?

Rush repéra Lucy dans la salle de conférences avec Torry. Apparemment, ils discutaient d'une présentation de nouveaux produits. Pourquoi étaient-ils seuls tous les deux ? Lucy avait croisé les jambes, et des souvenirs érotiques traversèrent l'esprit de Rush. Certes, il lui avait demandé de donner son avis éclairé à Torry, mais elle était son assistante à lui, elle ne devait pas l'oublier.

Il ferma les paupières, conscient que sa jalousie puérile n'avait aucun sens.

Trish claqua des doigts sous son nez pour l'obliger à reporter son attention sur elle.

— La limousine qui doit nous conduire ce soir au gala de charité, reprit-elle. C'est l'événement de la semaine, tout le monde ne parle que de ça. Ne me dis pas que tu as oublié.

— Non, non, bien sûr.

Ses yeux restaient rivés sur la salle de conférences où Lucy riait tandis que Torry souriait. Rush comprit qu'il devait se ressaisir avant de faire une bêtise comme de virer Torry sur-le-champ avec ses stock-options.

— Rush ? Rush !

— Oui ?

Quand il se tourna enfin vers Trish, il comprit à la colère qui brillait dans ses yeux et au rouge qui colorait ses joues qu'il était trop tard.

— Qui est cette femme ?

Il considéra sa fureur avec le détachement qu'il éprouvait toujours quand une petite amie devenait collante.

— J'ai déjà répondu à cette question, répondit-il d'un ton froid.

— Non, rétorqua-t-elle. Tu as esquivé le sujet.

Rejetant les cheveux en arrière d'un mouvement brusque, elle sortit de la pièce pour se rendre dans le bureau voisin qui, la veille encore, était le sien.

— Reviens ici ! ordonna-t-il.

Il ne voulait à aucun prix qu'elle fasse un esclandre.

Mais elle lui lança avec rage :

— Tu aurais pu au moins faire preuve d'un minimum de courtoisie en te montrant discret.

Comme elle fondait en sanglots, plusieurs têtes se tournèrent vers eux. Dont celle de Lucy.

— Trish, dit-il. Reviens dans mon bureau et parlons de cette histoire en adultes responsables. Je t'en prie, ajouta-t-il.

— C'est ta dernière conquête ? cria-t-elle, hors d'elle. Tu veux me rendre jalouse ?

— Cela suffit ! Tu n'y es pas du tout. Ce n'est qu'un stupide malentendu.

Attrapant un cadre sur le bureau de Lucy, elle le regarda et le brandit devant lui.

— Tu imagines sans doute que tu vas la séduire ?

— De quoi parles-tu ?

Et pourquoi n'avait-il pas installé des stores sur les cloisons vitrées de ses assistantes ?

— Tu n'as aucune chance, elle sera ton premier échec, imbécile ! hurla-t-elle en lui lançant le cadre à la figure.

Il le rattrapa de justesse avant qu'il s'écrase par terre.

— Trish, arrête !

— Non ! Je m'en vais, je démissionne. Je vaux mieux qu'un travail sans intérêt au service marketing. Quant à tes galas de charité et tes œuvres de bienfaisance, ils m'ennuient à mourir.

Elle s'essuya les joues d'un revers de main, mais en réalité ses yeux étaient secs. Les portes de l'ascenseur s'ouvrirent à son approche. Sans doute Melva avait-elle appelé la cabine. Trish s'y engouffra faisant claquer ses talons aiguilles d'un air théâtral.

Dans le silence qui suivit, Rush examina le cadre qu'il tenait toujours à la main et il sourit de soulagement. Pour personnaliser son espace de travail comme il le lui avait demandé, Lucy n'avait pas mis sur son bureau la photo d'un amant. Mais celle de Gwen et Jackson devant un sapin de Noël merveilleusement décoré. Trish avait cru que Lucy était gay.

Réprimant un fou rire, il remit le cadre à sa place et retourna dans son bureau, déroulant les stores intérieurs. Trish avait sans doute éprouvé le besoin de faire cette sortie pour préserver son amour-propre. Il le comprenait et saurait gérer les inévitables remous que la scène avait certainement provoqués parmi ses collaborateurs. Il était si content qu'elle soit sortie pour de bon de sa vie qu'il était prêt à en assumer toutes les conséquences.

Il tenait plus que tout à préserver sa vie personnelle, et tout le monde ici comprenait et respectait les limites à ne pas dépasser. Même Lucy.

Surtout Lucy, pensa-t-il avec une grimace.

Il envisagea un bref instant de lui proposer de l'accompagner au gala de charité, mais elle venait à peine d'être réembauchée au sein de la société. Lui demander d'y aller avec lui serait prématuré. De plus, il devinait aux cernes qui creusaient son ravissant visage qu'elle était fatiguée. Sans doute souffrait-elle encore du décalage horaire.

D'ailleurs, étant rentrée aux États-Unis avec seulement un sac de voyage, il se doutait qu'elle n'avait pas de tenue de soirée ni aucune robe assez habillée pour se rendre à un gala. « Je voyage léger », lui avait-elle dit. D'une certaine façon, ces mots le faisaient culpabiliser, sans bien comprendre pourquoi.

En général, il travaillait tard, jusqu'à 19 heures ou 20 heures. Mais là, il avait besoin de sortir et de s'aérer l'esprit pour se préparer. Il envoya un mot à Lucy pour la prévenir qu'il rentrait chez lui.

Pendant le court trajet jusqu'à son studio, il eut un bref moment de regret en songeant aux soirées chaleureuses qu'il avait passées avec Lucy dans le hangar à bateaux. Maintenant, il réintégrait un appartement moderne, froid et sans âme pour y faire réchauffer un repas cuisiné. Trish avait raison sur un point. Il avait été idiot de laisser Lucy s'en aller l'année dernière.

Il mit les plats au four à micro-ondes, se demandant s'il devait vraiment se rendre au gala de charité. Ce ne serait pas la première fois qu'il annulerait à la dernière minute. Les invités étaient pour la plupart riches et pleins de bonnes intentions.

Mais il ne pouvait se défiler. S'il voulait collecter assez d'argent pour les travaux d'extension de l'hôpital pour enfants, il se devait de participer à cette soirée.

La semaine dernière, il s'était rendu avec Sam au service de cancérologie pédiatrique pour apporter des consoles de jeux aux gamins et pour mesurer l'étendue des défis à relever. Ils avaient passé un bon moment à jouer avec eux, à leur montrer comment faire. Il n'était pas question de les laisser tomber parce qu'il était fatigué et n'avait pas trop le moral.

Il avala son dîner sans faire vraiment attention à ce qu'il mangeait. À contrecœur, il sortit son smoking pour le gala et, une fois habillé, appela le portier pour lui demander de sortir sa Porsche du garage.

Dans la voiture, il se remémora ses virées avec Lucy, ses rires tandis qu'ils longeaient les falaises durant les chaudes soirées d'été. Il s'obligea à repousser ses souvenirs. Il ne voulait plus songer à ses erreurs passées qui expliquaient sa solitude et sa tristesse actuelles.

Il aurait pu se rendre au gala à pied, mais en arrivant au volant de sa Porsche il comptait impressionner la galerie. Il était sensible aux regards admiratifs. Quand il s'arrêterait devant le Palace, qui accueillait le gala, il voulait que tous les yeux soient rivés sur lui.

La vie lui avait appris depuis longtemps que le meilleur moyen de sortir d'une situation difficile était de continuer à avancer.

6

Dehors, les ténèbres avaient envahi la ville, et les lumières des immeubles avoisinants scintillaient dans la nuit. Les employés de GrayBox étaient rentrés chez eux, et l'étage réservé aux bureaux de l'exécutif était désert et silencieux. Lucy aurait entendu une mouche voler. Son cœur battait la chamade, sachant qu'il lui restait peu de temps pour sauver Gwen et son fils.

Juste après le déjeuner, elle avait reçu une nouvelle photo de Kathrein avec Jackson sur les genoux. Le vieillard brandissait un calendrier sur lequel il avait barré de croix rouges les jours écoulés.

Loin de la rassurer sur le sort de sa famille, ce cliché avait glacé Lucy. Elle y voyait en effet, un peu en retrait dans l'ombre, le garde du corps du vieux milliardaire, l'arme au poing. Elle avait demandé qu'un cliché de Gwen lui soit envoyé, mais sa requête était restée sans réponse.

Elle n'avait qu'un moyen pour sortir de ce cauchemar. Il lui fallait réussir à s'introduire dans le *cloud* du journaliste, détruire son contenu et disparaître avant que quiconque s'aperçoive de ce qu'elle avait fait.

Revenir dans son existence n'avait abouti qu'à lui créer des ennuis.

Dans l'après-midi, sa petite amie actuelle l'avait plaqué. Il avait eu droit à un esclandre en public, lui qui avait ce genre de scène en horreur. Même si Rush avait couvert Lucy de paroles flatteuses, lui assurant que son expérience comme son intelligence lui seraient précieuses, elle savait que lorsqu'il comprendrait sa trahison il ne la lui pardonnerait jamais.

Depuis que Kathrein avait kidnappé sa famille et l'avait chargée de cette mission scandaleuse, elle s'était creusé les méninges pour se rappeler tous les trucs qu'elle avait appris en écoutant Rush parler de sécurité informatique. Elle savait qu'il n'était pas totalement impossible de hacker le dispositif. En mesurant les conséquences d'un échec, elle sentit un frisson glacé la parcourir et elle regarda la photo de Gwen et de Jackson, posée sur son bureau, pour se donner du courage.

Elle y arriverait, elle devait y croire. Rush lui avait dit un jour que très peu de systèmes étaient inviolables. Même si le principal argument publicitaire de GrayBox tendait à prouver le contraire, il y avait forcément un moyen de pirater la banque de données. La veille, elle était allée le plus loin possible pour tenter d'atteindre le *cloud* du journaliste, mais elle n'était parvenue à rien. Maintenant, son seul espoir résidait dans l'accès de l'administrateur lui-même. Elle espérait trouver une faille ou du moins une faiblesse dans le système qui lui permettrait de s'y introduire.

Lorsqu'elle avait fait le tour de l'entreprise, elle avait rencontré des salariés de tous les services et elle les avait interrogés sur leurs différents rôles au sein de la société, sous prétexte de comprendre comment les fonctions des uns et des autres s'emboîtaient entre elles et se complétaient. Les réponses obtenues lui avaient donné une vue d'ensemble qu'elle comptait utiliser pour réussir à pirater le système, mais elles lui avaient également confirmé que pour parvenir à ses fins Kathrein aurait dû faire chanter un vrai pirate informatique. Quelqu'un d'aussi bon que Rush avant qu'il se spécialise dans la protection des données.

Se prenant la tête entre les mains, elle s'ordonna de réfléchir. Rush lui avait également appris la valeur de la ténacité. Il le vivait au quotidien. Elle ne l'avait jamais vu lâcher un problème avant de l'avoir résolu. Les difficultés le stimulaient.

Voilà d'ailleurs pourquoi elle l'avait quitté sans un mot

d'explication et lui avait fait croire qu'elle avait un nouvel amant à Chicago. Cette dernière soirée n'avait pas été la première où il lui posait un lapin. Depuis le début, Rush avait toujours été clair. Sa priorité était et resterait son entreprise, pas sa petite amie. Il se dévouait corps et âme pour GrayBox, et ses relations amoureuses passaient toujours *après* le travail. Il n'était pas question pour lui de sacrifier ses objectifs professionnels pour une femme. Il avait besoin de sexe et d'amitié. Lucy ne lui avait jamais demandé de changer, de devenir quelqu'un qu'il n'était pas. Il n'y pouvait rien si elle n'avait pas respecté les règles et si elle était tombée amoureuse d'un homme qui ne croyait pas en l'amour. Il était perspicace. Elle s'était sentie obligée de rompre avant qu'il le découvre, avant qu'il comprenne la force de ses sentiments pour lui, avant qu'il la chasse parce qu'elle devenait dangereuse.

Frustrée de se laisser distraire par des pensées qui ne l'aidaient en rien à percer la sécurité de GrayBox, alors que le temps filait, elle se redressa dans son fauteuil. Promenant les yeux autour d'elle, elle s'attendait presque à voir Rush assis à sa table de travail. Mais son bureau était désert et plongé dans l'obscurité. À l'extérieur, par les baies vitrées, elle voyait briller les lumières de la ville.

Elle admirait Rush pour sa capacité à chercher en permanence à s'améliorer. Il avait une puissance de travail phénoménale qu'il mettait au service de ses clients, de son entreprise et de la communauté.

Un soir, alors qu'elle finissait de leur préparer un dîner au « hangar à bateaux », il lui avait montré à contrecœur une photo de Sam et de lui, adolescents. Le cliché avait été pris peu de temps après leur sortie de prison.

À dix-sept ans, il ressemblait encore à un petit dur avec ses cheveux trop longs et la volonté farouche qui brillait dans ses yeux bleus. Il n'avait pas eu de chance, il s'était fait pincer et avait été condamné à purger une peine de plusieurs mois, mais elle voyait sur le cliché qu'il cherchait déjà le moyen de revenir dans la partie.

Cette photo innocente lui avait montré tout ce qu'elle avait besoin de savoir sur Rush. Brillant, doté de génie en informatique et d'une grande capacité de travail, il s'était démené pour sortir de ses difficultés, et il n'avait pas vingt ans quand il avait monté avec Sam une start-up et gagné son premier million. Peut-être devrait-elle lui dire la vérité. Si quelqu'un pouvait comprendre la raison pour laquelle elle s'apprêtait à faire quelque chose de mal, c'était bien Rush.

Et si quelqu'un avait une chance de trouver comment régler le problème, c'était également lui. Lorsqu'ils sortaient ensemble et qu'elle travaillait sur des cas concrets pour décrocher son MBA, il lui avait souvent proposé des solutions parfois simples, parfois complexes, mais toujours sidérantes d'efficacité.

Mais là, il ne pourrait pas l'aider, elle était coincée. Si elle ne respectait pas à la lettre les consignes de Kathrein, sa sœur et son neveu le payeraient de leur vie. D'instinct, elle se tourna vers les baies vitrées, se demandant qui l'espionnait et si ce quelqu'un la regardait à cet instant précis.

Elle reporta son attention sur le bureau désert. Si elle parvenait à pénétrer dans le système de Rush, l'entreprise entière lui deviendrait certainement accessible.

À partir du code administrateur, elle pourrait trouver un moyen de manipuler les paramètres de GrayBox et accéder aux fichiers de Garmeaux.

Essuyant ses mains moites sur sa robe, elle se leva pour se diriger vers le sanctuaire de Rush. Dans le monde de plus en plus petit de la sécurité technologique, si une brèche comme celle-ci apparaissait au grand jour, il était ruiné.

Pour se donner du courage et surtout tenter d'alléger le poids de sa culpabilité, elle répéta plusieurs fois à voix haute :

— Tu n'as pas le choix.

Gwen et Jackson étaient la seule famille qui lui restait. Et au fond qui se plaindrait, qui protesterait ? Si elle parvenait à ses fins, Rush serait furieux, mais il se garderait évidemment d'en parler. Garmeaux était mort. Voler ses dossiers ne nuirait pas à sa réputation de journaliste.

Ce n'était pas vraiment une consolation, peut-être n'était-ce qu'un moyen facile d'étouffer sa mauvaise conscience, mais elle s'y accrochait.

En entrant dans le bureau de Rush, Lucy retint son souffle. Elle avait l'impression de commettre un sacrilège. Comme elle parvenait devant sa table de travail, une petite voix hurla dans sa tête, l'exhortant à ne pas aller plus loin.

Quand son ordinateur avait été installé, elle avait appris comment Rush segmentait le matériel et les logiciels pour les adapter à toutes les facettes d'activité de l'entreprise. Seuls Rush et Sam, en tant que responsables de la sécurité, avaient la possibilité de s'introduire dans tous les services. Et elle avait plus de chances de trouver les mots de passe de Rush que ceux de son partenaire.

Elle s'assit devant son bureau et posa les mains sur le clavier. Rush pourrait reconstruire un empire. Pendant sa visite de l'entreprise, elle avait vu toutes sortes de prototypes, d'idées en développement. Il était doté d'un tel génie créatif qu'il parviendrait à rebondir, alors que si elle échouait sa sœur et son neveu le payeraient de leur vie.

D'un bref regard circulaire, elle s'assura qu'elle était toujours seule à l'étage puis elle alluma l'ordinateur de Rush. Tandis qu'elle s'installait dans son fauteuil, elle huma les effluves de son eau de toilette. Familiers et envoûtants, ils déclenchèrent une nouvelle réaction. La culpabilité.

Avant de quitter Rush par réflexe de survie, ces fragrances n'évoquaient pour elle que des souvenirs heureux et sensuels. Elle avait alors l'habitude de s'endormir dans le grand lit du « hangar à bateaux », au creux de ses bras tendres et musclés, s'enivrant de son parfum viril.

Elle reconnut qu'il lui manquait. Elle s'était abandonnée avec Rush comme elle ne s'était abandonnée avec aucun homme avant lui. Elle lui faisait confiance dans la vie et au lit. Et contrairement à ce qu'avaient prétendu les rumeurs et les ragots, elle n'avait fréquenté personne d'autre depuis leur rupture.

Lorsqu'il découvrirait sa trahison, il ne lui accorderait plus jamais sa confiance. Il ne lui donnerait pas d'autre chance, jamais. Elle le savait. Rush comprendrait peut-être les raisons qui l'avaient poussée à pirater le *cloud* de Garmeaux, mais les avocats de GrayBox ne feraient preuve d'aucune magnanimité et la poursuivraient en justice. Refoulant les larmes qui brûlaient ses paupières, elle se remit au travail, cherchant les mots de passe que Rush aurait pu utiliser.

À sa grande surprise, elle trouva le bon à la deuxième tentative. Les éléments réunis par le journaliste sur Kathrein remplirent l'écran. Le bref sentiment de victoire qui la traversa fut vite balayé par la conscience de ce qu'elle devait faire, à présent. Et demain matin, elle retournerait en France par le premier vol pour retrouver sa famille. Rush ferait alors définitivement partie de son passé.

Le gala se déroulait exactement comme Rush l'avait prévu. Frustré et malheureux, il sourit aux nombreuses connaissances qu'il avait invitées tout en faisant semblant de siroter du champagne. Il ne raffolait pas de cette boisson mais il préférait ne pas prendre de whisky. Il était important de garder l'esprit clair, beaucoup de femmes l'ayant vu arriver seul.

Malgré ses efforts, il ne cessait de penser à Lucy. Avant, ils ouvraient souvent une bonne bouteille en fin de journée, pour se détendre. Mais avec Lucy, il avait connu des ivresses plus fortes que celles procurées par l'alcool et il lutta pour réprimer l'érection que le souvenir de sa peau douce provoqua instantanément. Leur complicité sensuelle avait été exceptionnelle.

Depuis le soir où, en rentrant chez lui, il avait trouvé le hangar à bateaux désert, il avait tout fait pour extirper Lucy de sa mémoire, pour l'effacer de son disque dur. Mais il n'y était pas parvenu.

Quelque part, il était furieux qu'elle soit revenue. Il avait peut-être réussi, professionnellement parlant, mais avec Lucy il avait échoué sur toute la ligne et il n'arrivait pas à s'en remettre. Cet échec ébranlait sa confiance en lui, même s'il veillait à ce que personne ne s'en doute.

La bague de fiançailles qu'il avait achetée était restée dans le coffre-fort du hangar à bateaux. Il n'avait jamais eu le courage de la rapporter chez le bijoutier. En fait, il n'était jamais retourné dans cette boutique. Par lâcheté, il préférait fréquenter d'autres joailliers pour ne pas avoir à reconnaître ses erreurs avec Lucy.

Arborant le grand sourire que chacun attendait de lui, il remplit sa part du contrat pour garantir la réussite de la collecte de fonds, serrant des mains, glissant un mot amical à l'oreille de ses invités dans l'espoir qu'ils se montreraient généreux. La cause qu'il défendait méritait ses efforts. Il accepta de poser pour des selfies, refusant de songer à la versatilité de l'humanité. Les gens avaient la mémoire courte. Seize ans plus tôt, il était en garde à vue et considéré comme la lie de la société. Ce soir, personne ne semblait gêné par ses exploits passés qui l'avaient pourtant conduit en prison, mais lui avaient permis par la suite de mettre au point un système garantissant la sécurité absolue de l'information stockée en ligne.

Comme le petit orchestre de jazz s'accordait une deuxième pause, Rush comprit qu'il pourrait bientôt quitter la soirée sans que personne en soit choqué. Il parcourut la salle du regard, se demandant si s'en aller au bras d'une jolie femme serait une bonne idée. Ce ne serait pas la première fois qu'il séduirait une inconnue pour une aventure sans lendemain.

Il aurait préféré avoir Lucy à côté de lui, échanger avec elle des regards entendus en écoutant le bavardage de ses invités. Elle avait le don d'écarter les gens trop insistants sans les froisser. Et avec elle il était toujours à l'aise en société, alors que seul il avait vite tendance à se sentir piégé.

Comme l'un des patrons de l'hôpital prenait le micro pour raconter une histoire déchirante sur un enfant malade, histoire destinée à générer une vague d'importantes donations, le téléphone portable de Rush vibra dans la poche intérieure de son smoking. Il quitta discrètement la salle de bal pour lire le texto qui venait de lui être adressé.

Il émanait de Sam qui lui demandait s'il avait envie de partager une pizza avec lui. Que signifiait ce message ? Tous deux avaient l'habitude de se faire livrer des plats cuisinés au bureau quand ils travaillaient tard. Mais ils ne se retrouvaient pas au siège pour dîner ensemble ! Ils préféraient aller au restaurant.

En tout cas, la perspective de partager une pizza avec son vieux copain le tentait beaucoup plus que de poursuivre la soirée au gala.

Il répondit, proposant à Sam d'en acheter deux en route.

Ce dernier lui renvoya un SMS :

En route ? Je pensais que tu étais dans ton bureau.

Tout en gagnant la sortie, Rush composa le numéro de Sam. Il était plus facile de lui parler directement que de communiquer par textos.

— Pourquoi crois-tu que je suis au bureau ? demanda-t-il quand Sam prit l'appel.

— Ton ordinateur est connecté.

Merde !

— Attends.

Rush réfléchissait à toute vitesse en attendant que le voiturier aille chercher sa Porsche. Sam lui proposa d'envoyer la sécurité jeter un œil au dernier étage, mais Rush le supplia de n'en rien faire. Il y avait forcément une explication logique à cette situation.

Comme il se glissait au volant, il demanda à son vieil ami :

— D'autres employés sont-ils connectés ?

— Quelques-uns, ici et là.

— Je voulais dire au dernier étage.

Rush serrait si fort les mâchoires qu'il en avait mal.

— Oui, répondit Sam après quelques instants. L'ordinateur de Lucy est également allumé.

— Alors il n'y a pas lieu de s'inquiéter, assura Rush avec un soupir de soulagement. Tout va bien.

— Comment peux-tu l'affirmer ? Qu'en sais-tu ?

Il n'en savait rien. Et en vérité, il ne parvenait pas à trouver une raison justifiant qu'elle soit dans son bureau à cette heure tardive, et encore moins sur son ordinateur à lui.

— Je n'en sais rien, c'est vrai, mais n'envoie pas la sécurité. J'arrive. Je tiens à lui parler personnellement.

— Si tu le dis…

— Je le dis. Et merci pour le tuyau, ajouta-t-il.

— Et la pizza ?

Rush se mit à rire. Sam ne perdait jamais de vue l'essentiel.

— Appelle la pizzeria, je passerai les prendre en route.

— Je viens de les commander par Internet, répondit son copain. Je suis heureux de les avoir convaincus de passer au système de commandes en ligne.

Rush ne répondit pas. Ses pensées étaient totalement focalisées sur Lucy et sur ce qu'elle fabriquait au dernier étage.

Mais Sam reprit la parole, interrompant ses interrogations intérieures.

— Rush ?

— Qu'y a-t-il encore ?

— Que veux-tu entendre en premier : la bonne ou la mauvaise nouvelle ?

Rush soupira.

— À toi de choisir.

Il n'avait pas envie d'apprendre de mauvaises nouvelles si elles concernaient Lucy, mais Sam s'intéressait toujours aux données ou aux faits et très rarement aux sentiments personnels. Avec un peu de chance, Lucy utilisait son compte d'entreprise pour commander de la lingerie coquine. Malheureusement, il savait qu'elle n'était pas le type de femme à abuser des achats en ligne.

Sam s'éclaircit la voix.

— On dirait que ta nouvelle assistante a utilisé un ancien identifiant d'administrateur pour s'introduire dans le système et se connecter sur un *cloud* particulier.

Merde ! La chance n'était décidément pas avec lui, ce soir.

— Es-tu sûr qu'elle n'est pas plutôt en train de travailler sur des dossiers de recherche et développement ou sur des comptes financiers ?

— Non… Mais es-tu en train d'insinuer que tu as embauché quelqu'un en pensant qu'elle allait ouvrir des fichiers auxquels elle n'a normalement pas accès ?

— Bien sûr que non.

Lucy était incapable de se rendre coupable d'espionnage industriel. Encore moins de se servir de lui ou de son argent.

Il s'arrêta devant la pizzeria pour courir chercher la commande.

— Ne te confronte pas à elle, Sam. Garde simplement un œil sur ce qu'elle fait.

Sam protesta tout bas, mais il accepta de laisser Rush s'en occuper.

Rush paya les pizzas, dissimulant l'agitation dont il était la proie.

Que fabriquait-elle ?

Quand il arriva au siège, il descendit directement dans le bureau de Sam, les cartons de pizza à la main.

— Il y a du nouveau ? demanda-t-il en déposant son chargement sur la table de travail.

— Non, répondit Sam, les yeux rivés sur son écran. Elle est toujours sur ce *cloud*. Depuis presque une heure, maintenant.

Rush ne parvenait pas à croire qu'elle ait réussi à le tromper. La douleur qui lui tordait le ventre était pire que tout ce qu'il avait enduré en prison.

Sans doute ne pourrait-il plus jamais accorder sa confiance à quelqu'un désormais, à l'exception de Sam.

— Tu vas la virer, j'espère ? lança ce dernier.

— C'est mon assistante, j'en fais mon affaire, rétorqua Rush en mordant dans sa pizza.

— Pour info, j'ai créé un double de ce *cloud*. Quoi qu'elle veuille faire avec son contenu, je protège les données du client.

— Parfait.

Avec un hochement de tête, Rush laissa sa pizza entamée pour se diriger vers son ascenseur privé.

Il allait donner à Lucy une chance de s'expliquer.

7

Sidérée, Lucy lut et relut les archives que Garmeaux avait rassemblées et stockées sur son *cloud*. Les rapports et les documents prouvaient d'abord que Dieter Kathrein était un imposteur. Mais plus elle découvrait les incroyables révélations du journaliste, plus sa peur se muait en véritable terreur. Elle comprenait qu'elle affrontait un monstre, capable du pire. Tout au long de sa vie, Kathrein avait assassiné bon nombre de gens sans jamais montrer le moindre remord.

Au cours du mois qu'elle avait passé avec lui, elle avait mesuré le profond attachement qui unissait le vieillard à sa famille. Il était en particulier très proche de Daniel, son petit-fils et futur héritier de sa fortune. S'ils étaient rendus publics, les éléments réunis dans ce dossier mettraient définitivement fin aux aspirations politiques de Daniel et étaient susceptibles de détruire tous ses proches.

Les larmes roulaient sur les joues de Lucy tandis qu'elle comprenait que les terribles secrets de Kathrein allaient disparaître à jamais et qu'il ne payerait jamais pour ses crimes.

Elle transféra le contenu — les enregistrements, les vieux articles et interviews comme les photos — sur une clé USB. Puis elle supprima un par un les éléments du dossier. Enfin, elle fit une capture d'écran du *cloud* vide et elle l'ajouta aux dossiers de la clé USB.

En supposant que toutes ces informations étaient vraies, elle était à présent la seule personne au monde à connaître le terrible passé de Kathrein. Même s'il tenait parole et épargnait sa sœur et son neveu, il serait obligé de la tuer, maintenant. Il n'y avait pas d'alternative, pas d'autre façon pour lui de protéger son petit-fils. Elle en savait trop, il ne pouvait courir le risque qu'elle en parle un jour à quelqu'un.

Y avait-il le moindre espoir de le convaincre qu'elle n'avait pas ouvert le dossier, qu'elle avait détruit le *cloud* sans prendre connaissance de son contenu ? Non, aucun.

Six semaines plus tôt, elle croyait avoir décroché le poste idéal. Il était devenu le pire des cauchemars.

Lorsqu'elle entendit le petit *ding* annonçant l'arrivée de l'ascenseur au bout du couloir privé, elle sentit une décharge d'adrénaline la traverser et son rythme cardiaque s'accélérer dans sa poitrine. Savoir que Rush était certainement à l'intérieur ne lui apporta aucun réconfort. Elle retira en vitesse la clé USB de l'ordinateur et tenta d'effacer ses traces au plus vite.

Elle ne fut pas assez rapide.

Il alluma les lumières de l'étage et marcha à grands pas vers elle, une lueur dangereuse dans son regard assombri par la colère. Quand il arriva à la porte, son nœud papillon était défait et le haut de sa chemise déboutonné.

— Lucy.

Apparemment, il n'était pas surpris de la trouver là. Submergée de honte, elle ferma les paupières. Naturellement, il avait mis en place des mécanismes de protection, peut-être avait-il même dissimulé des caméras dans toutes les pièces. Après tout, il était le roi de la sécurité moderne.

— Je suis désolée, murmura-t-elle.

Il n'esquissa pas un geste, ne dit pas un mot.

— Ce n'est pas ce que tu crois, reprit-elle.

— Si j'en crois les apparences, tu as profité de mon absence pour t'introduire dans mon bureau et allumer mon ordinateur.

Elle n'essaya pas de protester ni d'avancer des excuses pitoyables, sachant que Rush ne les supporterait pas. Avec effort, elle refoula les larmes qui montaient à ses yeux. Elle ne voulait surtout pas qu'il imagine qu'elle essayait de le prendre par les sentiments. Il était allergique à ce genre de procédés, elle le savait.

Elle résolut de ne pas lui mentir plus qu'elle ne l'avait déjà fait.

— J'avais décidé de travailler tard, et lorsque mon ordinateur s'est bloqué, je suis venue dans ton bureau pour continuer sur le tien.

Voilà, elle venait de lui dire deux vérités.

— Lucy, répéta-t-il d'un ton sévère.

Adossé au chambranle de la porte, il croisa les bras. Elle n'était pas assez stupide pour se laisser duper par sa posture détendue. Il était en mode prédateur, et elle était sa proie. Incapable de débiter les mensonges qui auraient pu la disculper, elle secoua la tête et finit par se lever.

— Je m'en vais.

— Je ne t'ai pas renvoyée.

Il s'exprimait d'une voix glaciale, et la façon dont il hachait chaque syllabe la pétrifia.

— Ton ancien patron a l'air de s'intéresser beaucoup à l'informatique en général et au stockage de données basé sur les *clouds* en particulier, poursuivit-il.

Là encore, il ne posait pas de question. Il énonçait des faits. Lucy aurait voulu partir en courant, mais elle craignait que ses jambes ne se dérobent sous elle. Elle s'enfonçait et elle se sentait de plus en plus mal. Sur le point de s'effondrer, elle s'adossa à la cloison vitrée.

Rush n'était pas homme à pardonner une telle trahison. Il souriait devant les caméras, il savait jouer son rôle en public, épater la galerie pour parvenir à ses fins, mais plus d'une fois elle avait vu à quel point être sous les feux de la rampe lui pesait.

— Ne te fie pas aux apparences, répéta-t-elle.

— C'est Kathrein qui t'a demandé de faire ça ?

Elle se tourna vers son propre bureau où trônait toujours la photo de sa sœur et de son neveu près du sapin.

Se remémorant l'enjeu, elle redressa les épaules.

— Non, prétendit-elle.

Les yeux plissés, Rush entra.

— Alors, que fabriques-tu ici ?

Avant qu'elle puisse répondre, il se laissa tomber dans le fauteuil qu'elle venait de quitter et s'empara du bloc-notes qu'elle avait laissé près du clavier.

Elle blêmit tandis que Rush se mettait à pianoter sur les touches, les yeux rivés sur le moniteur.

— Qui est Mathieu Garmeaux ? demanda-t-il après un moment.

— Il n'a aucune importance, répondit-elle, cherchant à être la plus honnête possible.

— Tu t'es introduite sur son *cloud* sans en avoir le droit.

Elle hocha la tête.

— Il ne portera pas plainte, si c'est ce qui t'inquiète.

Là encore, elle ne mentait pas mais, le ventre noué, elle n'en tira aucune satisfaction.

— Écoute, Rush, oublie cette erreur, je t'en prie, murmura-t-elle. Je ne cherchais pas à créer de problèmes. J'essayais simplement de… Je voulais juste…

— Quoi ? rugit-il. Que voulais-tu faire au juste ?

Sa colère la fit trembler des pieds à la tête. Soudain, ses jambes ne la portèrent plus, et un voile troubla sa vision. Devinant qu'elle n'allait plus tarder à s'évanouir, elle s'effondra sur une chaise.

— Je devais le faire, dit-elle en ignorant les larmes qui coulaient sur ses joues. Kathrein retient Gwen et Jackson en otage.

Sa voix se brisa dans un sanglot puis elle se ressaisit.

— En échange de leurs vies, il m'a demandé d'accéder à ces documents et de les détruire…

Avec un juron, Rush contourna le bureau pour la prendre dans ses bras. Elle reconnut les fragrances de son eau de toilette, l'odeur de l'homme qu'elle aimait. Désespérée, elle se blottit contre lui, glissa les mains sous sa veste. Ses pleurs mouillèrent sa chemise.

— Je suis désolée, tellement désolée, balbutia-t-elle contre son torse. Il ne m'a pas laissé le choix, mais maintenant que je connais la vérité, je...

Un hoquet d'angoisse l'empêcha de poursuivre.

— Détends-toi, dit Rush en lui caressant le dos d'un geste apaisant. Respire...

Sous ses caresses, elle se détendit un peu et poussa un soupir tandis qu'il retirait la barrette qui retenait ses cheveux pour les laisser libres sur ses épaules.

— Garmeaux est — était — journaliste, Rush. Il est mort. Kathrein l'a fait assassiner. Maintenant que j'ai vu les documents qu'il avait enregistrés sur son *cloud*, je suis certaine que sa mort n'était pas accidentelle mais préméditée et bien préparée.

La gorge serrée, elle avait du mal à parler, pourtant elle continua.

— Même si Kathrein respecte sa part du contrat et libère Gwen et Jackson, il sera obligé de me tuer, moi aussi. J'en sais trop sur lui. Comme Garmeaux, je représente désormais une menace.

Il se tendit mais secoua la tête.

— Chut ! calme-toi.

Il prit le visage de Lucy entre ses mains, essuya ses larmes du bout des pouces. Ses yeux bleus étaient remplis de tendresse et d'amour en la regardant comme s'il cherchait où il allait l'embrasser.

Consciente de ne pas mériter ses baisers, elle tenta de s'écarter, plus gênée que jamais des problèmes qu'elle avait créés dans l'univers de Rush. Son retour avait provoqué la rupture avec sa petite amie, et voilà qu'elle mettait en péril la réputation de sa société.

Il ne la laissa pas s'éloigner, l'attirant contre lui.

— Es-tu certaine qu'il ne s'agit pas d'une tentative de sa part pour m'embarrasser ou pour déstabiliser mon entreprise ?

— Sûre et certaine, répondit-elle aussitôt.

— Tant mieux.

Il posa les lèvres sur son front.

— Alors voici comment nous allons procéder, dit-il en glissant un bras autour de sa taille pour l'entraîner vers le canapé. Nous allons nous asseoir, et tu vas tout me raconter.

Il retira sa veste de smoking et la jeta sur une chaise.

Puis il s'installa sur le sofa en la serrant contre lui, un bras sur ses épaules, comme pour la protéger. De sa main libre, il caressait la sienne.

Lucy ne s'était jamais sentie à ce point en sécurité. Peut-être que, en apprenant les tenants et les aboutissants de cette affaire, Rush parviendrait à les sauver tous. Elle aurait tant voulu y croire.

— Commence par le commencement, dit-il.

Elle prit une profonde inspiration.

— Kathrein ne m'a pas embauchée pour mes compétences ou mon expérience. Il m'a choisie parce qu'il avait besoin de quelqu'un qui avait une chance d'infiltrer GrayBox.

— Cherche-t-il à s'emparer de ma société ?

— Non, pas du tout, insista-t-elle. Il ne s'intéresse qu'au contenu du *cloud* de Garmeaux.

— D'accord.

Du bout des doigts, Rush traçait lentement des cercles sur son épaule, comme il le faisait autrefois quand ils se blottissaient l'un contre l'autre dans le lit du « hangar à bateaux ».

Il fut plus facile pour Lucy d'avouer ses crimes en fixant ses genoux qu'en le regardant dans les yeux. Elle lui raconta tout depuis le jour où elle était venue passer un entretien d'embauche avec Kathrein pour devenir son assistante jusqu'à celui où il avait enlevé Gwen et Jackson. Elle lui expliqua les raisons qui avaient poussé le vieux milliardaire à cette extrémité et elle lui exposa les menaces qui pesaient sur sa famille. Pendant tout ce temps, les doigts de Rush ne cessèrent de caresser son épaule et sa main. Il ne l'interrompit pas, ne lui posa pas de questions, et quand elle eut fini son récit elle se rendit compte que son histoire était tellement énorme qu'elle semblait incroyable.

— Montre-moi les photos et ses messages.

Les yeux rougis de larmes, le corps brisé par les tensions, Lucy avait l'impression d'être passée sous un rouleau compresseur. Avec effort, elle se leva pour aller chercher son téléphone portable dans la pièce voisine. Quand elle revint dans son bureau, Rush était à la fenêtre. Les jambes écartées, il regardait la ville à ses pieds. Avec son pantalon noir et sa chemise blanche, il ressemblait à un pirate à la recherche d'un nouveau butin.

— Voilà.

Il prit son téléphone et fronça les sourcils tandis qu'il parcourait les messages et les images.

— C'est toi qui as tenté de pénétrer le système en utilisant un ancien identifiant ?

Elle hocha la tête.

— Hier soir, après plusieurs tentatives ratées pour forcer le *cloud* de Garmeaux, le système s'est bloqué, m'en interdisant l'accès.

— Sam a repéré ces manœuvres et il m'a accusé d'avoir donné de mauvaises idées à des jeunes au cours d'une conférence, dit-il en glissant l'appareil dans sa poche. J'aurais dû me douter que tu étais derrière ces tentatives de piratage. Tu es la seule femme à avoir écouté mes histoires.

— Vraiment ? Peut-être devrais-tu te montrer plus sélectif avec tes petites amies.

Elle fut surprise de parvenir à plaisanter, vu les circonstances.

Il ne releva pas la pique.

— Sam ne m'a pas précisé que l'adresse IP était celle du hangar à bateaux.

Une chose au moins avait correctement fonctionné.

— Utiliser l'ancien identifiant de l'administrateur pour pirater le système n'est pas la seule chose que j'ai apprise avec toi.

De nouveau, le visage de Rush s'assombrit. Elle n'était pas certaine de vouloir savoir à quoi il pensait.

— Vas-tu me laisser partir ? reprit-elle.

— Non, sûrement pas.

Elle sentit son cœur se serrer. Si elle ne parvenait pas à le convaincre de la nécessité de retourner auprès de Kathrein pour lui apporter la preuve qu'elle avait bien accompli sa mission, Gwen et Jackson mourraient.

— Je t'en prie, Rush. La vie de ma sœur et celle de son fils sont en jeu.

— Et ils sont ta seule famille. Je ne suis pas le salaud que tu imagines, Lucy.

— Je n'en ai jamais douté.

Elle s'interdit d'en rajouter, d'aller plus loin. Elle ne l'avait jamais pris pour un salaud, mais elle savait qu'il donnait la priorité à ses affaires, à son entreprise. Un aspect de sa personnalité qu'elle ne pourrait jamais lui demander de changer.

— L'ordure dans cette histoire est Kathrein. J'ai peur, Rush. Non, rectifia-t-elle. Je suis terrifiée.

Il posa un doigt sur ses lèvres pour lui imposer le silence. Hochant la tête, elle se pelotonna dans un coin du canapé, les cuisses ramassées contre la poitrine. Rush pouvait y réfléchir des jours et des jours, il ne pourrait rien changer à la situation. Pour parvenir à sauver Gwen et Jackson, elle devait avant toute chose détruire les dossiers et lui remettre la clé USB prouvant qu'elle l'avait fait.

— Dès hier, Sam a remarqué ton manège et, par précaution, il a fait un double du *cloud*, il a dupliqué son contenu, dit Rush, accroupi devant elle.

— Oh non !

Accablée, Lucy plongea la tête entre les genoux, s'efforçant de ne pas craquer.

— Si Kathrein s'en doute, il s'en prendra à toi et à ta société. Il vous détruira l'un et l'autre.

Tout ce qu'elle avait tenté n'avait fait qu'aggraver les choses.

— Personne, à part Sam, moi, et maintenant toi, ne sait qu'il est possible de dupliquer un *cloud*, répliqua-t-il. Je pense qu'il n'y a rien à craindre de ce côté-là.

Elle l'entendit se déplacer dans le bureau, reconnut le cliquetis du clavier et comprit aux jurons qu'il poussa qu'il était en train de parcourir les dossiers concernant Kathrein.

— Lucy, dit-il enfin. Même si tu supprimes ces documents, il te tuera. Il y est obligé. Tu es devenue une menace.

— Je sais. Je te l'ai dit, non ?

— J'espérais que tu exagérais, mais ton raisonnement se tient.

Elle s'essuya les joues d'un revers de la main.

— En tout cas, personne ne doit savoir ce qui s'est passé ici, ce soir.

— C'est impossible, dit-il en passant la main dans ses cheveux.

— Mesures-tu les conséquences si quelqu'un l'apprend ? Tu viens de lire les archives enregistrées par le journaliste, non ? Kathrein est vieux, mais je te garantis qu'il est impitoyable, il n'a pas été nazi pour rien. Les articles et les photos que Garmeaux avait stockés dans son *cloud* prouvent que Kathrein a usurpé l'identité d'un cousin mort pour échapper à la justice. Sans ce subterfuge, il aurait été poursuivi pour crimes de guerre. Il tient à ce que son petit-fils réalise ses rêves politiques. Toute cette histoire montre jusqu'où il est prêt à aller pour protéger son héritier. Depuis toujours, Kathrein tue ceux qui se mettent en travers de son chemin, ceux qui représentent une menace à ses yeux. S'il soupçonne que je t'ai tout raconté ou que je suis allé trouver les autorités, nous sommes tous morts.

— Cela n'arrivera pas, je ne le laisserai pas faire.

À la vue de ses yeux bleus et de la ligne volontaire de ses mâchoires, elle sentit son cœur accélérer dans sa poitrine. Elle voulait croire qu'il pouvait tout arranger, la protéger, sauver sa sœur et son neveu. Mais les faits étaient là.

— Laisse-moi partir, Rush. Laisse-moi retourner en France et sauver Gwen et Jackson.

Il traversa le bureau pour s'asseoir à côté d'elle une fois de plus et lui prit la main.

— J'ai des amis dans le monde entier, Lucy. Je vais les appeler et, avec leur aide, nous allons traquer Kathrein, retrouver l'endroit où il a emprisonné ta sœur et son bébé. Laisse-moi passer quelques coups de fil.

— Non ! Tu ne peux pas en parler à qui que ce soit sinon

il va les tuer. Il m'a donné une semaine, et le temps passe trop vite. L'homme chargé de me suivre soupçonne peut-être déjà que je t'ai tout raconté. Il est peut-être en train de lui envoyer son rapport.

— Nous trouverons une solution, promit-il.

Elle secoua la tête, les larmes brouillaient sa vision. Pourquoi ne pouvait-elle pas cesser de pleurer ?

— Je ne vais pas te laisser couler avec moi, Rush. Détruis ce *cloud* dupliqué, je t'en supplie. Détruis tous les enregistrements de Garmeaux. Oublie que tu m'as surprise ici.

— Je ne peux pas, dit-il en serrant les mâchoires. Je refuse de faire ça.

Elle ouvrit la bouche pour protester, mais il la fit taire d'un baiser. Et ce qui aurait pu être un baiser réconfortant l'embrasa comme une allumette, enflammant ses sens. Elle connaissait sa bouche, la saveur veloutée de sa langue et elle reconnut l'impatience dans ses doigts.

Comme entraînés par des forces magnétiques invisibles, ils roulèrent ensemble sur la moquette jusqu'à ce qu'elle soit sous lui, enfermée dans ses bras puissants. Il l'embrassait comme s'ils n'avaient jamais été séparés, et elle lui rendit ses baisers avec fougue, libérant une année de désirs inassouvis.

Le sexe et la passion n'avaient jamais été un problème pour eux. Le corps de Lucy avait faim, douloureusement faim de retrouver la plénitude sensuelle qu'elle n'avait connue qu'avec Rush.

— Lucy, murmura-t-il tout en picorant sa gorge de baisers brûlants. Si tu savais comme tu m'as manqué.

— Toi aussi, tu m'as manqué, plus que je ne pouvais l'imaginer.

Il posa les mains sur ses fesses, pour plaquer son bas-ventre contre le sien. Il retroussa sa robe, et ses doigts se glissèrent dans sa culotte. Oh oui ! Elle avait envie de remonter le temps, de revenir en arrière et de revivre leurs nuits les plus torrides.

Elle le repoussa pour pouvoir se mettre au-dessus de lui et le chevaucher à son tour. Emerveillée, elle retrouvait son corps d'homme. Si elle n'avait plus que quelques jours à vivre, elle ne voulait pas passer à côté du plaisir qu'elle savait trouver dans ses bras.

— Lucy, attends.

— Non, je ne peux pas attendre, protesta-t-elle.

S'il s'arrêtait maintenant, elle allait pleurer.

— Je t'en prie, Rush. J'ai besoin de toi. Tu as besoin de moi.

Dans le passé, ces mots déclenchaient de délicieux préliminaires ou un accouplement rapide et intense qui la laissait haletante.

Mais Rush la prit par la taille et la déplaça sur le côté, tirant la jupe de sa robe sur ses jambes, remettant de l'ordre dans sa tenue.

— Je suis à toi, Lucy, mais ce n'est ni le moment ni le lieu.

Il avait raison. Elle ferma les paupières, tentant de dompter le désir sauvage dont elle était la proie.

— D'accord, j'ai compris.

— Comment peux-tu comprendre quand je ne suis pas sûr d'y parvenir moi-même ? répondit-il en secouant la tête. Je vais te ramener à la maison, ajouta-t-il. Tu as besoin de repos. Demain matin, nous trouverons un plan qui satisfera tout le monde : toi, moi et le fumier qui t'a envoyée ici.

— Mais…

— Chut ! chérie. Tu avais l'habitude de me faire confiance.

« Chérie. » Le mot coula sur elle comme du chocolat chaud. Même si elle avait essayé de reléguer Rush au fond de son esprit, d'enterrer ses souvenirs au fond de son cœur, elle n'avait jamais vraiment cessé d'aimer cet homme impossible. Encore moins réussi à l'oublier.

— Tu ne passeras aucun coup de fil, ce soir, promis ?

— Je ne ferai rien sans ton accord, promis.

— Tu as mon téléphone, dit-elle.

Il porta sa main à ses lèvres, son souffle chaud sur sa peau dans cet agréable instant.

— Je pense que je vais le garder. Pour ce soir.

C'était la meilleure chose qu'elle ait entendue depuis longtemps.

8

Vendredi 18 décembre, 7 h 45.

La nuit qui suivit les révélations de Lucy fut pour Rush, l'une des pires de sa vie. Le simple fait de retourner avec elle dans le hangar à bateaux le mit dans tous ses états. Il n'était pas revenu dans cette maison depuis le jour où elle l'avait quitté. Par la suite, il avait engagé une équipe de ménage pour la nettoyer afin de pouvoir éventuellement la mettre en location, bien que l'idée d'y voir des étrangers lui soit insupportable.

Maintenant, il regardait le jour se lever depuis la terrasse. Des nappes de brouillard avaient envahi le Golden Gate, le gigantesque pont suspendu qui reliait le nord de la baie de San Francisco à la ville.

Vêtu d'un jean et d'une chemise noire à l'effigie de GrayBox, il sirotait son café en attendant que Lucy se réveille. Il aurait presque pu croire que l'année écoulée avec son lot de souffrances n'avait pas existé.

La veille au soir, il avait été si bouleversé de pouvoir de nouveau serrer Lucy dans ses bras qu'il avait été incapable de lui apporter de vraies solutions. Submergé par une joie profonde et par des désirs primitifs, il n'avait alors pensé qu'à eux, qu'à leurs retrouvailles.

Au dernier moment, Lucy avait eu peur de compliquer encore la situation en passant la nuit avec lui et elle avait préféré dormir dans la chambre d'amis. Et ce matin, il s'était réveillé dans la suite principale, seul et frustré certes, mais avec quelques idées concrètes.

Il espérait convaincre Lucy d'en appliquer au moins une ou deux. Pour commencer, il tenait à tout mettre en œuvre pour découvrir où Kathrein retenait Gwen et son bébé prisonniers. Techniquement, Sam avait la capacité de mener à bien ce genre de recherches sans éveiller le moindre soupçon. Par ailleurs, ils avaient besoin de vérifier les informations réunies par Garmeaux, de valider ses conclusions. Ensuite, Rush contacterait des amis, des amis compétents en matière d'armes et dotés d'une solide expérience dans le domaine de la libération d'otages.

En entendant des bruits de pas sur le plancher, Rush se retourna. Il se sentait nerveux, ne sachant pas dans quel état serait Lucy après cette nuit de sommeil. Il se demandait si prendre un peu de repos avait changé sa perception de la situation.

Il rentra et referma la baie vitrée coulissante. Il voulait accueillir Lucy avec un sourire, mais quand elle apparut il se figea, soulevé par une nouvelle vague de désir.

Avec son short, son débardeur et ses cheveux ébouriffés, elle était adorable. Sans les cernes qui creusaient ses joues, il l'aurait emportée jusqu'à sa chambre, et tous deux n'auraient pas quitté le lit avant d'être rassasiés l'un de l'autre.

Bien sûr, un tel geste aurait été prématuré, et dans le contexte Lucy refuserait sans doute ce genre de distraction. Mieux valait attendre qu'elle ait retrouvé sa sœur et son neveu.

Il remplit un mug de café et le déposa devant elle avec le sucrier.

— Tu as pu te reposer ?

— Un peu, répondit-elle avec un petit sourire. Et toi ?

— Un peu.

Comme il sortait du lait du réfrigérateur, elle ne put masquer son étonnement.

— Tu te souviens donc de la manière dont je bois mon café ?

Elle serait surprise de tout ce dont il se souvenait. En fait, il n'avait rien oublié. Ni ses habitudes du matin, ni son cours de yoga préféré, ni le restaurant de sushis où elle aimait déjeuner, ni ses gémissements de plaisir quand il lui faisait l'amour.

Patience, pensa-t-il, gardant ses idées pour lui pendant que la caféine faisait son effet.

Il l'aiderait à surmonter cette épreuve et la reconquerrait. Comme dans tous les domaines, il suffisait de régler un à un les problèmes, de franchir les obstacles l'un après l'autre, d'avancer pas à pas.

Il avait compris que seuls le désespoir et la peur l'avaient poussée à se rendre dans son bureau pour hacker le système. Il la désirait si fort qu'il était incapable de lui en vouloir. Par un miracle extraordinaire, la veille au soir, il avait réussi à ne pas céder au désir fou dont il était la proie. Évidemment, elle lui aurait reproché par la suite d'avoir profité de sa faiblesse. Il se félicita d'avoir été capable de résister, de ne pas avoir suivi son instinct mais son cœur.

Son cœur ? Il faillit éclater de rire. Lucy serait effarée si elle devinait la teneur de ses pensées. Même s'ils avaient été très proches, intimes, elle l'avait cru autrefois quand il lui répétait qu'il ne s'intéressait qu'à son entreprise et aux innovations techniques. Et elle était restée à ses côtés, l'encourageant chaque jour à se battre pour progresser et pour parvenir au sommet jusqu'au moment où elle avait brusquement cessé de le faire. En l'acceptant tel qu'il était, elle était unique, et il n'avait jamais pu reproduire avec une autre la relation qu'il avait nouée avec elle. Ce n'était pas faute d'avoir essayé. Mais il avait eu beau leur répéter qu'elles ne devaient pas l'espérer, les femmes croyaient toujours pouvoir le changer.

Comme Lucy entrait dans la cuisine américaine pour se confectionner un petit déjeuner, elle poussa un cri de joie à la vue des beignets qu'il avait achetés un peu plus tôt.

— Et ils sont au sirop d'érable ! s'exclama-t-elle en se mettant à danser gaiement.

Il éclata de rire.

— Je prends toujours ce qu'il y a de meilleur, lui rappela-t-il.

Elle se hissa sur la pointe des pieds pour l'embrasser dans le cou.

— *Tu* es le meilleur, dit-elle avec emphase avant de s'écarter pour sortir des assiettes du placard.

Rush se chargea des mugs et il la suivit jusqu'à la table de la salle à manger. La gorge serrée, il se rendit compte qu'ils renouaient avec leurs petites habitudes du matin. Il décida de laisser le téléphone de Lucy dans sa poche jusqu'à ce qu'elle ait fini de se restaurer. Ce qu'il devait lui dire jetterait un froid, et il préférait attendre le plus longtemps possible pour en parler.

Mais à la fin de leur petit déjeuner, elle revint d'elle-même sur le sujet.

— As-tu reçu de nouveaux messages de Kathrein sur mon portable ? demanda-t-elle en se léchant les doigts.

Il s'efforça de réprimer l'érection que suscita aussitôt ce geste suggestif. La meilleure façon de lutter contre ses désirs sexuels était sans doute de lui communiquer de mauvaises nouvelles.

Il posa l'appareil sur la table.

— Il ne s'agit pas de messages, non, mais il y a pourtant du nouveau.

Les yeux écarquillés, elle considéra le téléphone avant de reporter son attention sur Rush.

— Que veux-tu dire ? A-t-il envoyé d'autres clichés ?

— Non. Par contre, j'ai réussi à photographier le type chargé de t'espionner.

Elle blêmit.

— Mais s'il s'en aperçoit, Kathrein risque de les…, de leur faire du mal, non ?

Rush ne supportait pas la peur et la douleur qui assombrissaient ses yeux chocolat. Il la prit dans ses bras, en proie à une telle colère contre Kathrein qu'il fut traversé par des envies de meurtre. S'il parvenait à mettre la main sur le vieux milliardaire, il ne répondrait plus de ses actes.

— Non, non, je suis sûr que non, dit-il. Il ne va pas lâcher si tôt son seul moyen de pression.

— Son seul moyen de pression... Quelle horreur ! J'aimerais l'étrangler pour avoir pris Gwen et son fils en otage. Elle a déjà tant souffert.

Rush mordit dans un beignet pour s'interdire de lui confier qu'il savait comment concrétiser son rêve. Mieux valait sans doute garder le secret encore un peu.

— Nous avons, nous aussi, quelques moyens à notre disposition pour le contrer.

— Lesquels ? Que veux-tu dire ?

Il hésita. S'expliquer pourrait exposer Lucy au danger.

— Dans le passé, j'ai effectué quelques recherches sur Kathrein.

Le jour où il avait entendu dire que le vieillard l'avait engagée.

— Il s'intéressait alors à des investissements qui nous attiraient, nous aussi, prétendit-il. Savais-tu que ses avocats et ses représentants ont la réputation d'être des requins de la pire espèce ?

Elle hocha la tête, et il poursuivit.

— Kathrein a beaucoup d'ennemis et, à mon avis, indépendamment même du fait qu'il a usurpé l'identité de son cousin, il vit en reclus pour ne pas être une cible trop facile.

— Et pourtant, il a su cultiver son image. Il finance de nombreux organismes de bienfaisance.

— C'est vrai, dit-il en lui tendant un autre beignet. Voilà ce que je te propose : quand nous nous rendrons au bureau, nous ferons halte au Starbucks du quartier pour y boire un café.

— L'endroit est très prisé. Pourquoi souhaites-tu que nous nous y affichions ?

— Justement parce que c'est un endroit très prisé. Je veux que tout le monde nous y voie, que Kathrein pense que je t'ai embauchée pour être mon bras droit, que nous sommes déjà très proches. De plus, nous aurons ainsi la possibilité de vérifier que le type que j'ai remarqué tout à l'heure est bien chargé de ta filature.

Elle le dévisagea avec attention.

— As-tu prévenu Trish ?

— Inutile. Après sa crise de nerfs d'hier, mes avocats ont eu une petite discussion avec elle. Sa conduite inqualifiable m'a obligé à rompre le contrat qui nous unissait.

Une lueur amusée passa dans les yeux de Lucy.

— Le contrat qui vous unissait ? répéta-t-elle. S'agissait-il d'une sorte d'accord prénuptial ? Exiges-tu que toutes tes petites amies signent une clause de non-concurrence et une de confidentialité ?

Il sourit pour dissimuler son malaise.

— La clause de confidentialité est obligatoire dès qu'elles passent du temps dans l'entreprise.

Les menaces très réelles dont Lucy faisait l'objet poussaient Rush à agir au plus vite. Mais conscient que tout mouvement prématuré pourrait avoir des conséquences catastrophiques pour la famille de Lucy comme pour ses propres objectifs, il s'interdit toute précipitation et il continua de parler de Trish comme si le sujet avait de l'importance.

— Tout est calculé, reconnut-il. J'apprécie d'avoir une jolie fille à mon bras lorsque je me rends à des événements mondains. Mais il n'est pas question de lui laisser croire qu'elle a la moindre chance d'obtenir plus que ce que nous étions convenus au départ. Le contrat protège tout le monde.

— D'un autre côté, lorsque tu cherches des mannequins pour promouvoir tes nouveaux produits, tu n'as qu'à puiser dans ce vivier de mannequins, tu as l'embarras du choix. C'est un avantage.

Il éclata de rire, incapable de lutter contre sa vivacité d'esprit et sa repartie.

— Il y en a peut-être une ou deux que je pourrais éventuellement contacter si nos publicitaires en ressentent le besoin. Mais dans l'immédiat tu es mon unique priorité.

— Rush…

Le son rauque de sa voix prononçant son nom sapa ses défenses. Si là, tout de suite, il l'emmenait dans son lit pour lui faire oublier le type qui l'avait remplacé à Chicago, aurait-il vraiment à le regretter ?

— Ne me dis pas que ma réponse te surprend.

— Non, j'ai toujours admiré ta capacité à te concentrer sur tes objectifs, à tout mettre en œuvre pour les atteindre.

Sans lui laisser le temps de savourer le compliment, elle poursuivit.

— Je n'ai jamais voulu chambouler ta vie, Rush. Et tu ne me dois rien. Ne te sens pas obligé de prendre des mesures héroïques. Peut-être devrions-nous nous servir de ton idée de nous afficher ensemble un peu différemment.

Les bras croisés sur la table, il se pencha vers elle.

— Je suis tout ouïe.

— Dès que des photos de nous au Starbucks seront publiées dans les tabloïds, je proposerai un marché à Kathrein : j'exigerai la libération de Gwen et de Jackson en échange des archives enregistrées sur son passé. Si mon nom et mon visage sont liés aux tiens, il n'osera pas me tuer. Les risques deviendraient alors trop importants pour lui.

— As-tu oublié qu'il a fait croire au monde entier que Garmeaux avait trouvé la mort accidentellement ? demanda Rush.

— Pas du tout. Mais toi, tu es différent. Tu as de l'influence.

— Cela ne suffira pas. Je ne te laisserai pas te sacrifier.

— Je n'en ai pas l'intention.

Repliant les genoux contre sa poitrine, elle demanda :

— Selon toi, quelle sera l'étape qui suivra notre scène au Starbucks ?

— Nous allons nous afficher ensemble, puis tu lui enverras un mail pour lui assurer que tu es sur le point d'aboutir. De mon côté, j'annoncerai publiquement dans la matinée que tu es une nouvelle recrue, appelée à jouer un rôle majeur au sein de GrayBox. Les médias vont relayer l'information et faire ainsi diversion. Et pendant ce temps-là, je mettrai tout en œuvre pour localiser ta sœur et son fils.

— Sais-tu comment tu vas t'y prendre pour les retrouver ?

— Oui.

Avec ses amis, tout était possible.

— C'est la meilleure solution, ajouta-t-il.

Mais Lucy ne semblait pas convaincue.

— C'est une option qui présente pas mal de risques, répliqua-t-elle. Je n'ai pas beaucoup de temps devant moi.

— Sauf en ce qui concerne notre histoire, quand ai-je raté quoi que ce soit, Lucy ?

Comme elle écartait légèrement les lèvres de surprise, il réprima le désir qui le traversa aussitôt. Mis à part le baiser pour le remercier des beignets, elle n'avait même pas essayé de le toucher. Il se maudit de s'être interrompu la veille alors qu'elle s'abandonnait dans ses bras. Faire l'amour leur aurait fait du bien, les aurait détendus, et lui aurait permis de se focaliser sur autre chose que sur son désir sexuel.

De nouveau, elle posa les yeux sur lui avant de détourner le regard vers les baies vitrées, vers le Golden Gate. Elle s'approcha de la paroi coulissante et posa le front sur la vitre. La lumière du petit matin éclairait sa frêle silhouette, et il eut du mal à résister à la tentation de la prendre dans ses bras.

— As-tu déjà élaboré un plan d'action pour les libérer ? demanda-t-elle.

— En quelque sorte, répondit-il. Dès que tu m'auras donné ton accord, je n'aurai qu'un coup de fil à passer pour le mettre en branle.

Elle ne bougea pas.

— Qui veux-tu appeler ?

— Au fil des années, j'ai noué des relations amicales avec certains clients de GrayBox, des relations qui peuvent se révéler précieuses maintenant. As-tu confiance en moi, Lucy ?

— Oui.

Sa réponse fusa, ce qui réconforta l'ego de Rush. Repoussant sa chaise, il ramassa les assiettes pour les mettre dans l'évier.

— Il est temps de prendre la direction du bureau. Je te donnerai les détails de ce que j'ai en tête quand nous serons en route.

— D'accord.

Elle se massa le ventre avant de lancer :

— À propos d'hier soir…

Sa voix s'éteignit, mais elle continuait à le regarder en face.

— Pourrions-nous remettre à plus tard cette discussion ? demanda-t-il.

Je t'en prie, ajouta-t-il silencieusement.

— Sauf si tu crains de ne pas réussir à te montrer amicale et affectueuse avec moi au café, dit-il.

Elle sourit timidement.

— Cela ne me posera aucun problème.

Comme elle montait à l'étage pour se doucher et s'habiller, il espéra qu'elle parlait sérieusement. Certes, elle était revenue dans sa vie, mais il avait hâte de retrouver l'intimité qu'ils avaient un jour partagée.

Pendant qu'il l'attendait, il passa plusieurs coups de fil. Tandis qu'il imaginait les différents scénarios possibles et qu'il recensait tout ce dont ils avaient besoin pour sauver la famille de Lucy, il se rendit compte qu'il était envahi par le doute, par la jalousie. Il lui avait dit que les questions personnelles devraient attendre et, pourtant, il avait soudain si peur qu'elle lui cache quelque chose qu'il préféra remettre le sujet sur le tapis.

Quand elle redescendit, il résolut de mettre les pieds dans le plat.

— Personne dans ta vie ne va être contrarié de te voir avec moi ?

— Toujours pas, répondit-elle avec une petite grimace. Gwen sera ravie. Elle t'aime beaucoup.

Il s'efforça de ne pas laisser le compliment lui monter à la tête. Il était sans doute ridicule d'avoir dû lui demander de se répéter sur ce point précis, mais il se sentit mieux d'avoir obtenu confirmation. Lucy ne lui avait rien caché d'autre que l'enlèvement de sa sœur et de son neveu. Il savait qu'elle ne l'aurait jamais embrassé si elle avait noué une relation amoureuse avec un autre. Après tout, elle avait quitté Chicago pour travailler en France.

— Peux-tu me rendre mon téléphone ? demanda-t-elle en enfilant ses escarpins.

Elle prit son attaché-case et son sac.

— Rush ?

Il ne pouvait s'empêcher de la regarder en songeant à tous les endroits de son corps qu'il avait envie d'embrasser. Elle portait un jean, mais son corsage blanc et sa veste noire bien coupée lui donnaient une allure très élégante. Des gouttes d'argent dansaient à ses oreilles.

— Tiens, voici ton appareil, répondit-il en le lui tendant. Il me faudra peut-être travailler dessus plus tard. Tout dépendra des prochaines heures.

Le chauffeur les attendait près du hangar à bateaux. Lorsqu'il les déposa devant le Starbucks situé non loin du siège, Rush constata avec satisfaction que ses coups de fil avaient porté leurs fruits. De nombreux journalistes et photographes étaient là pour immortaliser Lucy sortant de la voiture avec lui. Elle joua son rôle à la perfection, cherchant sa main, s'appuyant sur lui, lui souriant avec chaleur.

Il avait tellement envie que cette scène ne soit pas une comédie qu'il était tenté d'en rajouter. Lucy ne se doutait pas du mal qu'elle lui avait fait en le quittant. Personne ne l'avait soupçonné. Mais il en avait été désespéré. Même s'il s'était noyé dans le travail pour oublier son chagrin et s'il avait mis un point d'honneur à continuer à se rendre aux galas et autres soirées où il fallait être vu pour préserver son image, il ne l'avait jamais oubliée. Et il n'avait jamais renoncé à la reconquérir. Les psychologues pourraient un jour analyser le pourquoi du comment, il s'en moquait, se dit-il en plantant son regard dans le sien.

Quand ils regagnèrent les bureaux de GrayBox, Melva les attendait à l'étage réservé à l'exécutif. Elle semblait si heureuse de les voir ensemble que Rush se mit à culpabiliser. Sa réceptionniste avait toujours aimé Lucy et n'avait cessé de souligner l'effet très positif qu'elle exerçait sur lui. Melva prétendait qu'elle lui apportait de l'équilibre et de la stabilité.

Sciemment, il ne déroula pas les stores intérieurs tandis qu'ils rédigeaient un communiqué de presse pour faire part de l'arrivée de Lucy au sein de l'équipe dirigeante de GrayBox. Elle lui rappela que cette annonce risquait d'être contre-productive puisqu'elle quitterait sous peu la société, mais elle finit par accepter qu'il l'envoie.

— Ce ne sera pas un problème, assura Rush en enfonçant les mains dans les poches. Et en attendant, avec ta réputation, le cours de nos actions va s'envoler.

Au bureau, il préférait limiter au maximum les démonstrations d'affection, au moins pour s'assurer de ne pas être rejeté en tentant de l'embrasser. Il commençait à se demander si les baisers de la nuit précédente n'étaient pas le résultat d'un mélange de tension, d'épuisement, à la faveur de l'obscurité.

— Maintenant, revenons au problème principal, dit-il. Kathrein t'a donné une semaine, n'est-ce pas ?

— Oui. Si lundi, je ne lui ai pas apporté la preuve que j'ai réussi ma mission, il les tuera, répondit-elle d'une voix tendue. As-tu repéré le type chargé de ma filature, au Starbucks ?

Rush hocha la tête.

— Il nous suivait depuis le hangar à bateaux. Il va certainement contacter Kathrein très prochainement.

Elle posa son téléphone sur le bureau comme si elle craignait qu'il n'explose et pressa les mains l'une contre l'autre.

— Je ne peux plus supporter cette situation. J'imagine ce que doivent endurer Gwen et le petit. J'en suis malade.

Cette fois, il déroula les stores.

— Assieds-toi ou tourne en rond dans la pièce si tu préfères, mais raconte-moi tout ce que tu sais sur Kathrein.

— Je l'ai fait hier soir.

— Je ne veux pas que tu me parles du kidnapping ni des raisons qui l'ont poussé à enlever ta sœur. J'ai besoin de tout savoir sur lui, sur sa personnalité, sur l'homme qu'il est. Tu étais son assistante.

Lucy analysait vite les êtres et les situations. Son intelligence fascinait Rush autant que sa beauté.

— Pendant un petit mois seulement, lui rappela-t-elle. D'accord, d'accord, je comprends où tu veux en venir.

Assis à son bureau, il l'écouta et prit des notes sur les habitudes de vie de Kathrein, sur sa moralité douteuse, sur les pots-de-vin qu'il distribuait pour s'assurer la loyauté de ses proches, sur les membres de son personnel et sur les relations qu'il avait nouées avec bon nombre de policiers ou d'hommes politiques. Tout en étant concentré sur ce que Lucy lui disait, il ne pouvait s'empêcher d'admirer la grâce avec laquelle elle arpentait la pièce.

Lorsque GrayBox avait installé ses bureaux dans cet immeuble, chef-d'œuvre d'architecture moderne, il lui avait rédigé des dizaines d'e-mails avec des photos en pièces jointes, tant il était heureux comme un enfant à l'idée de partager ce succès avec elle. Pourtant, il n'en avait envoyé aucun et les avait même supprimés de son ordinateur. Il s'était rendu compte que même si elle lui avait répondu — ce qui était loin d'être certain — il ne se serait pas satisfait d'un simple mail. Il voulait qu'elle vienne en personne admirer les lieux, il avait envie de voir ses yeux briller en découvrant le magnifique panorama. Il avait rêvé de lui faire l'amour contre les baies vitrées avec le Golden Gate en arrière-plan.

Un jour, alors qu'ils n'étaient pas encore passés du statut d'amis à celui d'amants, il avait entendu Lucy confier à une de ses proches qu'elle n'était pas son type. Comme il se remémorait sa réflexion, il se rendit compte que Lucy valait mille fois mieux que les ravissantes idiotes avec qui il sortait d'habitude pour épater la galerie.

Il faillit éclater de rire. Melva avait vu juste.

Unique et belle, Lucy l'avait séduit dès la première question qu'elle lui avait posée. Il était alors venu donner une conférence à l'université où elle terminait ses études. Il avait voulu l'embaucher sur-le-champ, mais il avait attendu la fin de ses cours pour lui offrir un café en tête à tête. Quand il lui avait proposé un poste et un salaire mirobolant, elle avait éclaté de rire.

C'était sûrement à cet instant précis qu'il était devenu fou d'elle, même s'il le lui avait évidemment caché. Elle ne se doutait pas alors à quel point il la désirait. Il était parvenu à ses fins après plusieurs semaines d'une cour assidue ponctuée de rendez-vous galants, de dîners professionnels, de sorties suivies de surprises extravagantes. Elle était tombée dans son lit au cours d'un week-end à bord de son yacht. Ils s'étaient découvert alors une autre passion commune pour des plaisirs sensuels torrides et partagés.

Lucy avait été un émerveillement de tous les instants, la compagne idéale sur tous les plans.

— Tu m'écoutes ?

Elle avait cessé de sillonner la pièce pour se percher sur une chaise et l'observait avec attention.

— Oui, oui, mais je réfléchissais en même temps. Je vais transmettre ce dossier à l'un de mes amis, répondit-il en se raccrochant à la dernière chose qu'il l'avait entendue dire.

— Tu penses qu'on doit courir ce risque ? Je n'en suis pas sûre du tout.

Il tenta d'alléger ses craintes.

— J'ai quelques notions sur la façon de crypter des dossiers, ne t'inquiète pas.

— Ce n'est pas ça qui m'inquiète. Si Kathrein était capable de hacker ton serveur, il ne m'aurait pas envoyée le faire.

Elle poussa un juron, manifestement frustrée.

— Il a un espion dans les murs, ce qui prouve qu'il a le bras long. Si tu te mets à convoquer des experts en sécurité, il va comprendre que je t'ai tout raconté. Il est vieux mais pas idiot.

— Je n'en doute pas. Mais maintenant que les gars de mon équipe n'ont plus à te suivre, je leur ai demandé de mettre un nom sur le type chargé de ta filature, dit Rush en parcourant un mail qu'il venait de recevoir.

Sans s'y arrêter, il reporta son attention sur la priorité et l'urgence du moment, à savoir localiser et sauver la famille de Lucy.

— Nous avons des clients — des organismes gouvernementaux comme des entreprises privées — qui s'occupent de sécurité et qui travaillent sur des opérations tactiques. L'homme dont j'ai sollicité l'aide pourrait facilement se faire passer pour un client lambda sans aucun rapport avec notre vrai problème. Même si Kathrein se méfie, il n'aura jamais aucune certitude et il ne va pas risquer de saboter son plan pour avoir sauté sur des conclusions hâtives. Et ne t'inquiète pas, cet ami ne viendra pas ici et ne nous approchera pas physiquement.

Pas encore, en tout cas.

Mais Lucy posa les poings sur les hanches.

— Attends… Es-tu en train de dire que *ton* équipe a identifié l'espion de Kathrein ?

— Tout à l'heure, oui.

Il la vit rougir jusqu'aux oreilles, elle qui le faisait uniquement lorsqu'elle était en colère. Il tapota sur le clavier de son ordinateur pour faire apparaître sur l'écran la photo d'un homme d'une quarantaine d'années.

— Reconnais-tu ce type ? demanda-t-il.

Elle secoua la tête, les lèvres serrées.

— Quel est le problème ? reprit-il avec prudence.

Les yeux de Lucy lancèrent des éclairs.

— Tu viens de reconnaître que tu m'as fait suivre !

— Et si je te disais qu'il s'agit d'une procédure standard que nous mettons en place à chaque embauche, le croirais-tu ?

— Non, certainement pas !

— Pourtant, nous le faisons… dans certains cas.

Il contourna le bureau, prêt à se servir de son charme pour rattraper ce faux pas.

— Au cours des six derniers mois, Kathrein a pris des participations dans deux start-up en cybersécurité, dit-il. Maintenant, je comprends mieux pourquoi. Mais bref, comme tu es venue spontanément de chez lui pour solliciter un emploi, j'ai voulu creuser les raisons de ta démarche et j'ai mené une petite enquête. Cela n'avait rien de personnel, prétendit-il. J'aurais réagi de la même façon avec n'importe qui.

Elle hocha la tête, mais il se rendit compte qu'elle n'était pas totalement convaincue.

Même si Lucy était furieuse ou blessée, il ne regrettait rien. Sa précaution se révélait bien utile à présent, et ses investigations d'alors avaient toutes les chances de faciliter la suite des opérations.

— Tu as changé, lança Lucy d'un ton accusateur en le regardant en face.

Pourtant, sa colère en comprenant qu'il n'avait pas respecté sa vie privée se calmait. Elle aurait dû s'y attendre et oui, à sa place, elle aurait agi de la même façon.

Il parut s'interroger sur sa réflexion.

— Changé ? Non, pas sur l'essentiel, pas sur ce qui compte. Tu ne m'en veux pas, n'est-ce pas ?

— Je n'ai pas de temps à perdre avec des sentiments négatifs, je suis confrontée à des problèmes autrement plus graves. Que puis-je faire contre le type qui me suit ?

Les bras croisés, Rush étendit ses longues jambes et croisa les chevilles. Était-il obligé d'être aussi irrésistiblement sexy, en permanence ? se demanda-t-elle. Elle n'était sortie avec personne depuis lui et, à cet instant précis, elle regretta chaque occasion manquée. À Chicago, elle avait accepté quelques invitations à dîner, principalement pour rassurer sa sœur, mais elle n'avait jamais retrouvé la mystérieuse alchimie qu'elle avait connue avec Rush. S'il le savait, se pavanerait-il comme un paon ? Sans doute.

Il était trop tard pour eux deux. Rush n'était pas du genre à pardonner à une femme de l'avoir plaqué et, de toute façon, il refusait tout lien amoureux.

Il ne voulait que son corps, songea-t-elle, incapable de réprimer un frisson.

Elle avait si faim de lui qu'elle se contenterait de retrouvailles purement charnelles. Elle mourait d'envie de faire l'amour avec lui. Leur complicité sensuelle avait été si forte, exceptionnelle. La simple idée de retrouver la passion de leurs baisers, la chaleur de ses bras, la douceur de ses caresses, la faisait trembler de désir. Peut-être, pensa-t-elle, peut-être, lorsqu'elle aurait retrouvé Gwenn et Jackson sains et saufs, proposerait-elle à Rush une nuit d'amour. Avant de lui dire adieu.

Il n'avait toujours pas répondu, et elle ne pouvait plus se cacher dans son bureau plus longtemps.

— Alors, Rush, que fait-on ? Faut-il nous servir de l'espion ou l'ignorer ? insista-t-elle. Ne devrais-je pas appeler Kathrein tout de suite pour lui dire que j'ai ce qu'il m'a demandé et tenter de négocier avec lui ?

— Non à l'une et à l'autre de ces options, répondit-il en retournant s'asseoir à son bureau. Continue de travailler ici comme si de rien n'était pendant que j'approfondis les recherches de mon côté. Il faut donner l'impression à Kathrein que tu te démènes pour le satisfaire.

— Pourquoi n'appelle-t-il pas ? demanda-t-elle en regardant de nouveau son téléphone.

Son ventre était si noué qu'elle avait du mal à respirer.

— Nous allons surmonter ces épreuves, dit Rush d'un ton confiant. Tu peux compter sur moi. Je vais dire à Sam de répandre des fuites comme quoi nous serions la cible de tentatives de piratage. Pour convaincre Kathrein que tu fais le maximum.

— D'accord, répondit-elle en se levant, déterminée à afficher sur son visage le courage qu'il lui réclamait. Tu n'oublies pas la date butoir ?

— Certainement pas.

— Et tu me promets de ne rien faire sans m'en parler d'abord ?

— Veux-tu que je m'y engage par écrit ?

Elle leva les mains dans un geste de réddition.

— Non, bien sûr que non, merci.

Il aurait pu porter plainte, la dénoncer à la police. Au lieu de quoi, il s'efforçait de régler ses problèmes et il la tenait au courant de ce qu'il faisait pour elle.

— J'aimerais qu'il me donne un signe de vie de Gwen.

— Jackson a l'air content sur toutes les photos, rappela Rush. Penses-tu qu'il rirait ainsi aux éclats si sa maman n'était pas là et s'il n'avait que Kathrein et ses hommes pour s'occuper de lui ?

— Tu as raison.

— La plupart du temps, oui, répondit-il avec un sourire complice.

Mais soudain ses yeux se posèrent sur son écran, et il fronça des sourcils.

— Va travailler une heure à ton bureau puis nous irons faire un tour en Recherche et Développement.

— Oui, chef.

Elle se demanda quel genre de logiciel susceptible de sauver sa famille la R&D pouvait développer. Alors qu'elle mettait à jour l'agenda de Rush et y intégrait ses différents engagements, elle reçut un mail de la fondation caritative gérée par les filles de Kathrein.

En le lisant, Lucy réprima difficilement un juron. Le message, en apparence inoffensif, était une invitation à une soirée de bienfaisance pour le mardi suivant, le lendemain de sa date butoir. Il avait été adressé via son adresse mail de GrayBox, une adresse que le responsable du personnel lui avait attribuée la veille.

Entre le patron sexy qu'elle voyait travailler derrière la cloison de verre et le sale type qui jouait les gentils grands-pères avec son neveu, il y avait trop de milliardaires dans sa vie. Lorsqu'elle retomberait amoureuse — en admettant qu'elle parvienne à oublier Rush assez longtemps pour donner sa chance à un autre —, elle veillerait à jeter son dévolu sur un homme modeste et peu fortuné.

Comme elle n'avait pas grand-chose à faire dans l'immédiat, son esprit eut le temps de s'aventurer sur ces chemins de traverse. Cet homme sans grands moyens qu'elle ne connaissait pas encore pourrait l'épouser et il n'aurait pas peur, lui, de lui dire : « Je t'aime. » Ils quitteraient le centre-ville pour aller vivre en banlieue, non loin d'une excellente école. Ils s'installeraient dans une belle maison avec un jardin clos par des barrières blanches. Ils auraient des enfants qui se rouleraient sur la pelouse, un chien qui courrait chaque matin avec son mari, et le week-end ils inviteraient des amis autour d'un barbecue.

La tirant de son rêve éveillé, Melva s'approcha pour lui présenter une couronne de Noël en nougat.

— Voici la dernière création du chef cuisinier, dit-elle. Nous allons nous régaler.

Quand Lucy en croqua un morceau, elle réprima un gémissement de bonheur.

— Quel délice !

— C'est tellement bon que j'ai compris que si je ne la partageais pas avec vous, j'allais prendre deux kilos.

— Moi, j'aurais tout mangé !

— Vous êtes toute mince, vous pouvez vous le permettre. Je n'ai pas cette chance.

Elles savourèrent d'abord le contenu de l'assiette en silence, et ce n'est qu'après un moment que Melva reprit la parole.

— Rush et vous aviez l'air heureux au Starbucks, ce matin.

Lucy s'obligea à sourire pour faire croire que la petite comédie de la matinée avait une quelconque réalité. Et elle se dépêcha de prendre une autre bouchée pour ne pas répondre.

— Il a besoin de quelqu'un comme vous, poursuivit Melva avec un clin d'œil avant de retourner à son bureau.

Lucy léchait encore ses doigts collants de sucre avec un soupir de plaisir quand Rush sortit de son bureau.

Son regard se posa sur sa bouche, les yeux brillants d'un

désir qu'il ne pouvait cacher. Ce désir raviva aussitôt celui de Lucy. Désespérée, elle s'efforça de se ressaisir.

Il s'approcha d'elle.

— Il est temps de rendre visite au service Recherche et Développement, dit-il. Prends ta tablette, mais laisse ton téléphone ici.

Elle obtempéra avant de le suivre vers les ascenseurs. Il appela la cabine express, l'invita à y entrer en premier.

Les portes à peine refermées, il l'attira à lui pour un baiser. Il ne s'agissait plus d'étreintes légères. Il l'embrassa avec passion, et quand leurs langues entamèrent une danse sensuelle, elle dut s'accrocher à son bras pour garder son équilibre.

Il poussa un gémissement.

— Ta bouche a le goût du nougat.

— Tu ne peux pas m'embrasser ici, protesta-t-elle, tentant de le repousser.

Mais il captura de nouveau ses lèvres, tout en glissant les mains sous son corsage.

— Qu'est-ce qui m'en empêche ? Il n'y a pas de caméras ici, ne t'inquiète pas.

Il y a un an, cette réflexion l'aurait rassurée. À présent, elle ne put s'empêcher de penser toutes les autres femmes qu'il avait embrassées dans cet ascenseur depuis que cet immeuble abritait le siège de GrayBox. En songeant à ses nombreuses aventures, elle s'écarta et demanda froidement :

— M'as-tu attirée dans un traquenard ? M'as-tu fait entrer dans cet ascenseur pour me culbuter en vitesse ou as-tu vraiment envie de me faire visiter le service R&D ?

Il recula, manifestement blessé.

— Même si cette première hypothèse me tente bien, nous sommes descendus à cet étage pour une vraie raison.

— Pardonne-moi d'en avoir douté, commença-t-elle.

— Non, la coupa-t-il. C'est à moi de m'excuser.

Il enfonça les mains dans ses poches avec un gros soupir.

— T'embrasser hier soir a ouvert les vannes. Je n'ai pas envie d'arrêter.

Elle s'interdit à temps de lui avouer qu'il en était de même pour elle et chercha la meilleure manière de lui répondre sincèrement sans lui donner des idées.

— Je comprends, dit-elle.

Ces mots sonnaient faux à ses propres oreilles.

— Je me sentirais mieux si je pouvais t'embrasser sans songer à ta réputation ou à Kathrein, ajouta-t-elle.

Il sourit.

— Tu t'inquiètes de ma réputation ?

— Bien sûr. Tu es à la tête d'une firme internationale, tu as des intérêts mondiaux à protéger. Si tu changes de petite amie toutes les semaines, les investisseurs vont finir par se poser des questions sur ta stabilité.

— Arrête. Tu ne crois pas plus que moi à ces foutaises ! GrayBox présente les meilleurs produits informatiques, il n'y a pas mieux sur le marché. Nos clients apprécient de plus en plus la sécurité de nos services de stockage de données, et notre place de leader rassure les investisseurs. Le reste ne compte pas. Pour quelles raisons me repousses-tu, en réalité ?

Elle ne pouvait reconnaître qu'elle ne voulait pas avoir de nouveau le cœur brisé. Un an plus tôt, elle avait pris conscience que la passion de leurs baisers comme leur alchimie sensuelle ne lui suffisaient plus. Elle rêvait d'un conte de fées… Malheureusement, Rush n'avait jamais cessé de répéter qu'il refusait de s'engager, qu'il n'avait pas envie de se marier, de fonder une famille. Elle ne voulait pas qu'il lui reproche d'éprouver pour lui des sentiments qui n'étaient pas réciproques.

— S'il découvre que tu m'as aidée, Kathrein prendra certainement des mesures de représailles, dit-elle, en s'appuyant sur l'argument le plus logique. Tu as travaillé dur, Rush. Je ne vais pas mettre en péril tes efforts et tes succès.

— Je peux faire face à toute attaque professionnelle, répliqua-t-il. Quoi d'autre ?

— Nous sommes au bureau.

Elle serrait la tablette contre sa poitrine comme un bouclier.

— Tout à l'heure, tu m'as dit que nous discuterions de nous plus tard. Pourquoi vouloir en parler maintenant ?

— « Maintenant », c'est « plus tard » pour moi, dit-il en haussant les épaules. Que signifie pour toi ce qui s'est passé entre nous, hier soir ?

À sa grande gêne, elle sentit des larmes brûler ses paupières. Si elle avait pu disparaître dans un trou de souris, elle l'aurait fait. Elle trouvait difficile de l'affronter à un moment de sa vie où elle était aussi vulnérable.

— Tu m'as écoutée avec compassion, empathie, répondit-elle pour s'en tenir à la vérité tout en se protégeant. Tu aurais pu porter plainte contre moi, me remettre aux autorités et, au contraire, tu m'as aidée. J'apprécie au-delà de ce que je saurais dire.

— Si je comprends bien, tu t'es jetée à mon cou par gratitude ?

— C'est toi qui as commencé à m'embrasser, lui rappela-t-elle, les dents serrées. Ne donne pas trop d'importance à cet épisode. Un retour de flammes entre deux anciens amants, c'est très banal.

Elle devait à tout prix sortir de cet ascenseur et mettre un terme à cette conversation. D'un geste brusque, elle actionna l'ouverture des portes.

— Allons, Rush, ajouta-t-elle en guise de conclusion. Il ne s'est rien passé, en réalité.

— Hein ? Tu pourrais montrer un peu de reconnaissance pour la courtoisie et la retenue dont j'ai fait preuve, répliqua-t-il en bloquant les portes.

— J'ai l'impression que tu cherches la bagarre, non ?

— Je veux savoir où sont les limites.

Il lui donnait envie de crier. Mais pour ne pas envenimer les choses, elle préféra rester silencieuse.

Le sourire de Rush éclaira un instant son visage, mais disparut si vite qu'elle se demanda si elle l'avait rêvé.

— Qu'est-ce qui t'a poussée à déboutonner ma chemise, hier soir ? répéta-t-il.

— Arrête ! Tu es impossible !

— Est-ce pour cette raison que tu es partie ?

Elle l'avait quitté parce qu'elle l'aimait trop, parce qu'elle se rendait compte qu'elle avait besoin de lui alors que lui n'aimait que son entreprise et ne voulait avoir d'autres priorités que GrayBox.

— Ce n'est ni le moment ni le lieu, dit-elle, reprenant les mots de Rush de la veille au soir.

— Je n'ouvrirai pas les portes avant que tu m'aies donné une réponse.

— À quelle question veux-tu que je réponde d'abord ?

Il haussa les épaules.

— Comme tu veux.

— Bien. Tu as gagné, dit-elle en serrant les poings. Hier soir, j'avais envie de prendre tout le réconfort et le plaisir que je pouvais obtenir. D'oublier les moments terribles de ces derniers jours et de ne me rappeler à quel point nous étions bien ensemble.

Une bouffée d'orgueil sembla traverser Rush quand il entendit ses paroles.

— La nuit dernière, ta gentillesse, ton aide, tes idées… m'ont fait du bien, poursuivit-elle. Par ailleurs, tu t'es comporté en parfait gentleman, et j'ai apprécié. Mais là, maintenant…

— Oui ? demanda-t-il.

— J'essaye de me rappeler tout ce que tu fais pour m'aider. Mais si j'avais une meilleure option pour sauver ma famille, je la saisirais et je te frapperais au lieu de te laisser m'embrasser.

— Tu es fâchée contre moi ?

Tête basse, elle répondit :

— En gros, oui.

— Alors nous sommes quittes.

— Pardon ?

Il l'attrapa par le menton, la forçant à le regarder en face.

— J'étais furieux quand tu as décidé de me quitter pour

t'installer à Chicago. Et anéanti quand tu m'as remplacé. Je me suis promis que si tu revenais à San Francisco, je trouverais un moyen de te rendre la monnaie de ta pièce.

— De te venger ?

— Oui.

Cette tirade, cette colère, cette façon d'aborder un sujet si personnel, si intime, ressemblaient si peu à Rush qu'elle douta d'avoir bien entendu. Elle ouvrit la bouche pour avouer qu'elle avait menti, qu'elle n'avait pas eu d'amant en réalité à Chicago, mais elle se l'interdit à temps. Elle ne pouvait pas se montrer si vulnérable.

— Es-tu conscient de t'exprimer comme un odieux individu ?

— Oui.

À la vue de son sourire de satisfaction, Lucy sentit son cœur accélérer dans sa poitrine.

— Et je n'ai pas l'intention de m'arrêter, ajouta-t-il.

Comme il s'apprêtait à actionner l'ouverture des portes, Lucy lui prit le bras pour l'en empêcher.

— T'étais-tu rendu compte que j'étais en colère contre toi quand je suis partie pour Chicago ?

— Comment aurais-je pu le deviner ? répondit-il en appuyant sur le bouton pour ouvrir les portes. Tu n'es pas revenue depuis assez longtemps pour nous donner le temps de nous réconcilier, ajouta-t-il.

Les portes s'ouvrirent devant un petit groupe de personnes qui se dispersèrent aussitôt, faisant mine de ne pas avoir entendu la conversation.

Finalement, le comportement de Rush et cette discussion bizarre prirent du sens pour Lucy. Comme au Starbucks plus tôt, il s'agissait d'une mise en scène destinée à souligner son rôle de bras droit, au cas où l'espion de Kathrein aurait un informateur au sein de GrayBox.

En dépit des larmes qui brûlaient ses paupières, elle dut reconnaître qu'il jouait très bien la comédie.

9

Bien que perturbé par la discussion qu'ils venaient d'avoir, Rush présenta Lucy à tout le monde et lui fit faire la visite complète du service R&D. Il ignora les sourires entendus et les regards interrogatifs de ses collaborateurs. Il aurait dû s'attendre à ces réactions. Descendre avec Lucy au laboratoire allait fatalement déclencher des ragots au sein de l'entreprise, surtout après la crise de nerfs de Trish.

Les potins ne dureraient pas longtemps. De toute façon, la plupart de ses salariés avaient déjà une image très négative de lui. Sa vie sociale comme ses prétendues conquêtes amoureuses lui donnaient une réputation de flambeur, à croire que ses idées brillantes ou son sens aigu des affaires ne comptaient pas. Rush supportait les médisances qui circulaient en imaginant l'incrédulité de ses salariés s'ils savaient à quel point sa relation avec Lucy l'avait changé.

Elle l'avait amené à penser et voir la vie de façon radicalement différente. Pourtant, même s'il ne pouvait réduire ce qu'il éprouvait pour elle à un simple désir charnel, il ne s'agissait pas non plus d'amour avec un grand A. Il avait besoin d'elle et il l'appréciait beaucoup. Et il avait cru que ces sentiments étaient réciproques.

En la regardant du coin de l'œil, il se reprocha de s'être disputé avec elle dans l'ascenseur. Depuis que Lucy était revenue, il se sentait en permanence tiraillé par des désirs contradictoires. Elle provoquait en lui un conflit de priorités. D'un côté, il avait envie de lui présenter toutes les dernières innovations de

Graybox, et d'un autre, il voulait la garder à distance. Il était prêt à se battre pour sauver sa famille et, en même temps, il rêvait de l'emmener sur une île où Kathrein ne la retrouverait jamais. En tout cas, il tenait à lui montrer toutes les facettes de sa personnalité qu'elle avait révélées par sa seule présence.

Plus incroyable était sa tentation de lui avouer qu'il n'avait couché avec personne d'autre depuis qu'elle était partie. Mais cet aveu froissait sa susceptibilité d'homme, et il ne pouvait s'y résoudre. Sa fierté se révoltait quand il devait reconnaître à quel point elle avait compté pour lui alors qu'elle l'avait, elle, si vite remplacé.

S'il s'affichait en public avec différentes femmes qu'il présentait comme ses petites amies, il ne s'agissait en réalité que d'un écran de fumée destiné à cacher aux gens sa solitude et son chagrin. Maintenant que Lucy était revenue, il se rendait compte que l'abstinence qu'il s'imposait depuis un an avait laissé des traces. La prochaine fois qu'un baiser le perturberait à ce point, il ne la laisserait pas s'écarter de lui.

Tandis qu'ils traversaient le laboratoire, elle prit des notes sur sa tablette, enregistrant les explications qu'il lui donnait sur le potentiel de différents projets. Ses remarques judicieuses et ses questions intelligentes renforcèrent sa conviction qu'ils se complétaient à merveille dans tous les domaines. Son esprit l'émerveillait autant que le reste.

Alors qu'ils finissaient leur tour du propriétaire, ils tombèrent sur trois de ses collaborateurs qui discutaient d'une application. Rush les fusilla du regard et, comprenant le message, ils s'éloignèrent.

— Pourquoi les as-tu fait fuir ? protesta-t-elle. J'avais des questions à leur poser.

Il ramassa une bague en plastique, une pièce qui faisait partie d'une hélice de drone, et l'examina pour se donner une contenance.

— Eh bien, pose-les-moi. Je te répondrai.

— Je ne me doutais pas que tu travaillais sur tant d'applications différentes.

— En réalité, je n'ai pas l'intention de mettre toutes ces idées sur le marché. Nous sélectionnons quelques logiciels de pointe pour répondre à des requêtes spécifiques.

— Pour satisfaire les demandes de clients triés sur le volet, tu veux dire ?

— Oui.

Il reporta son attention sur la pièce en plastique. Il devinait que s'il regardait Lucy en face, il aurait du mal à garder le contrôle.

— D'ici un jour ou deux, certains de ces prototypes seront prêts pour des essais sur le terrain, ajouta-t-il.

Ils n'avaient plus que trois jours pour trouver sa famille.

Quand elle poussa un petit soupir en battant des paupières, il sut qu'elle avait compris à quoi il faisait allusion. Plusieurs des caméras, des drones et des appareils de surveillance mis au point dans les laboratoires de GrayBox pourraient les aider à retrouver sa sœur et à capturer Kathrein.

Rien ne serait jamais officiel, les journaux n'en parleraient pas, et Rush ne pourrait jamais s'en vanter, mais si l'un de ces dispositifs fonctionnait et leur était utile, ses clients actuels et potentiels l'apprendraient tôt ou tard. Ils auraient alors encore plus confiance en ses travaux et seraient plus disposés à le solliciter pour des futurs projets.

— Quelle application est la plus près d'aboutir ?

Il croisa son regard.

— Pour le marché général ?

— Bien sûr.

Elle tenait son stylet sur la tablette, prête à prendre des notes.

— Les drones avec caméra intégrée sont très demandés. Le marché potentiel est tel que nous avons travaillé d'arrache-pied des mois durant sur le sujet pour avancer plus vite que la concurrence. À présent, ils sont complètement opérationnels. Il ne nous reste plus qu'à peaufiner le logiciel pour les rendre plus ergonomiques et pour renforcer la qualité optique afin de mieux répondre aux attentes.

— Mais la réglementation est sévère avec ce genre d'appareils, non ? répondit-elle. N'importe qui n'a pas le droit d'utiliser les drones et certainement pas n'importe où. Le marché semble limité.

— Ce n'est pas parce qu'un marché est petit et réglementé qu'il ne mérite pas que nous nous y intéressions. Il est toujours possible de s'adapter aux lois — ou de les contourner.

Elle comprit qu'il n'était pas en train de sortir des généralités sur le marché de la technologie de pointe, mais de lui souffler qu'ils allaient utiliser ses prototypes pour retrouver Gwen et Jackson.

Il loucha une dernière fois sur l'anneau en plastique et le reposa avec soin. Avec Lucy aussi, il saurait s'adapter ou contourner ses principes pour réussir à la faire revenir vers lui. Jamais il ne renoncerait à la reconquérir. D'une certaine façon, depuis un an, il lui avait donné de l'espace, il avait respecté son souhait de prendre du recul et il n'avait noué aucune autre relation amoureuse. Pour ne pas risquer de la perdre définitivement.

Une énorme pression pesait sur ses épaules. L'enjeu ne se limitait pas à son bonheur ou à sa capacité à rendre Lucy heureuse. S'il était déterminé à mettre toutes ses compétences et ses relations dans la balance, il n'avait aucune certitude quant à la réussite du plan qu'il avait en tête. Kathrein tenait la famille de Lucy entre ses mains. Une vague de crainte s'abattit soudain sur Rush, mais rien ne pouvait ébranler son désir farouche d'aboutir. Il ferait tout pour sauver Gwen et le petit Jackson, pour épargner à Lucy une épreuve dont elle ne pourrait jamais se remettre. Cet objectif comptait plus que tout pour lui.

Lucy restait à distance, s'arrangeant pour laisser la table de travail entre eux.

— Comment dois-je procéder en tant que ton assistante ? Je pourrais rédiger des communiqués de presse ou contacter des revues spécialisées pour leur annoncer des présentations ou des démonstrations de prototypes.

— Nous n'en sommes pas encore à ce stade, bien que les équipes aient hâte d'y être.

— Alors, comment cette petite visite à l'étage de la Recherche et Développement va-t-elle changer les choses avec un preneur d'otages français ?

— Il n'est pas français.

— Ce n'est pas la question. Penses-tu que quelqu'un ici travaille pour Kathrein ?

— Certainement pas. Je voulais simplement te montrer que nous avions les outils nécessaires pour régler le problème qui se pose à nous. Si tu me fais confiance.

— Merci, et bien sûr, je te fais confiance. Par ailleurs, tu as deux rendez-vous cet après-midi, et le premier est prévu dans un quart d'heure.

En silence, ils remontèrent au dernier étage, chacun perdu dans ses pensées.

Si Lucy reconnut le nom de Parker Lawton, elle n'en laissa rien paraître en le faisant entrer dans le bureau de Rush.

Ce dernier se leva pour accueillir son ami. Faire appel à ses services était risqué. Contrairement à ce qu'il avait affirmé à Lucy, si le type que Kathrein avait envoyé pour la surveiller et la suivre en entendait parler, Rush aurait perdu l'élément de surprise, un élément indispensable à la réussite de son plan.

Kathrein avait donné à Lucy un délai extrêmement court pour pirater le serveur spécialisé dans le stockage sécurisé de données informatiques le plus performant au monde. Rush en avait donc déduit que le vieillard tenait à régler l'affaire rapidement, mais il préférait s'assurer qu'il ne passait pas à côté d'un élément important.

Lawton, qui avait longtemps travaillé dans le renseignement militaire, était maintenant consultant et menait des investigations pour le compte de clients privés comme Rush. Il savait comment retrouver et localiser des cibles réelles aussi vite que Sam pouvait remonter des pistes sur Internet.

Tout en déroulant les stores intérieurs, Rush demanda :

— Qu'avez-vous découvert ?

— J'espère pouvoir être plus complet dans quelques jours, répondit Lawton. En tout cas, si les fonctionnaires de police de Paris ont qualifié d'« accidentelle » la mort du journaliste Garmeaux, vous aviez raison d'être suspicieux.

Il leva une main pour esquiver la question de Rush.

— Je n'ai encore rien de concluant. Le patron du journaliste m'a dit que Garmeaux était sur une affaire « énorme », mais qu'il ne lui avait rien apporté, aucun document, aucune preuve, rien. Et dans les dossiers de la police, les rapports des témoins ont disparu. De même, personne ne sait où est passée la moto accidentée de Garmeaux.

— Ce n'est pas bon signe.

Rush eut du mal à s'interdire de se lever pour se mettre à arpenter la pièce.

— Non, reconnut Lawton. Quant à l'autre sujet sur lequel vous m'avez demandé d'enquêter, Dieter Kathrein, il souffre manifestement de paranoïa, d'où son mode de vie. Il ne sort jamais de chez lui, ne voit personne et laisse ses filles et son petit-fils gérer son image de personnage public. À ce que j'ai entendu dire, Daniel, le petit-fils en question, s'apprête à faire une entrée éclatante en politique.

— Et la propriété de Kathrein ? L'avez-vous trouvée ?

Lawson lui tendit une chemise cartonnée.

— Il en a plusieurs. Voilà la liste de tous les domaines qu'il possède en Europe. La pièce jointe au mail que vous m'avez envoyé m'a profondément perturbé, ajouta-t-il en se calant dans son fauteuil.

Rush ne lui avait pourtant fait parvenir que deux extraits d'archives reliant Kathrein au régime nazi.

— Avez-vous pu évaluer l'authenticité de ces révélations ? demanda-t-il.

La question était de pure forme. Comme le vieux retenait la famille de Lucy en otage pour s'assurer que rien ne fuiterait, il était évident que le contenu du *cloud* était vrai.

Lawton hocha la tête.

— J'aurais aimé bénéficier de davantage de temps pour vérifier toutes les pistes et mener mes propres interrogatoires, mais je suis déjà en mesure de vous confirmer que Kathrein a bien usurpé l'identité de son cousin mort. Par ailleurs, mes contacts ont eu la preuve que Garmeaux avait mis la main sur des documents importants et avait fouillé le passé de Kathrein. S'il vous a confié ces archives et les a enregistrées dans un *cloud* de GrayBox, c'est qu'il savait que ses conclusions étaient sérieuses et qu'il ne s'agissait pas d'accusations gratuites ou infondées.

Rush laissa échapper un petit sifflement.

— Si les conclusions de l'enquête du journaliste s'éventaient, les conséquences seraient catastrophiques pour Kathrein. Et son petit-fils pourrait faire une croix sur ses ambitions politiques s'il venait à se savoir que la fortune familiale a été construite sur des mensonges et des crimes de guerre.

— Ce serait d'ailleurs dommage, déclara Lawton. Le jeune Daniel est un brillant sujet qui aurait pu être un atout pour le gouvernement français. Il est intelligent et respecté. Je suis actuellement en train de regarder s'il partage les idéaux de son grand-père ou s'il ignore la vérité comme le reste du monde. Rassurez-vous, je ne vous facturerai pas ces recherches. J'assouvis sur ce point une curiosité personnelle.

— Savez-vous si le journaliste avait parlé à quelqu'un de ses découvertes avant d'être assassiné ?

— S'il l'a fait, il ne s'est pas confié aux bonnes personnes. Il est mort depuis des semaines, et rien n'a fuité sur cette histoire.

Ce qui signifiait que Kathrein avait raison de croire qu'une fois le contenu du *cloud* de GrayBox détruit la situation serait entièrement sous contrôle.

— Très bien, assura Rush, avant de laisser Lawton reprendre la parole.

— À mon avis, les preuves reliant avec certitude Dieter Kathrein aux nazis par son vrai nom sont encore enterrées dans les archives des tribunaux de guerre. En me servant de l'arbre généalogique de Kathrein, j'ai mené une enquête rapide sur la branche allemande de la famille et j'ai demandé un service à un correspondant ami qui travaille à Berlin. Pour être juste, plusieurs hommes de ce côté du clan avaient rejoint le parti nazi avant le début de la guerre. En particulier, un jeune officier qui n'est jamais revenu de son affectation à Mauthausen et qui a officiellement été tué par les forces alliées lors de la libération du camp d'extermination autrichien. Il aurait fallu du temps, mais il aurait été tout à fait possible pour un jeune homme de traverser les montagnes pour regagner la France. Si vous voulez le traduire en justice, je me fais fort de retrouver son dossier de service.

Rush se frotta la mâchoire.

— Pas aujourd'hui, mes urgences sont ailleurs, mais j'ai bien l'intention, en effet, de lui présenter la facture plus tard. Il ne va pas s'en tirer comme ça.

Il n'y avait pas de prescription pour les crimes commis par Kathrein.

Lucy serait furieuse quand il lui parlerait de la visite de Lawton. Elle ne voulait pas impliquer d'autres personnes, des personnes susceptibles de devenir à leur tour des cibles, il le comprenait. Mais poser les bonnes questions était la seule façon de cerner leur ennemi. Ils avaient besoin d'être bien renseignés sur Kathrein avant de tenter de libérer Gwen et son fils. Comme elle l'avait elle-même reconnu, le seul moyen pour Kathrein de protéger pour toujours les siens de son passé était d'éliminer Lucy. Connaissant la cruauté impitoyable que le vieux milliardaire avait montrée autrefois et dernièrement, il ne s'agissait pas d'une menace en l'air.

— Merci de m'avoir consacré du temps et merci de votre discrétion, dit Rush en se levant pour serrer la main de Lawton.

Sur le seuil de la porte, son ami hésita et finit par lancer :

— Puis-je vous demander comment vous avez entendu parler de cette histoire ?

— Vous pouvez poser la question, mais pas obtenir de réponse, dit Rush en souriant.

— J'ai reconnu votre assistante, Grayson. Elle travaillait pour Kathrein, il n'y a pas si longtemps, si je ne m'abuse. Si vous vous serviez de ces informations contre lui — hypothèse d'école —, il ne faudrait pas longtemps aux gens pour comprendre que cette jeune femme était votre source.

— Ce ne serait pas vrai.

— Nous savons bien que la vérité ne prévaut pas toujours.

Rush se moquait que le nom de Lucy apparaisse dans les médias. Sa priorité était de la garder en vie ainsi que sa sœur et son neveu.

— Nous savons aussi qu'être ultra-riche et avoir des dizaines d'avocats sous le coude peut permettre au pire des criminels d'échapper à la justice et de faire table rase d'un passé disons… compromettant.

— Un combat de milliardaires se prépare, si je comprends bien, répondit Lawton. Les médias vont se régaler.

— Si ce que vous imaginez par hypothèse d'école devait se concrétiser, les médias n'en entendraient pas parler, répliqua Rush. Si j'attaque Kathrein, ce ne sera pas ouvertement.

Lawton hocha la tête.

— Tant mieux parce que les éléments que j'ai réunis en menant ma petite enquête ne suffiraient pas à faire éclater l'affaire au grand jour. J'aurais eu besoin de davantage de temps pour authentifier les documents.

Malheureusement, le temps était une denrée rare pour Rush.

— Il s'agit d'une opération délicate, répondit-il avec un calme qu'il était pourtant loin d'éprouver. Les choses iront mieux quand je saurai qui tire les ficelles.

— Je préfère être à ma place qu'à la vôtre, dit Lawton. Le simple fait d'avoir effectué des recherches sur ce type me salit. Pourquoi ne pas le dénoncer et vous en laver les mains ? Qu'avez-vous en tête ?

Rush jura. Lawton était trop intuitif.

— Je ne vous ai pas tout dit, admit-il. Le journaliste est tombé sur cette histoire un peu par hasard en découvrant que Kathrein avait financé les avocats d'un criminel de guerre, Alfred Portner, via un fonds de charité. Il a cherché une explication.

— Nom de Dieu !

Rush voyait presque les rouages du cerveau de Lawton se mettre en branle.

— Comme vous dites, mon ami.

— Vous auriez besoin d'une véritable enquête, d'investigations approfondies pour réussir à l'épingler pour meurtre.

— Oui, je vais m'en occuper… et bientôt.

Au départ, il avait eu l'intention d'aborder le sujet avec Lawton *après* avoir localisé Gwen et son fils avec l'aide de Sam. Mais il changea brusquement d'avis. Mettre Lawton sur le coup sans attendre lui donnerait une longueur d'avance qui pourrait se révéler utile pour la suite.

— Asseyez-vous.

Rush le mit au courant de l'enlèvement de Gwen et de son fils. Les deux hommes passèrent en revue les informations qu'il avait recueillies sur les propriétés européennes du vieux milliardaire. Quand ils eurent établi un plan de base, Lawton accepta de descendre rejoindre Sam au sous-sol pour travailler avec lui sur les détails de l'intervention.

Rush reconduisit Lawton jusqu'aux ascenseurs.

— Merci pour votre temps, dit-il.

— Soyez prudent, Rush, murmura Lawton.

— Vous aussi.

Il donna l'accolade à son ami. Si tout se passait bien, ils se reverraient sous peu.

En revenant vers son bureau, il s'arrêta devant Lucy.

— Annule mon prochain rendez-vous. J'ai beaucoup de choses à te dire.

— Très bien.

Après avoir passé un coup de fil, elle se leva, gratifiant Rush d'un sourire professionnel, distant.

— Je suis tout à toi.

Comme elle le suivait dans son bureau, il ferma la porte et s'assura que les stores intérieurs étaient toujours en place. Puis il la prit dans ses bras pour l'embrasser avec passion.

— Arrête, dit-elle en s'efforçant de l'écarter. Nous sommes au bureau.

— Je sais, dit-il, résigné, en enfonçant les mains dans ses poches. Merci d'être venue me voir, de me faire confiance.

Rush sentit son cœur accélérer dans sa poitrine quand il mesura le danger qui planait au-dessus de Lucy. Pour l'instant, elle était en sécurité. Par ailleurs, il était quasi certain que sa sœur et son neveu étaient encore vivants. Pourtant, la menace était telle qu'il n'était pas loin de céder à la panique.

— Je suis venue travailler dans ton entreprise pour la pirater, lui rappela-t-elle.

— Et tu as réussi à la pirater. Nous savions qu'il y avait une faille dans le système, et tu l'as exploitée. Tu es très forte.

Elle le regarda.

— Qu'est-ce qui ne va pas chez toi ?

— Rien.

Il se dirigea vers son bureau, mettant le dossier sur les propriétés de Kathrein hors de sa vue.

— Ça ne fait rien. Cette réunion m'a fait réfléchir.

Elle croisa les bras sur sa poitrine et le regarda fixement.

— C'était Parker Lawton.

— Tu te souviens de lui ?

— Je me souviens que vous étiez bons amis. Je me souviens que tu le chargeais d'enquêter sur des gens avec qui tu voulais travailler.

Il se laissa tomber dans son fauteuil.

— Et il continue à le faire.

Lucy le comprenait, le devinait à demi-mot. Elle était parfaite pour lui. Il aurait dû prendre davantage soin d'elle. À l'avenir, il s'efforcerait de ne pas réitérer ses erreurs. Une fois cette crise résolue, il la convaincrait qu'ils étaient faits l'un pour l'autre. Pas pour une nuit ou pour quelques semaines, mais pour toute la vie. Elle n'en était pas encore consciente, mais ils formaient l'équipe idéale.

Il ne s'agissait pas d'amour, se rappela-t-il. Mais de bon sens.

Les poings sur les hanches, elle le dévisagea.

— Tu lui as demandé d'enquêter sur Kathrein…

Il déglutit, sentant que le moment était décisif. Le temps était venu d'être honnête, totalement honnête, avec la seule femme en qui il ait jamais eu entièrement confiance.

— Oui.

— Rush ! rugit-elle avec fureur. Et si…

— Écoute-moi.

— Alors parle vite. Quand l'as-tu contacté ?

— Je me suis assuré qu'il était disponible pour me voir, ce matin, avant ton réveil.

— Pour le travail en équipe, on repassera !

— Je l'avais appelé avant que nous décidions, toi et moi, de travailler ensemble sur le sujet. Vas-tu m'écouter ?

Elle fit mine de verrouiller ses lèvres et de jeter la clé.

— Merci. Cela m'ennuyait que Kathrein ait choisi justement cette semaine pour t'envoyer sur une mission impossible.

— Comme tu l'as remarqué, elle n'était pas impossible puisque j'ai réussi.

— Exact, reconnut-il avec un clin d'œil. Malgré tout, pourquoi maintenant ?

Comme elle allait répondre, il lui intima le silence d'un geste et il poursuivit.

— Jusqu'ici, son argent avait suffi pour enterrer son passé. J'ai eu l'intuition que les ambitions politiques du petit-fils n'expliquaient pas tout. Écoute, j'ai demandé à Lawton de vérifier l'authenticité de quelques éléments que j'avais sur Kathrein. Je ne lui ai évidemment pas dit comment j'avais obtenu ces documents.

— Comme il m'a reconnue en traversant mon bureau, il n'a pas dû avoir trop de mal à le deviner.

— Justement, il s'est tout de suite inquiété du fait que tout le monde te désignerait comme source, si l'affaire s'ébruitait.

— C'est gentil de sa part.

— Non, c'est cohérent, rationnel, rectifia Rush.

Il préférait qu'elle ne dise pas du bien d'un autre.

— Assieds-toi, Lucy, dit-il en lui désignant un fauteuil. Tu as vu les dossiers. Kathrein a payé des avocats pour défendre l'un de ses vieux copains nazis. Garmeaux s'est interrogé et a suivi la piste de l'argent. Bien qu'il n'y ait aucune preuve, nous sommes d'accord pour affirmer que Kathrein a fait taire ce journaliste, trop curieux à son goût.

Elle pressa les doigts contre ses lèvres.

— Et si l'espion embauché par Kathrein pour me suivre lui raconte que Parker t'a rencontré aujourd'hui ?

— Lawton est assez grand pour se protéger, déclara Rush. Et surtout, beaucoup de gens vont et viennent dans ces bureaux pour des raisons nombreuses et variées. Kathrein aura du mal à être sûr que Lawton est venu pour toi.

— J'espère que tu as raison, dit-elle en baissant la tête.

— J'en suis sûr.

Il en aurait mis sa main au feu. Malgré le peu de temps dont il disposait et la menace croissante qui planait au-dessus de Lucy, il battrait Kathrein sur son propre terrain.

Elle se redressa dans le fauteuil et croisa les jambes.

— Quelles autres mesures as-tu prises en tant que capitaine d'équipe *ne se sentant pas obligé de me consulter* ?

— Es-tu fâchée contre moi ?

— Non, répondit-elle d'un ton résigné. Mais je ne suis pas contente. Tu m'avais promis que nous travaillerions ensemble sur cette histoire. Et tu fais cavalier seul.

— Nous sommes ensemble. Nous allons régler l'affaire ensemble. T'attendais-tu que je reste assis, les bras croisés, pendant que Kathrein s'en prend à toi et à ta famille ?

Lucy savait que sa réaction était absurde. Rush se mettait en quatre pour la protéger.

— Je suis accablée, Rush, reconnut-elle, tête basse. Oui, j'ai besoin de rester dans la boucle, d'être mise au courant de tout, mais la difficulté me paraît insurmontable. Il a pu cacher ma famille n'importe où.

Elle n'exprima pas sa plus grande peur — que Kathrein ait déjà assassiné Gwen et Jackson. Son cœur se tordit de douleur.

Rush regarda le plafond et tapota légèrement des doigts sur le bureau. Ses mains, si fortes, si capables de lui donner un plaisir aveuglant, l'avaient toujours captivée.

— Tout ce que j'ai est à toi, Lucy. Tous mes contacts, tous les services qu'on me doit, toute ma fortune, toutes mes ressources sont à ta disposition et serviront à vous sauver tous trois des attaques de Kathrein. Il va lutter, se défendre, il faut nous y préparer. Il est acculé, il n'a pas le choix.

— Je t'en prie…

Le cœur serré, elle ne finit pas sa phrase. Les mots lui manquaient.

— Dis-moi juste comment et où le frapper.

— Il ne reste que trois jours, lui rappela-t-elle, bien qu'aucun d'eux ne l'ait oublié.

— J'ai beaucoup réfléchi, ces derniers temps, reprit-il. Je pense que Kathrein a fait une erreur en prenant des otages. Pendant soixante-dix ans, il a échappé à la justice, en se cachant derrière sa fortune et ses réseaux. Il s'en est toujours tiré et il est persuadé d'en être capable *ad vitam aeternam*. Il a toujours fait preuve d'une incroyable arrogance qui peut lui être fatale, à présent.

— C'est vrai, dit-elle. Mais en France, tout le monde lui est fidèle.

— En tout cas, tous ceux qu'il t'a laissé rencontrer semblent l'être.

— Oh ! je suis stupide !

Elle se tordit les mains.

— Tu as raison, poursuivit-elle. Kathrein vit en reclus parce qu'il a peur d'être reconnu. Au cours de mon bref séjour chez lui, j'ai été étonnée de constater que les domestiques à son service étaient très peu nombreux. Il s'agissait certainement des rares personnes en qui il peut avoir totalement confiance, qui ne risquent pas de dévoiler ses secrets.

Rush hocha la tête, l'encourageant à parler, à passer en revue le mois où elle avait travaillé avec Kathrein.

Lorsqu'elle eut terminé son récit, il conclut :

— Je ne crois pas qu'il ait emmené ta famille hors de France.

Il chercha un dossier.

— Nous allons emporter des prototypes de R&D et prendre mon jet privé pour nous rendre là-bas. Une fois que nous aurons identifié l'endroit où il retient ta sœur et son fils, nous pourrons mettre au point un plan pour les libérer.

— Ce serait fabuleux, mais n'oublie pas qu'il tuera Gwen et Jackson s'il découvre que je t'ai poussé à m'aider et que je t'ai embarqué dans cette histoire.

Rush redressa fièrement les épaules.

— Ne t'inquiète pas. J'ai longtemps été un maître en matière de diversion.

Elle lui faisait confiance pour résoudre les problèmes. Elle ne doutait pas de l'étendue de ses ressources comme de son intelligence. Elle avait vu les dégâts qu'un vieux milliardaire pouvait provoquer, et n'avait pas de mal à imaginer les miracles qu'un jeune milliardaire bienveillant pourrait opérer.

En réalité, elle faisait confiance à Rush sur tous les plans… à l'exception du domaine amoureux. Rush avait toujours refusé de s'intéresser à l'amour. Il savait composer avec les gens, quand il fallait être dur, quand il fallait jouer loyalement et quand tous les coups étaient permis. Par ailleurs, il était capable de séduire — les femmes ou des clients — avec un rare talent. Lucy connaissait assez le passé de Rush, son enfance en particulier, pour comprendre sa réticence viscérale à laisser les gens s'approcher suffisamment de lui pour pouvoir le blesser. Sans parler du fait que, pour garder sa place de leader dans un secteur où la concurrence était rude, il avait dû apprendre à dissimuler ses émotions.

Elle s'était souvent demandé si Rush savait à quel point il était apprécié des gens qui dépendaient de lui. Non seulement des clients de GrayBox, très heureux des applications qu'il leur offrait, mais surtout des employés qui aimaient travailler pour lui. Melva avait été la première à reconnaître le génie de Rush et de Sam. À partir d'une bonne idée et en s'appuyant sur la seule force de leur travail, ils avaient réussi à bâtir une entreprise prospère.

Les partenariats durables étaient rares. Dans le monde des affaires, les conflits entre associés étaient légion. Pourtant, Rush et Sam n'avaient jamais cessé de compter l'un sur l'autre pour avancer. Leur tandem les avait propulsés vers la réussite, et aucun d'eux n'avait voulu s'approprier la gloire ou la richesse. Leurs ambitions se complétaient, elles ne s'entre-dévoraient pas.

— Lucy ?

Elle fut surprise de découvrir qu'il avait tiré une chaise près d'elle et qu'il tenait sa main entre les siennes.

— Excuse-moi, j'étais ailleurs.

— J'ai remarqué. Quelle est la dernière chose que tu aies entendue ?

Les yeux plissés, elle réfléchit.

— Tu disais que tu étais passé maître dans l'art de la diversion.

Il sourit avec approbation et lui serra les doigts.

— Eh bien, pendant que tu étais perdue dans tes pensées, Sam a envoyé un texto. Il arrive avec du nouveau.

— Génial !

Elle fut soulagée de ne pas avoir manqué le plan de sauvetage tout entier pendant que son esprit recensait les admirables qualités de Rush. Pourquoi aimait-elle le seul homme qui ne voulait rien d'autre qu'une relation physique avec elle ?

Le fait qu'elle l'accepte tel qu'il était avec ses priorités professionnelles était pour lui plus important encore que sa curiosité sensuelle aventureuse, il le lui avait souvent répété. Elle avait veillé à ne pas attendre ni espérer qu'il change, tout comme elle avait vite mesuré l'étendue de sa générosité, dissimulée derrière des couches de défenses. Il était capable d'aimer, ses actions l'avaient prouvé à maintes reprises. Pourtant il n'aurait pas supporté qu'elle emploie les mots « aimer » ou « amour » pour les qualifier.

Et elle était tombée amoureuse de lui. Elle l'aimait encore, même s'il était convaincu que l'amour n'était pas une option.

Quand ils sortaient ensemble, il avait montré une incroyable tendresse à son égard et une attention énorme. Si la nuit dernière était un indicateur, l'alchimie entre eux était toujours là, tout comme le respect mutuel.

Son refus de coucher avec lui n'était peut-être pas une bonne idée, après tout.

Rush se leva et se dirigea vers un petit réfrigérateur. Il revint avec une bouteille d'eau.

— Tiens, bois.

Elle obéit pendant que Sam entrait dans le bureau. Naturellement, il avait quelque chose. Sam était capable de trouver une aiguille dans n'importe quelle meule de foin sur Internet.

Sam lui donna une chaleureuse étreinte, puis la tint à bout de bras et l'observa avec inquiétude.

— Comment tiens-tu le coup ?

— C'est bon d'avoir des amis qui m'aident, sur qui je peux compter dans l'épreuve. Merci.

Elle se força à sourire.

— Rush a dit que tu avais du nouveau.

— J'ai trouvé beaucoup d'horreurs sur le plus riche reclus de

France. Savais-tu que tu avais travaillé pour un véritable salaud ? Regarde, ajouta-t-il tandis que des images et des documents écrits apparaissaient sur les écrans.

— J'étais au courant de ce qu'il a fait pendant la guerre, dit Lucy. Et je savais qu'il se montrait impitoyable en affaires. Mais il était gentil avec moi. Au départ.

Sam émit un grognement dédaigneux.

— J'ai travaillé sur la chronologie des événements en partant de ton arrivée. Ta sœur et ton neveu doivent encore être en France, j'en mettrais ma main à couper. En fait, je ne pense pas qu'ils puissent être très loin du domaine de Chantilly.

Lucy s'approcha, découvrant les propriétés appartenant à la famille élargie de Kathrein. Il avait des domaines dispersés dans toute l'Europe.

— Il n'avait que quelques heures devant lui, murmura-t-elle. Mais avec des avions et des hélicoptères à sa disposition, cela ne change pas grand-chose.

— Par contre, voilà qui change quelque chose.

Sam fit apparaître une vue aérienne de la France. De petits carrés de différentes couleurs avaient été ajoutés pour marquer les propriétés de Kathrein. Il y avait un carré rouge autour du domaine où elle avait travaillé et habité, et un autre plus à l'est, près de Strasbourg. Tout le reste avait une couleur différente.

— Ce vignoble, dit Sam en zoomant sur le deuxième carré rouge, est l'une des plus anciennes propriétés du coin. Il n'y a plus d'activité sur l'exploitation depuis des décennies. Lorsque les filles Kathrein étaient jeunes, la famille y passait régulièrement des vacances. La vue doit être étonnante, ajouta-t-il avec un soupir nostalgique.

— Sam, l'interrompit Rush.

— Bref, la dernière visite de la famille remonte à plus de cinq ans, et pourtant le compteur électrique tourne à nouveau depuis huit jours. Alors que le reste de la famille — à l'exception de M. Reclus, bien sûr — a été vu dans les Alpes. Ses filles et son petit-fils sont de grands skieurs.

Il montra des photos du clan Kathrein dévalant les pistes.

— Qu'en est-il des maisons que Kathrein possède en zones urbaines ? demanda Rush. Pourrait-il également les utiliser pour cacher Gwen et son fils ?

— Je doute que ce soit le cas, répondit Lucy. Non seulement il déteste les endroits peuplés, mais si son but est de protéger la réputation et les ambitions politiques de son petit-fils, il ne courrait pas le risque de s'exposer là-bas en compagnie de ses otages.

— Je suis d'accord.

Rush croisa les bras sur sa poitrine alors qu'il passait en revue les images.

— Par acquit de conscience, nous enverrons peut-être quelqu'un inspecter rapidement les maisons qu'il possède en ville, ajouta-t-il. Mais toi et moi allons nous rendre en Alsace.

Il chercha son téléphone portable.

Lucy se tourna vers lui.

— Maintenant ? Tu veux que nous partions maintenant ?

— Bien sûr. Il n'y a pas de temps à perdre.

Il donna des instructions au bout du fil, probablement à quelqu'un qui travaillait sur un aérodrome.

Lucy attendit qu'il raccroche en se mordillant la lèvre. Lorsque, enfin, il mit fin à sa conversation, elle se sentait au bord du malaise.

— Quand il apprendra que je suis partie avec toi, ajouta-t-elle, quand il saura que tu m'aides, il te ruinera. Après les avoir tués.

Elle ne pourrait pas vivre avec cette culpabilité sur la conscience — en supposant qu'il lui laisse la vie sauve, songea-t-elle au bord de la nausée.

— Détends-toi, Lucy, intervint Sam. Je peux vous couvrir d'ici, de mon bureau. Nous avons les moyens de faire croire que vous êtes à San Francisco, Rush et toi, alors qu'en réalité vous serez à l'autre bout du monde.

Elle ne lui demanda pas quels étaient ces moyens, comment il s'y prendrait. Sam et Rush étaient des génies en informatique.

Elle se tourna vers Rush.

— Et le type qui me suit ?

— Nous allons l'occuper en faisant appel à des sosies.

Elle eut envie de se pincer pour s'assurer qu'elle ne rêvait pas.

— Et comment allons-nous sauver ma sœur et son fils ? Kathrein a des gardes armés, et je n'ai aucune formation ou expérience en matière d'armes ou de libération d'otages.

Elle attendrait d'être seule avec Rush pour faire valoir que s'ils avaient tort et que Kathrein utilisait ses vignobles comme leurre, débarquer là-bas lui mettrait la puce à l'oreille.

Sans répondre, Rush se tourna vers Sam.

— Fais tout ce que nous avons décidé, vieux, lui dit-il. Je m'occupe de Lucy, je gère.

Lucy attendit que Sam soit parti pour lancer à Rush :

— Maintenant, je suis devenue un dossier à gérer ?

— On peut rêver, plaisanta-t-il. Lucy, je vais être honnête, je préférerais que tu restes ici, hors de danger, et que mes amis se chargent seuls de la libération des otages.

— Et toi ? Resteras-tu en arrière ?

— Non. Il faut que quelqu'un connaissant à la perfection les prototypes que nous enverrons en éclaireurs sur le terrain soit sur place.

Elle ne savait pas très bien ce qu'il entendait par là. À voir son expression si sérieuse, à mesurer son implication dans l'opération, elle se sentit presque coupable de s'être éloignée de lui, un an plus tôt. Si elle était restée à San Francisco, Kathrein n'aurait jamais pu l'utiliser de cette façon. Il aurait dû exercer son chantage ignoble sur quelqu'un d'autre. Mais si elle était restée avec Rush, elle aurait dû accepter d'aimer un homme qui ne l'aimait pas, qui ne voulait pas l'aimer. Cela n'aurait pas été juste.

— As-tu trouvé quelqu'un pour me servir de doublure, à moi aussi ?

— Oui, bien sûr.

Il enfonça les mains dans ses poches, la regardant en face.

— Je te connais, Lucy. J'ai toujours su que tu préférerais être là-bas avec moi plutôt que rester à l'abri quelque part à te tordre les mains d'inquiétude. Je l'ai anticipé en établissant mon plan d'action.

À ses mots, un frisson parcourut l'échine de Lucy, et son cœur se serra dans sa poitrine.

— As-tu préparé mes vêtements, aussi ?

Il se mit à rire.

— Non. J'ai embauché quelqu'un pour s'en charger. Un observateur extérieur penserait que je suis retourné vivre dans le hangar à bateaux avec toi. Mais au milieu de cette valse apparente de voitures, une valise avec tes affaires nous attendra dans le taxi qui nous conduira bientôt à l'aéroport.

— Tu ne m'as pas donné beaucoup de choses à faire dans ton plan.

— Au contraire, répondit-il en tendant la main. Nous n'aurions pas pu arriver aussi loin sans ta perspicacité et ton sang-froid.

Il repoussa tendrement une mèche de ses cheveux derrière son oreille.

Lucy réussit à ne pas frissonner à son contact. Alors qu'il appelait la voiture, elle savoura le compliment qui éloigna un peu les peurs qui nouaient son ventre depuis la présentation de Sam.

Ils n'avaient plus que deux jours pour coopérer ou pour coincer Kathrein. Mais à présent, l'espoir s'emparait d'elle. Avec les ressources de Rush et son matériel connecté, ils parviendraient peut-être à sortir tous de cette histoire sains et saufs.

10

Rush couvait Lucy d'un regard attentif tandis qu'ils quittaient incognito le siège de GrayBox pour s'engouffrer à l'arrière d'une berline aux vitres teintées. Depuis qu'il avait déclenché le plan d'action, elle n'avait presque pas desserré les dents. Tous deux arriveraient les premiers en France et superviseraient les opérations de reconnaissance pendant que Lawton se chargeait de constituer une équipe d'intervention.

Rush aurait voulu parler avec Lucy, mais il ne pouvait se résoudre à rompre le silence qui régnait entre eux. La connaissant comme il la connaissait, il préférait lui donner le temps de digérer le flot d'informations reçues ces dernières heures et de se préparer mentalement au vol.

Elle ne flancherait pas. Une fois que Lucy avait décidé quelque chose, elle allait jusqu'au bout. Cela faisait partie de ses qualités, même si, un an plus tôt, il avait fait les frais de cet aspect de sa personnalité.

Il avait été surpris et perdu lorsqu'elle l'avait quitté. Une fois passé le choc, la colère et le chagrin s'étaient installés au fond de son cœur et y étaient restés. Il lui avait fallu des mois pour intégrer son départ précipité et pour prendre conscience que Lucy étant comme elle était, elle n'avait pas agi sur un coup de tête. Elle avait mûri sa décision.

Il se demanda si elle avait autant envie que lui d'en discuter. Ce n'était sans doute pas le bon moment pour mettre leur passé sur le tapis. Dans l'immédiat, Lucy ne se souciait évidemment que de sa sœur et de son neveu. Ce n'était pas non plus le moment idéal pour évoquer leur avenir, même s'il avait bien l'intention de clarifier bientôt les choses sur ces deux points.

Dans le jet privé, elle s'assit sur la banquette en face de lui. Elle avait le visage tourné vers le hublot, mais il savait qu'elle ne voyait rien du paysage. La nuit était tombée, et de toute façon, à cette altitude, il n'y avait pas grand-chose à voir sauf les nuages et, parfois, un aperçu de l'océan Atlantique très au-dessous. Ils avaient encore plusieurs heures de vol, et il lui avait proposé d'aller s'allonger dans la chambre, de prendre un peu de repos, mais elle avait refusé.

De son côté, Rush ne cessait de réfléchir à tous les scénarios possibles. Sam et Lawton le tenaient régulièrement au courant par textos de l'évolution de la situation.

Lorsqu'ils firent étape à New York pour remplir les réservoirs, Lucy lui rappela que Kathrein payait de nombreux policiers pour s'assurer de leur loyauté à son égard. C'était un obstacle qu'ils devaient prendre en considération. Ils avaient pour eux l'effet de surprise, mais Kathrein avait l'avantage de jouer à domicile.

Rush avait insisté pour que Lucy laisse son téléphone au bureau afin que Sam puisse l'utiliser dans leur plan. Bien entendu, il ferait suivre les messages de Kathrein et ses appels éventuels sur un autre appareil. Cette stratégie protégeait Lucy des manœuvres du vieillard visant à l'angoisser. Kathrein avait cessé d'envoyer des photos de Jackson, mais depuis que des clichés de Lucy et Rush au Starbucks circulaient sur Internet, ses propos qui étaient agressifs au départ devenaient ouvertement menaçants.

Le téléphone de Rush vibra, et Lucy sursauta.

— Sam nous transmet un texto de Kathrein, expliqua-t-il en le lisant. Kathrein voulait savoir s'il y avait du nouveau. Sam lui a laissé entendre que tu avançais, que tu progressais.

— Y avait-il une photo avec le message ? demanda-t-elle en se levant pour s'asseoir en face de lui.

Comme Rush ouvrait les pièces jointes au texto, il sentit un frisson glacé lui parcourir l'échine. Sam lui transférait une série de photos de Gwen. Elle y apparaissait les vêtements chiffonnés, les joues ruisselantes de larmes et défigurée par un œil au beurre noir. Il agrandit l'image à la recherche d'un indice permettant de la localiser, mais il ne trouva rien. Heureusement, Sam étudierait chaque photo, pixel par pixel.

Lucy posa la main sur la sienne.

— Que se passe-t-il, Rush ? Tu sembles près de tuer quelqu'un.

Discrètement, il supprima les clichés pour qu'elle ne puisse les voir. Brutaliser Gwen n'avait aucun sens. Pourquoi le vieux fou s'en prenait-il à elle ? Avait-elle tenté de s'enfuir ?

Il mêla leurs doigts.

— C'est un manipulateur, répondit-il. Il me met hors de moi.

À l'époque où il avait été incarcéré dans un établissement pénitentiaire pour mineurs, Rush avait souvent été confronté à des garçons qui n'hésitaient pas à se rendre coupables des pires crimes afin de préserver leur suprématie.

Lucy poussa un soupir.

— J'aurais dû me douter que son offre de travail était trop belle pour être vraie.

Comme elle essayait de se libérer, il resserra son emprise.

— Arrête, Lucy. Tu n'as rien à te reprocher. Kathrein t'a menti, utilisée, comme il le fait avec le monde entier depuis soixante-dix ans.

Rush était conscient qu'il s'apprêtait à amener Lucy sur les terres de ce monstre, à la jeter dans la gueule du loup.

— Il essaye de protéger les siens, dit-elle.

— Serais-tu en train de jouer l'avocat du diable ?

— Non mais je me demandais… Jusqu'où nous irions, toi et moi, pour défendre ma famille ? acheva-t-elle après un moment.

— Aussi loin que nécessaire.

— En quoi sommes-nous différents de Kathrein ?

— Lucy…

Il posa son téléphone et se leva pour la prendre dans ses bras. Il l'obligea à s'allonger avec lui sur la banquette.

— D'abord, c'est lui qui a commencé en enlevant Gwen et

son bébé pour se servir de toi. Toi, tu ne fais que te défendre, que les défendre. Tu rends coup pour coup parce que tu n'acceptes pas d'être une victime. Et surtout, envoyer un nazi en prison pour ses crimes présents et passés n'a rien à voir avec ce que fait Kathrein.

Elle se mit en position fœtale.

— Tu as raison. Dis-moi quelque chose… Tes amis, ceux que tu as mandatés pour organiser la libération de Gwen et Jackson, sont-ils susceptibles de tuer au cours de l'opération ?

— Absolument. Cela t'ennuie-t-il ?

— Cela devrait… Je ne veux pas m'abaisser à me comporter comme lui, murmura-t-elle. Mais j'ai peu de scrupule concernant Kathrein, je l'avoue. Promets-moi simplement que les hommes de l'équipe d'intervention ne s'en prendront pas aveuglément à ceux qui sont à ses ordres.

Il était typique de Lucy de demander quelque chose que personne ne pouvait garantir.

— Si je te le promettais, je te mentirais.

Avec douceur, il l'obligea à se détendre contre lui. Les jambes mêlées aux siennes, il caressa ses cheveux tandis qu'elle regardait par le hublot.

— Notre objectif est d'arracher Gwen et son fils aux griffes de ce salopard, dit-il. Lawton va préparer l'opération pour éviter les débordements. Et pour garantir le succès de l'intervention, mieux vaut que tout se passe en vitesse et en douceur.

En tant qu'ami, Lawton se surpasserait pour les aider, et Rush tenait à lui faciliter les choses au maximum. Il ne compromettrait pas les efforts des hommes sur le terrain en les laissant débarquer dans une situation incontrôlable.

— Dans ce genre d'opérations, la discrétion est indispensable. Tirer dans le tas ou jouer les cow-boys serait improductif.

— D'accord.

— Par contre, je tiens à ce que Kathrein paye pour le mal qu'il a fait à ta famille et à beaucoup d'autres personnes, poursuivit-il. Dès que Gwen et son fils auront été libérés, dès qu'ils seront en sécurité, je transmettrai les documents de Garmeaux aux autorités françaises compétentes.

— Bien.

Elle semblait épuisée, et il avait envie de l'emporter dans la chambre et de la mettre au lit. Ils avaient encore deux ou trois heures de vol avant d'atterrir. Et si elle l'y invitait, il serait heureux de lui faire oublier tout ce qui n'était pas la magnifique passion qu'ils avaient partagée.

Au cours des mois qui avaient suivi son départ, il avait essayé de déterminer à quel moment il avait su qu'elle était la femme de sa vie, à quel moment il avait compris qu'elle lui était devenue indispensable. Cela ne remontait pas à leur premier baiser, même s'il avait été magique. Ni à la première fois où ils avaient fait l'amour, même si elle avait été fabuleuse. Ces deux événements avaient alimenté ses fantasmes érotiques, mais ni l'un ni l'autre n'avait été *le* moment décisif.

Il l'observa à la dérobée alors qu'elle contemplait la nuit à travers le hublot. Son ravissant visage, comme son expression volontaire, lui donnait envie de l'embrasser. Il se rappelait comment elle fondait sous ses baisers.

Le moment où tout s'était joué pour lui s'imposa soudain à sa mémoire. C'était le soir où ils avaient invité Sam et Melva à dîner au hangar à bateaux pour fêter un important contrat. Tout s'était alors mis en place. Il avait pris conscience que Lucy complétait à merveille la petite famille qu'il s'était créée et en qui il avait entièrement confiance. Elle était l'« Élue », il l'avait compris à ce moment-là. Sur tous les plans, sur le terrain professionnel comme dans un lit, ils formaient l'équipe idéale.

Quelques jours plus tard, il avait acheté une bague de fiançailles et il s'interrogeait sur la meilleure façon de lui demander sa main. Mais à force de chercher, il avait laissé passer l'occasion de le faire. Cela dit, en prendre conscience n'expliquait qu'une partie de l'histoire. Il ne comprenait toujours pas pourquoi elle l'avait plaqué si brusquement sans un mot.

Sans cesser de caresser ses cheveux, il l'écouta respirer.

— Lucy ?

— Mmm ?

— Pourquoi m'as-tu quitté ?

— Oh non ! Rush, ce n'est pas le moment ! s'exclama-t-elle d'un ton accablé. Nous en parlerons plus tard.

— Je t'en prie, dis-le-moi maintenant.

Un sourire triste passa sur ses lèvres.

— J'étais obligée de partir. J'avais commis le péché capital.

Il lui attrapa le menton pour l'obliger à le regarder en face.

— Tu m'avais trompé ?

— Bien sûr que non ! J'étais simplement tombée amoureuse de toi.

— Tu es partie parce que tu étais tombée amoureuse de moi ? répéta-t-il en secouant la tête. Tu es partie parce que…

— Les règles qui régissaient nos relations étaient très claires, tu les avais exposées d'emblée. Je respectais tes limites. Je ne parvenais plus à réprimer mes sentiments, mais il n'était pas question de te mettre la pression alors que je connaissais ta position.

— Et ton petit ami de Chicago ?

— Il n'a jamais existé. Je t'ai menti pour ne pas avoir à m'humilier en t'avouant la vérité. Mais si tu veux tout savoir, il n'y a eu personne d'autre dans ma vie depuis nous.

Il n'arrivait pas à y croire.

— Tu es sérieuse ?

Quand elle hocha la tête, il s'exclama, sidéré.

— Tu m'as bien eu !

Il prit son visage entre ses mains pour l'embrasser comme s'il avait envie de rattraper le temps perdu. Ce baiser lui donna faim d'autre chose et, de nouveau, le désir fou de l'emporter dans la chambre pour lui faire l'amour le prit. Mais cette fois encore, il se retint.

Lentement, il se calma et se mit à l'embrasser plus tendrement que passionnément.

Elle dut deviner son changement d'état d'esprit car elle lança :

— Si tu es en colère, n'oublie pas que c'est toi qui m'as posé la question et qui as insisté pour que j'y réponde.

Comme elle se levait pour s'éloigner, il la retint par le bras.

— Je ne suis pas en colère.

Loin de là.

Il s'éclaircit la voix et la serra contre lui.

— Tu devrais te reposer pendant que nous en avons la possibilité.

Il lui frotta le dos, glissa les doigts dans ses cheveux jusqu'à ce qu'elle se détende. Lorsqu'elle s'abandonna enfin, Rush s'écarta doucement et étendit une couverture sur elle.

Elle était partie parce qu'elle l'aimait... L'aimait-elle toujours ? Et lui, en avait-il envie ? Oui, mille fois oui !

Il se versa un verre et, tout en le sirotant, imagina son existence avec Lucy. Leurs jours et leurs nuits remplis de rire, d'intelligence, de complicité sensuelle... Un bonheur pur. Il se rendit compte qu'il adorerait partager son quotidien, l'aimer et être aimé d'elle, sa vie durant. Il se surprit à s'imaginer jouer dans le parc voisin du hangar à bateaux avec une petite fille aux cheveux bruns et aux grands yeux chocolat.

Au lieu de provoquer une crise de panique, cette image l'attendrit et lui procura une joie sans mélange. Il attendit que des souvenirs discordants de sa propre enfance viennent briser cette vision idyllique. Au lieu de quoi, il entendit dans son rêve éveillé Lucy lui murmurer des « Je t'aime » à l'oreille.

Comment avait-il pu ne pas remarquer ses sentiments pour lui ? Comment avait-il pu être assez fou pour la laisser s'en aller, s'éloigner de lui, alors qu'elle l'aimait ?

Ils traverseraient cette épreuve, ils surmonteraient ces malentendus. Ils s'expliqueraient, il reconnaîtrait ses torts et ensuite il lui donnerait tout ce qu'il aurait dû lui donner il y a un an. Ils aborderaient avec sincérité des sujets importants qui engageaient leur avenir commun. Quoi qu'elle veuille, quoi qu'elle attende de lui, il le lui offrirait. Il voulait devenir l'homme idéal pour elle.

France, environs de Strasbourg
Samedi 19 décembre, 6 h 30.

Près de trois heures plus tard, l'avion atterrit sur un petit aérodrome privé du nord-est de la France. Regarder Lucy se réveiller avait toujours troublé Rush, et cette fois-ci ne fit pas exception. Tandis qu'elle s'étirait, la vue de son corps de femme, de ses seins rebondis, fit monter en lui une vague de désir. *Plus tard*, se dit-il.

— Sommes-nous arrivés ? demanda-t-elle.

— Oui. Il nous faut une petite heure pour gagner la maison que j'ai louée, et de là nous pourrons aller jeter un œil au vignoble de Kathrein.

— Très bien.

Elle replia sa couverture, enfila ses chaussures et se tourna vers lui.

— Comment puis-je t'aider ?

Il lui sourit et lui tendit les mains.

— En restant près de moi.

Il parvint à s'interdire de lui parler d'avenir.

Dès leur descente d'avion, ils se hâtèrent vers la voiture qui les attendait sur le tarmac. Rush avait laissé des instructions précises à propos du matériel et des bagages, mais il préféra surveiller lui-même le déchargement des prototypes avant de rejoindre Lucy à l'arrière de la berline.

— As-tu des contacts dans tous les aéroports régionaux du monde ? demanda-t-elle.

— Non, admit-il avec un rire bref. Je sais seulement qui appeler pour donner cette impression.

Quand elle recula contre la portière, il regretta qu'elle s'éloigne de lui. L'avoir serrée dans ses bras dans le jet l'avait rempli d'un tel bonheur !

— Mon argent et les avantages qu'il procure ne te dérangeaient pas avant, remarqua-t-il.

Lucy était l'une des rares personnes à ne pas être impressionnée par sa fortune et à ne pas le considérer comme un tiroir-caisse sur pattes.

— Ils ne me dérangent toujours pas, répondit-elle en se tortillant un peu sur son siège. Kathrein et toi êtes tellement différents.

— Ah oui ? Et en quoi ? demanda-t-il, incapable de dissimuler sa curiosité.

— Depuis que je suis entrée dans la vie active, j'ai fréquenté beaucoup d'hommes riches, commença-t-elle. Kathrein se sert de son argent comme d'une arme ou d'un bouclier. Penses-tu que ses filles savent qui est réellement leur père ?

— Non, je ne le crois pas.

Il n'allait pas la laisser botter en touche.

— Et mis à part le fait que je suis plus jeune et beaucoup plus séduisant que Kathrein, qu'est-ce qui me différencie de lui ?

Elle sourit et répondit avec calme :

— Quand tu aides les autres, tu mets tout en œuvre pour aboutir, sans regarder à la dépense. Tu ne lésines pas sur les moyens.

— Je ne comprends pas… Tu ne fais pas la charité, tu n'es pas un cas social.

— Non mais sans ton aide, sans tes ressources, j'aurais été forcée de coopérer avec Kathrein pour sauver Gwen et Jackson.

Songer à l'issue probable de ce scénario, à ce qu'il serait advenu de Lucy dans cette hypothèse, le fit frissonner de peur. Incapable de résister, il l'attira vers lui. Appuyée contre lui, elle posa la main sur sa cuisse, un geste qu'elle faisait souvent avant.

— J'ai réfléchi à quelque chose. Si les gens apprenaient que ton système prétendu ultra-sécurisé de stockage de données présente des failles, les conséquences seraient désastreuses pour ton entreprise. Ta réputation en serait ébranlée.

— Je ne le nie pas, mais je suis surpris que tu n'aies pas réfléchi aux dégâts que tu provoquerais si tu me quittais de nouveau… Parce que tu n'y as pas pensé, n'est-ce pas ?

— Non, c'est vrai.

— As-tu envie de savoir comment j'ai survécu ?

— Survécu à quoi ?

— À ton départ pour Chicago, répondit-il avec plus d'agacement qu'il ne l'aurait voulu.

Elle se tourna vers lui.

— Comment ?

— Je me suis dit et répété que notre séparation était provisoire, que tu avais eu peur. Que tu avais éprouvé le besoin de voler de tes propres ailes, professionnellement et sentimentalement, pour pouvoir revenir vers moi en étant sûre de ton choix, de nous.

La voiture roulait sur une route sinueuse, et dans un virage Lucy fut projetée contre lui.

Il en profita pour lui embrasser le haut du crâne.

— Je serai toujours ton ami, dit-il.

Jusqu'à ce qu'elle soit prête à me répéter sa déclaration et à me faire confiance, amoureusement parlant, ajouta-t-il pour lui-même.

Elle ne répondit pas, et ils restèrent silencieux, chacun songeant à la suite des événements.

Après une demi-heure de route, le chauffeur s'engagea sur un chemin caillouteux qui menait à une grande et belle demeure en pierre de taille, bâtie sur le flanc d'une colline.

— Dès que nous aurons déchargé la voiture, j'enverrai les drones survoler la zone, et nous saurons alors si Kathrein retient bien ta sœur et son fils en otages dans le vignoble, dit Rush.

Penchée en avant, Lucy admira les alentours avant de se tourner vers lui, un grand sourire aux lèvres.

— Cette vieille maison a beaucoup de cachet. Ton agent de voyages a un goût très sûr.

Il lui rendit son sourire.

— Si tu veux que je te l'achète, tu n'as qu'un mot à dire.

— Non merci, répondit-elle en débouclant sa ceinture de sécurité. Non seulement je déteste prendre l'avion, mais depuis une semaine la France a perdu beaucoup de ses attraits à mes yeux. J'adorais ce pays, il me glace, à présent.

Rush sortit de la voiture pour lui ouvrir la portière. À son tour, il tomba sous le charme des lieux. Les rayons du soleil matinal jouaient sur la façade.

— Peut-être ne faut-il pas laisser une pomme gâtée pourrir tout le panier.

Comme elle s'apprêtait à protester, il la fit taire d'un baiser.

— Je sais, murmura-t-il. Je sais que cela semble impossible, mais nous allons sauver Gwen et Jackson.

— Je te crois, dit-elle, regrettant de ne pas l'affirmer avec plus de conviction.

Rush avait expressément demandé qu'il n'y ait personne, aucun domestique, dans la propriété pendant leur séjour afin d'éviter les risques d'être repérés par les hommes de Kathrein. Avec l'aide du chauffeur, il déchargea les bagages puis il s'occupa du matériel qu'il installa dans le garage. Avant que l'homme reparte, il le gratifia d'un généreux pourboire pour le remercier de son temps et de son silence.

Rapidement, Rush et Lucy transformèrent le garage en atelier de fortune, y branchèrent des ordinateurs et plusieurs gadgets indispensables au fonctionnement des drones et de leurs caméras. Chaque engin fut déballé et vérifié avec soin puis Rush opéra quelques réglages. Après un bref échange téléphonique avec Sam resté à San Francisco sur des points techniques, il décida de tester l'appareil.

Lucy travaillait à côté de lui en silence et avec efficacité. Elle ne posa pas de questions, ne critiqua aucune de ses suggestions. À la vue de la tristesse et de l'inquiétude qui assombrissaient ses yeux, Rush éprouva un regain de haine envers Kathrein. Il était heureux que Lawton et ses hommes se chargent de neutraliser le vieux milliardaire, sans que Rush ait à l'approcher.

Il ne leur restait que deux jours pour retrouver la famille de Lucy saine et sauve. Compte tenu du délai particulièrement court qui leur était imparti, ils seraient sans doute obligés de prendre des risques. Mais il s'arrangerait pour que Lucy n'ait jamais à regretter de s'être confiée à lui et d'avoir accepté son aide.

Incapable d'être plus utile à Rush, Lucy retourna à l'intérieur de la belle demeure pour l'explorer. Le chauffeur était parti, et ils seraient donc seuls jusqu'à l'arrivée de Lawton et des hommes chargés de l'intervention. En réalité, *elle* y était seule, Rush travaillant aux réglages du drone et de la caméra afin que l'engin leur apporte des images fiables et exploitables.

Cette maison avait du caractère et reflétait bien l'histoire de la région. Elle avait été restaurée avec goût pour intégrer le confort moderne.

Lucy monta les bagages, empruntant le magnifique escalier qui dominait le hall, mais parvenue à l'étage elle hésita sur la conduite à tenir. Devait-elle poser les deux valises dans la même chambre ou valait-il mieux garder ses distances et maintenir le statu quo avec des chambres séparées ? Comme elle se remémorait la promesse sensuelle des baisers qu'ils avaient échangés dans l'avion, elle se mit à trembler.

Elle ne parvenait pas à décrypter le comportement de Rush, à savoir s'il tentait de se réconcilier avec elle, s'il avait envie qu'ils se retrouvent et renouent ou s'il se montrait gentil avec elle parce qu'elle traversait une épreuve majeure. Quand cette dernière aurait pris fin, sans doute s'éloignerait-il de nouveau d'elle. Mieux valait suivre son exemple.

Elle roula la valise de Rush dans une chambre, déposa son propre sac de voyage dans une autre avant de redescendre au rez-de-chaussée.

Dans la cuisine, la vue de la clé USB et du téléphone portable préparé par Sam la replongea dans la froide réalité, et elle se remit à déprimer.

Que se passerait-il s'ils avaient tort et si Kathrein ne retenait pas sa famille en otage dans l'ancienne cave à vin de l'autre côté des collines ?

L'aube du cinquième jour sur les sept qui lui avaient été alloués se levait. Même avec les importantes ressources que Rush avait mises à sa disposition, si sa sœur et son fils ne se trouvaient pas dans cette propriété, ils n'auraient pas le temps d'entreprendre d'autres recherches. Elle eut du mal à refouler l'envie de supplier Rush de la laisser contacter le vieillard pour arranger un échange. Elle était tentée de lui remettre la preuve qu'elle avait détruit le contenu du *cloud* de Garmeaux afin qu'il libère Gwen et Jackson.

En proie à une angoisse incontrôlable, elle se laissa tomber sur la banquette du coin repas de la cuisine et explosa en sanglots. Mieux valait laisser couler ses stupides larmes maintenant que plus tard. Sa sœur et son neveu ne signifiaient rien pour Kathrein. Ils n'étaient que des insectes qu'il écraserait sans remords s'il n'obtenait pas satisfaction. Peut-être les avait-il déjà tués.

Elle se sentait totalement impuissante. Elle ne pouvait rien faire pour changer le cours des choses. Sa contribution au plan concocté pour libérer les otages était nulle. Après avoir lu les documents enregistrés par le journaliste, elle avait compris que rien n'arrêterait Kathrein. Pour sauver sa propre famille, il exterminerait sans hésiter la sienne.

D'un revers de main, elle essuya ses joues. Pleurnicher n'avait jamais été dans son caractère. À quoi cela servait-il de gémir sur son destin ? Elle avait besoin de se changer les idées.

Son estomac criait famine, et elle songea que Rush avait sans doute faim, lui aussi. Avant, lorsqu'il travaillait à régler des problèmes, il avait tendance à oublier de se restaurer. Même s'il lui semblait différent depuis quelques jours, elle était certaine que, sur ce plan-là au moins, il n'avait pas changé. Dieu merci, il ne lui avait pas demandé si elle l'aimait toujours.

Elle décida de confectionner un petit repas. Elle ouvrit les placards, le réfrigérateur et y trouva tout ce dont elle avait besoin. Des steaks, des pommes de terre, de quoi préparer une salade, des œufs, du lait et même du vin. Une pizza était soigneusement emballée, prête à être consommée.

Par ailleurs, les propriétaires des lieux avaient laissé des cartes de visite pour leur permettre de faire des courses dans le coin ou de sélectionner des restaurants. Il y avait aussi plusieurs livres de recettes.

Choisissant la formule la plus simple, Lucy alluma le four pour y faire réchauffer la pizza. Quand une porte s'ouvrit et qu'elle entendit Rush l'appeler, elle cria :

— Je suis dans la cuisine !

Il se précipita dans la pièce et, dès qu'il y entra, sa haute stature envahit l'espace. Elle le sentait essoufflé et tout excité. Il sentait le soleil, l'air frais et… l'homme. Avant, les fragrances de sa peau la rassuraient la nuit, et le nez dans son cou elle s'endormait immédiatement. Pourquoi diable l'avait-elle quitté ?

— Regarde ! lança-t-il en posant sa tablette sur la table. Nous sommes au bon endroit.

Bouleversée par la nouvelle, elle trébucha et faillit s'étaler de tout son long sur le carrelage, mais il la rattrapa au vol.

— En es-tu sûr ? demanda-t-elle.

La lueur de victoire qui brillait dans ses yeux bleus le lui confirma, et elle poussa un soupir de soulagement.

— Merci, mon Dieu.

Il pianota sur l'écran pour lui montrer une petite vidéo.

Des larmes de joie brûlèrent les paupières de Lucy à la vue de sa sœur poussant une poussette dans un jardin devant une maison en pierre, plus petite que celle-ci. Gwen semblait abattue, et le cœur de Lucy se serra. Mais sa sœur était vivante. Dieu merci. Un angle différent montrait Jackson babillant dans ses bras, inconscient du danger.

— Il les a laissés se balader à l'extérieur ? demanda-t-elle, surprise que Kathrein prenne un tel risque.

— Ils ne sont pas seuls.

Il pointa du doigt des hommes qui montaient la garde à tous les coins du parc.

— À moins d'être aux commandes d'un hélicoptère, Gwen ne peut pas s'enfuir de cette propriété, surtout avec un jeune enfant.

La gorge serrée par l'émotion, Lucy eut du mal à déglutir.

— Quand le drone a-t-il pris ces photos ?

— Il y a une heure, répondit Rush, rayonnant. J'ai également vu un autre sbire dans une voiture près de la cave. Kathrein doit se trouver à l'intérieur.

— Quand pourrons-nous aller les libérer ?

— J'en ai discuté avec Lawton. À son avis, il faudra effectuer au moins un vol de reconnaissance supplémentaire, mais son équipe sera sur place dans les temps. En attendant, nous allons continuer à surveiller Kathrein de près.

Le soulagement de Lucy était palpable. Gwen et Jackson étaient toujours en vie, et ils allaient être sauvés.

Elle se hissa sur la pointe des pieds et noua les bras autour de son cou.

— Merci ! Merci, Rush !

Elle captura ses lèvres et l'embrassa avec gratitude.

Elle l'entendit poser précipitamment la tablette sur comptoir de marbre, puis il la prit par les hanches. Ses mains remontèrent le long de son dos pour la plaquer contre lui.

Les seins écrasés contre son torse, elle glissa les doigts dans ses cheveux. Lorsque leurs langues entamèrent une danse sensuelle, elle réprima un gémissement, électrisée par la saveur de sa bouche. Leurs baisers lui avaient tellement manqué, Rush lui avait tellement manqué.

— Rush…

Elle rejeta la tête en arrière, s'abandonnant à son étreinte. Elle tira sa chemise hors de son jean pour promener les mains sur son dos musclé.

Quand elle sentit son érection, elle devint folle de désir. Elle le voulait en elle dans les meilleurs délais.

D'un geste fébrile, elle s'efforça de déboucler son ceinturon et de déboutonner son pantalon.

Sans cesser de l'embrasser, il la poussa contre le comptoir, lui écarta les cuisses. Elle reprit ses lèvres pour l'embrasser à pleine bouche.

— J'ai envie de toi, balbutia-t-elle, éperdue.

Lorsque l'étincelle du désir éclaira les yeux bleus de Rush, un feu embrasa le ventre de Lucy. L'accouplement de leurs bouches ne lui suffisait plus. Le cœur battant à tout rompre, elle fit glisser sa chemise sur ses épaules, le long de ses bras.

À la vue de son torse musclé, elle se remémora le plaisir qu'ils avaient si souvent partagé. L'agrippant par la ceinture, elle l'attira à elle et noua les jambes autour de sa taille.

— Maintenant, tu es à moi, dit-elle d'une voix moqueuse.

— Je l'ai toujours été, répondit-il en l'embrassant de plus belle. Où est le lit le plus proche ?

Elle resserra les cuisses, l'emprisonnant plus étroitement.

— Un lit ? Pour quoi faire ? Ne me fais pas attendre plus longtemps, je t'en prie.

— Tes désirs sont des ordres, ma chérie.

Ses doigts s'aventurèrent vers les replis secrets de son intimité, tournant autour sans les atteindre, pour la rendre folle.

Ils n'étaient pas encore totalement nus, mais elle avait si faim de lui qu'elle ne pouvait plus supporter de patienter davantage. Elle le voulait. Maintenant. Un désir sauvage la submergeait, un désir que seul Rush pouvait assouvir.

La bouche collée à la sienne, elle glissa les mains le long de son torse, enfonçant les doigts dans la toison qui le recouvrait. Il gémit quand elle se mit à caresser son sexe.

Il portait un caleçon de soie, remarqua-t-elle, amusée. Jusque dans les moindres détails, il n'avait pas changé.

Il laissa tomber le front sur son épaule tandis qu'elle l'excitait, son souffle chaud chatouillant sa nuque.

Il glissa alors une main dans son jean, promettant un plaisir plus intense encore. Elle murmura son nom, le suppliant de ne pas tergiverser davantage.

— Et maintenant, qui est piégé ? demanda-t-il. Je pourrais te prendre là, tout de suite.

— Oui, oui, je t'en prie !

Elle n'allait pas jouer les prudes alors qu'ils avaient tellement envie l'un de l'autre.

— Prends-moi ! cria-t-elle. Ici et maintenant !

Elle se liquéfiait sous ses caresses.

Il l'étreignit plus fort.

— Lucy, ça faisait si longtemps…

Elle l'embrassa avec passion. La promesse de ses baisers lui donnait faim de davantage.

— Alors cesse de parler et fais-moi l'amour !

Les mains sur ses fesses, avec les jambes de Lucy nouées autour de la taille, il l'emporta dans le salon et l'étendit sur le canapé. Là, il se déshabilla à la hâte avant de s'allonger sur elle. Elle tenta d'activer le mouvement, mais sans l'écouter il prit tout son temps pour lui retirer ses vêtements et caresser chaque parcelle de sa peau.

Il la fit jouir avec ses doigts magiques, avec sa bouche gourmande et, tout en se tordant de plaisir, elle le suppliait d'aller jusqu'au bout. Elle s'ouvrit à lui, s'offrant corps et âme.

Enfin, il lui écarta les cuisses et la pénétra.

Voilà, ils y étaient. Emboîtés l'un à l'autre, ils formaient de nouveau un tout, proche de la perfection. Des larmes de bonheur brûlèrent les paupières de Lucy. Personne ne la connaissait comme Rush la connaissait, personne n'avait jamais su la faire grimper au septième ciel comme il y parvenait.

Quand il se mit à aller et venir entre ses jambes, des vagues de plaisir déferlèrent dans son corps de femme. Tous deux s'envolèrent vers le ciel. Ils retrouvèrent les chemins du nirvana comme s'ils n'avaient jamais cessé de les parcourir ensemble.

Elle s'accrocha à lui alors qu'un autre orgasme l'engloutissait. Un moment plus tard, il jouit à son tour en criant son nom avant de s'abattre sur elle, foudroyé. Tendrement enlacés, ils laissèrent leurs souffles se calmer et leurs cœurs reprendre un rythme normal. Ils flottaient dans un bien-être pur.

Il se déplaça pour ne pas l'écraser avant de l'attirer contre son épaule, un bras autour de sa taille. Et bientôt, ils s'assoupirent.

Lorsque Lucy se réveilla un moment plus tard, un peu désorientée, Rush resserra son étreinte, et elle se blottit contre lui. À l'abri de son grand corps d'homme, les ennuis et menaces dont elle faisait l'objet semblaient loin.

Mais les heures passant, l'angoisse revint la tourmenter. Ils étaient venus en France pour sauver sa sœur et son neveu du vieux fou qui les retenait en otage. Bien que le sexe soit incontestablement une distraction merveilleuse, maintenant que le plaisir s'était dissipé, la peur l'envahissait de nouveau.

S'écartant de Rush, elle étendit un plaid sur lui, dans l'espoir d'éloigner la tentation. Il avait beaucoup tiré sur la corde ces derniers jours, et elle savait qu'il avait besoin de se reposer, lui aussi. Elle ramassa son jean, sa chemise et le reste de ses vêtements. Puis elle retourna dans la cuisine pour mettre la pizza dans le four et pendant qu'elle chauffait, elle gagna la salle de bains pour prendre une douche rapide.

Rien n'avait vraiment changé entre eux. Elle l'aimait toujours, et même s'il le savait maintenant, il ne prétendait toujours pas que cet amour était partagé. Il y a un an, l'aimer unilatéralement ne lui avait pas convenu. Comment imaginer que la situation pourrait la satisfaire, à présent ? Devait-elle se contenter qu'il l'accepte comme elle l'acceptait ?

Elle coupa l'eau et, tout en s'enroulant dans une serviette, se promit de ne plus fuir.

Dès qu'ils auraient sauvé sa famille, elle lui parlerait et réglerait les problèmes entre eux une bonne fois pour toutes.

11

Rush sentit Lucy se réveiller à côté de lui. Quand elle s'écarta de lui, il n'eut pas trop de mal à deviner quelles étaient ses pensées. Sans doute avait-elle couché avec lui pour de mauvaises raisons, mais il préférait se dire que faire l'amour par gratitude valait mieux que faire l'amour sous l'emprise de la peur de mourir. Et de toute façon, maintenant, la seule chose qui l'intéressait était de savoir si leurs retrouvailles sensuelles pourraient être un bon moyen de la faire revenir définitivement vers lui.

Il resta allongé le canapé jusqu'au moment où des odeurs savoureuses de pizza le firent saliver. Son estomac criait famine et le décida à se lever. Il roula sur le dos et se frotta le visage. Avec Lucy, il avait obtenu confirmation qu'il était quelqu'un de bien. Cette femme savait tirer le meilleur de lui-même. Que ce soit en comité de direction, en séance de brainstorming ou dans une chambre à coucher, sa présence le stimulait et le poussait à donner le maximum.

Il se demanda s'il était évident pour Lucy que, depuis un an, il n'avait couché avec personne d'autre. Il ne voulait pas y faire allusion au moment où elle était, à juste titre, préoccupée par le sort de sa famille. Il n'avait pas vécu comme un moine par choix et il ne cherchait pas de compliments. Quand il avait compris les véritables raisons qui le tenaient éloigné des autres femmes, il était trop tard pour y changer quoi que ce soit. Ses relations avec Lucy l'avaient fondamentalement transformé. Après avoir partagé avec elle une telle intimité, une telle complicité, il ne lui était plus possible de se contenter d'une aventure superficielle.

Il mourait d'envie de renouer avec elle, de retrouver ce paradis perdu et, pourtant, montrer sa vulnérabilité lui était très difficile.

Il avait peur de lui déclarer sa flamme. Sans doute aurait-il à regretter par la suite de lui avouer ses sentiments. Et Lucy penserait alors qu'il était prêt à dire n'importe quoi — et en tout cas, ce qu'elle avait envie d'entendre — pour l'attirer dans son lit tous les soirs. Il devait trouver un moyen pour qu'elle le croie et que leurs retrouvailles inattendues leur donnent une vraie seconde chance.

Mais ce n'était pas le moment, songea-t-il.

Il se mit sur son séant, attrapa son jean et l'enfila sans se soucier du reste de ses vêtements.

Bien que l'opération « libération des otages » soit enclenchée, Rush n'avait pas encore entrepris de démarches pour dénoncer Kathrein. Il ne voulait pas créer d'incident international tant que la famille de Lucy était entre les mains de l'ancien nazi. Mais s'il attendait le moment propice pour transmettre le dossier aux autorités françaises, il n'était pas question pour lui de laisser ce fumier s'en tirer. Il tenait à ce que Kathrein paye pour les kidnappings et pour ses crimes de guerre. Rush ne pensait pas que parmi les proches de Kathrein beaucoup accepteraient de l'aider à le traîner en justice. Depuis des années, le vieillard versait des pots-de-vin à tous ceux qui l'entouraient en échange de leur silence.

Rush comprit qu'il devait absolument discuter avec Lucy de la suite. Une fois Gwen et son fils libérés et en lieu sûr, que fallait-il faire de Kathrein ? Et de ses sbires ? Il était grand temps que tous deux accordent leurs violons à ce sujet.

Vêtu de son seul jean, il s'apprêtait à rejoindre Lucy. Il sourit en s'apercevant qu'elle avait ramassé sa chemise par terre et l'avait soigneusement pliée avant de la poser sur une chaise. Il l'enfila mais ne la boutonna pas.

Quand il entra dans la cuisine, elle se tourna vers lui.

— Tu as faim ? demanda-t-elle d'un air intimidé.

— De toi ? Toujours.

S'approchant d'elle, il l'enveloppa dans ses bras et lui picora la nuque de baisers. Il voulait qu'elle comprenne que faire l'amour avec elle une fois ne lui suffisait pas.

Elle se blottit contre lui, le rouge aux joues.

— Je parlais de cuisine ! La pizza est presque prête.

Elle entrouvrit le four pour le vérifier.

Lucy savait prendre soin d'autrui. Il avait trop longtemps considéré ce trait de caractère comme un dû. Il avait eu tort.

Il récupéra sa tablette pour consulter les dernières données envoyées par le drone. L'engin était toujours en train de voler au-dessus des vignobles et d'enregistrer des photos, c'était une bonne nouvelle.

— Il est temps de faire le point, dit-il.

Elle se raidit, mais il se força à poursuivre.

— L'opération d'intervention a été lancée. L'équipe ne va pas tarder à débarquer.

Une bonne odeur d'épices et de tomate flottait dans la cuisine, et Rush en eut l'eau à la bouche.

— Je sens que tout n'est pas réglé et qu'il y a encore des détails à préciser, dit Lucy en posant la pizza sur un plat.

— Il ne s'agit pas de détails. Une fois que l'équipe aura envahi la cave à vin et libéré ta sœur et son fils, que faudra-t-il faire de Kathrein ? Quel sort aimerais-tu lui réserver ?

Elle pinça les lèvres.

— Ce que j'aimerais faire n'est pas forcément ce qu'il faut faire, répondit-elle. Disons que s'il meurt au cours de l'assaut, cela ne m'empêchera pas de dormir.

— Lucy.

Il s'approcha d'elle pour prendre ses mains. Même s'il l'espérait, il n'était pas sûr que tout soit aussi simple.

— Je comprends très bien ce sentiment.

Il coupa la pizza et fit glisser deux parts sur des assiettes. Lorsqu'ils furent assis à table avec un verre de vin, il rassembla ses pensées.

— Ces derniers temps, je me suis souvenu de l'abruti qui

dirigeait la prison où j'ai purgé ma peine, il y a quinze ans. C'était vraiment un sale type. Sam et moi passions nos journées à imaginer comment lui faire subir mille sévices.

Elle le dévisagea avec étonnement.

— Tu ne m'avais jamais raconté ça.

— Il y a beaucoup de choses dont j'aurais dû te parler, reconnut-il avec une grimace.

Et beaucoup de choses qu'il avait envie de lui dire maintenant, à commencer par : « Je t'aime. » Il se souvint que ce n'était pas le moment. Mais par la suite, il se promit de le lui répéter sa vie durant.

— Tu as vu des photos. À l'époque, Sam et moi étions des *geeks* maigrichons. Physiquement, nous ne faisions pas le poids, nous aurions été incapables de lui casser la figure. Nous étions seuls contre lui et sa bande de cerbères.

Elle avala une gorgée de vin, attendant qu'il poursuive.

Rush n'aimait pas évoquer cette époque. Il avait alors l'impression que les dieux s'étaient ligués contre lui pour l'empêcher de réaliser ses rêves.

— Faire de la prison m'a beaucoup apporté dans de multiples domaines, dit-il. Comme l'écrivait Nietzsche, ce qui ne tue pas rend plus fort.

Elle sourit, l'invitant à continuer.

— Bref, à mon avis, il est très important de rester unis, toi et moi, dans cette histoire, reprit-il. Quoi qu'il advienne et jusqu'au bout. Au pénitencier, le directeur faisait tout pour nous séparer, Sam et moi. Il cherchait en permanence à nous monter l'un contre l'autre. C'était la seule façon de nous abattre, il le savait.

— Il voulait diviser pour mieux régner ? La méthode est classique.

— Et elle est efficace, reconnut-il. Nous l'avons laissé faire trop longtemps, et c'est une leçon que je n'ai pas oubliée.

— Je suis terrifiée parce que je crois que Kathrein a l'intention d'assassiner ma famille. Il me semble évident que nous laisser la vie sauve serait très risqué pour lui. Il a tellement à perdre. Je pense que nous sommes d'accord sur ce point, non ?

— Je tiens juste à m'assurer que nous irons au combat unis. Tous les actes de Kathrein comme son passé prouvent sa fourberie et sa nature impitoyable. Il se cache derrière une image inoffensive de vieillard, il donne l'impression de vivre en reclus après avoir enduré trop d'épreuves au cours de son existence, mais il n'hésitera pas à tuer pour parvenir à ses fins.

— Crois-moi, je l'ai bien compris et j'ai mesuré sa dangerosité. Que suggères-tu ?

— Deux possibilités s'offrent à nous. Nous pouvons organiser une rencontre afin que tu lui remettes les dossiers que tu as trouvés…

— Que tu m'as laissée trouver…

— Ne jouons pas sur les mots, dit-il en souriant. Bref, dans cette hypothèse, il aura alors obtenu ce qu'il voulait et gagné sur toute la ligne. Et il y a de grandes chances pour qu'il vous tue tous les trois pour s'assurer que ces éléments ne referont jamais surface… À moins que tu n'arrives à le convaincre que tu t'es débrouillée pour que ces archives soient divulguées dans les médias s'il arrivait quelque chose à l'un de vous trois.

Elle frissonna.

— Et la deuxième option ?

— Sais-tu si Kathrein a tenté de pirater GrayBox tout seul, de son côté ?

— Pas tout seul, mais il avait en effet essayé de hacker le système avec quelqu'un d'autre avant de faire appel à moi. J'ignore qui il avait engagé, mais il m'a dit que cette personne avait échoué. Il m'a choisie parce qu'il connaissait notre passé commun et qu'il pensait à des confidences sur l'oreiller ou à quelque chose dans ce goût-là. Il te sous-estimait complètement, ajouta-t-elle en secouant la tête.

Ignorait-elle à quel point il dépendait d'elle ? se demanda Rush. Elle le tenait entre ses mains et elle aurait pu le manipuler comme une marionnette. Il ferait n'importe quoi pour elle. Si elle le lui demandait, il serait prêt à sacrifier sa propre entreprise.

— Rush ?

— La seconde option est d'appeler Kathrein et de lui faire croire que tu as échoué, que tu n'as pas réussi à pirater le *cloud* du journaliste.

Elle se mordilla la lèvre.

— En quoi cela ferait-il avancer les choses ?

Il apprécia sa confiance.

— Il serait alors obligé de changer son fusil d'épaule et de venir me trouver.

— Arrête, dit-elle avec un soupir. Dans cette hypothèse, il tuerait Gwen et Jackson, et je serais la suivante sur sa liste.

Il se sentit ignoble d'avoir envisagé cette approche.

— Lucy, regarde-moi. Je ne le laisserai pas faire.

— Je sais que tu ne veux pas que cela se produise, répondit-elle avec douceur. J'ai vu les efforts que tu as déployés, l'étendue des moyens que tu mets en œuvre pour ma famille et moi. Mais Kathrein a non seulement tous les moyens, lui aussi, mais il n'a surtout aucun scrupule à tuer les gens qui se mettent en travers de son chemin, ajouta-t-elle en luttant contre les larmes qui brûlaient ses paupières. Tu le sais aussi bien que moi.

— Il n'a plus tous les moyens, rectifia-t-il. Nous le vaincrons parce que nous sommes plus forts que lui. Je te pousse dans tes derniers retranchements afin que nous soyons plus unis quand nous serons confrontés à lui. Il veut que tu te sentes inférieure, il joue sur tes angoisses pour parvenir à ses fins. Nous devons nous y préparer. Sinon ces peurs saperont notre capacité à l'abattre.

Elle prit une profonde inspiration.

— Tu as raison. Continue.

Son courage le marquerait à jamais, songea-t-il.

— Nous avons pour nous l'élément de surprise. Il nous croit encore aux États-Unis, pas dans le coin. De plus, nous formons une équipe, ajouta-t-il avec emphase. Par ailleurs, Kathrein ne peut pas risquer de mêler sa famille à cette histoire. Surtout, il ignore qu'il est surveillé.

Elle posa le regard sur la tablette sur laquelle elle avait visionné les enregistrements de la caméra du drone.

— Combien de temps ton drone peut-il filmer la zone ?

— Il est programmé pour voler pendant plusieurs heures avant de revenir. Sam et moi avons beaucoup travaillé sur son autonomie.

— Et si l'un des sbires de Kathrein repère l'appareil et le suit jusqu'ici ?

— L'altitude et l'itinéraire aléatoire devraient les empêcher de remarquer quoi que ce soit qui sorte de l'ordinaire, lui dit-il. Si tu viens avec moi, je te montrerai quelques autres caractéristiques de cet engin qui pourraient te rassurer en attendant que l'équipe d'intervention se mette en action.

Lucy laissa la vaisselle dans l'évier et le suivit jusqu'au garage pour voir comment les autres prototypes qu'il avait apportés pouvaient leur être utiles sur le terrain. Grâce à Rush, elle reprenait confiance et elle parvenait peu à peu à chasser la peur qui l'avait de nouveau envahie.

Ensuite, après avoir libéré Gwen et Jackson, ils auraient la possibilité d'empêcher Kathrein de s'enfuir, et elle avait hâte d'avancer avec l'équipe d'intervention.

Dans le garage, Rush lui montra les vidéos enregistrées en direct par le drone.

— Étudions-les pour voir si nous pouvons trouver un point faible, une faille, dans le dispositif mis en place par Kathrein, dit-il en lui offrant une chaise.

— J'ignorais que nous pouvions suivre ses faits et gestes en temps réel, dit-elle, épatée par la qualité des images.

Au lieu d'en profiter pour surveiller la situation, ils avaient fait l'amour et partagé un bon repas alors que sa sœur et son neveu restaient, eux, prisonniers. Submergée par une vague de culpabilité, elle se mit à se ronger les ongles.

Il se pencha vers elle pour lui embrasser les tempes.

— Ne te reproche rien, dit-il, prouvant une fois de plus qu'il pouvait lire en elle comme dans un livre ouvert. Suivre le drone en temps réel t'aurait à la fois frustrée et ennuyée à mourir. La trajectoire de vol lui fait passer beaucoup de temps loin de la cible.

Ses paroles ne la réconfortèrent qu'un peu, mais quand elle commença à visionner les images, elle se rendit compte que Rush avait raison. Heureusement, il effectua plusieurs recherches et commandes pour faire apparaître un diaporama sur l'écran.

— Donne-moi quelque chose à faire, dit-elle avec nervosité. Devrais-je appeler Sam pour faire le point avec lui ?

— Inutile, il va nous téléphoner.

Rush plissa les yeux et approcha son visage de l'écran.

— Si tu veux m'être utile, sers-toi de mon ordinateur portable pour effectuer des recherches sur l'histoire de la région, sur le passé de cette cave.

Elle ouvrit l'ordinateur portable personnel de Rush et se rendit compte qu'il était verrouillé par un mot de passe.

— Dois-je deviner ton code secret ou acceptes-tu de me le confier ?

— Pardon ? Oh !

Elle aurait été prête à jurer qu'il rougissait.

— Tu le connais déjà… sauf si tu l'as oublié.

Elle s'en souvenait et elle tapa le mot de passe, stupéfaite et inexplicablement flattée qu'il ne l'ait pas changé. En cliquant sur le principal dossier affiché sur l'écran, elle vit que Sam avait alimenté le fichier concernant les vignobles de Kathrein et sa cave à vin au cours des quinze dernières heures.

— Ces vignobles ont toujours été dans la famille, dit-elle après avoir parcouru des yeux les documents. Kathrein ne les a pas achetés, il en a hérité. Ou plutôt, il les a volés comme tout ce qui appartenait à son cousin.

— D'accord.

Rush semblait un peu ailleurs, et Lucy se tourna vers lui pour regarder les extraits de vidéos qu'il regardait.

— Cette caméra est d'une incroyable précision !

— N'est-ce pas ? répondit-il d'un air absent. À notre retour, rappelle-moi d'octroyer une prime à tout le personnel du service R&D.

Il zooma tout en changeant le filtre couleur de la vidéo.

Il semblait évident pour Rush qu'à la fin de cette histoire elle retournerait avec lui à San Francisco. Quant à elle, elle n'en savait rien. Dans l'immédiat, elle n'avait pas de meilleure option, mais elle ne voulait pas donner à quiconque des raisons de croire qu'elle s'était servie de lui.

— Bon sang ! s'exclama-t-il soudain.

— Qu'y a-t-il ?

— Des souterrains, dit-il en pointant du doigt des images.

Elle posa l'ordinateur portable pour s'approcher de lui.

— Montre-moi.

Lorsqu'il glissa un bras autour de sa taille, le cœur de Lucy accéléra dans sa poitrine. Ce geste intime, effectué avec tant de naturel, provoqua au plus profond de son cœur une joie inattendue. Elle posa la main sur son bras, incapable de réprimer la tendresse et la gratitude qu'elle éprouvait pour cet homme, même si elle savait qu'elle souffrirait de nouveau d'un cœur brisé quand ils se sépareraient, ce qu'ils feraient tôt ou tard.

À l'aide de la souris, il lui montra ce qu'il avait découvert.

— Nous avons développé cette application topographique pour un client.

— Impressionnant.

Il préféra ne pas lui préciser qu'il s'agissait de l'armée américaine. Il avait créé beaucoup de logiciels à des fins militaires. Il travaillait toujours ainsi, cherchant le moyen d'être utile, de répondre aux problèmes précis des clients.

— À mon avis, la famille de Kathrein travaillait en étroite collaboration avec la Résistance française au cours de la dernière guerre mondiale, dit Rush avec un juron. Sans doute ces galeries souterraines ont-elles été conçues pour permettre aux résistants de s'y réfugier ou même de fuir en cas de danger.

— C'est quand même incroyable qu'un cousin nazi ait volé l'héritage d'une famille qui luttait contre le régime nazi aux côtés de la Résistance !

Les yeux rivés sur la tablette, il fronçait les sourcils, les coudes sur la table.

— Quelle est la probabilité que Kathrein ignore l'existence de ces tunnels ? murmura-t-il presque pour lui-même. Ces galeries pourraient offrir un énorme atout pour les hommes de Lawton.

Elle reprit l'ordinateur pour creuser le dossier concernant les vignobles et la cave à vin.

— Il a usurpé l'identité de son cousin, rappela-t-elle. Cela lui a donné accès à tout, y compris aux passages secrets, non ?

— Certes, mais a-t-il pris la peine de s'y intéresser ? C'est toute la question. Quand il est arrivé en France, il n'était qu'un jeune soldat en fuite, affligé d'un complexe de supériorité. Cherchait-il autre chose qu'à se faire passer pour son cousin afin de sauver sa peau ?

— Y a-t-il un moyen de jeter un œil à l'intérieur de ces souterrains ? demanda-t-elle.

· Rush fit voler ses mains sur le clavier.

— En tout cas, il n'a pas mis de gardes près des entrées des tunnels.

— Les galeries se sont peut-être effondrées ou ont été murées au cours des dernières décennies.

— Si elles s'étaient effondrées, nous le verrions sur ces images, mais il est possible que ces souterrains aient été condamnés.

Une décharge d'adrénaline traversa Lucy quand elle sentit qu'elle pouvait être utile à quelque chose.

— Écoute, il emmenait sa famille dans cette propriété pour des vacances. N'importe quel enfant aurait visité les coins et les recoins du domaine et découvert les passages secrets, tu ne crois pas ?

Rush se leva et se mit à arpenter la pièce.

— Il a organisé ces kidnappings dans l'urgence, mais il prend toujours soin des détails. Si ces galeries souterraines représentaient un danger potentiel à ses yeux, il aurait posté des gardes aux différentes entrées.

Elle se mit à rire, d'un rire nerveux qui déconcentra Rush.

— Excuse-moi, dit-elle. L'idée que Kathrein se soit emparé d'une propriété ayant appartenu à la Résistance et qu'il ait été trop absorbé par d'autres sujets pour s'intéresser aux secrets du domaine me paraît bizarre.

— Tu as raison. En tout cas, vu la situation des vignobles et de la cave à vin, j'ai pensé à deux options pour passer à l'attaque, deux options que je vais soumettre à la perspicacité de Lawton. Mais pour ne rien regretter, je te propose de nous rendre sur place pour voir les lieux par nous-mêmes. Nous saurons alors si ces souterrains offrent ou non une troisième option.

Dans d'autres circonstances, une promenade dans la campagne française lui aurait paru romantique. Mais là, Lucy trouva la proposition risquée.

— Si nous sommes repérés, nous perdrons l'avantage de l'effet de surprise.

— Aux yeux d'un observateur extérieur, nous serons deux amoureux qui ont jeté par hasard leur dévolu sur ces vignobles pour une petite balade, dit-il en lui caressant le dos.

Il lui sourit avant d'ajouter :

— Et n'oublie pas que Kathrein nous croit toujours à San Francisco.

« Des amoureux ». Ces mots touchèrent Lucy au cœur et lui firent perdre pendant quelques instants le fil de ses pensées. Si seulement cela pouvait redevenir vrai. La probabilité qu'un tel bonheur se produise étant faible, elle reporta son attention sur le présent.

— Si les galeries souterraines sont accessibles, nous parviendrons peut-être à libérer Gwen et Jackson dès ce soir. Ce serait formidable !

L'espoir s'emparait d'elle.

— Commençons par aller nous promener là-bas et nous aviserons, dit-il.

— D'accord. Je vais me changer.

Quand elle s'écarta de lui, elle lui manqua immédiatement.

— Mets des vêtements sombres. Je vais faire la même chose.

Moins d'une demi-heure plus tard, ils regagnaient le garage quand le téléphone portable retentit. Sur l'écran apparut le numéro personnel de Kathrein.

— Réponds, dit Rush. Sam a transféré l'appel. N'oublie pas que pour Kathrein, tu es en Californie. Mets le haut-parleur.

— Compris. Allô ?

— Lucy ?

En reconnaissant la voix de sa sœur, elle sentit ses jambes trembler.

— Gwen ! s'exclama-t-elle en serrant la main de Rush. Tu vas bien ?

— Il a pris Jackson, répondit sa sœur avant d'exploser en sanglots.

— Quoi ? Et comment as-tu pu mettre la main sur son téléphone ?

Gwen renifla.

— Il me l'a donné. Il m'a ordonné de t'appeler.

— Dites-lui ! hurla Kathrein derrière elle. Répétez-lui ce que je vous ai demandé de lui dire !

Lucy et Rush échangèrent un regard inquiet.

— Quoi qu'il exige, Lucy, balbutia Gwen. *Ne le lui donne pas*, je t'en supplie. De toute façon, il nous tuera. Je t'aime.

Ils entendirent des cris de douleur. Manifestement, fou de colère, Kathrein la frappait.

Le vieillard prit l'appareil.

— Écoutez-moi avec attention, Lucy. Je vous conseille de cesser de flirter avec votre amant et de revenir en France sans tarder pour m'apporter ce que je vous réclame. Le temps passe, et votre famille va bientôt faire les frais de votre légèreté.

Il raccrocha, et Lucy regarda le téléphone avec horreur comme s'il s'agissait d'une bombe sur le point de faire exploser la maison. Ses mains tremblaient, et de longs frissons lui parcouraient l'échine. Submergée de terreur, elle ne maîtrisait pas sa réaction.

— Il la maltraite, dit-elle d'une voix blanche. Qui sait ce qu'il fait au bébé.

Rush la prit dans ses bras, l'obligeant à poser la tête contre son torse pour lui caresser les cheveux et le dos.

— Nous allons les sortir de là, Lucy.

— Gwen en a déjà tellement enduré… La naissance du bébé… Ils étaient si heureux. Puis Jack est mort et… et…

Elle ne put finir sa phrase. Gwen avait été anéantie. Pendant plusieurs semaines, Lucy s'était demandé si la présence du bébé suffirait à donner à sa sœur l'envie de continuer à vivre.

Elle expliqua à Rush tout ce qui s'était passé, toutes ces épreuves. Il lui communiquait sa force.

— Il y a forcément moyen de l'arrêter. Personne n'est invincible, dit-il.

— Tu prétendais aussi que GrayBox était impiratable, lui rappela-t-elle.

Il lui prit le menton pour planter son regard dans le sien.

— *Tu* es parvenue à pirater le système. Toi seule… Tu n'es pas n'importe qui, ajouta-t-il en lui embrassant le front.

— Parce que je me souvenais de ce dont tu me parlais avec tant de passion, voilà tout. Je ne veux pas céder aux exigences de Kathrein ni nuire à la réputation de GrayBox, mais je ne peux pas laisser ma famille mourir non plus.

— Allons nous balader, déclara Rush en se levant. L'air frais t'a toujours fait du bien et nous éclaircira les idées.

Sans doute avait-elle tort de s'étonner qu'il se souvienne de ce détail à son sujet. Il avait une mémoire extraordinaire et l'esprit curieux. Tandis qu'ils enfilaient manteaux et gants, elle avait l'impression que ces vêtements chauds ne pouvaient rien faire contre le froid intérieur dont elle était la proie.

Rush appela Sam et Lawton pour les mettre au courant du coup de fil de Kathrein. Puis il lui prit la main pour l'entraîner vers les collines, vers les vignobles.

Mais Lucy n'était pas tranquille.

— Et si quelqu'un remarquait le drone ?

— Il est trop haut. Et même si quelqu'un l'aperçoit, nous ne resterons pas assez longtemps pour être découverts. Il ne peut pas avoir des espions partout, Lucy.

— D'accord.

Elle savait qu'elle devenait paranoïaque, mais la voix de sa sœur la suppliant de les laisser mourir la hantait.

— Il les tuera, que je coopère ou pas.

— Nous le savons depuis longtemps.

— Je regrette de ne pas l'avoir compris avant d'accepter le poste qu'il me proposait.

Tout en marchant, il mêla les doigts aux siens.

— Pourquoi as-tu refusé si facilement quand moi j'ai voulu t'engager alors que tu venais de décrocher ton diplôme ?

Elle lui jeta un regard de biais, mais le visage de Rush était impénétrable.

— Tu n'avais pas besoin de moi. Si j'avais travaillé pour toi à l'époque, notre rupture aurait été plus rapide, voilà tout.

— Tu étais donc si sûre que notre histoire était vouée à l'échec ?

Le regret qui teintait sa voix la surprit.

— Je voulais que tout marche bien entre nous.

Elle se reprochait toujours de ne pas y être parvenue.

— Tu étais un petit ami formidable, poursuivit-elle. Quand j'ai débarqué chez elle à Chicago, Gwen m'a traitée d'idiote de t'avoir quitté.

— Ma fortune ne t'a jamais donné une raison de rester ?

— Jamais. Me prends-tu vraiment pour une femme intéressée ? Vénale ?

— Non mais tu es bien la seule fille d'Ève que je connaisse à ne pas l'être.

Ils approchaient de la propriété de Kathrein.

Il s'allongea sur le ventre, lui demanda de l'imiter et il lui montra les vignobles qui leur faisaient face.

— Voici la cave de Kathrein, entourée de vignes.

— Où est l'entrée du souterrain la plus proche ?

— Là-bas, près du ruisseau. Surveillons le coin un moment pour repérer à quel rythme il envoie ses hommes faire des rondes.

Dans la pénombre, sa voix profonde la fit frissonner.

Mis à part le garde qui allait et venait entre la maison et la cave à vin, l'endroit semblait désert.

— Il a forcément des hommes supplémentaires chargés de prendre la relève de tous ceux que nous avons vus, chuchota-t-il. Il y en a devant la maison et un autre qui bouge, nous l'avons vu sur les images du drone.

Il avait raison, elle ne pouvait qu'être d'accord.

— Lawton est-il capable de gérer six adversaires ? demanda-t-elle.

— Et davantage, dit Rush. Sur les images, j'ai remarqué qu'un seul et même sbire jouait les gardes du corps pour Kathrein.

— Il s'agit sans doute de David. Il était toujours dans l'ombre de Kathrein, jour et nuit.

— Travaillais-tu souvent la nuit pour ce vieillard de quatre-vingt-seize ans ?

— Non. Il a reçu quelques coups de fil en provenance de l'étranger les deux premières semaines où je travaillais pour lui. Il y effectuait des investissements. On y va ? ajouta-t-elle quand le garde parut se tourner vers eux.

— Où veux-tu aller ? Vers le souterrain ou vers notre maison ?

Elle ne pouvait oublier les cris de Gwen.

— Vers le souterrain.

Elle ferait n'importe quoi pour réussir à arracher Gwen et son fils des griffes de Kathrein dès ce soir.

— Bonne réponse.

Rush sortit de ses poches un gadget qu'elle ne connaissait pas.

— Il me reste un dernier test à faire, et nous y allons.

Rush dirigea son petit appareil vers le garde et attendit. Après un ajustement, le gardien se frotta l'oreille.

— Ça marche, dit Rush.

— Tu ne peux pas l'abattre à distance avec ce truc ?

Rush sourit.

— Pas question.

Ils coururent vers le ruisseau pour suivre le cours d'eau jusqu'à l'entrée du tunnel.

S'il vous plaît, mon Dieu, veillez sur eux, protégez-les.

12

Rush partageait le souhait de Lucy d'inspecter les souterrains. Pour les hommes de Lawton, ces galeries représentaient sans doute le meilleur moyen d'entrer et de sortir. Après l'appel de Gwen, Rush était conscient qu'il fallait agir vite. Chaque heure qui passait mettait davantage en danger la famille de Lucy.

Grâce à une application de son téléphone, il étudia une carte de la région pour s'assurer qu'ils étaient au bon endroit. Ils longèrent les rives du ruisseau, traversèrent un bosquet et finirent par découvrir une entrée du souterrain, dissimulée derrière des fourrés.

Rush alluma une lampe-torche pour inspecter les environs, à la recherche d'alarmes ou de câbles d'explosifs. Ne trouvant rien, il prit la main de Lucy et s'enfonça avec elle dans ce qui ressemblait à une grotte naturelle. Ils entreprirent de la remonter, espérant que tout irait bien.

À la vue des rondins de bois soutenant la voûte du tunnel, Rush poussa un soupir de soulagement. Cette charpente était ancienne mais semblait solide. Ils ne risquaient pas d'être enterrés vivants dans le boyau, après un éboulement.

— Malgré tout, méfions-nous, dit-il. Il s'agit peut-être d'une fausse piste ou d'un piège tendu par Kathrein. Le mieux est sans doute de retourner sur nos pas, de rentrer à la maison et de faire le point avec l'équipe.

Mais Lucy secoua la tête d'un air déterminé.

— Non, continuons. Il n'y a pas un instant à perdre.

Elle espérait réussir à libérer Gwen et Jackson dès ce soir, il le savait. Malheureusement, ils avaient peu de chances d'y parvenir. Entrer discrètement dans la cave à vin n'était que le premier obstacle à surmonter. Il leur faudrait ensuite éviter les gardes armés et surtout trouver où étaient enfermés la mère et le fils, sans doute dans deux endroits différents. Et même si Sam les pistait grâce aux GPS de leurs téléphones, Rush et Lucy n'étaient pas armés.

Conscient du danger, Rush s'obligea à ralentir. Ils ne devaient pas se précipiter mais avancer pas à pas.

Avant toute chose, il lui fallait transmettre les nouveaux éléments à Lawton et le prier d'accélérer le mouvement pour que l'intervention se fasse au plus vite. Une fois la famille de Lucy libérée et en sécurité, ils pourraient aller trouver les autorités et leur demander de poursuivre l'ancien nazi en justice pour ses crimes. Sam connaissait quelqu'un au Département d'État qui n'hésiterait pas à intenter un procès à Kathrein pour avoir enlevé deux Américains.

— Si nous sommes repérés, promets-moi que tu prendras tes jambes à ton cou pour regagner la maison afin d'appeler Sam. Il saura quoi faire.

— Bien sûr, répondit-elle un peu trop vite pour être convaincante.

Cela dit, et même s'il aurait préféré qu'elle accepte de se mettre à l'abri, ils étaient quittes, songea Rush. Parce que de son côté, rien ni personne n'aurait pu le forcer, lui non plus, à laisser Lucy derrière lui pour sauver sa peau.

— Rien n'indique que quelqu'un ait emprunté ce souterrain depuis des années, dit-il.

— C'est plutôt bon signe, non ?

— Oui.

Régulièrement, Rush s'arrêtait pour s'assurer qu'il n'y avait pas de dispositif de surveillance dans les galeries, soulagé de ne pas en trouver.

Alors qu'il s'immobilisait une fois de plus, elle chuchota :

— Nous devons être tout près, maintenant.

— Attends-moi ici pendant que j'avance un peu plus loin pour jeter un coup d'œil.

— Non, répliqua-t-elle en tirant sur sa main. Que nous avancions ou que nous retournions en arrière, nous restons ensemble.

Il hocha la tête et, d'un geste, lui intima le silence. Ils remontèrent la galerie. Sans cesser de tendre l'oreille, Rush repensait aux dernières paroles de Lucy.

Comment avaient-ils pu être complètement en désaccord sur certains points, alors que sur d'autres ils s'entendaient à merveille et se comportaient comme un couple très uni ? Avec le recul, il comprenait pourquoi elle n'avait pas voulu lui déclarer sa flamme. À l'époque, ils discutaient de tout sauf de sentiments, le sujet étant alors tabou pour lui.

Il avait hâte de sortir de cette situation dangereuse et douloureuse, pour lui expliquer que tout avait changé et qu'il n'avait plus peur de l'amour.

L'étroit boyau s'élargit brusquement. Ils se retrouvèrent dans une immense cave à la voûte de pierre. Des tonneaux étaient alignés de part et d'autre d'un chemin en terre battue, et une forte odeur de vin flottait dans l'air. En voyant le logo du vignoble sur les barils, Rush éteignit la lampe-torche. Dans le noir absolu, il tendit une nouvelle fois l'oreille, mais il n'entendit que les battements précipités de son cœur et le léger souffle de Lucy à côté de lui.

Il voulait lui demander de repartir pour se mettre à l'abri du danger, mais il savait qu'elle refuserait. Au moment où il s'apprêtait à lui suggérer qu'ils y retournent tous les deux en attendant l'équipe d'intervention, des cris de bébé rompirent le silence.

Lucy se précipita instinctivement en avant, mais il la saisit par la taille pour l'arrêter. Même s'il admirait le courage dont elle faisait preuve en toutes circonstances, il ne pouvait pas lui laisser révéler leur présence ni monter en première ligne.

— Attends, murmura-t-il à son oreille. Laisse-moi passer le premier.

Les talons enfoncés dans la terre, elle tira sur le bras de Rush pour qu'il s'immobilise. Comme il se tournait vers elle, surpris qu'elle le retienne, elle l'embrassa avec une telle intensité qu'il en eut le souffle coupé.

— S'il t'arrive quelque chose, je te tuerai, murmura-t-elle contre ses lèvres.

Il l'étreignit contre lui avec force.

— Je te ferai subir le même sort, s'il t'arrive quoi que ce soit, répondit-il. J'ai toujours défendu l'égalité homme-femme.

Elle lui sourit d'un air amusé, mais quand des cris de bébé se firent de nouveau entendre elle se raidit.

Ils se frayèrent un chemin entre les tonneaux de vin jusqu'à une lourde porte en bois. Le loquet rouillé protesta, et les gonds grincèrent quand il poussa le battant.

Pour l'effet de surprise, il faudra repasser, pensa-t-il, soulagé qu'il n'y ait aucune alarme visible.

Ils se trouvaient au fond d'une longue cave étroite, visiblement située sous un bâtiment annexe à la maison principale. Des casiers métalliques tapissaient les parois jusqu'à la voûte. Ils étaient remplis de bouteilles poussiéreuses. La seule lumière émanait d'une ampoule qui se balançait au plafond.

Lucy se tourna vers lui.

— Où est Gwen ? chuchota-t-elle.

Il aurait sans doute été plus efficace de se séparer pour entreprendre les recherches, mais Rush préférait ne pas prendre un tel risque. Si les sbires de Kathrein s'emparaient de Lucy, il savait qu'il céderait à toutes les exigences du vieux pour la récupérer.

Comme le vieillard avait manifestement hâte de régler les problèmes et de sécuriser sa situation, Rush en déduisit qu'il avait dû affecter une pièce de la maison aux otages. Si la mère et le fils étaient enfermés dans un seul et même lieu, ils seraient plus faciles à surveiller, d'autant que ses hommes étaient peu nombreux.

Veillant à ce que Lucy reste derrière lui, il s'avança vers l'endroit où oscillait la malheureuse ampoule. Il découvrit trois portes, deux d'un côté, la troisième en face. Un escalier de pierre menait à l'étage au-dessus.

Conscient qu'une patrouille de gardes pouvait surgir à tout moment, Rush jeta un coup d'œil par la petite lucarne de la porte la plus proche. La pièce était plongée dans l'obscurité. Allumant sa lampe-torche, il balaya le faisceau lumineux à l'intérieur. Mais elle était vide, mis à part de casiers à moitié cassés, des casiers qui avaient sans doute abrité autrefois les vins les plus prestigieux du vignoble, quand l'exploitation était encore en activité.

La main de Lucy dans la sienne, il se dirigea vers la deuxième porte pour réitérer l'opération. Cette fois, il découvrit le bébé dans un berceau qui semblait aussi vieux que Kathrein.

Soudain, Lucy poussa un petit cri et s'accrocha à son bras. Surpris, Rush recula, manquant de peu de recevoir un poing en pleine figure.

Son agresseur rata son visage mais l'atteignit à l'épaule. La charge fut violente, et Rush se retourna pour se jeter dans la bagarre. Il rendit coup pour coup, s'efforçant d'entraîner son assaillant loin de la cellule de Jackson. Avec un peu de chance, Lucy parviendrait à sortir le bébé de là et à s'enfuir avec lui.

L'homme savait se battre, mais les années que Rush avait passées en prison lui avaient appris à se défendre. Et surtout, depuis son séjour dans la jungle carcérale, il n'hésitait plus à frapper sous la ceinture si nécessaire. Il s'empara d'un Taser, un pistolet à impulsion électrique, qu'il avait glissé dans sa poche, et quand l'autre se rua une nouvelle fois sur lui, il lui envoya une décharge. Le type s'écroula sur le sol avec un gémissement de douleur.

Son adversaire provisoirement neutralisé, Rush promena les yeux autour de lui.

— Lucy ?

Elle avait profité de la bagarre pour entrer dans la cellule de Jackson, mais quand il la rejoignit, elle était blême de colère.

— Il nous a bien eus, dit-elle en brandissant une poupée.

— Que…

Il n'acheva pas sa phrase, réduit au silence par un gros coup assené à l'arrière de son crâne.

Horrifiée, Lucy regarda les sbires de Kathrein traîner Rush vers le haut de l'escalier de pierre. L'un des hommes lui ordonna sous la menace d'une arme de les suivre, mais de toute façon elle n'avait pas l'intention de s'enfuir en abandonnant Rush et sa famille derrière elle.

De toute évidence, non seulement Kathrein connaissait l'existence des souterrains, mais il les avait laissés sciemment sans surveillance pour attirer Rush et Lucy à l'intérieur et les piéger. Le vieux renard avait bien manigancé son coup. Elle aurait voulu lui arracher les yeux pour avoir, une fois de plus, pris le dessus. Mais s'ils avaient perdu une bataille, la guerre n'était pas terminée. Rush était momentanément assommé, mais il était assez solide pour se remettre du coup sur le crâne. Quant à elle, elle était prête à négocier avec le monstre pour les sortir de là.

À l'étage du dessus, les gardes poussèrent Rush dans une immense salle et ils l'enchaînèrent à un pilier. Ils les fouillèrent, leur confisquèrent les appareils de surveillance et leurs armes, avant de briser le matériel technologique.

Maintenant, Sam ne pourrait plus veiller sur eux à distance, comprit Lucy. Ils étaient seuls. Son impatience s'était retournée contre eux. Elle avait tout gâché.

Ils l'attachèrent à un tuyau métallique près d'anciens casiers à bouteilles.

— Où est ma famille ? demanda-t-elle en français puis en anglais aux sbires de Kathrein.

Elle n'obtint aucune réponse.

— Jean-Pierre ! cria-t-elle en reconnaissant l'un d'eux. Dites-moi où ils se trouvent !

Il la regarda avec dureté.

— M. Kathrein les garde près de lui. Il les traite comme des membres de sa propre famille.

S'il avait espéré la rassurer par ces mots, c'était complètement raté.

— Et comment vont-ils ?

Sans répondre, le type haussa les épaules et s'écarta pour aller monter la garde un peu plus loin, dos au mur.

— Rush ?

Il gémit et leva la tête vers elle.

Avant qu'elle ait le temps de lui offrir des paroles de réconfort ou de lui soumettre un plan d'évasion, un autre homme de Kathrein arriva. Il alla droit sur Rush et se mit à le frapper avec violence.

Horrifiée, Lucy le supplia d'arrêter.

— Attendez, je vous en prie. Jean-Pierre ! Allez dire à Kathrein que j'ai ce qu'il m'a demandé sur une clé USB.

— Je n'ai rien vu sur vous qui ressemble à une clé USB.

— Je l'ai, je le jure. Je suis venue la lui remettre.

Mais le type continuait de cogner Rush. Terrifiée, elle pria pour qu'il ne le tue pas.

— Si vous aviez ce qu'il vous demande, vous seriez venue sonner à sa porte comme une personne civilisée, répliqua Jean-Pierre.

— Et la façon dont vous traitez Rush est-elle digne d'un être civilisé ? lança-t-elle. Je lui donnerai ce qu'il veut à condition qu'il relâche Rush et ma famille sans leur faire plus de mal.

Mais la brute ne cessait de s'acharner sur Rush.

— Je vous en supplie, arrêtez ! cria-t-elle. Vous n'aurez rien si vous le tuez.

— Détrompez-vous, j'obtiendrai de vous tout ce que je veux, jeune femme, rétorqua Kathrein en entrant à son tour. Je n'aime pas beaucoup être obligé de me lever en plein milieu de la nuit, figurez-vous. Et j'ai envie de me recoucher sans tarder. Alors continuez, David, ajouta-t-il à l'intention du bourreau de Rush.

Comme le dénommé David se remettait à frapper Rush,

Kathrein s'approcha de Lucy et la dévisagea d'un regard froid et cruel.

— Si vous avez les renseignements que je vous ai demandés, remettez-les-moi.

— Laissez Rush, ma sœur et son fils s'en aller, et je vous donne tout.

— Non, ne fais pas ça, dit Rush qui blêmissait sous la violence des coups.

— Mes secrets auraient dû rester enterrés, dit Kathrein. Quand je me serai assuré que vous dites la vérité, que les éléments compromettants de mon passé ne risquent plus de remonter à la surface, je relâcherai votre sœur et votre neveu.

Il fit un signe à David qui lui tendit une tablette.

— Détachez-la partiellement de façon qu'elle puisse me prouver sa bonne foi, dit le vieillard.

Jean-Pierre libéra la main droite de Lucy, la gauche étant toujours attachée à une canalisation.

Elle tapa le code d'accès comme Sam lui avait appris à le faire et lui montra que le *cloud* du journaliste était vide.

— J'ai effacé ce qu'il contenait après l'avoir enregistré sur une clé USB comme vous me l'aviez demandé, dit-elle.

— Où est cette clé ?

— Lucy, ne le lui dis pas, je t'en prie ! cria Rush. Tu sais qu'il ne tiendra pas parole.

— Laissez-les partir, d'abord, dit-elle.

— Vous tentez de négocier avec moi ! rugit le vieillard.

Sur un ordre de Kathrein, David ouvrit l'une des portes et, à son grand soulagement, Lucy découvrit Gwen et Jackson vivants.

— Votre désir de les protéger vous honore, dit Kathrein avec une pointe de mélancolie. C'est important, la famille.

— Nous n'avons jamais représenté une menace pour la vôtre.

— Peut-être pas, mais je n'en dirais pas autant de votre amant.

Le regard de Kathrein redevint cruel, et il ordonna à ses hommes de refermer la porte.

— Non ! cria Lucy. Nous avions un accord.

— Vous l'avez rompu en amenant ce type ici.

— Vous plaisantez ! répondit-elle, priant pour que sa voix ne trahisse pas son mensonge. Je l'ai séduit afin d'obtenir ce que vous me demandiez. Libérez-les comme vous vous étiez engagé à le faire.

— Vous ne me laissez pas l'embarras du choix, ma chère. Je n'ai plus qu'une option.

Malgré son dos voûté par les années et ses cheveux blancs, l'esprit de Kathrein restait vif et alerte. Lucy savait qu'il n'avait aucun intérêt à respecter la parole qu'il lui avait donnée. Dans sa hâte de libérer sa sœur, elle avait fait tomber Rush dans un piège.

Paniquée, elle réfléchit aux paroles qu'elle devait prononcer pour réussir à sauver sa famille et l'homme qu'elle aimait.

— Relâchez-les maintenant ou vous n'aurez plus aucune option.

— Vous n'êtes pas en position d'exiger quoi que ce soit, répliqua-t-il.

Elle le dévisagea avec colère, cherchant frénétiquement le moyen de changer la donne. Jusqu'ici, elle avait montré sa peur et elle avait paru respecter ses engagements. Rush l'avait encouragée à le faire.

Mais maintenant il semblait évident qu'il fallait adopter une autre tactique.

— Laissez-nous partir ou le dispositif de sûreté que j'ai mis en place va se déclencher.

Une fois de plus, Kathrein reporta son attention sur elle.

— Quel dispositif ? De quoi parlez-vous ?

Lucy décida de discuter le plus longtemps possible avec lui pour permettre à l'équipe d'intervention d'arriver. Dès que Sam se rendrait compte que leurs téléphones et leurs appareils de surveillance ne fonctionnaient plus, il allait faire intervenir Lawton et ses hommes.

— Je vous conseille d'arrêter tout pendant que vous en avez encore la possibilité, Kathrein, dit-elle. Votre passé n'est plus votre seul problème, à présent. Vous avez enlevé quatre ressortissants américains. Quand les médias en entendront parler, vous ne pourrez plus échapper à la justice. Et une fois la machine judiciaire lancée, qui sait jusqu'où elle ira ? Et à votre avis, qu'adviendra-t-il alors des aspirations politiques de votre petit-fils ?

Le vieux milliardaire s'approcha d'elle.

— Personne n'en saura jamais rien. Aucun de vous ne sortira vivant de ces souterrains. Votre dispositif sera sans effet sur moi.

— Détrompez-vous, intervint Rush. Nous avons dupliqué le contenu du *cloud* du journaliste. Mes employés ont reçu la consigne de transmettre les documents qui s'y trouvent à tous les médias américains et français, si je ne donne plus signe de vie pendant vingt-quatre heures.

— Il ment ! cria Lucy qui craignait que Kathrein ne le fasse taire en le rouant de nouveau de coups. Laissez-les partir, et j'interromprai le processus, je le jure.

Kathrein la frappa violemment de sa canne et, à moitié sonnée, elle se tut.

— Amenez-la par ici, ordonna-t-il. Nous verrons bien lequel des deux ment.

— Monsieur Kathrein, laissez-les partir, c'est votre dernière chance, répéta Lucy.

Sans l'écouter, il se tourna vers ses hommes.

— Ne perdons pas davantage de temps, dit-il.

Jean-Pierre coupa les liens qui entravaient Lucy pour l'asseoir sur une chaise clouée au sol. Il lui attacha les poignets et les chevilles. Évidemment, ce n'était pas la première fois qu'ils utilisaient l'ancienne cave pour torturer quelqu'un.

Ses appels à la raison, au bon sens, n'avaient pas été entendus, se dit-elle.

Désespérée, elle lança :

— Rush vous a menti, il n'existe aucun duplicata de ce *cloud*.

— Que voulez-vous, Kathrein ? cria Rush. Qu'est-ce qui pourrait vous convaincre de nous laisser partir ?

— Rien, répliqua le vieillard en le regardant en face. Depuis des années, j'ai tout fait pour protéger ma famille, je me suis battu pour qu'elle renaisse de ses cendres. Il n'est pas question qu'elle soit à présent victime de rumeurs et que mes efforts se révèlent finalement vains.

— Des rumeurs ? Vous avez collaboré avec les nazis et commis des atrocités, rétorqua Lucy. Il ne s'agit pas de rumeurs mais de faits !

— C'était la guerre, répliqua-t-il sans détourner les yeux de Rush. Les guerres véhiculent toujours leurs lots d'horreurs. Que valent les vies de Lucy, de sa sœur et de son neveu pour vous, monsieur Grayson ?

— Donnez-moi votre prix, je l'accepterai, répondit Rush.

— Je n'ai pas besoin d'argent. Ma fortune est telle qu'elle mettra les miens à l'abri du besoin pendant au moins trois générations.

— Avez-vous envie d'investir avec moi sur des marchés porteurs ? proposa Rush.

— J'ai passé l'âge de me passionner pour le high-tech, répondit Kathrein. Seule m'importe ma réputation. Comment puis-je mettre un terme aux combines pitoyables que vous avez échafaudées dans mon dos ? demanda-t-il à Lucy.

Que fabriquait l'équipe d'intervention ?

— Laissez-nous partir, et tout s'arrangera, reprit Rush. Si vous refusez, les documents réunis par Garmeaux seront divulgués dans toute l'Amérique et en Europe.

— C'est absurde. Je ne vous laisserai pas détruire ma famille !

Les lèvres serrées, Kathrein les dévisagea tour à tour. Malgré le poids des années, il n'était pas difficile d'imaginer comment il terrorisait les prisonniers, autrefois. Il n'éprouvait aucun remords vis-à-vis de son passé et il n'en aurait pas davantage à leur faire du mal ni à les tuer.

— Il y a sûrement moyen d'arrêter le processus, dit-il. Il doit exister un code administrateur pour tout bloquer et empêcher que ces documents soient transmis aux médias.

— Non. Le code administrateur est un mythe, répliqua Lucy en fusillant Rush du regard.

Elle ne voulait pas qu'il se sacrifie pour elle.

Qu'attendaient Lawton et son équipe pour débarquer ?

— Laissez-la partir avec sa sœur et le bébé, dit Rush. Et je vous donnerai le code qui vous permettra de tout stopper.

— Ah ah ! s'exclama Kathrein. Vous venez de reconnaître l'existence de ce code. Nous avançons enfin.

Le vieillard semblait satisfait, et Lucy craignit qu'ils n'aient commis une erreur lourde de conséquences.

Quand Rush vit David s'approcher, un pistolet à impulsion électrique à la main, il devina ce qu'ils avaient en tête. Ils espéraient faire parler Lucy en le faisant souffrir, lui.

L'ancien nazi n'avait-il donc pas compris que c'était Rush et non Lucy qui maîtrisait le système ? Mais peut-être ignorait-il comment fonctionnait un *cloud*.

— Ferme les yeux, Lucy, ordonna Rush.

Il voulait lui épargner le triste spectacle du sort que lui réservait Kathrein. Il espérait que Lawton et son équipe arriveraient avant qu'il soit trop tard, avant qu'il meure sous la torture. S'il devait y laisser sa peau, Sam serait en mesure de poursuivre l'œuvre de sa vie, de continuer à développer GrayBox.

Mais l'ancien nazi le surprit en désignant Lucy à son sbire.

— Non ! hurla Rush en tirant sur les chaînes qui le retenaient. Non ! Elle ne sait rien.

— Elle en sait plus que vous ne le pensez, rétorqua le vieillard. Elle a l'esprit vif et elle est loin d'être idiote. N'est-ce pas, mademoiselle Gaines ?

Lucy ne se doutait pas de ce qui se tramait, Kathrein et David se tenant derrière elle.

— Libérez-nous maintenant et nous ne porterons pas plainte, répéta-t-elle.

— Vous n'avez pas d'ordre à me donner ! tonna Kathrein.

Tout en essayant vainement de se débarrasser de ses chaînes, Rush supplia Kathrein :

— Arrêtez, elle ne peut rien pour vous aider.

Sans lui faire l'aumône d'un regard, Kathrein se détourna de lui pour demander à Lucy :

— À qui avez-vous parlé de Garmeaux ?

— À personne.

— Vous mentez ! Maintenant, vous allez cesser de me raconter des salades. Je vous ordonne de me donner le moyen de détruire le *cloud* de Garmeaux et toutes les copies que vous avez créées pour me piéger ! Quel est le code administrateur du système ?

— Je l'ai oublié.

L'ancien nazi la gifla à toute volée.

— J'ai les moyens de vous rafraîchir la mémoire, croyez-moi ! hurla-t-il en brandissant le Taser. Pour la dernière fois, donnez-moi le code administrateur !

Incapable d'en supporter davantage, Rush supplia Lucy.

— Dis-lui, je t'en prie !

Pourquoi résistait-elle ? Elle savait forcément que Sam était à la manœuvre à San Francisco. Il s'attendait à une attaque, il y était préparé et il ferait tout pour protéger le système.

Et que fabriquait donc Lawton ? se demanda Rush pour la énième fois.

Voir souffrir Lucy lui serait insupportable, et imaginer ce que l'ancien nazi lui ferait subir si elle ne parlait pas l'était tout autant.

Avant que le vieillard puisse envoyer une décharge électrique à Lucy, Rush craqua et lâcha le renseignement demandé. Il livra la combinaison attendue.

— Non ! protesta Lucy. Pourquoi as-tu fait ça ?

Kathrein se tourna vers Rush.

— Répétez !

Rush s'exécuta tandis que l'un des sbires du vieil homme enregistrait le code sur un ordinateur.

— Alors ? demanda Kathrein. Est-ce que ça marche ?

Rush vit les expressions triomphantes sur les visages des hommes de Kathrein et il comprit que si Lawton et son équipe n'arrivaient pas très vite, ils allaient tous mourir. À présent, Kathrein ne cherchait plus seulement à protéger son passé. Il était en train de dérailler. Son sadisme de nazi refaisait surface.

Il fallait gagner du temps, à tout prix.

— Maintenant, vous avez la capacité de détruire le *cloud* du journaliste, mais également tous les autres, dit-il. Le sort de GrayBox est entre vos mains.

— J'ai l'impression que vous espérez une contrepartie en échange de votre générosité, dit le vieillard avec un ricanement.

— Je vous demande seulement de les libérer.

— Il n'en a jamais été question ! Je n'en ai pas fini avec vous, avec aucun d'entre vous.

Lucy espérait être engluée dans un terrible cauchemar duquel elle allait bientôt se réveiller. Les gifles que Kathrein lui avait assenées avaient été violentes comme s'il avait voulu lui arracher la tête. Mais entendre Rush transmettre le code à l'ancien nazi avait été pire encore.

Comment avait-il pu faire ça ?

Au fond d'elle-même, elle ne parvenait pas à croire que Rush ait commis l'impensable, qu'il ait donné à ce malade mental le contrôle du système sur lequel reposait toute l'entreprise. Avait-il vraiment autorisé Kathrein à accéder à GrayBox ? Ce n'était pas possible !

À en juger par l'expression joyeuse peinte sur le visage de Kathrein, il avait réussi à atteindre le centre opérationnel de GrayBox.

Des larmes jaillirent de ses yeux. Maintenant, Rush était ruiné. Aucune somme d'argent, aucune campagne médiatique ne pourrait restaurer ce qu'il venait de détruire pour elle. La confiance que ses clients nourrissaient dans l'inviolabilité du système, leur certitude que leurs données sensibles étaient en totale sécurité au sein de GrayBox était rompue. À jamais.

Il venait de détruire l'œuvre de sa vie.

D'une voix blanche, elle demanda :

— Pourquoi, Rush ? Pourquoi le lui as-tu donné ?

Il articula sa réponse sans émettre un son, et quand elle la lut sur ses lèvres, elle crut être victime d'une hallucination. Les mots « Je t'aime » ou « amour » ne faisaient pas partie du vocabulaire de Rush, de l'homme qu'elle aimait.

Submergée par l'émotion, sa vision se brouilla, un voile noir tomba sur ses yeux, et elle perdit connaissance.

Rush vit Lucy s'évanouir et hurla, se débattant pour tenter de se libérer des liens qui l'enchaînaient.

— Je vous tuerai, Kathrein !

Hors de lui, Rush lança au vieillard toutes sortes de menaces et de terribles promesses, jurant de lui faire subir le pire. Il criait si fort qu'il n'entendit pas la première explosion. Quand le plancher trembla et que la poussière tomba du plafond, il comprit enfin ce qui se passait, et l'espoir l'envahit.

Lawton et ses hommes arrivaient enfin.

Les sbires de Kathrein passèrent aussitôt à l'action, s'efforçant de protéger leur patron, mais ils n'étaient pas à la hauteur de l'équipe d'intervention composée d'experts et de guerriers chevronnés. Lawton ne s'était entouré que de six hommes, mais ils étaient si professionnels qu'ils donnaient l'impression d'être partout. En un clin d'œil, ils envahirent la cave à vin.

L'attaque fut brève, typique des méthodes de Lawton. Quand le bruit des balles cessa, Kathrein et les gardes survivants furent menottés. Libéré de ses chaînes, Rush se précipita vers Lucy, toujours inconsciente. Bien qu'affaibli par les coups qu'il avait reçus, il la souleva pour la porter à l'extérieur, où des projecteurs éclairaient la scène.

— Lucy, ma chérie, je t'en prie, ouvre les yeux !

Elle battit faiblement des paupières avant de retomber dans l'inconscience.

Quelques instants plus tard, le médecin dépêché au chevet de Lucy confirma qu'elle n'avait rien de cassé. Il agita un flacon de sels sous son nez pour la tirer de sa torpeur.

Elle reprit connaissance en murmurant le nom de Rush.

Il lui prit la main et la porta à ses lèvres.

— Je suis là, chérie.

Elle esquissa un faible sourire.

— Tu vas bien, Dieu merci.

— Et toi, comment te sens-tu ?

— Ça ira. Où sont Gwen et Jackson ? demanda-t-elle en essayant de s'asseoir.

— Ils sont déjà en route pour l'aérodrome, expliqua-t-il. Tu les verras bientôt.

Elle s'affaissa contre lui.

— Je suis désolé que tu aies dû renoncer à tout ce qui est important pour toi afin de nous sortir de là.

— Mon entreprise, mon argent et ma réputation ne valent rien, si je te perds.

Voyant une lueur de surprise passer dans ses yeux, Rush eut honte de lui. Il n'aurait jamais dû lui cacher à quel point elle comptait pour lui. Plus tard, lorsqu'ils se seraient remis de leur mésaventure, il lui raconterait comment, avec Sam, il avait eu l'idée de créer non pas un double du *cloud* du journaliste, mais un double de GrayBox pour piéger Kathrein. Mais ce n'était pas le moment. Lucy avait besoin de temps pour récupérer.

— Et Kathrein ?

— Sam s'est chargé de la suite. Il a un ami qui travaille au Département d'État que je ne connaissais même pas.

Lucy se redressa un peu.

— Merci d'avoir sauvé ma famille.

Elle enfouit le visage dans sa chemise.

Il sentit les larmes qui inondaient ses joues et il la serra contre lui.

Laissant à Lawton le soin de mener l'opération jusqu'à son terme, il conduisit jusqu'à l'aérodrome pour permettre à Lucy de retrouver sa sœur et son neveu au plus vite. Lorsqu'ils furent tous dans l'avion, il donna l'ordre au pilote de décoller, de quitter la France. Il ne pouvait pas attendre une minute de plus pour la ramener à la maison.

13

San Francisco
Vendredi 25 décembre.

Le matin de Noël s'annonçait clair et frais, et Rush avait son plus beau cadeau blotti contre son épaule sous les couvertures, la main posée sur son cœur. Il enfouit le visage dans ses cheveux.

Lucy savait-elle à quel point elle était précieuse à ses yeux ? Et à ceux de sa famille et à ceux du monde entier ?

Son courage et sa force l'émerveillaient, qu'elle les exerce au cœur de la campagne française ou au sein d'une réunion commerciale.

— Je t'aime, Lucy Gaines, chuchota-t-il.

Il la réveilla avec de petits baisers puis ils prirent leur douche ensemble avant de descendre échanger des cadeaux avec Gwen et Jackson. Ce n'était pas le Noël le plus extravagant du siècle, mais Rush n'en avait jamais connu de plus doux.

Ce Noël lui paraissait plus beau que ceux des années précédentes. En général, il partait skier avec Sam et leurs copines du moment, des filles insignifiantes qu'ils oubliaient le mois suivant.

Ils passèrent une journée tranquille, s'occupèrent de Jackson et préparèrent un petit repas. Rush était content de passer un Noël en famille, le premier de sa vie, mais il avait surtout hâte de se retrouver en tête à tête avec Lucy. Il se sentait nerveux, sachant qu'il avait quelque chose d'important à lui dire mais ignorant comment le faire.

Après avoir donné un bain à son fils, Gwen monta le coucher. En passant, elle profita du fait que sa sœur était aux fourneaux et leur tournait le dos pour chuchoter à Rush :

— Vas-y ! Il est temps !

Il le savait. C'était le moment. Le petit écrin qu'il avait glissé dans sa poche le brûlait. Il avait hésité à emmener Lucy dîner quelque part ou à lui proposer une balade en voilier sur la baie. Il se doutait qu'elle avait besoin d'espace pour oublier les épreuves de ces derniers jours. Il devrait...

Elle le surprit en surgissant derrière lui pour nouer les bras autour de sa taille.

— Merci pour ce joyeux Noël, Rush, dit-elle. C'est exactement ce dont nous avions besoin.

— Exactement ?

— C'est tellement gentil de ta part de nous avoir accueillis dans le « hangar à bateaux ». Ce calme et cette paix font énormément de bien à Gwen.

— Et à toi ?

— Où que nous soyons, je suis heureuse d'être avec toi.

Elle lui sourit, ses yeux chocolat reflétant les mots qu'aucun d'eux ne parvenait à dire à voix haute. Elle l'aimait depuis toujours et ne le lui avait jamais avoué. Depuis qu'elle était revenue travailler avec lui, il s'était souvent demandé si elle avait encore des sentiments pour lui. Il avait compris à quel point il était douloureux d'aimer quelqu'un sans pouvoir lui déclarer sa flamme.

— Je me sens chez moi dans le hangar à bateaux quand tu y es, dit-il.

Il l'entraîna sur la terrasse. Les mains sur le garde-fou, elle s'enivra du spectacle de la baie, un spectacle dont elle ne se lasserait manifestement jamais. Le vent soulevait ses cheveux. Collé dans son dos, Rush l'enlaça et enfouit le visage dans son cou.

— Je t'aime, Lucy Gaines.

Voilà. Il l'avait dit. Comment allait-elle réagir ?

— Je sais. Je vois cet amour dans tous tes actes, petits ou grands.

Elle se retourna pour lui faire face. Se hissant sur la pointe des pieds, elle lui chuchota à l'oreille.

— Même quand tu refusais de le reconnaître et quand j'en souffrais, l'amour était là. Il a toujours été là entre nous.

Il partageait son analyse et il était accro à ses baisers. Un frisson de peur le parcourut à l'idée qu'il aurait pu passer à côté de cette femme unique…

— Je t'aime aussi, Rush Grayson, poursuivit-elle. Je suis tombée amoureuse de toi au premier regard.

Le cœur de Rush accéléra dans sa poitrine, se gonflant d'espoir.

— Nous devrions donner à ta sœur le studio que je possède dans Fremont Street, dit-il.

Elle s'écarta un peu de lui, les sourcils froncés.

— Tu as déménagé là-bas quand je suis partie, n'est-ce pas ?

— Oui. Vivre ici tout seul était trop douloureux.

— Et cela ne t'ennuierait plus, maintenant ?

Avait-il été maladroit ou trop rapide dans sa déclaration ? Apparemment, oui. Il devait absolument la convaincre.

— Lucy.

Il posa un genou à terre et lui prit les mains.

— Je n'ai pas l'intention de vivre ici ou ailleurs sans toi.

Elle se tourna vers lui, et son regard s'éclaira enfin. Encouragé, il sortit l'écrin de sa poche, l'ouvrit et poursuivit :

— Lucy Gaines, me ferais-tu l'immense honneur d'être ma femme ?

Elle se couvrit la bouche des mains, et ses yeux se remplirent de larmes de joie.

— Quand ? Comment ? Comment as-tu fait ? Depuis que nous sommes revenus aux États-Unis, je ne t'ai pas quitté une seule seconde. Quand as-tu trouvé le temps d'acheter une bague ?

— Je l'avais achetée l'année dernière, dit-il, regrettant qu'elle n'ait pas répondu. Elle t'attendait depuis.

Elle le dévisagea, un peu interloquée.

— Tu es sérieux ?

— Lucy, peux-tu me donner une réponse ?

Les yeux dans les siens, elle déclara avec gravité.

— Oui, Rush, je serai ta femme, dit-elle en lui caressant la joue. Mais à une condition.

Il sortit le diamant de l'écrin pour le glisser à son doigt.

— Formidable !

— Attends ! protesta-t-elle en riant. Tu n'as pas encore entendu ma condition.

— Je n'en ai pas besoin. Tu m'as tout donné, Lucy. Depuis que tu es entrée dans ma vie, tu m'acceptes comme je suis, tu me soutiens, tu m'encourages, tu me donnes l'affection et tout ce dont tu es capable. Ton cœur est rempli d'amour et de compréhension. Quoi que tu me demandes, je serai trop heureux de te l'offrir.

— Alors voilà : j'aimerais qu'un soir par semaine nous soyons entre nous… Sans informatique, sans électronique, sans technique…

— Bref, sans hic ! C'est d'accord !

Il se releva et la prit dans ses bras pour l'embrasser avec tout l'amour et la passion qu'il avait gardés trop longtemps au fond de lui.

— Pouvons-nous commencer ce soir ? ajouta-t-il.

Elle se mit à rire.

— Bien sûr ! Je suis toute à toi, pour toujours.

De l'autre côté de la fenêtre coulissante, Gwen et Jackson applaudirent. Rush et Lucy retournèrent dans le salon, et comme Lucy faisait admirer à sa sœur sa bague de fiançailles, Rush comprit qu'une famille aimante était le plus beau cadeau qu'un homme puisse espérer.

Ce Noël était le plus merveilleux de sa vie.

Retrouvez en janvier 2018,
dans votre collection

BLACK ROSE

La proie du souvenir, de Paula Graves - N°458

SÉRIE MISSION PROTECTION - TOME 2/4

Pardonne-moi, Charlie, mais je dois finir seule... Chaque nuit, Charlie entend la voix de sa meilleure amie, morte dix ans plus tôt, renversée par une voiture. Accident ou meurtre ? Charlie était présente au cours de cette tragique soirée, mais elle n'en a gardé aucun souvenir... Et voilà que peu à peu des détails du drame viennent hanter ses rêves. Des flashs de mémoire auxquels elle ne prête guère attention, jusqu'au jour où, en rentrant chez elle, elle a la sensation d'être suivie. Inquiète, elle s'inscrit à un cours d'autodéfense et se confie à Mike Strong, son professeur, un homme aussi séduisant que rassurant...

Pour retrouver Laila, de Kathleen Creighton

Tétanisée par la surprise, Yancy fixe l'homme à l'expression impénétrable qui se tient devant elle. Puis elle sent une bouffée de colère l'envahir et retient la pulsion qui a failli la pousser dans ses bras. Ainsi, Hunt n'est pas mort, comme elle le craignait, au cours d'une mission en Afghanistan. Mais comment ose-t-il réapparaître ainsi devant elle sans crier gare ? Et pour quelle raison les a-t-il laissées sans nouvelles durant trois ans, elle, qui n'a cessé de l'attendre, et Laila, la petite fille qu'il lui a confiée avant son départ ?

La menace de l'hiver, de Bonnie Vanak - N°459

Trop riche, trop fragile, trop citadine... Pour Cooper, homme de terrain et fermier à ses heures, c'est une évidence, Meg Taylor, la femme dont il doit assurer la protection, n'est pas faite pour lui. Pourtant, à plusieurs reprises, il a surpris dans le regard de celle qu'il surnomme « Princesse » et qui s'est réfugiée chez lui, au cœur de l'hiver, pour fuir un mari manipulateur et violent une lueur troublante qui a fait naître en lui un espoir fou : celui de la garder pour toujours auprès de lui...

Le rendez-vous du passé, de Janie Crouch

En découvrant le visage du négociateur venu les libérer, elle et ses compagnons d'infortune retenus en otage dans une banque, Laura retient un rire nerveux. Par quel miracle Joe Matarazzo, le play-boy oisif qu'elle a quitté six ans auparavant, est-il devenu ce super flic, efficace et courageux ? Mais, bientôt, au soulagement d'être saine et sauve s'ajoute un autre sentiment, étrange et perturbant. Car en la reconnaissant Joe n'a pas caché sa joie de la revoir, ravivant ainsi en elle une myriade de souvenirs qu'elle croyait enfouis à jamais...

Retrouvez en janvier 2018,
dans votre collection

BLACK ROSE

Retour à Destiny, de Lena Diaz - N°460

Bex est revenue… Dans la tête de Max, ces trois mots tournent en boucle. Pourtant il n'ose pas se réjouir car, si lui n'a jamais oublié Bex, il sait que de son côté elle a construit une nouvelle vie loin de Destiny. Destiny, la ville où ils se sont connus et aimés. Destiny qu'elle a quitté quelques jours après la mort de Bobby, le garçon qui la harcelait et qu'on l'a accusée, à tort, d'avoir tué. Mais bien des choses ont changé depuis le drame. Aujourd'hui, Max est policier, et il est décidé à rouvrir l'enquête et à découvrir les véritables raisons qui ont poussé Bex à fuir sans même chercher à prouver son innocence…

La jetée des disparues, de Cynthia Eden

La mort dans l'âme, Jill se dégage de l'étreinte de Hayden et tente d'éviter son regard implorant. Non, elle n'a pas oublié l'amour fou qui les liait dix ans plus tôt, mais elle n'a pas oublié non plus que Hayden lui a brisé le cœur en la quittant… Et, si elle est prête aujourd'hui à revivre le cauchemar de son adolescence pour l'aider à retrouver la jeune fille qui, comme elle autrefois, vient d'être kidnappée, en aucun cas elle ne laissera leur relation sortir du cadre strictement professionnel…

Attiré par une inconnue, de Maggie Price - N°461

Qui est vraiment Regan Ford ? C'est la question qui obsède Josh depuis qu'il a fait la connaissance de la jeune femme dans le bar de Sundown où elle travaille comme serveuse. Son instinct de policier ne l'a jamais trompé, et il sait que Regan cache quelque chose. Il le lit dans ses grands yeux chaque fois qu'elle le regarde, il le sent au plus profond de son être dès que leurs mains se frôlent par inadvertance. Qui lui a fait du mal ? Et pourquoi se tient-elle en permanence sur ses gardes, comme si elle était prête à fuir à la moindre alerte ? Résolu à percer les secrets de cette femme qui l'émeut plus que de raison, Josh décide d'entreprendre des recherches. Sans se douter que, ce faisant, il va les exposer tous deux au plus grand des dangers…

Une troublante proximité, de Cassie Miles

J'ai besoin de vous, Petra…

Travailler aux côtés du séduisant agent Brady Masters, n'est-ce pas ce dont toute femme rêverait ? Pourtant, Petra le sait : en acceptant la mission qu'il lui propose – feindre d'être son épouse pour infiltrer avec lui une clinique qu'il soupçonne de se livrer à des activités illégales –, elle risque gros. Non seulement sa vie – qu'arrivera-t-il si elle se fait démasquer ? – mais aussi son cœur. Car, si elle se laisse prendre au jeu, elle pourrait bien tomber amoureuse de Brady qui, alors qu'il est loin de la laisser indifférente, disparaîtra sans plus se soucier d'elle une fois leur enquête terminée…

Retrouvez en janvier 2018,
dans votre collection

BLACK ROSE

Une mère à l'épreuve, de Rita Herron - N°462

Maman, au secours ! Viens me chercher ! En entendant son fils sangloter au téléphone, Serena est submergée par la panique. D'autant que, tout de suite, la communication est coupée. Où est son Petey ? Qui est l'ordure qui a enlevé son petit garçon de six ans ? Pourquoi ne lui réclame-t-on même pas de rançon ? Si on fait le moindre mal à Petey, elle ne s'en remettra jamais… Dans ce brouillard d'angoisse et de larmes, une seule lueur d'espoir : Colt Mason, le détective privé chargé de l'enquête. Il a juré de retrouver Petey et, sans qu'elle sache vraiment pourquoi, il a réussi à la convaincre de le croire…

Par-delà le danger, de Paula Graves

Pour votre sécurité, venez habiter chez moi… Quand le shérif Riley Patterson lui fait cette proposition, Hannah hésite à accepter. C'est vrai, elle est la seule à avoir vu le visage du tueur en série qui sévit dans la région, ce qui fait d'elle une cible de choix. Et, c'est vrai aussi, Riley dégage une force et un charisme qui la rassurent. Mais de là à passer ses jours – et surtout ses nuits – au côté de cet homme qui la trouble au plus haut point ? Pour Hannah, qui s'est juré de ne plus jamais tomber amoureuse, cette perspective est bouleversante…

Composé et édité par HarperCollins France.

Achevé d'imprimer en novembre 2017.

BLACK PRINT

Barcelone

Dépôt légal : décembre 2017.

Pour limiter l'empreinte environnementale de ses livres, HarperCollins France s'engage à n'utiliser que du papier fabriqué à partir de bois provenant de forêts gérées durablement et de manière responsable.

Imprimé en Espagne.